花开十年

自传体小说

刘芳◎著

海峡出版发行集团 | 鹭江出版社
THE STRAITS PUBLISHING & DISTRIBUTING GROUP LUJIANG PUBLISHING HOUSE
2016年·厦门

图书在版编目（CIP）数据

花开十年 / 刘芳著. —厦门：鹭江出版社，2016.9（2017.5重印）
ISBN 978-7-5459-1197-8

Ⅰ. ①花… Ⅱ. ①刘… Ⅲ. ①长篇小说—中国—当代
Ⅳ. ①I247.5

中国版本图书馆CIP数据核字（2016）第132979号

HUAKAI SHINIAN

花开十年

刘芳 著

出版发行：海峡出版发行集团
鹭 江 出 版 社
地　　址：厦门市湖明路22号　　**邮政编码**：361004
印　　刷：北京诚信伟业印刷有限公司
地　　址：北京市通州区张家湾镇皇木厂村　　**邮政编码**：101113
开　　本：710mm × 1000mm　1/16
插　　页：2
印　　张：25.75
字　　数：368千字
版　　次：2016年9月第1版　2017年5月第6次印刷
书　　号：ISBN 978-7-5459-1197-8
定　　价：48.00元

杂文家·吴非

刘芳老师失去视力后，依然能像灯一样给学生指路，因为她的心灵始终是明亮的。

黑暗适合思想，只要能想，生命之火就会一直燃烧。我喜欢倾听刘芳老师的讲述，喜欢聆听花开的声音。

知名教育专家、四川省中学语文特级教师·李镇西

每个人的一生都是一个故事，我们既是这故事的主人公，又是故事的创作者。故事是精彩还是平淡，取决于每个人是否有自觉的生命追求。刘芳老师虽是一名普通的山区中学教师，却怀着激情与和梦想，用失去光明的眼睛，追逐人生的精彩。于是，她把自己的人生编成一串教育童话，缔造了一个事业传奇。这本凝聚着生命、散发着真善美芬芳的《花开十年》，就是作者献给自己的《致青春》。

深圳明德实验学校校长·程红兵

心中色彩缤纷，笔下波澜起伏。斟酌有限文字，传递无限热爱。

知名教育学者·张文质

刘芳老师从完全黑暗的世界最终获得精神的自明，一定经历过无数的挣扎与绝望。而透过这些从容、细心的文字，我们可以看到她如何把自己变成了生命的歌者与无数人的希望。

著名学者、湖南师范大学教授·刘铁芳

当命运给她关上一扇门时，她用自己的努力开启了命运的另一扇窗；当肉身的眼睛失明，她心灵的眼睛逐渐张开。照亮生活的不只是爱，还有从她的灵魂深处不断涌现的生命智慧。刘芳，一个乡村弱女子，一位失明的女教师，活出了一位健全教师的尊严与风采。

中国陶行知研究会农村教育实验专委会理事长、四川省阆中市教科局局长·汤勇

刘芳老师尽管双目失明，却乐观豁达，不向命运低头，用爱心点亮孩子心灵，用善良带给他人光明，用虔诚驱散人生迷茫，用奉献铸就不朽师魂……她，书写了一位普通教师不普通的顽强与传奇。

著名阅读推广人、杭州市建新小学和新华实验小学校长·闫学

刘芳老师是一盏灯，也是一团火，她的光亮和温暖伴随着孩子的一生。她用生命、热情和爱告诉我们，冲破人生暗夜的重围，你也可以做到。

全国著名数学特级教师、北京第二实验小学副校长·华应龙

《花开十年》里有刘芳多彩的教育生活、达观的生命态度、卓然的教育情怀……这一切不因其沉入黑暗而改变，反而成为其教育生涯的生动注脚，以及所有教师凝望的精神坐标。

厦门大学附属实验中学校长·姚跃林

刘芳，一个生命如花的女子，在荒凉的生命废墟上开出富丽之花，花开四季，花开十年，花香清远。刘芳，一个心灵美好的教师，在黑暗里点亮了一盏希望的灯，光照学生，光照杏坛，光照命运。她的《花开十年》，带你领略人性的芬芳，让明眼的你看见更多。

目录

『中国大山里的海伦·凯勒』

新华社记者　新华全媒头条

2015/10/15

整整十年，刘芳从光明走向黑暗。

一年毕业典礼上，一个腼腆的女生红着脸问她："是不是我把一只角膜捐给您，您就能看得见？"

"谢谢你，好孩子，老师的病不是角膜的问题。"

小女孩想了想，又抬头说："那我就把一只眼球给您吧。"

说起这件事，一直微笑面对记者的刘芳突然红了眼圈。

她只是贵州农村中学的一名普通女教师，为什么被称为"中国大山里的海伦·凯勒"？在她平凡的人生中，为什么有那么多不平凡的故事？

从光明到黑暗

2007年，刘芳曾反复做一个梦：夜晚，怎么也找不到回家的路。一抬头，忽见满天繁星。她抓住身旁的人，说明天一定是个好天气……

那时，她刚失明。

十年前她就知道，这一天终将到来。原来她有点夜盲，到 1997 年，眼前晃起了“水波纹”，银色、金色、蓝色的光圈，宛如一朵“恶之花”，层层花瓣不断绽开。她看世界像是隔了一个鱼缸。

一纸命运判决书从天而降——不治之症。

医生说，这叫视网膜色素变性，发病率只有百万分之一。

腿一软，刘芳险些瘫倒。

那年她二十六岁，在贵阳市白云区第三中学刚工作四年，跟相爱的人结了婚，八个月大的儿子在襁褓中咿呀学语……

夜深人静时，她咬着被角，在黑暗中哭泣。

她曾是个快乐单纯的姑娘，苹果脸，身材娇小，人还没见先听到笑声，绘画、写诗、书法、唱歌、跳舞样样都行。

她喜欢教书，而且教得别出心裁。批改作文，写评语前先画个卡通脸谱表明整体印象，笑容灿烂的、一般微笑的、嘴角紧绷的、瘪着脸的、痛苦扭曲的，有的还顶着鸡冠子、留着羊角辫……这样的轻松幽默，学生们看得笑逐颜开。

失明了，还怎样画出一个笑脸？

她专门去学了两年绘画，希望用画笔留住这个缤纷的世界。画得最用心的是一只猫头鹰：黄褐相间的羽毛，站在枯枝上，背景是湛蓝的天空，最动人的是那对眼睛——又圆又大，仿佛能看穿一切黑暗。

视野一天比一天变窄，视力一年比一年模糊。

2001 年，她读的最后一本纸质书，是《笑傲江湖》。

2006 年，她看到的最后两个字，是课本封面上的“语文”。

2007 年，她完全被黑暗包围。

当年一段录像保存至今：学生都放学了，刘芳从讲台上拎起包，摸索到门口，回头望了一眼她已看不到的空荡荡的教室，缓缓带上了门。

在黑暗中抓住光明

初见刘芳，很多人不相信这是个盲人。

在家，她扫地、洗衣服、倒开水、冲咖啡、炒菜、在跑步机上锻炼，动作熟练得几乎与常人无异。借助盲人软件，她发短信比很多正常人还快。在学校，她可以独自走近百米，下两层楼，转五个弯，轻松找到公厕。

很少有人了解，这些年她是怎样挺过来的。

2008年初冰雪灾害时，小区停水停电，她拎着大桶，摸索着下六楼去提水。巨大的冰坨子在头顶摇摇欲坠，天寒地冻，一步一滑，最后她累得晕倒在地……

不知多少次绊倒、磕伤、撞墙、烫出水泡、碰碎杯子，现在她小腿上还满是伤痕。绝望、沮丧、灰心，她想过放弃。但转念一想，又释然了：哭也是一天，笑也是一天。生活不能改变的话，就改变生活的态度。

更令人称奇的是，她的班级成绩不仅没有退步，反而教出了两个语文单科中考状元，在白云三中至今无人超越。

有人建议她病退或休息，她婉拒道："那样我的生命就真的终止了。"

一个盲人要想留在讲台上，无疑要付出超过常人几倍的努力。

写板书，她有时会写歪，有时会重叠到一起。一次，没留意走到了讲台边缘，一脚踏空，摔在垃圾桶上。学生奔过去扶她，说："最后两个字都写到墙上去了。"

多年以后，她的学生说："刘老师歪斜叠加的板书，是我们青春记忆里最美的画面。"

眼睛沉入了黑暗，唯有心能抓住光明。

她尚未全盲时，有一次学生们发现，刘老师把课本拿倒了，照样侃侃而谈，这才知道，她根本没有看书，而是在背诵课文。

为了教好书，刘芳把初中三年的文言文全部背了下来，其他重点、难点也一一记牢，把几大本厚厚的讲义全都装在了心里。视力越来越差，课却讲得越来越精彩。

说、学、逗、唱，她几乎变成了相声演员，课堂上充满欢声笑语。“眼睛不好，上课就一定要生动，才能把几十双眼睛吸引到我这儿来。”

她用耳朵批改作文。学生朗读，她和全班同学一起即时点评。

“感情再充沛一点！”“他这个角度大家想到没有？”她像个乐队指挥一样调动着全班。

“该我了！”“我有不同看法！”学生们热烈响应。

听、说、读、写，多种训练同时进行，比单向的教师批阅效果更好。

学生越来越喜欢她。听说她可能不再担任班主任，学生们跑去求校长，哭着说：“一定要把刘老师留下啊！”毕业了，他们把自己的弟弟、妹妹牵到刘芳手上，点名要进她的班。

打开一扇心之门

2009年的一天，年轻老师章玉嘉向刘芳求助，声音都颤了：“我们班有个女生想自杀。”

找到那个女生，刘芳一伸手，摸到了纤细手腕上厚厚的纱布。这个平常很文静的小姑娘来自一个重组家庭，她觉得自己是个多余的人。

刘芳用一块布蒙上她的眼睛，说：“你就这样跟着我一天，试试我是怎样生活的。”

一天之后，刘芳问：“容易吗？”

“不容易。”

“我天天都是这样生活的。我都能好好活着，你有眼睛，又漂亮又可爱，完全可以比我活得更精彩，为什么要放弃自己呢？”

姑娘的眼泪大滴大滴落在刘芳手上。

刘芳又去姑娘家家访。她看不见路，只能让章玉嘉牵着自己。天黑了，她们坐一个多小时的车，又深一脚浅一脚走过狭窄的乡间小道，数着电线杆，才找到那个偏远的村子。

刘芳告诉家长，孩子什么都不缺，缺的就是一点爱。她把母亲的手拉到了女儿手腕的伤疤上："你不爱女儿吗？"

"爱。"质朴的农家妇女一辈子都没有这样袒露过感情，而当"爱"字出口，尘封已久的心门终于打开了，母女俩抱在一起，痛哭失声。

从2008年起，校长何代乾交给刘芳一份开创性工作——心理咨询。那时，贵州农村学校的心理辅导基本是空白。白云三中地处城乡接合部，青春期与社会转型期交织，千余名学生心理问题丛生。

刘芳把自己的工作概括成四个字——用爱倾听。

在她建立的"成长档案袋"中，学生塞进了各种各样的纸条，把不愿告诉别人的"秘密"向刘芳倾诉——"我无法克制住对她的好感。我的心总是上下浮沉，不知如何是好。"或者，"今天，最疼爱我的奶奶去世了，我想坚强一点，可是怎么也止不住泪水。"还有，"现在的父母对我恩重如山，但我渐渐长大，突然很想回到亲生父母身边去……"

让一个盲人去宽慰常人，这的确很少见。不过，任何人面对一个比自己更需要帮助的柔弱女子，再难的事也该想通了吧？

一次，一个陌生人因感情挫折想自杀，错把短信发给了刘芳。电话打通了，她劝导得小心翼翼："你只是一朵早开的花。有没有意识到，现在的你，其实不是你自己？"

前后三个月，刘芳一次次跟这个不曾谋面的姑娘通话，终于，姑娘有了笑声："刘老师，我答应你，好好活着。"

刘芳不止一次收到这样的留言："是您，在我心里点亮了一盏灯。"

那些穷孩子　那点滴的爱

记者采访时刚过中秋节，刘芳讲了一个月饼的故事。

有一年，她布置的作文是《中秋感怀》，男生陈祥写道："中秋节到了，每个人都在吃着月饼。而我却不知道月饼是什么滋味，甜的？酸的？看到很多人不爱吃，把月饼丢在了垃圾桶里，我好想捡起来吃了。"

刘芳读得心酸，就去他家家访。父母在外打工，他跟老人住在破旧的农家小屋里。刘芳听到窗户上的声音有点奇怪，一摸，连玻璃都没有，几片塑料纸在风中飘摇。第二天，她带给陈祥一块大月饼。

男生咬了一口，噙着泪花说："刘老师，月饼是甜的。"

很多年后，陈祥工作了，打电话要请老师吃饭。刘芳笑了："你喜欢吃什么就带我吃什么吧。"

停顿了一秒钟，陈祥说："我觉得最好吃的是月饼。"

贵州是全国贫困人口大省。学生全部来自农村和进城务工家庭的白云三中，贫困生很多。对穷孩子，刘芳总会多尽一份心力。

有个自幼失去一条腿的残疾男生，刘芳承担了他初中三年的学杂费，又攒钱帮他安假肢。一个中档假肢相当于刘芳半年的工资。没料到，这引发了"爱心接力"。一位干部听说此事，要求共担费用。没多久，假肢厂厂长来了："我免费给孩子量身定做一个高级假肢。"

终于能双脚走路了，男生跑来找刘芳："我能不能叫您妈妈？"

叫她"妈妈"的学生不止一个两个。

不久前的教师节，已大学毕业并也成了一名老师的袁凤梅发来短信："刘妈，感谢命运中出现了您。"

读初三时，袁凤梅的父亲病逝，刘芳把她当女儿来照顾。袁凤梅回忆："我最难的时候，刘妈始终陪在身边。她很少触碰我的伤心事，像阳光一样包容着我。"

中考前，刘芳抱着袁凤梅问：“还有什么问题吗？”

“你要相信女儿。”袁凤梅说，“你眼睛看不到了，还把我们教得这么好。我有什么理由学不好？”

那一点一滴的爱，在孩子们心里留下了长久的温暖。

一个孤儿在日记里写道：“刘老师，初中三年以来，一直都是我们全班四十几个同学看着您的一切，可是您却看不见我们的脸。您只能用心去体会我们对您的爱，用声音来辨别我们是谁。我好想为您做点什么，但是我一个孤儿想做却无能为力，唯一能做的就是默默地为您祈祷，希望有朝一日，您能复明。”

有遗憾，更有爱和力量

曾祥雷，刘芳的一个终生遗憾。

那是个有梦想的男生，喜欢音乐和美术，曾经在一篇随笔中写道：“有人说，人生是一片大海。这茫茫人海好像是一片音乐的海洋，人们在唱着生命的交响曲。”

但他初二时辍学了。在这片贫困的大山里，学生常常很小就跟着大人出去打工。刘芳和同事们家访的一个主要内容，经常就是苦口婆心地劝说家长，让孩子重返课堂。

刘芳把曾祥雷找回来，对他说：“先把书读好，才能更好地追逐梦想。”

学校里有个学生意外丧生，刘芳特意选曾祥雷代表班级去送花圈。这个敏感的男生懂得她的良苦用心，在另一篇随笔中写道：“刘老师是为了让我珍惜生命，不要做一些无意义的事。”

初中毕业后，曾祥雷又读职高，如愿找到了工作。

刘芳没想到，她可以扭转青春期的任性，却无法战胜根深蒂固的贫穷。

2011 年的一天，刘芳的手机响了，听到的是一位母亲的哽咽——曾祥雷死了。

他去架桥工地打工，在一场事故中，从四十米高处跌落下来。

整理遗物时，人们发现一封还没来得及寄出的信，两页纸，写于他死前一周，是写给刘芳的："我一次次逃课，您一次次把我叫回来，一句都没有骂过我。现在工作了，很开心。但每次想到您眼睛不好，我就很难过。等我挣了钱，一定帮您治好病。我就是您的儿子。有什么事情，您喊一声，我就会来的……"

这，是人们所知的他最后一个愿望。

刘芳的另一个遗憾是儿子。

她最后一次看清儿子阿牛的脸，他才七八岁，现在都读大学了。尽管能摸到儿子的鼻子、嘴巴、胡茬儿，她却只能想象，他长得帅不？黑不？她遗憾没能亲眼看到儿子的成长，更遗憾没能给儿子像其他妈妈那样的照顾。十多年来，关于儿子的每一缕记忆，都伴着甜美与刺痛。

才三岁，阿牛就会说："妈妈不抱，宝宝自己走。"

从五六岁起，他每天早上都是先送妈妈上班，自己再上学，风雨无阻。

那时在白云区，常有人看到这个场景：一个小不点牵着妈妈的手，左右张望着过斑马线。有车，他就说："妈妈不要动。"可以过了就喊："妈妈快跑快跑快跑！"

刘芳的丈夫常年在外打工。在母亲搬来同住之前那些年，刘芳都是独自带孩子。因磨砺而早熟的孩子，对妈妈有着更深的爱。

"我妈妈是个很平凡的人，但是做了很不平凡的事。"在小学作文中，阿牛写道，"她的眼睛看世界是黑暗的，可她的心在什么地方都会发光。"

自打刘芳坚持站在讲台上就非议不断："一个盲人，还教什么书啊？"但她有一种倔强的自尊——压力越大，越要站得直！而来自身边的爱和支持，则是她的力量源泉。

很多同事都当过刘芳的"秘书"，帮她打印资料、整理教案，领着她去吃饭、逛街、聊天。学生们都争着去搀扶她，把她牵到讲台上，还把粉笔、黑板擦放在固定位置，这样她一伸手就能拿到。

她的善良、乐观与坚强又感染着身边每一个人。有个同事的女儿要做手术，血浆不够，她第一个报名献血。全校师生都知道她的存折密码，谁有急需都可以借用。

“刘芳给我们很多力量。”同事毛艳红说，“她都认真地活，我们有什么理由随便过？”

一条奔腾不息的河流

刘芳爱读书。

甚至失明之后，她也常去逛书店。打开一本书，把脸埋进去，深深吸一口，当墨香弥漫胸腔，那字字句句就仿佛飞了出来，如萤火虫般环绕着她，让她沉醉不已。

她小学五年级写了第一首诗，后来在报刊上发表过一些小作品。电脑装了盲人软件后，经常敲点东西就成了她最大的乐趣。令人惊叹的是，她先后完成了两部长篇小说，一部十七万字，一部二十八万字，其中一部已经出版。

2011 年 7 月，她和一些年龄相仿的同事去外地参加培训，闲谈间，大家谈起了共同的青春岁月。有人随口建议：“你也写写我们的青春呗。”

那一晚，她失眠了，十几年人生风雨如海啸般涌上心头。一张张远去或变老的面孔，一群群来了又走的学生，校园里每个角落，大山里的偏远村庄，那些欢笑，那些泪水……一桩桩、一件件，像是得到召唤一样浮现在脑海中，让她心潮澎湃，血脉偾张。

回到家，她打开电脑，一口气写了两千多字。此后，在教课、做家务、督促孩子写作业的间隙，她每天坚持写作，顺畅时一天能写五千字。

万籁俱寂的夜晚，她盘腿坐在小桌前，手指轻触贴着特殊标记的键盘，听着读字的声音，一路敲下去。黑暗里似乎打开了一个舞台，故事轮番上演，如河水般奔流不息。她要做的，就是把它们记录下来。

海伦·凯勒曾在《假如给我三天光明》中记述，一位明眼朋友在树林中穿行了一个小时，却说“没看到什么特别的”。而对她来说，一块树皮、一朵花、一只小鸟的跳跃、一股小溪的清凉，都那么美，像“一场极其动人而且演不完的戏剧”。

刘芳深感共鸣：“常人总以为世界的千姿百态是理所当然的，只有失明之后才懂得珍惜。”

“比如灰尘，”她说，“很多人抖被子、拍枕头，都抱怨‘好大的灰呀！’对我来说，每一粒灰尘都是有生命的，跳跃在记忆之中。以前在阳光中看见灰尘，从没注意过它们，现在灰尘随风飘动的样子却令我神往。”

很多曾被忽视的细节，写作时竟历历在目。

那些搞怪、尴尬的场景，让她忍俊不禁；那些求知若渴又困苦无助的孩子，那些美景与贫穷交织的山村，那些因生活重压无奈离去的同事，让她笔重千钧。

2011 年 4 月的一天晚上，敲完最后一个字，刘芳仰面瘫倒在沙发上。心绪从主人公感伤的世界里缓缓退潮，归于平静。她仿佛重过了一遍人生，如今只剩灰色“水波纹”还在眼前晃动。而顶灯在眼皮上照出的光晕，像新的希望在远远地召唤。

在小说的前言中，她写下一句话：“一条河，在地面奔腾时是一条河，在地下流淌时还是一条河，最后它们都奔向了大海，在那里它们的灵魂是平等的。”

记者：李柯勇、李春惠

自序 假如给我一天光明

如果能给我一天的光明，那就太奢侈了！一天 24 个小时，1440 分钟，86400 秒，这么算，时间好像被拉长了。我一定喜极而泣，任由眼泪模糊了这个久别的世界和那些久别的人。

我会先去看看爸爸的遗像，给他一个微笑。他是在我怀抱里离开这个世界的，我要让他看看，我不是过得好好的吗？再看看妈妈的脸，估计我老了就是她这个样子，我会穿得比她还漂亮些。再好好看看我的家，每一张木板、每一块花布、每一颗铁钉，都是我去挑选的，只是，我从不曾见过它的模样。

我不会告诉任何人“我能看见了”这件事，不然亲朋好友就会嘘寒问暖呀、围观惊叹呀，太耽误宝贵的时间了。我还是会照旧挽着他们的胳膊，把熟悉的不熟悉的街道都走一遍，看看日新月异的家乡；牵着他们的手，把校园里的每一个角落走遍，听说迎春花的藤都长到墙外去了，听说宣传栏里没有了我的耕耘改成了固定的标语，听说新修的教学楼运动场很气派……

如果迎面有同事走过来，我就打招呼：“嗨，你今天看起来心情不错呀！”他一定表情难过而又假装轻松地回答：“对！就你是用心看我们的。

看你眼睛亮亮的，总有一天你会看见的！”

我一定不告诉他们，岁月这把刀子割得他们只剩下青春的尾巴了！

学生换了好几茬，总有调皮的孩子猛地跳到我面前：“猜猜我是谁？”今天我会毫不犹豫地说：“金蝶呗。”她一定又惊又喜地跟同学们说，其实刘老师是看得见的。

我要去上一节课，一节看得见所有孩子表情和小动作的课。我不责怪他们，我会拿着语文书，在黑板上端正地写上：“每一朵花都应该在属于它的季节里努力绽放。”

如果天气晴朗，我就把枕头被子抱到阳台上晒晒，拍拍它们。阳光里有很多灰尘在跳跃飞舞，我绝对不嫌弃它们。在我看来，每一粒灰尘都是有生命的小精灵。如果是雨天，我就静静地看雨，看它们斜斜地飘着，洗净天地也洗净我的眼。如果是阴天，我就等一阵风吹过窗纱，我在窗下看《读者》或者是《译林》，因为篇幅小，可以看好几篇。

我还要和闺密毛毛去我们常去的服装店，亲手帮她挑选一条裙子，给儿子挑选一套T恤和牛仔裤。如果幸运的话，我可以在街上碰到很多熟人，他们都习惯性同情地看我，热情地打着招呼。看到的都是真实的，听到的都是美好的，我想。

不管怎样，我都要抽空去拜访一个人。认识他十年了，谈了十年的贵州农村教育，感受他十年来不断破茧而出的痛苦和喜悦。听说他戴着眼镜，满是睿智。

夜晚总会来临，但是没有人知道夜的黑不是看不见的黑，只是黑得看不清楚罢了。老公下班了，儿子放学了，吃妈妈做的饭，我要求自己夹菜，饭后抢着去洗碗，然后一起看娱乐节目。

我还想看看，微信是啥样？QQ表情是什么？大数据怎么大？“互联网”家还是“互联网+”？我要偷偷发一个“偷笑”的表情给儿子，让他追问我到底发现了他什么秘密，说妈妈与时俱进，会玩QQ啦……

夜深了，我不睡，太浪费时间了。我会独坐书房，看我以前写的东西，日记、教案、情诗。他们说我的字像男人写的，我都忘了，那就在日记本里写上："闻茶香，你渴了；闻花香，你闲了；闻书香，你空虚了。"翻看老相片，看看前不久去过的北京天安门、白马寺、少林寺、庐山、井冈山、昆明世博园，让我再来一次身临其境。

从十七楼往下看街景，车灯如流星。我要借着微弱的光线看熟睡中的儿子，告诉他，十年了，妈妈终于又看见你了，既熟悉又陌生的面孔，模样像个天使。我会把剩下的时间都留给他，静静地看着他。最后一秒到来时，我会在心里对他说：如果生命对我来说是一场灾难，我也要在废墟上勇敢地开一朵小花，我看不见你，但是你可以看到我。

假如真的有这么一天，那我还会不会奢求再给我一天？

一·玫瑰花开

玫瑰花语

再也没有一种花能让全世界一起羞涩、甜蜜和向往了，

因为我象征了永恒的爱情，

爱与美在我身上完美地统一，

每一个拥有我的人都会容光焕发，

幸福而美丽。

1

井台乡更名为井台镇了，第一个改变就是镇政府，他们以最快的速度建起了品字形的政府大楼，楼前有个带花坛、喷泉和仿古回廊的大广场，这座气宇轩昂的建筑物的建成标志着我们这里城镇化的正式开始。不久，旁边就修建了农贸市场和商品房，把从前标志性建筑的井台中学比了下去，让它成了一个灰扑扑的角落。学校有老师酸溜溜地说：看来我们的工资要相应地涨点了吧，怎么也得跟这城镇发展相匹配呀，不然我们心里怎么能平衡呢？马上有人更正：怎么可能，钱都拿去修镇政府大楼了。有人讥讽道：你们太幼稚了，每一年发给学校的钱都不如他们维护喷泉的费用多呢。学校这样的净土，怎么可以谈论这么庸俗的话题呢？马上有人反驳：老师也是人啊。总而言之，谈钱就不亲热了，守好你那一亩三分地就好了，别想多了，想多了累。

我们的确没有想那么多，外面的变化我们是看到了，挺好的，给人一种欣欣向荣的景象，心里就充满了蓬勃向上的力量。在学校里面我们谈的还是教育那点事情，跟外面有关系，但是暂时关系不大。

我跟张家悦说起高中同学的故事，家悦笑岔了气："天啊，哪里会有这样的事情嘛！你，就鬼扯吧你！"她趴在被子上拍着花枕头笑个不停，尖着小嗓子道："你们没有上过生理卫生课呀！那么无知！哈哈哈！"这回我说的是：读大一那年，我的同学温箫语交了一个男朋友，本来两个人发展得挺好的，牵牵手散散步逛逛街吃吃饭，走得很常规，可是有一天男朋友突然提出一个非分之想，想吻她一下，这下可把她吓得半死，死活不干，还痛不欲生地说："你想害死我呀！我妈说这样做是会怀孕的。"她男朋友大惑不解，红着脸解释："绝对不会的，怎么可能嘛，你妈妈是吓唬你的！只是亲亲你而已，我向你保证！"她就吓哭了："不要……你骗人！呜呜呜……你是个骗子！"我说完了一再强调这个情节是真实的，家悦笑得几乎背过气去，她笑我模仿的样子，也笑我说的话，就是不信。不信也有道理，她妈妈是医生，她懂得的要比别人早，也比别人多。笑了一会儿我们不禁感叹，那时候的人真单纯啊，其实也在电教室里看了生理卫生片的，开篇一个高亢的男声道："我们敬爱的周总理十分关心青少年的健康成长……"让人记住的是片子里播音员高亢激昂的腔调，内容却一点没有了印象。只记得两个班的男生在前面站了一堆，黑压压的，后面是女生，羞答答哪里敢抬头看啊，男生不知道突然看到什么了，哄笑起来，还有人发出怪叫，甚至是吹起了口哨。女生其实啥也看不到，啥也听不清，没等到下课就红着脸从后门跑光了。这就是我永远都忘记不了的唯一一次青春期教育。

我对家悦解释："喂喂，不要以为你晓得别人就一定晓得，那个年代过来的人都差不多，知道的少得可怜，知道的途径也不多，有的途径甚至很阴暗神秘呢。我有个初中男同学他爸爸有一本医书，好像是叫《赤脚医生》，他把其中的几页撕下来当宝典，五毛钱一看呢，多少人打听怎么才能找到他啊！哈哈哈……"后面的"五毛钱一看"是我故意杜撰的，就是想看家悦笑的样子。家悦笑道："真恶心。嗯，你说现在的孩子懂得多少呢？肯定比我们当年醒事早，知道的也多吧。""那是当然！"我说，"现在有些影视剧啥都敢演，涉及暴力的色情的赌博的，简直是目不忍睹，我都不好意思跟我父母一起看录像带，生怕看到大家都尴尬的情节。别说是影视剧，就是那些演员喽导演喽，小道消息和花边新闻都够你胡思乱想好几天的，还是四大天王他们纯净，连女朋友都没有找，歌唱得好，戏演得也好，人长得又帅气，人品也好。"家悦撇了撇嘴："这就不知道喽，有了老婆也是可能的，明星们流行隐瞒婚姻，就是怕我们不爱他们了。"我就笑了，我们爱明星，也会爱明星的配偶的！

过了一个月学校就出大事了：有个初三女学生才毕业，放暑假在家里呱唧生下一个孩子来！家长找到学校来闹，好在学校还没有正式开学，只有几个领导在值班，想办法赶紧给平息了，没给学校造成很坏的影响。

我是开学时从丁铁生那里知道的，他中午在食堂里眉飞色舞宣布道："晓得了没有，啊？你们晓得了没有？我们学校的女学生生了一个娃娃！"我心里一惊，和家悦对视了一眼，也竖着耳朵听着。马上有人问："哪一个哪一个？叫什么名字知道吧？""叫什么我不知道，这个我还没有打听。"铁生一边往嘴里扒饭，一边端着碗走向另外一张饭桌，接着传播他的坏消息去了，那一桌子的人马上也爆炸开来，大声地谈论起来："我的妈呀，谁干的呢，要找到是谁干的就好了！"有人说："好什么呀，一不小心就当了爹，知道了还不吓得半死呀，太可怕了！"有人接嘴道："你小子干过？这么有经验，当年你就被吓死过，是吧。"还有人说："怎么就没有人发现呢？这么长的时间，班上总应该有人看出来她不对劲吧？""问题是我们都没有在冯老师的班任教呀，是谁呀？"几个人齐声道。他们就四处张望，然后看到了张大嘴巴的我和家悦。铁生马上就折回来，醒悟道："问错了人，明显当事人在这里嘛！"他用筷子点着我们："快说说是你们班的谁呀，你们俩不都教这个班吗？还这么会装死，一个教语文，一个教英语。"我没好气地白了他一眼道："我都是从你这里知道的呢，大嘴乌鸦！"铁生忙说："你快去问问冯老师，她肯定晓得了。"我和家悦早就好奇心起，环视了一下食堂，五张烂课桌改的饭桌旁都没有冯老师的身影，这就奇了怪了，很反常，她一般都在食堂吃中饭的，难道真的出了事情？

真的出了事情，下午看到冯老师的时候她的眼圈红红的，一脸的疲惫。我连忙走过去，拉住她的手，唉，冰凉，还没有等我开口冯老师就先开了口："你说说嘛，哪里有这个道理，校长说我不关心学生，出了这么大的事，思楠，你说，你也看到的吧，我们还说李丽怎么长这么胖了，又说过青春期不就是这样胖乎乎的？你还告过她的状，说她上课爱打瞌睡，喊起来又倒下去，成天懒洋洋的，是吧？谁会往那上面想嘛！咋个就成了我一个人不负责任了呢？”说着就哽咽了。冯老师是个很认真的人，性子很急，说话却又很缓慢，所以经常在说话的时候脸就涨得通红，我为了安慰她，连忙帮她补充道：“是啊是啊，好几次我都说李丽只要倒下去呀，用筷子都夹不起来，就是个懒姑娘！”她嗯着。我马上又安慰道：“冯老师，校长骂你了？别哭，你忘了，校长不也在你这个班教‘思品’吗？他不也没有看出来！他咋个不先骂自己呢？哎呀，冯老师啊，我也没有想到，居然是李丽这丫头，真想不到。”经我这么一提醒，她恍然醒悟：“对呀对呀，我咋就没有想到这一点呢？他一吼一叫就把我吓蒙了。我们班的任课老师里就他家生过小孩子，我们懂啥呀，他才懂，他咋没有看出来呢！”大家就长长地叹出一口气来，心里舒服多了，眼睛不由自主看到冯老师隆起的肚子上了，家悦说：“冯老师，你可不能生气，我妈说的，怀孕爱生气不好，生的孩子爱哭闹，月子里不好带，别动了胎气。”说完很细心地理了理冯老师的头发，扯了扯她的衣服角，满眼的关切，冯老师马上很勉强地笑了笑，一定是笑给自己未出世的孩子看的。她下意识地抚摸着自己的肚子，说：“可不是，我怀孕多不容易啊，保胎就保了三个月，千小心万小心的生怕保不住，人家李丽还上体育课，玩后滚翻前滚翻单杠双杠，我自叹不如！走了走了，回办公室吧，想想就头疼肚子疼。”

冯老师走了，家悦的一句话又让大家心里很不是滋味，她说：“现在不是谈哪个老师的责任问题，问题是李丽生了孩子怎么办，她自己都还是个孩子，孩子又怎么办？谁养活呀？”我们就都像被扼住了咽喉似的难受，是啊，我们怎么知道怎么办！难道把那个小孩子掐死？丢掉？就当这件事没有发生过？不可能嘛，那是一个无辜的小生命啊，他知道了也不愿意以这样的方式来到这个世界吧。心里这么想着，觉得每个人都有责任了，是不是该给女生做做青春期教育了呢。

第二天学校就炸锅了，各种版本随之而生。

不懂事的表哥干的，邻居那个流氓干的，就是本班的年龄大的男生干的……还好，没有谣传是某个老师干的，谢天谢地。

最后的完整版是铁生带来的：一个同村的毕业了两三年的男孩子干的。那是一次同学生日聚会，李丽跟他认识了，几个姑娘里就李丽长得白净乖巧些，一来二去就好了，瞒着父母做了不该做的事情，后来就有了身孕，先是不知道，等知道了也不敢跟长期在外地打工的父母说，更不知道怎么处理，就自己藏着，前几个月也不大看得出来，本来长得就有点胖，后来也只是觉得腰粗了些，再后来肚子显现了出来，就想办法扯了床单做成绷带紧紧地缠住自己的身子，肥大的校服和背在身前大大的书包也帮了忙，照样挑水做饭，照样上学读书，照样坚持上体育课，只是课上偶尔请假在一边儿玩。谁也没有人往那上面去想，也就瞒天过海直到东窗事发。

那天早上，李丽的姨妈让她先去挑一担水再回来喂猪，她才挑回来就觉得肚子疼得厉害，跑去上厕所，谁知道把个孩子就生在了那里，还是她姨妈路过听到哭声才发现这一对可怜的母子睡在肮脏的厕所地上。一家人吃惊不小，天天生活在一起怎么就没有发现这天大的秘密呢！后来男方托人来问生了个啥，听说是个男娃娃，四肢齐全，五官周正，四斤四两重，就把他们母子接了回去，稀里糊涂过起了日子。在农村这样的事情也是有过的，大家谈论一段时间就淡忘了，就像村头的小河，里面偶尔漂过一只什么阿猫阿狗的，大家吓一跳，指指点点两三天，过后就忘了，河水还得继续向前流淌。

大家诧异的是丁铁生是怎么知道得这么详细的，真乃神人也！他不去美国中央情报局都浪费了人才。大家在办公室里聊这事，生活在农村的老师们淡淡地说：“没办法，农村里有这样的事情不稀奇的。”

生过孩子的女老师都觉得这件事太不可思议了，讨论了很久，焦点放在：她的家人太大意了，天天生活在一起怎么就没看出来呢？同学之间就没有知道的？嘴巴这么紧，就没有一个肯透点风的？她自己就不害怕？不害怕怎么可能呢，内心可够强大的，够勇敢的呢！

后来镇教办来调查过，因为不是把孩子生在学校里，责任就没有那么大，差一点因为这事被一票否决而扣了我们少得可怜的年终奖。副镇长临走丢了一句话“你们井台中学破事真多”。

大家虽然觉得委屈，但是事情已经出了，怪谁都有理，唉，又多了一个茶余饭后的谈资。

蒋寒说：“坏事了，将来这小孩长大了，还要来井台中学读书，是喊你们奶奶还是外婆呢？”大家就集体用眼神鄙视他，一齐道：“喊你外公！”但是，还别说，来读书这事情太有可能了，我们还得在这里工作很多年呢，那孩子会聪明健康吗？这可是个问题呀！

2

开学的第一周就开了三次班主任会，校委会反复恳请班主任加强学生这方面的管理，提醒适当进行青春期的教育，就怕再出类似的事情。

我倒是觉得我们井台中学越来越好了，生源好了，学生素质高了，老师们的干劲特别足，整个校园朝气蓬勃。

那天学生正在做广播体操，霍康撇着嘴角踱到我的身旁，压低了声音诡秘地对我说：“刘思楠，你看看你们班第五个女生，是不是有点问题，那么胖。”我心里咯噔一下，“哪里哪里？”我眯缝着眼睛顺着数过去，一看就来气了，“我们班的王兰，大班长，乖得要死，不可能！”他吐出一口气说：“你说乖就乖了？闷葫芦干大事，出了事情是要负责任的，你下去查一下吧。”声音里带着威胁，虽然他长得那么猥琐，却也能装出这样正经的架势来。我很不乐意地说：“你看嘛你看嘛，她的腿踢得那么高，看，看，跳跃动作那么轻巧！不像，我看不像，就是胖了点。”他马上板着脸说：“万一她是为了掩人耳目故意跳得那么高的呢？现在的娃娃心眼多得很，防不胜防啊，小心点好，小思楠！”我正想争辩，广播操结束了，他赶紧补充说："刘老师，反正我是跟你打过招呼的，听不听由你，班主任要有责任心！又不是没有出过事，警钟长鸣啊，你自己把握吧。"出于无奈，我点了点头答应了，心里很不舒服。

他一席话害得我真的做了一个自己都觉得很恶心的动作，王兰经过我身边的时候，我一把拉住她，还故意紧紧地搂着她的腰，亲热地走回教室，虽然平时也这么做过，今天由于我心里有鬼就显得很不自然起来。也许在王兰看来今天她是受宠若惊了，心情大好，满脸放红光呢，觉得身上一定落了好多羡慕的目光。

中午回到寝室我就跟家悦和黄小诺抱怨："家悦你们说说，你们知道啥叫草木皆兵不？你们知道啥叫惊弓之鸟不？你们知道啥叫一朝被蛇咬，十年怕井绳不？你们知道啥叫血口喷人、无中生有不？"黄小诺一脸的愕然："哟，思楠，你被人举报乱收费了呀？看你就像被踩到尾巴了一样乱蹦乱跳的，哈哈！"家悦就笑了，她慢条斯理道："其实也能理解，哪个都怕出事情，领导嘛，更怕，因为有前车之鉴了。那你就去侦查一下呗，好放心，一般是不会有事的，你别说，我也要去我们班上提醒一下呢，我们班漂亮姑娘那么多，成绩又好，马上就要中考了。"小诺像个外星人那样瞪圆了眼睛："今天，你们俩是干啥呀，你们两个班里有女学生被拐卖啦？看你们俩急得跟热锅上的蚂蚁一样。"我们才知道她居然不晓得出了这么大的事情，可见她最近不在学校这个"江湖上"混了。简单跟她说了情况，她就"天呀天呀，哎呀，我的天呀"叫个不停，也"大吃一斤，小吃八两"的样子。

想想霍康讲的道理肯定是对的，包括他的提醒也是对的，只是因为我讨厌他才这么抵触他。可是我怎么问学生呢？"嗨，王兰，你怎么这么胖了呀？王兰，你身体没有哪里不舒服吧？想不想呕吐呀？王兰，你'大姨妈'来得正常不？王兰，要不我带你去医院看看？"我可以想象王兰疑惑或者惊恐的眼神。想了一晚上，第二天我终于有了自己的主意。

第三节课我上作文课，讲"借景抒情"，讲了大半节课后，我话锋一转道："同学们，说完自然景物带给我们身心不同的感受，我们讲点题外话可以吗？”一听这话，刚才还怕被我提问了低下去的小脑袋都昂了起来，这是惯例，估计我要讲故事了。我说：“自然界的花花草草都是有自己生长的周期的，春夏秋冬，花开花谢，周而复始，是这样的美好，我像你们这么大的时候呢，就喜欢栽花种草，在院子里栽了一排夜来香，每到黄昏我就去守着，因为可以看到它们慢慢开放，像一只只黄蝴蝶破茧而出。但是我很淘气，性子很急，有一次不等花苞自己裂开、花瓣自己舒展就直接把它们掰开了，还凑上去闻，很开心提前闻到花香，可是等到别的花一朵接一朵开了，我就后悔了，因为那些花朵开得很自然很舒展，也很鲜艳，香气流动，时间持久，而我弄开的那朵花呢开得是那么别扭难看，像一张受气的小姑娘的脸，还像一只受伤的黄蝴蝶，别提我有多后悔了。我不知道你们做过这样的傻事没有？”听到这里大家都笑了：“是的是的，我们都干过！”“刘老师，你也调皮过呀？”教室里开了锅，讨论声咕嘟咕嘟地冒着泡，我点了两个讨论最热烈的站起来说说，一个说他把刚长出来的谷掰开来看，看里面结了苞谷粒没有，结果那个苞谷就烂掉了；一个说他把黄瓜花掐了，小瓜就干巴了，再也没有长大。农村长大的孩子没少干过这样的事情，大家后来还说到了把蜻蜓的翅膀折断了不让它飞呀，在狗尾巴上绑着鞭炮点着吓得它满院子乱窜呀，五花八门的，我打住了他们：“扯远了吧，喂喂喂扯远了吧，回来回来喽！”大家就笑了。我接着说：“是啊，人就是自然界的一分子，女孩子就像花儿一样……”我还没有说完，一个男学生接嘴道：“我们男生就像草儿一样！”另外一个男生怪腔怪调地说：“没有我们小草作陪衬，花儿就不美了，哈哈！”学生就是这样，你给他们一个自由发挥的机会，他们就天马行空起来。我目光一扫，看见了的就闭嘴了，没看见的还哇啦哇啦讲个没完，同学之间就互相提醒着安静了下来。我接着说：“我觉得吧，女孩子就应该像花儿一样，该是花骨朵的时候就是花骨朵，该开花的时候再开花，那才美，那才好，也就是说，做你该做的事情，保护好自己，照顾好自己，不然啊，就像有一些受到伤害的花儿一样，过早地开就会过早地谢，在属于她的季节里反而凋零了。”大家很安静地听着，若有所思，尤其是看上去成熟一点的女生，明显脸红了。一个男生突然冒出一句：“不然就成残花败柳了。”大家就都笑了起来。另一个男生又冒出一句：“咋个不说说我们小草呢，没有人管呀，就这么算了呀？”大家又笑了起来。我补充说：“男生嘛，你们今天是小草，明天就应该是参天大树，我们全靠你们保护呀！”话说完场面又一次失控，大家互相打趣儿说对方：“你是狗尾巴草，长大了是棵啥子树呀，还不是一棵大号的狗尾巴草！”“你才是根老南瓜藤，老红薯藤！烂黄瓜藤……”下课了，男生都冲了出去，打闹着，就像我刚才啥也没有说过一样。我对留下来的女生说：“保护好自己，真遇到困难记得一定要告诉父母，也可以来找老师。”还好，她们看上去好像有点想法了，眼神里有了警惕，还有羞涩和慌张，我暗喜，应该有点效果了吧。

这一次的作文，好几个语文成绩好的女孩子把大家的课堂讨论内容也写了进去，似有所悟，我圈了出来，给了高分。其实李丽生了一个孩子的事情全校学生都知道了，就这么大一个乡几个村子，要想不知道还不太容易，十多岁的孩子，我想他们多多少少是明白我在说什么的。

张家悦教的是初三好班，其实也在着急这个事情，听了我的方法也如法炮制了一回，感觉效果还不错，学生听得相当认真。让她担心的是，讲完之后，她看到有几个女生的脸居然不自然地红了，这是一个多么不好的信号啊，难道情况不妙？果真是草木皆兵啊！我就嘲笑她：“家悦，你不会自己没有结婚就先当外婆了吧！”因为家悦平时一提到班上的学生就说“我们班的娃儿、我的娃娃们”，视如己出，有几个还关系好得非同一般。家悦脸一红，笑骂道：“你个乌鸦嘴！呸呸呸！我们班娃儿那么乖，她们绝对不敢！”但是我明显听出她最后一句话底气不足，唉，这群说大不大，说小不小的青春期孩子啊，看把我们当老师的折磨成啥样。

老谢和邓秀兰这两个带班老手听说了我的方法，一个笑着拍拍我的肩膀道：“亲爱的，你太年轻了，写抒情诗呀，没有用的！直接板着脸骂一通就行了，来来来，我现场给你做一个示范动作，你就沉着脸说：‘给我听好了，啥事做得啥事做不得啊，给我记住喽，别给我做丢脸的事：别丢了爹妈的脸，丢了自己的脸，丢了你老师我的脸！你今天不要脸，以后别人也不把你的脸当脸！’管用得很，有的道理呀，等你跟他十年八年讲明白了就晚了，知道不，花呀朵呀草呀，听不懂还浪费时间，那是城里孩子琢磨的话。”另外一个笑呵呵地说：“我就拿个扫把疙瘩，经常威胁他们，说要替他们爹妈好好管着他们，不然打断他们的狗腿，先吓唬着，别让他们在学校里出事才是王道。”我脸一热，想想也是有道理的，但是不管黑猫白猫，抓到老鼠才是好猫，转念这么一想，就原谅自己的幼稚无能了，他们的狠招我一时半会儿也学不来，尤其是不会那么利索地发脾气骂人，那叫功夫啊，先这么着吧。想到蒋寒就是教生物的，跟他说了，希望他能利用学科特点给娃儿们多讲点这方面的知识，他却说：“点到为止，只能点到为止，有些章节我是不敢乱讲的，讲多了，怕是不该懂的他们懂了，该懂的都没记住，再说，我是个男老师，你就放过我吧，你实在想讲呢，我就拿书给你，你自己去讲，你又不是不懂。”我的眼睛都要气得鼓出来了：“蒋大爷，科学，那是科学！你要有一种科学的态度和职业道德嘛！”蒋寒无辜地说：“科学是科学，你要看是在哪块试验田里讲科学嘛，这荒郊野外的，我是个男的，咋个讲法嘛，我的天，干脆要了我的命吧！”我坏笑了一声：“那，蒋大爷，我果真有这么一块试验田的话，就用个棍子把你这个没心没肺的家伙戳在田地里做一个稻草人，你信不信？”他点头说：“信。”然后转身一溜烟跑了。

唉，我也知道，有的事情的确是可以无师自通的，不在社会上摸爬滚打几年，吃几次亏，倒几回霉，是不会懂事的，可是她们都是小姑娘呀，真让人揪心。

教育要怎么做呢？我茫然了。

办公室的老谢看我这几天闷闷不乐的，就开导我说：有些事情是我们管不了的，男生也好女生也好，都会自己长大的，能管他们一辈子？走上社会自然就好了，再说，问问学生家长，谁不是不满二十岁就结婚生娃的，要想教呀，从家长教起吧，累。

想想也有道理。

3

杞人忧天！该懂的时候他们会懂的，瞎操心。这是蒋寒对我们的评价。

有的姑娘自己也笨，爹妈巴不得早点把她嫁出去，有人肯要就不错了。这是袁英给我的安慰。

要是我家姑娘混成这样，我一脚踹不死她。这是铁生的观点。

还是家悦反应特别，她回去翻出她妈妈的医书，补充了好多知识，然后转告给了我。还别说，好多事情连我们都不知道，下一次我就要从生理学的角度引导学生了，试试看呗。

开学这么久黄小诺不知道死到哪里去了，早上没有课，也就看不到她的人影儿，下午满满的全是课，这个教室进那个教室出，马不停蹄，上完课就跑得没影儿了。有一天好不容易抓到她，我故作伤感地问："最近在忙啥呢，好久不见，人家都快得相思病了，中午家悦做饭也没有人吃了，这是对朋友厨艺的变相贬低啊！"家悦马上更正："不关我的事，别把我拉进来，我就会炒干萝卜丝，人家小诺是啥级别啥品味的呀，要吃大饭店的燕窝、熊掌和鱼翅。"我接着调侃："那倒是，再说好久也没有带我去陪人相亲了，饭局都少了许多，这是过河拆桥呢，兔死狗烹呢，还是釜底抽薪呢？"说完我就定定地看着她，她就神秘地一笑："过不了多久，你就晓得了，第一个让你知道，家悦第二个知道，思楠，我是一个有梦想的人！当媒婆那只能抽空去做，那叫钟点工，我要做一个双职业白领。""做你的春秋大头梦吧，白天都能梦着月亮，晚上梦到天上往下掉人民币。"我冲着她八厘米的高跟鞋和微黄的头发恶狠狠地说，“我等你的好消息啊，等你的彩虹落地满山开花！”

家悦摇摇头说：“这个黄小诺的确有想法，也很正常，满世界的人都在做生意，好像不去商海里扑腾一下人生就不完美了，不安分的人太多了，阿猫阿狗都觉得自己能瞬间发财，一夜暴富。我有两个同学就去深圳了，不晓得是去卖假药呢，还是卖真皮包包？反正每次回来都要把我们召集在一起，大谈特谈他们的生意经，我一点都不感兴趣，他们还动员我过去，说介绍我去一个大公司当秘书，我家武谦说了，要是我想去呀，就做个笼子把我锁在里面，说他们不栽跟头不知道啥叫江湖险恶，人心叵测。”我笑了笑说：“太正常了，你看我们井台镇嘛，以前是摆地摊，铺块塑料纸就开卖，现在都搭了架子，在水泥台子上叫卖了。连我的学生，以前是提篮子卖鸡蛋，现在也换成推板车卖，旁边摆放个小喇叭，还对我说他的生意做大了，没有个车不行，瞬间上了一个新台阶呢。经济发展了，有人的地方都会被经济大潮打湿点儿。”她一拍手道：“对，我们就眼睁睁看到黄小诺呀、丁铁生呀被浪花打湿了双手！”

还没有等我把黄小诺拷问出来，贾校长的一个规定就把小诺给招了回来，回来得还心甘情愿，欢天喜地。原来，我们井台中学除了放学后的体训队有活动之外，早早就把其他学生放了，校长决定把课外活动搞起来，他说：“教育这个阵地就是这样，你不占领，就会被敌人占领。敌人是谁？就是空闲，闲得发慌闲得无聊就容易出事，出什么事？打架呀，赌博呀，去台球室呀，谈恋爱呀，满寨子闲逛，满山坡乱跑呀，一下河洗澡还不小心淹死几个，还能干啥呀。”文件一出台，下面就活跃起来了，大家都觉得有道理就要支持。我参加了书法班，家悦参加了编织班，袁英参加了烹饪班，蒋寒和铁生参加了霍康办的养殖班，绘画班，合唱班，动植物标本班，五花八门的，好不热闹。黄小诺自创了一个谁也没有想到的理发班！连老贾也没有想到她还有这么一把刷子。原来如此啊，她在外面鬼鬼祟祟学的是理发呀。

各种兴趣班还没有开张，小诺就打上了我的主意。我在寝室里裁纸的时候她就拿着梳子、剪子在我头上比来划去的，我说：“你想谋财害命呀！我很值钱的，记得买家是周凯啊，我是他的人，估计卖给别人不好出手哟。”小诺狡黠地一笑：“怎么？就成了人家的人啦！”我脸一热，白了她一眼，转身坐下来，说：“你说吧，要把我怎么着？是三七开呢，中分呢，还是大背头？”我是用这个来掩盖我说错了话而产生的羞涩。她大喜过望：“跟你说吧，我在外面学了一个多月，就差在活人头上实际操作了，师傅说了我很有灵气的，过了动手这一关就好了，就是跨过心理这个坎儿的事！你真的愿意配合一下？我家姚航都没有你这么耿直，我就动手了哈！你后悔还来得及！”不知道为什么一股子豪气直冲云霄，为朋友嘛，这算什么，不就剪个发，又不是割脑袋，即使剪不好还可以像韭菜一样重新长出来的，我一拍脑门爽快地答应道：“上！”

小诺激动得满脸泛着红光，她给我围上了一块桌布，拢了拢我才从男式头留成的童花头，胸有成竹地说：“交给我吧，我给你剪一个月亮头，最近比较流行，后面短，两鬓长，正好遮遮你的胖脸。”嗯，还不忘记我脸大，来吧，为朋友“两鬓插剪刀”。小诺就有模有样地剪了起来，半个下午一通忙活，她终于宣布大功告成了，我只觉得脑袋轻松凉快了好多，用手摸了摸，好短，可惜寝室里没有一面镜子。

第一个看见我的当然是小诺，她很满意她的处女作，前后左右欣赏了半天，夸了我的美丽大方，也夸了自己的手艺精湛。你想啊，一个美得像小仙女一样的人儿夸你，你是不是觉得自己也一样美若天仙了呢？这就叫错觉，叫自作多情。第二个看见我的是家悦，她愣了一下，倒吸了一口凉气，马上对我面带同情之色，转而对着小诺喊：“千万千万不要打我的主意，武谦喜欢我留长发，真的真的。”然后又看了看我，欲言又止。第三个看见我的是教体育的杨老师，他皱着眉头对我说：“小刘啊，要戴个帽子才行，外面晒得很，你着不住的！”第四个看见我的是蒋寒这个该死的，他见了我转身就跑，边跑边说：“我啥也没有看见，啥也没有看见，就当我啥也没有看见哈！”下午我去了一趟银行办点事，所以第五个见到我的是温箫语，她看到我时眼珠子都要掉下来了，她的同事全部站起来从柜台的窗口里看着我，都很吃惊：“哪个理发店干的呀，太缺德了，刘老师，找他们赔钱啊！”第六个看到我的是周凯，他阴沉着脸道：“也只有你会让黄小诺乱整，她也算是你的好朋友？有这么下狠手害人的吗？讲好的留长了头发好结婚的，你自己去照照镜子，成啥样啦！”后面又小声嘟囔了一句：“还嫌自己的脸不够大，哼！”他以为我没有听到最后那一句，我的火噌就上来了：“你很在乎一个人的长相吗？还没有结婚你就开始嫌弃我长得不好看，那你去找个好看的就是啦，找个猫脸的狗脸的，蛇脸的也可以，还来得及！”我越说越来气。他说：“不要说我带不出去见人，就是你自己也应该觉得走不出家门嘛。”我说：“还觉得我丢人了呀，我丑我自己，又没有丑到你，那你就不带呗！”他只说了一句：“我不是这个意思。”我抢白道：“那你是什么意思，你没有意思，如果你爱我，就会爱我的一切，包括我的胖脸，我的短发，这重要吗？重要的是你真的爱我还是爱我的发型呢？”见他没有接嘴，话就僵在这里，我的眼泪流了下来。一个晚上我们两个人没有再说一句话。其实我偷偷照了镜子的，从来不注重穿衣打扮的我，这次知道自己的发型真的出事了，太丑了！哭，多半也是为了这难看的头发见不得人了。

第二天见到小诺的时候，我大喝一声：“黄——小——诺！还我头来！”她不慌不忙走到我面前，满脸堆笑饱含深情地说：“在我眼里，你永远都是最美的，他们都不懂欣赏你，这叫月亮头，才流行的，看习惯就好看了，真的，再看两天就顺眼了，时尚的东西需要时间来验证的，再说你的美丽不在头发上，在心里。”可怕的自信，每次我都是败在黄小诺可怕的自信上，但这回我分明看见了她眼里有浓浓的愧意，心就软了下来，我闭上眼睛安慰自己道：“算了，头发嘛，会长出来的，朋友嘛，永远是朋友。”

后来我们只敢让她剪学生的头发，女生还好，剪剪刘海和辫梢就跑了，男生就惨烈多了，剪出来的都像狗啃似的，白一块黑一块，也因为是小孩子，不敢跟老师计较，也没有谁的家长来找老师，这不还省下了一块钱的理发费。我们班的女生死活不跟黄小诺学手艺，劝了半天也不肯去，说自己不喜欢学理发。我说：“学了理发多好啊，互相剪剪，多方便呀，早上起来用梳子刮刮就好了，在风里甩甩就顺了。”班长王兰忍不住大着胆子回敬了我一句：“又不好看，像个烂锅盖。”有人更正：“像颗烂白菜！”全班哄笑，我也忍不住笑起来：“黄老师是我的好朋友，大家配合一下她的工作嘛，我的剪丑了，不怪黄老师，是刘老师长得丑，我们班的小丫头多漂亮呀，修修剪剪更漂亮！你们看花园里的花花草草、枝枝叶叶修剪之后多清爽啊！”我看到的是女生集体抿嘴摇头。语文组的老师也是打死不来凑这个热闹，她们笑了我好几天。老谢说：“你呀，跟小诺关系好得可以死于她杀，可以说你有一种刘胡兰的大无畏精神，也可以说你没有审美观！”连邓秀兰这样不修边幅的人也说：“哎呀妈呀，比我还老火！”她们英语组的高倩倩平日里傲慢得只用鼻孔看人，也用她白多黑少的大眼睛好好地看了看我，说：“讨厌，谁的手艺这么差呀，是井台的哪家理发店干的呀，快告诉我，我下次坚决不会去的！”事已至此还能说啥，幸好时间可以挽救这个惨剧。

袁英来看过我的发型，笑得合不拢嘴：“天，时髦嘞！自家挖的呀就是不一样！”她剪的发型就是标准的月亮头，现在真的很流行，人家真的是后面短，两鬓长，蓬蓬松松的，特别俏皮。可是那是正规的师傅剪的。我吞了吞口水说：“我们郊区的发型师该去城里进修了，技术不太过硬，哈哈哈！”她说：“是太不称职好不好，把我们家思楠毁了好不好！”

温箫语专门为了我的头发来找我，她忧心忡忡地说：“别说周凯会生气，我看了都生气，哪有这么糟蹋人的嘛，以后不许了，你就是这样没有心眼儿，她觉得好看，她自己咋个不弄成这个鬼样子呢。”我说：“黄小诺跟你一样，怎么弄都好看，是我底子不好。”见我还在维护小诺，她就说管不了我了，但是还是拿出一件裙子送给我，指导说：“这条裙子颜色挺靓的，穿了可以转移别人的注意力，可能会好些。”这倒是不错，短了头发换条裙子，很划算呢！连周凯看了也眼前一亮，说我正常了点儿。哈哈，居然会有这么好的补救措施，谁说天上不会掉馅饼的，那是他们恰巧没有碰到。

蒋寒做了一个最后总结：月亮头倒是月亮头，侧面看是下弦月的上弦月，后面看是残月，前面看嘛，哎哟，就是超级大满月喽！

我恨他和他的精辟。

4

当我看到姚航的头也被小诺剪得像得了斑秃病的狗头的时候，心里相当平衡相当舒服。但是他说的话又让我气不打一处来，他说：“我家小诺就是能干，将来娶她做了老婆，该多省钱啊，我们一家人的头啊，她都承包了，现在就差多上手练练了，思楠，等你头发长了就找我们家黄小诺吧，别去理发店了，那纯属浪费钱财。”我毫不犹豫地拒绝道：“谢谢了，难得长长喽，你家小诺再收拾收拾我，我就可以出家当尼姑了。”我把姚航跟我的对话转述给周凯听时，原以为他会大笑几声的，他却说了一句让我立马气死的话，他说：“是啊，把你弄丑了，站在他家黄小诺旁边，他女朋友就更漂亮了，要出去，最好把你们一块儿带出去！”我气得半死，吵了一架，主题本来是“娶个老婆就是为了能带出去嘛”，结果你一言我一语，最后就演变出了这样两句结束语：“你不是真的爱我，你这个骗子！”“你才是个胡搅蛮缠的家伙！”

家悦知道后直摇头：“你们这叫婚前综合症。”她笑着说：“我妈说，这毛病结了婚就好了，谈恋爱谈到一定的时候就会谈不下去的，就该结婚了，不然啊，碰到点火星儿就爆炸，累不累哟你们。”对，爱情只有三年保质期，我在哪里看到过这个结论。我问小诺他们吵架不，她说吵，不吵架哪里像谈恋爱嘛，有的想法就是通过吵架讲清楚的；我问家悦吵架不，她说也吵，不吵架不正常，那叫恋爱综合征；至于袁英嘛，我就不问了，天天都能看见他们吵，从五楼吵到一楼，从白天吵到夜晚，好吧，都一样就好了，看来都可以结婚了，不然这毛病没有办法治好。

温箫语正跟男朋友古能爱得如胶似漆，心情超级好，她约了我和周凯晚上去跳舞，她请客。我说我的头发咋个办，她说黑灯瞎火的谁会看呀，别自作多情了，我就勉强答应了。

舞厅里果然昏暗如梦境，几束柔光漂浮在舞池中央，笼在每个人的脸上，觉得暖暖的醉醉的。这光真的很神奇，我恍然看谁的五官都不清楚了，还好，看得见周凯的脸。我悄悄问周凯："你看得见别人的脸不？"他说："看得见啊，你问这个干啥？"我坏笑了一下，他明白了："你是怕别人看见你的头发吧？活该。"我白了他一眼，说："那我怎么看不清楚别人的脸呢？"他把我搂近了一点说："思楠，你可能有点夜盲，你晚上视力不太好，你不觉得吗？我早就发现了。"我的心里慌了一下，眼睛看着他，舞步就有点乱了，他马上察觉了，把我往怀里搂紧了一点，在我耳边说："不怕，这样你以后就不敢一个人乱跑了，尤其是晚上，我守着你也就放心多了！"我的心狂跳了一阵子，血往脸上涌，我想我的脸一定很红，正好他带着我又旋转了两个 360 度的圈圈，我差一点晕倒在他怀里。

第二支舞是跟温箫语跳的，我很诧异箫语男步跳得这么娴熟，她得意地说："读大学的时候我们班男生数量少，质量也不好评价，唉，那些小个子呀，歪瓜裂枣的，谁愿意跟他们跳呀，要的就是攀高枝的感觉，你觉得扶个矮脚沙发是跳舞吗？我就学会男步了呗，好满足系里的用工荒！"我听了大笑，有这么评价同班男生的吗？嘴也太损了吧。不过，以她的身材长相，的确没有多少下饭菜，难怪这么挑食。

我跳得不好，总是踩到她的脚，我很不好意思地朝旁边看，"他们不敢跟别人跳舞的，"箫语笑着说，"不守着我们，我们就跟别人跳去了，男生比女生还容易吃醋，又小气，你就放心吧。”我问：“你怎么觉得我是不放心呢，不放心谁呀？”箫语说：“你的眼睛到处看啥呀，不就是在找周凯吗？”我有些黯然神伤：“不是的，箫语，我看不清楚这舞厅里的东西，我有夜盲症。”箫语的手猛握了我一下，忙问：“那你看得见我不？”我说：“看得见呀，你离我这么近，又这么漂亮。”她松了一口气说：“没事没事，等明天开点药来吃就好了，夜盲症是治得好的，你现在能看得见我，我就放心了，没有那么严重的。”我觉得她的语气里还是透出了担忧，我不想这么早就扫了她的兴，忙开玩笑说：“你这么白净，像夜空里的一轮明月，舞池都被你照亮了，啊！我的凌波仙子，我的嫦娥姐姐！好多八戒哥哥都流着口水看你呢。”“你去死！”她笑骂道。我们俩抱在一起大笑起来，音乐正好停了，我们硬生生让笑声戛然而止，把脸憋得通红。她把我交到周凯身边时，古能狐疑地看着我们，幽幽地说：“说我们坏话了吧，看你们乐的。”我甩了一句过去：“你做贼心虚吧，下一个舞我跟你跳，你等着，我踩不死你。”

我跟古能跳了一支舞，没有什么话说，我觉得他的样子挺高傲的，跳着跳着觉得不说一句话也不好，就瞎扯了一句：“你怎么追到我们箫语的呀？”“魅力。”他瞟了我一眼，“当时我是学生会主席，她是系里的团支部书记，工作上的交往很密切，近水楼台先得月吧。”我就不想跟他说第二句了，心里想，等温箫语收了你这个妖孽吧！顿时觉得我家周凯淳朴多了。

也许真的是柔和的灯光制造的效果，周凯比平日里温柔百倍，微笑着看着我，我笑一下，他也跟着笑一下，露出一口白牙，在别人看来是多么傻傻的一对啊！他说：“思楠，跟你商量个事情，我可能要出差了，你照顾好自己，我去多赚点钱，回来我们就结婚吧。”我的心猛地一沉，“你要走啊，这么突然！怎么才想起来告诉我？”我顿时就没有了跳舞的兴致，“你就是这样一个人，话少得可怜，又总在不合适的时候讲我不爱听的话，看来你又是早就打算好了的吧。”他沉默了一会儿，接着说：“你看，你又来了，等我说完嘛，最近，我们太容易吵架了，分开一段时间也好，正好有这么一个机会，比在家里工资高，我都跟你说了，回来就结婚，你别想多了。”顿了顿他又说：“我就是看你今天心情好，才敢说的，等平时吵架再说，还不知道你会怎么想，岂不是更生气呀？这两天我正愁怎么开口提这件事呢，刚才古能也说要出差，你和温箫语不就有伴儿了吗？”

突然就觉得没有音乐了，没有灯光了，没有舞步了，没有心情了，心里空了，脑袋里却满了，眼前只有周凯真诚的脸，他的脸上逐渐浮现出那些吵架时的情形，是他吗？是同一个人吗？怎么就合不到一块儿去呢？是那个好好的就把时间浪费在没完没了的较真和争吵上的他吗？我心一软，小声说：“我舍不得你走。”他说：“我也舍不得你。”“我爱生气，你别怪我。”我又说。他马上也说：“是我脾气不好，动不动就生闷气，让你很难受吧。你是老师，会说话，我又说不过你，你不知道你训我就像训学生一样，你知道吗，我越是想做好越是做不好。”我的喉咙就哽住了，看着他，眼泪就来了。“我有那么坏吗？学生气我，回来你也气我，我容易吗？”我很委屈。他忙解释：“所以呀，我没怪你，只是说给你听。”面对即将到来的离别，我们居然可以这么心平气和地说话，就因为是在舞池里旋转着，感觉像做梦。舞曲结束时，他又把我紧紧地往怀里搂了搂，轻声说：“我不在家的时候，不许晚上出来玩。”一种久违的甜蜜涌上心头，一股难言的酸楚也一并袭来，这场舞把人的心跳近了，我好想对他说，我习惯生活中有你了，三年了。

散场的时候箫语看我不太对劲，以为我还在担心眼睛的事情，她捏了捏我的手说明天陪我去看看，古能却在旁边狡黠一笑：“有人要得相思病喽，去医院也治不好。”箫语白了他一眼，说：“就你聪明，啥都知道！”他就闭嘴了，我看呀，他也好不到哪里去，是只夹尾巴狗，哼！

再说学校里，兴趣小组到期中的时候也无味起来，袁英他们的烹饪组，每次只能流着口水讲菜谱，顶多做几个凉拌菜，没等下课就被哄抢一空了，还不够学生塞牙缝。家悦他们的编织组也因为材料不足，编织物就像裤腰带、破抹布一样，织了拆，拆了织，没有一件像样的成品，好好的毛线都浪费了。加上高倩倩也在这一组，她样子作怪，脾气也不好，学生都很怕她，大多喜欢围着家悦，不免就冷落了她，她反而得了个清闲，每次来晃一晃就走了，只是毛线少了很多，家悦懒得跟她啰唆，估计是她带走了，学生是不敢的。

蒋寒他们养的鸡都分到学生家里去养了，在学校里也不成气候，原本是拿一间办公室来养鸡的，养鸡的人和围观的人比鸡还多，吓得鸡一见有人来喂食就想夺路而逃。后来老贾想着不是回事，平时学生们上课去了，鸡还得吃喝拉撒呀，又脏又臭又麻烦，就找了个折中的办法，让兴趣小组的同学带回去养，养着养着也就没了踪影，不是说死了就是说丢了，也没有谁去调查一下。我这里生意也很萧条，半个学期下来，字写得好的继续好，写得不好的继续不好，我的雄心壮志都被他们消磨光了。耐不住寂寞的都跑到操场上打球去了，乒乓球也好，篮球也好，就那里最有人气。其实也有成功的，人家合唱团的咿咿呀呀唱了半个学期，在区里就拿了一个优秀奖回来，听说唱得还是很不错的，就是校服土气了些，一亮相台下就有人发出哧哧的笑声，问是哪里来的农村娃娃，后来一亮嗓子才平息了嘲讽声，不然名次还要靠前点。

贾校长在农村学校搞的素质教育就这么暂时宣布搁浅了，但方向是对的，想法也是好的，只是没有经验和资金，显得有些仓促和捉襟见肘。我们一致认为，做了总比不做好。老贾对活动和获得的成绩还是满意的，能让学生在学校里安安全全、快快乐乐地玩也是一种教育，走出去能不能拿奖那是另外一回事，这一点我们也赞成，所以没有人在背后嫌麻烦，甚至是骂他。但是我们私下里还是议论了一阵子，开设兴趣班也是要有人才的，人家音体美组的老师就搞得像模像样的，我们简直就是瞎糊弄。

养鸡组倒是很让人疑心，有一次铁生几个人说是去家访，去了一个学生家里吃了饭才回来，满嘴流油，问题就在没有带我们去，这就是疑点，还有，不管怎么“严刑拷打”，他们也不说，更令人怀疑，包括蒋寒，连个点评都没有，这是最大的疑点，很不正常。

5

家悦邀请小诺和我周末去她家玩，我嫌远，懒得动，她说："哎呀，我给你买了个小皮包，不去就算了。"我一咕噜跳起来，笑道："有贿赂呀，这等好事要先说，然后再说做什么，哪有不去的道理呢！"我对家悦心存感激，她很细心，平日寝室里大多时候是她在打扫卫生、做午饭给我吃。面对我的不修边幅小诺是视而不见，家悦却是关心备至，估计最近她又发现我的包包破了几处，专门去给我买的，所以不要给城里姑娘贴什么孤傲啊、任性啊、嫌贫爱富啊这样的标签，那也是要看人的。其实她活得很精致、很讲究的，能够跟她们这样的人处得相安无事是她们的大度、我的福气了。

到了她家我才知道以前蒋寒为什么说她家是地主了，好大的房子，还带两个大露台，比我家那个厂里分配的福利房大十倍。她自己就有一个小套间，带书房和厕所的，装修得温馨而雅致。我惊讶地喊道："小姐！小姐，好福气啊！"她笑道："少恶心我了，现在小姐这个称呼是骂人的贬人的恶心人的。"说的也是，明明就是用来形容富户家有修养有知识有相貌的女儿的好称呼怎么就给了风尘女子了。我只好改喊："公主！格格！女王陛下！"她拍着我的脸笑道："哎呀，就是房子大点，还不是平常人家，难得打扫卫生不说，还招惹小偷呢。""所以你找了一个警察叔叔帮你看家护院！"我和小诺异口同声道。家悦笑弯了腰："受不了你们，这是夸他还是贬他？"

小诺很快就被墙上的一组相片吸引了过去，她喊我快过去看，我一看也镇住了，哇！是家悦的黑白艺术照，好美！"化妆没有呀？一点都看不出来，好自然。”小诺惊叹，“看上去多清纯呀，眼神清澈得一点杂质也没有！”我们欣赏着，赞叹着，觉得怎么看都看不够，我发现她很像谁，哪个明星，灵光一闪，我想起来了：“小诺，你看这张是不是很像《梅花三弄》里的演员陈红！”小诺看了看说：“嗯嗯，好像啊！比她端庄矜持多啦。”我说：“那是陈红在戏里演得轻浮，角色需要，她人是相当美的。”我又看到另外一张笑得很灿烂的像某一期《知音》杂志封面上的宁静，连家悦也承认了：“我妈也说像得很，当妈的都觉得自己的女儿是世界上最漂亮的。哎呀，这其实就是艺术照，化了妆，处理过的，真正的人哪里有那么完美。”我觉得家悦是谦虚了，照片只是一个瞬间的美丽定格，她的美丽是实实在在的，时时刻刻的。她看我们俩这么感兴趣就提议：“两个美女，要不要也去照一套这样的？就在不远的街上，有两家照相馆，不算贵，去不去？”天呐，那还有不去的道理！我的心激动得怦怦乱跳起来，我也要有美女照了，说走就走。

我和小诺商量，各选了一家，小诺喜欢另外一家的风格，我还是看好家悦照过的这家。

家悦陪我去了那家叫“圆梦”的，师傅的确没有在化妆上下什么功夫，眉毛上添了几笔，扑了点粉，上了点口红，就说可以了。每当他的手触到我脸上的时候，我心里就痒痒地、悄悄地开了一朵小花儿，感觉真舒服，我知道那花儿的名字叫作虚荣。我担心我的头发不好看，师傅抓了几下说：“没事，挺可爱的，黑白照，不影响，主要是表情到位。”我很不放心，小心翼翼地要求了一下：“要不要把妆再化浓一点，师傅？”他很肯定地说：“不用不用，小姑娘嘛，自然就是美，年轻就是美。坐好了，笑一个，心里想着一件美美的事情，笑一下，好嘞，得一张！”我心里老耿耿于怀他的化妆技术，师傅又喊上了：“小妹妹，做一个若有所思的表情，想想男朋友吧，你这么乖，他很爱你吧？他也正想着你呢，想跟你求婚了吧！好嘞，又得一张！”我疑心他觉得我长得丑，敷衍我，正想着他又喊上了：“小妹妹小妹妹，趴在茶几上，脸枕着手臂，憧憬一个未来，嗯，对啦，看见大海了吧，看见喽，蓝天碧海的，得，又一张！”艺术创作可以这么草率啊，我觉得他一定没有像对待家悦那样对待我，就是因为我长得太丑。

三下五除二，我的就照好了，在门口等了好一会儿，黄小诺才出来，也是一脸的遗憾，“你说那个师傅嘛，比我还倔，就是不给我化妆，”她失望地说，“说我够漂亮啦，说多照身材，十年、二十年后，脸可以化妆，头发可以戴假的，想多美就多美，想多年轻就多年轻。身材就不同了，没有了就没有了，哭都哭不回来，老让我换紧身裙子，可把我折腾死了，这样摆一下，那样摆一下，腰都快被他掰断了！照相不好好照脸，那照啥嘛。”我们就一起发起了牢骚，我说：“你还换衣服？我连头发都没有梳，光照我的大脸！”家悦就笑了：“哎呀，好了好了，担啥心嘛，看到相片就知道效果了，师傅就是师傅，都不要慌，等我下个礼拜帮你们取回来再说！”听到这里我们两个怨妇才闭了嘴，免得说多了就有点责怪家悦的意思了。

这一个礼拜我是在忐忑不安和患得患失中度过的，那个激动呀，渴望呀，心里总像猫抓狗挠一样，说不出的难熬。因为我有一次沉痛的经历，十八岁那年我偷偷地花了五块钱去照了一张所谓的艺术照，那角度、那脸型、那神态，简直就像历史书上画的少女版的成吉思汗！我还不敢烧了，怕去世的奶奶收到了担心我的未来，就撕碎丢了。

我问小诺是不是跟我一样着急，她说没有，肯定不好看，她根本就不抱什么希望，再说这段时间忙得很，在策划新的人生蓝图。真是服了她了。我连周凯要出差的事情都抛到脑后去了，成天想我的艺术照，回家见到他才想起来还有这么一件闹心的事情。偶尔他也问我这几天怎么魂不守舍的，我就敷衍是学生闹的，也许他想要的答案是我舍不得他走吧。他要是知道我内心真实的想法，还不得阴沉了脸嘲笑：“虚荣啊虚荣，女人就是虚荣。”他要真这么说，我就贬他不懂艺术，他绝对就闭嘴了。

相片终于来了！

拿着相片我的心就咚咚咚直跳，哎呀！挺好看的！比我本人好看多了！我都不知道自己其实也有好看的一面。我悄悄对家悦说我满意得不得了，她笑了笑说："高兴就好，高兴就好。"

人真的很奇怪，不像自己的相片，只要好看就觉得心满意足。因为艺术照，我终于知道自己并没有想的那么丑，至于现实中丑不丑都不重要了，重要的是艺术照很好看。我内心膨胀了好久，动不动就拿出来自我欣赏一番，自己看了还不够，又递给旁边的人看，还不忘问一句："好看吧？艺术照，我的！"就等别人说一句"好看"，老谢总是很应景地说："好看，美！人也美！"我心里那个舒服呀，无以言表。只有该死的蒋寒看了说："这是谁呀？哪里捡来的？咦，脸大大的有点像刘思楠。"我是不会跟他计较的，哼！真正的美女他一眼都不敢看，没出息吧！

我最喜欢"憧憬"的那一张，目光清澈如水，眼神里却有小火苗在跳跃，师傅捕捉得恰到好处。周凯却喜欢"若有所思"的那一张，嘴角微微上扬，满腹心事，却并不显得愁苦。他说要把那张带在身边，因为那张最像我平时的样了。我说："你想我的时候就看看呀。"他说："嗯。"我说："那你是想我呢，还是想我的相片呢？"他又要因为这句话生气了，我赶紧在他脸上亲了一下，把他的火气熄灭在萌芽状态。他看了看相片，又看了看我，说："因为这张呀，很像你在想我。"我的心颤抖了一下，有了离别的惆怅。

小诺果然对自己的那一套相片不太满意，因为没有什么表情，妆淡淡的，动作却很复杂，在我们看来，身材和线条那叫一个绝！她却失望地丢在了一边，说下次还是照个大头像。唉，艺术像馆的兴起其实跟女性虚荣心的膨胀成正比，也可以说是女人们不能正确面对自己渐渐老去的容颜，找一个在中年以后用来疗伤的方法吧。商家看透了女人的这点小心思，赚够了女人的钱，还谎称这是艺术，女人也自欺欺人地应和说：嗯，好艺术哦！

老谢感慨道："二十年后啊，黄小诺，你再翻出这套艺术照来看时，绝对忍不住热泪盈眶，哀怨地对我们说，看嘛，脸嘴还是那个脸嘴，身材早就不是那个身材喽！那位师傅是个哲人，肯定是个哲人，你晓得不。现在你们真的不懂得，最想留住的永远都留不住了，留在相片上给人回忆的东西，那就叫逝去的青春。”

青春是什么，是那失去了再也找不回来的东西，拥有的时候，就是拿来浪费和糟蹋的。

6

周凯真的要走了。因为是统一坐单位的大客车，我只能送到马路边，他挥了挥手，说：“走了，等我回来！”说完就给了我一个上车的背影。场面就这么简单，我设想的一幕幕难分难舍的送别情景一个也没有出现，什么洒泪相拥啊，街角吻别啊，频频回眸啊，只怪环境不允许。一个人心里空落落地回了家，到了晚上又想起来，辗转难眠，心里难过，爬起来去写日记，第一句话就是：“想你。”再也写不出第三个字，泪水满出来，我哭了。

温箫语参加一个培训去了，我们没有联系，不知道她心情如何，有没有像我这样思念一个人。

黄小诺最近又怪怪的，早上很早就来学校，签了到就回寝室睡觉，中午吃了饭又睡一会儿才起来上下午的课。我和家悦跟她正好相反，我们的课大多在上午。看着小诺布满血丝的眼睛，我以审问的口气道：“又瞒着我们做啥了吧，嗯？晚上跟着周扒皮偷鸡去了？还是到哪个山上偷师学艺去了？老实交代！”她马上兴致盎然了起来：“跟你们说了你们肯定不会同意我去做的，所以一直没敢说，但是迟早你们也会知道的，在欢乐溅卡拉 OK 厅做服务生，晚上八点到晚上十二点。”天啊，她居然捞外快去了，长本事呢！我和家悦笑得不行，忙问多少钱一个月。她说：“一个月二百元，包晚餐，你想嘛，我们一个月工资才三百多点，很不错了，其实很简单，就是帮客人放伴奏带，点蜡烛，送酒水，没有人唱歌的时候我就唱了送给客人听。”我和家悦立马笑翻了：“就你唱歌送客人呀，哈哈哈，是想吓死客人，还是想赶走客人啊！”这个我们太清楚了，她连《世上只有妈妈好》都会唱黄的，她自己都承认，从小到大，老师选她参加合唱团，纯粹是因为她长相好、身材好、成绩好。她得意地说：“算了吧，有人唱得比我还跑调呢，我唱的时候还有人送花，开心就好了，人家就是来花钱买开心的。”

这一定是事实——黄小诺靠着人漂亮有人送花。想到是晚上，我们马上又问她姚航怎么看这件事，她说姚航先也不同意，后来实地考察了觉得也没有什么不好的，很多时候是在后面放伴奏带，并不总往前台跑，但是要等到客人都走了才能打烊，所以有时候遇到不自觉的客人就得等到一两点才下班，还有晚上回家不太安全，他就每晚来接，两个人因为没有时间吵架，反而相安无事。说到这里她呵呵笑了起来，很神秘地说：“一直想讲个搞笑的给你们听，没找到机会，来，跟你们讲哦，有一天，我正在给客人点蜡烛，就听到老贾、霍康在前台问怎么消费的，有没有打折价，我回头一看，还带着两个女的，不是我们学校的老师，霍康转身找桌子的时候发现了我，他就跟老贾递了个眼色，说了句啥，老贾就先溜出去了，其他三个人也跟着出去了，吓得我呀一身冷汗，连忙躲到后面，弄得我们老板莫名其妙，到手的钱飞了！你们没有看到他们动作太敏捷了！一定是做贼的心虚，放屁的脸红。我本来还担心他找我谈话，问我咋个在外面搞第二职业呀，结果我等了几天都没有动静，看来他是想装作不知道吧，这不正中我下怀。”这个消息比黄小诺当服务员还让我们惊讶，我现在才明白，为什么有些服务性行业的打工者要异地就业，要合理回避呀，熟人熟地的，多难为情啊。我嘲笑道：“没想到啊，一个老师，混迹于江湖了！”家悦接道：“还是灯红酒绿的江湖，太胆大了。”我们俩就对着小诺唱起了《夜上海》，大家笑成一团。

小诺说：“我还碰到了一个鬼人，那就是高倩倩，这一段要听吗？”

那还能不听，我和家悦更加好奇地看着她，小诺说："那天高倩倩先来的，后来就来了一个胡子拉碴的男人，那叫一个直奔主题，本来高某是正襟危坐的，一见到这个男人就摇身一变，翘起了兰花指，大眼睛眯成了一条缝，还用手轻轻捂着红唇媚笑，笑得肩膀一耸一耸的，甚是好笑！"我怀疑她没有看到我，她也很近视的。"我忙问："那个男的是谁呀？小诺说："我也不认识，好像关系不错。"我们一起问："然后呢？"小诺笑道："不要急嘛，然后，他们就一直低头靠着聊天呗，我又听不到，后面才是故事的高潮部分，那个男的好像鼓励她上去唱歌，她就扭捏起来，那男的就一个劲儿推她，她就扭动着腰肢上去了，幸亏那天屋里没有几个人，不然她真的能成焦点人物，她点了一首《甜蜜蜜》，唱一句就捂着脸弯腰咯咯笑一声，那男的还在下面喊一声'唱得好'，那叫一个情人眼里出西施啊，我们店里的老板和服务员都用鄙夷的表情看着他们俩，我忍不住就从后台里走了出来。"我们忙问："她看到你啦！然后呢？"小诺说："然后，她就戛然而止了呗，然后就没有搔首弄姿了呗，然后就仓皇而逃了呗，逃到门口脚还崴了一下，哈哈，那男的一脸惊愕地跟了出去。"我们继续追问："然后呢？"小诺："然后就没有然后了呀，都走了，钱是那个男的付的，我们老板说他们是撞到鬼了呢。"家悦笑道："老板不知道是你撞到鬼了。"小诺："恶心的地方不在这里，后来的几天，高倩倩一看到我就用眼睛翻我，还当着我的面跟别人说'那天我表哥带我去唱卡拉OK，你们猜我碰到谁了，嘻嘻，我不告诉你们！'你们说吧，她还准备泼我的脏水，倒打一耙，我要是怕她才怪。"我们异口同声道："就是，欲盖弥彰！"

正说到高兴处，有人急促地敲寝室的门，我跳起来开门，见到了王兰惊慌失措的脸，"怎么啦王兰？"我连忙问。她上气不接下气地说："刘，刘老师，你快去教室里看看吧，欧勇要流氓，对，对着陈丹丹要流氓！我去办公室没找到你！"一丝愧疚和惊慌涌上心头，为了审问黄小诺，今天还没有去班上看看，这就出事了，真不让人省心。

上课铃声响过了，我们班还有人在门口张望，见我来了，忙跑了进去，估计还有人不相信我真的来了，把脑袋探出来，闪现一个惊讶的表情，又迅速缩了回去。我走进教室，一部分人看着我，一部分人看着出事的两个同桌，一个是抽泣的陈丹丹，一个是低头玩手指的欧勇。教数学的于老师来了，我跟他点点头，把两个孩子带回了办公室。“谁先说呀，谁觉得委屈谁先说吧。”我沉着脸，看着站在我面前的两个人。陈丹丹哽咽地说：“他先说，我不好意思说。”说完脸更红了，把头扭向一边。欧勇其实是个读到初三都还没怎么发育的小男生，正一脸的无辜，欲言又止。我一拍桌子：“欧勇，你先说吧。”他一哆嗦，结结巴巴道：“我看到她书包里掉出个东西，就帮、帮、帮她捡起来，是个塑料小包包，我以为是好吃的，就撕开来看，谁知道是个啥呀，白白的，她一把抢过去，然后就骂我是、是、是个流氓，然后就哭了。”我有点哭笑不得了。在办公室里训学生就有这点好处，当你不想说话或者是不知道怎么说的时候，总有人能帮你说几句，老谢是个直爽的人，她走过来，挡在正张口结舌的我的面前：“来来来，过来，你个小破孩儿，长得还挺乖巧的样子，不懂就别乱动人家女生的东西，你知道是个啥呀，万一她放包耗子药你也打开来吃？幸亏她没有这么无聊，算你运气好。捡到就还给别人，这个道理要人教？不用的，对吧？你这么聪明可爱，刘老师老在我面前夸你。”欧勇连忙点头，小声道：“我知道错了，老师。”老谢点点头，转身对着女孩子说：“你也是的，小妹妹，自己的东西要放好嘛，掉出来你自己也不好意思，对吧？你哭了，其实就是不好意思，因为被别人看到你的好东西了，人家帮你捡了，你就说句‘是我的，谢谢，别动’，就行了，开口骂人家流氓，他咋个知道自己捡了个啥东西就变流氓了呢？那还不得问问你，那你不就更不好意思了，对吧？”她指指欧勇：“男生嘛，说个‘对不起’，小妹妹说个‘没关系’就好了嘛，没那么严重，对吧？”说完拉了两个人的手握了握，真的就雨过天晴了，两个孩子害羞地低下了头。她又笑道：“小姑娘家的，男生就是好奇，他不懂事，别一开口就骂人流氓，同学嘛，一家人，就是兄弟姐妹，多大点儿事，谁还不犯个小错，对吧！”一串连珠炮炸平了这个斜出的小山头。两个孩子被我搂着肩膀送回了教室。

回到办公室我就喊：“老谢，你好厉害呀，没事了嘞！要我解决还不知道扯多远，教教我呗。”她笑了笑说：“还没有完呢，你得在班会上轻描淡写讲讲卫生巾的问题，别让他们大惊小怪的，你大大方方地讲，他们就不神神秘秘了，今天别怪我多嘴啊。”我抱着她说：“哪里有，谢你还来不及呢，你不知道我带的这个班多复杂，可以说是全校最差的班，三个班调皮的都塞给我，小破事层出不穷，以后我能从初一带一个自己的班就好了，事儿没有这么多，人心没有这么散，老贾害人啊！”老谢说：“别这么想，我们都这么过来的，以后有经验了，谁靠谁呀，靠自己，小刘！这样的班你能平安带完，以后就叫经验。”

有人帮我管闲事真好，正想着呢，蒋大爷就来向我投诉了：“刘老师，你们班刚才在实验室里打破了三个烧杯，说没有钱赔我，你要破财了！”我说：“蒋大爷，我想破罐子破摔，再去打破两个，一起赔你个整数，好不好？”蒋寒一脸的坏笑：“好，对，这个礼拜一共打破了十二个烧杯，你一块算账？”

7

铁生终于出事了。

等我们看见他的时候他就像一个从战地医院出来的伤病员，一只脚穿着皮鞋，另外一条腿的膝盖和脚上都绑了厚厚的纱布绷带，拖着一只硕大的拖鞋，一只手拿着教科书和备课本，另外一只手里拄着一个拖把棍子，试探着往前挪步，模样滑稽可笑，一点都引不起人们对他的同情。袁英跟在后面，也不扶着他，嘴里念念叨叨好像在埋怨他什么，脸色不怎么好看，铁生倒是一副顽强乐观的样子，快挪到教室门口的时候，有两个学生跑过来接过了他的书，眼神关切地看着他的腿。

他看到我好奇地盯着他的脚，嘴巴也张得大大的，就大声说："刘思楠，别为我担心，早自习才发生的事情，下课听我来讲，别人的版本都不完整！"我就笑了，袁英在他背后咬牙切齿地做了一个用拳头敲他脑袋的动作。我知道了，问题不严重。

果然中午他就一瘸一拐地来了，唉，狗嘴里留不住馍粑。

原来，铁生班上一个男生很调皮，平时不听课，不爱写作业，骂骂就改改，三天不骂就还了原形。最近迷上了逃课，天气好的时候就去小松树林里睡大觉，早出晚归，老师父母两头骗，一个礼拜都没有被发现，幸好有同学举报了这件事，铁生就请同学带信回去，他妈妈跟踪了两天果真如此，今天就抓了一个现场，揪着耳朵送他来学校。本来就这样算了，交给老师接下来就是老师的事情了，结果他妈妈走的时候说了这样一席话惹怒了我们的丁老师。她说孩子原本是好的，小时候乖得很，小学的时候也能及格，可是上了井台中学以后就变坏了，老师管教得太严，把孩子骂傻了，想不通就去小松树林子里躺着想，都躺出风湿病了，难怪回家就喊腿疼腰疼，书没有读好，还把身体给读垮了，这不就是学校的责任吗？铁生哪里受得了这一通数落，就问她，父母骂得孩子不，家长说骂得；铁生问父母打得孩子不，家长说打得；铁生问父母管教得孩子不，家长说管教得。铁生说我就是把你的娃娃当自己的娃娃教育，我就是他爹就是他妈，你个当亲妈的又说他沾不得、碰不得、管不得、教不得，咋个做才行？那妈妈就哑了。其实，这些抱怨也是一个母亲教育孩子没招时的最脆弱的表现，铁生那脾气，能理解家长的无奈，却不能接受她无情的数落。

他送走了家长，走回教室里就火冒三丈了："都给我读书，大点声，逃学的时候有的是劲，满坡乱跑，读书就要死要活的了，跟个断了嘴巴的蚊子似的嗡嗡嗡，反了你们这群不求上进的，以后真碰上侵略者入侵，第一个逃跑的就是你们！”一眼就看到了逃学的男生，他把门关上，“你！你给我出来！”他大吼一声，“站到我的面前来！”那孩子仓皇地跑到他面前，他飞起一脚向他的屁股射过去，那孩子灵活地闪身，正好有一个迟到的学生开门喊“报告”，这一脚本来踢空了，这下就猛踢在了包了铁皮的门上，他疼得一个趔趄倒在讲台上，膝盖又磕到了讲台的边沿，这样又破了一个大口子，血流如注。学生们都吓坏了，连忙抬了他往卫生院跑，咬牙缝了七八针，脚踝也扭伤了，最后还得赶回来上第四节课，这就是真实版的“铁生倒霉记”。

等到下午我回办公室的时候，语文组的传言已经变成了丁老师被学生砍了三刀，血流不止，出于对未成年人的保护，没有去报案。体育组的版本是，丁老师跟学生扭打在地上，学生肯定打不过老师呀，就翻身起来抱着老师的腿咬了两大口！版本很多，最绝的一个是英语组的，说他跟袁英逗趣，争一个肉包子，没有争到，走到二楼时说不给他他就跳楼，假意要从二楼跳下去寻死，结果重心没有掌握好，真的掉下去摔伤了腿，属于家庭内部矛盾。幸亏我听到的是原版，不然我一定会相信最后一个版本。

贾校长在大会上严厉批评了铁生，他那一脚要是真的踢到学生，后果将不堪设想，他说：“老师莫动手，动手就是错。”铁生辩解说他当时只是虚晃一枪吓唬人的，假动作大了点，哪里会真的伤到学生呢，就是禁区内点球也是射不进的假把式，跟中国男足是一个道理！大家都听笑了。但是老贾说得在理，他就没有再作声。

眼看着期末到了，各班都在忙着最后的复习，及格一个学生奖励八块钱，老规矩，力度是很大的，金钱是很诱人的，我们当班主任的一个月津贴才八块，再说，现在能及格的人越来越多了，诱惑力是可以转化为战斗力的。我的动力就是好好复习，学生考好了，我的奖金高点，我要买嫁妆呢。

期末考完试改完卷子，果然皆大欢喜。大家在办公室里议论，现在的学生越教越有意思了，肯学习的越来越多。

家悦教的好班自然不用多说，各科老师跟着她赚得盆满钵满，有付出就有收获嘛。我自己带的班考得不错，及格了十五个，另外一个最差的班也有五个人及格，我很满意了。最令人惊诧的是黄小诺，教了五个班地理，居然平均一个班及格了十个！因为其中有一个是好班，一半人都及格了，我的天她发财了，我们怀疑财神爷就住在她家客厅里了。

马上就有人不舒服了，矛盾集中在主科和副科之间的评价问题上，教主科的老师认为自己的班级少，顶多两个班，副科呢，教四五个班是常事，那么以及格人数来定奖金，简直没法子比；副科老师也认为学生大部分精力用在主科上，及格太容易了，而学生是不重视副科的，及不及格无所谓，能及格就是天意了。还有主科老师只教两个班，而副科老师这个班进那个班出，一个学期下来课表复杂得都记不住。主科老师又说，主科重要呀，期末统一考试，压力多大，副科大多时候是不统考的，每天上课跟玩儿似的。副科老师马上说，他们班级多，又集中在下午上课，学生状态不好，上课多费劲呀，作业本都把办公桌堆满了，谁看见了，主科多简单呀，大多数课在早上，学生清醒，那教的都是小脑瓜子，到了下午留给他们的是倒下的一大片萝卜白菜，再说主科老师一篇课文讲两遍，而副科老师要讲五遍相同的内容，主科老师来试试，看讲到第五遍的时候还想讲话不……其实唇枪舌剑的标靶就是黄小诺，一个副科老师，考得太好，奖金太多，钱被她一个人拿走了，不公平。

清官难断家务事。老贾倒是讲了一句客观的话，人家一个副科老师都能把农村学校的学生教到喜欢副科，那就是他的一种本事，学生喜欢这个老师，喜欢这个老师教的这门学科就是硬道理。这话我爱听，不单是因为小诺是我的好朋友，更因为她是我校唯一一个地理系科班出身的老师。早就有城里的学校想挖走她了，因为好多学校的地理学科缺人手，好多老师是转行的，尤其是农村中学，半路改行来的只能敷衍农村学生了，有的连东南西北都分不清，上上下下都不重视副科，这才是现实。

我怀疑读地理系的人都散落到江湖中去了，比如到国家地理杂志社做编辑去了，到世界各地旅游去了，黑灯瞎火地盗墓去了，追寻徐霞客的足迹写游记去了……就是没有人愿意来教书，奇了怪了。

放假了，我开始闲下来想周凯。我们很少通电话，要到公用电话那里打，太花钱了，又不能在公共场合乱说话，又说不了几句话，情意绵绵时话是说不够的。我们就通信，二十封了，时间像倒退了一样，但是很有收获，不善言辞的他写了很多字，好多肉麻的话，我要留着以后嘲笑他，或者吵架的时候拿出来作证！那些日子里，说再多的想你爱你念你盼你，都不觉得累赘，都是爱河里荡起的小浪花。

思念在疯长，我发誓等他回来再也不吵架了。

二・百合花开

百合花语

我以最优雅的姿态和最浓郁的香味
吸引了走近我的每一个人，
百年好合，
永结同心，
是伴着我的最甜蜜的最持久的祝福，
取一朵插在乌黑的发髻里，
美好的家庭生活从此揭开了序幕，
伟大的爱情在我的伴随之下找到了
永久的归宿。

1

思念和等待都会把时间拉长，所以有人说度日如年，有人说一日不见如隔三秋；也会把世间万物拉长，比如头发，比如雨丝，比如柳条，比如影子，比如呼喊，比如难眠的夜，比如必经的路。

因为时空被拉长了，所以怕疼，怕断，又舍不得放手。

在我牵挂到第126天的时候，周凯回来了，当一个风尘仆仆的他立在我面前的时候，我只是抬头瞟了一眼，又埋头数着他离开的日子，那是我用彩纸剪的一个个“心”：124、125、126……他轻声喊道：“思楠！”我猛一抬头，喃喃道：“周凯，真的是你？我以为我眼花了呢！”说完，我就从椅子上蹦了起来，大喊一声：“凯，你真的回来了！”他紧紧地抱住了我，目光如炬。啊，多么熟悉的味道，多么熟悉的呼吸，多么熟悉的心跳，多么熟悉的声音，多么熟悉的拥抱，是真的！我们就这么抱着，两个人喜极而泣，久久不愿意分开。

他是对的，恋爱到了一定的时候适当的分开会在两个人的心里种下思念的种子，开出甜蜜的花，收获一个爱的果子。

“头发长长了，妹妹头好看，”他吻着我的额头、脸颊和嘴唇，“我们结婚吧！”他喘着气说。我搂着他的脖子回吻他，他一下子没有站稳，靠在了墙上，这时候才发现他还背着沉重的双肩包呢。我点点头，低声说：“只好做你的短发新娘了。”他说：“我愿意！”我的心里一股炽热的暖流在到处窜，因为找不到出口，憋得既灼热又难受，我们抱得更紧了。

他带回来了三千元，自己的存款本来有两千五百元，我的存款也有三千元，我们就觉得很富有了，富有得可以谈婚论嫁了。

结婚的事情提上了日程。家悦和小诺知道了比我们还激动，有空就陪着我们拍婚纱照、买礼服、定酒店、买请柬，同步进行的还有修整房子。为什么是“修整”而不是“装修”呢？因为那是厂里的一套老瓦房，我们租来用的，一室一厅一厨，功能挺明确，唯一遗憾的是没有厕所。一排平房有五家，有十多排这样的老房子，门前屋后都有大水沟，厨房抵着别人家的屋檐，卧室抵着别人家的厨房，门前有一条仅供两个人并肩走的小路，不管路过谁家都有老人跟你打招呼，好不热闹。

我们请周凯的工友帮忙翻了瓦，粉了墙，抹了地皮，换了玻璃，刷了油漆，房子焕然一新，有了浓浓的喜气。

打炉灶的师傅感慨道：“现在用老平房作新房的年轻人没有几个喽！大多数是跟儿女分开住的老年人。看来你们手头太紧了哈，要不然就是父母不同意这门婚事，可见你们爱得很深嘞！”周凯的脸沉了下来：“好好干你的活儿，话咋个这么多呢！”我捅了捅周凯：“人家师傅是开玩笑的，关心咱们呢，没有说我们是私奔的就不错了……”周凯听我这么说就笑了笑，最近在上演电视剧《还珠格格》，里面的香妃和蒙丹多浪漫啊，人家私奔后住的就是瓦房。过了好一会儿周凯对我说：“思楠，你等着，不久的将来，我一定让你住上楼房。”他目光坚定。我们俩加起来一个月才七百多元的工资，可我不想打击他，便使劲对他点了点头。打击一个有理想有抱负的男人是不理智的，以前为类似的问题就吵过架。结了婚再说那些海市蜃楼的话吧，望梅止渴对于生活来说也是需要的。正想着，有邻居老太太过来张望，意味深长地说：“年轻人啊难得啊，有个窝儿就好了，我们结婚那会儿，卷个铺盖就成家了，有事儿打个招呼，左邻右舍的互相照应着，这屋哪里都好，就是有点潮，不下雨就没有啥，挺好挺好！”我们就谢了又谢。

当双方的父母又给了一万元的赞助金以后，我们的婚房就成“豪宅”

了。除了兜里没有几毛钱，真的是应有尽有，比别人家还多两个痰盂，哈哈，真齐备。

我幸福得晕乎乎的，成天都晕乎乎的。家悦说这叫婚期综合征，我就笑了：“在你眼里，要想做点啥大事情都要先犯点病，而且还得是综合征！”

一路就这么晕到了结婚那天。

送亲的队伍很庞大，因为我是“圈子”里最早结婚的人，所以她们都有资格来送我，仙女们都到齐了。不知道是谁从哪里请来的化妆师，从早上四点就忙活上了，我都不明白为啥要这么早，我被化成了一个浓眉大眼尖下巴壳的新娘子，头上顶着时髦的粉红绢花，唉，其实我心里想要的是一朵洁白的百合花，但是因为不是婚纱，所以戴那是不搭调的。

满屋子都是人，进进出出，走来走去，空气里满是糖果味和喜庆味。我只听到化妆师说：“你是我化的第一个短发新娘呢。”我一笑，口红就刷到牙齿上面了。

拜别父母的时候到了，说一声“爸爸妈妈，我走了”，不知怎的，腿一软就跪了下去，鼻子一酸眼泪就下来了，最后还泣不成声了。有人过来搀扶我，说大喜的日子不要哭得这么厉害，也有人说别把妆哭花了，难补。是谁在说我听不出来，反正是糊里糊涂就出了门，我回头再望一眼爸妈，他们在抹眼泪，尤其是爸爸的表情，很复杂，是那种难以言表的痛楚吧，我的心猛疼了一下，他的女儿要出嫁了，他舍不得。

要出门之前天在下着零星的小雨，有人说：“这闺女在娘家很贤惠呢，你们看，要出门了还在下雨。”于是便有人附和说：“是的是的，看着她长大的。”一出门天就放晴了，又有人说：“她嫁到夫家也贤惠呢，这雨说停就停了。”有人又附和说：“是啊是啊，看得出来的，看天就知道了。”我就偷偷地笑了一下，上了花车。

在一套完整复杂的仪式里，我被簇拥着做这做那，然后是喜宴，最后等着闹新房，我一整天晕乎乎的，满脑袋都是各种各样的笑脸和祝福的话。

怪不得人们总是说，想当年不知怎的，我糊里糊涂就嫁给了他，或者说怎么就糊里糊涂娶了她呢！可能就是这么来的。

晚上，客人散尽了，新房里就剩下我们两个人了。

看着一屋子的“囍”字，我很想大哭一场，然后就真的哭了。心里的感觉很奇怪，像一个婴儿从母亲的体内奋力冲了出来，来到一个陌生而奇特的世界，因为欢喜，因为茫然，因为害怕，因为恐惧，又因为说不出道不明的失落和惊慌，就选择了不知所措，表现出来的就是大声嚎哭，这就是我此刻的心情，脱离了母体，我怎么办呢？我选择了婴儿那样的哭泣。周凯走过来，很奇怪地看着我，试探着问：“你，怎么啦？不会是后悔了吧？后悔也来不及了，我又不能马上把你送回去。嗯，明天就回门，不就回去了，又见着你爸妈了。”我醒悟过来，我嫁人了，我有丈夫了，有自己的小家了，有新的生活了。但是我还是忍不住对他说了一句实话：“我害怕。”周凯拉着我的手说：“你放心，门窗都关好了，小偷绝对进不来！走，睡觉去，累了吧。”我还是说：“我，害怕……”他就有点莫名其妙了，搓了搓手说：“害怕啥，我呀？你怕我干啥嘛，我会对你好的，这不是都说好了的吗？我们不就是盼望这一天的到来吗？不怕，有我呢。”他不能理解一个女人的心思，尤其是此时此刻一个初为人妻的女人的心情，我决定给自己一个台阶下，难为情地说：“我想上厕所。”他哈哈大笑：“这不是问题，虽然厕所很远，但是有两个痰盂嘛。”我问：“然后呢？”他诚恳地说：“然后我就拿去倒掉啊！”我越发觉得不好意思起来，可是没有办法了，看着他穿着衬衣西裤端着痰盂兴高采烈走出去的样子，我心里不禁一热，悄悄笑了。我走进了洞房，那里堆了一床五颜六色的东西，我又晕了，一头倒在了被子上面。

这就是我的新生活，他就是我的老公了。

第二天一大早我就听到窗子根儿那里窸窸窣窣的，还有笑声，我喊醒了周凯：“你听是啥人在外面？”周凯一个鲤鱼打挺跳到地上，打开窗子往外看，外面的几个人就笑炸了锅！“是我们！”唉，居然是家悦、小诺和袁英！家悦笑道："我们来听窗子根儿！昨天晚上就谋划好了，今天起了个大早，结果什么都没有听到，这水沟也太臭了，我们实在蹲不下去啦！"屋里屋外笑成了一片。

幸亏不是住的楼房，不然我们怎么会有如此快乐的回忆。

2

当经济大潮席卷了中国大地之后，出现了两个称呼：一个叫"大款"，另外一个叫"小姐"，前者是因为他有钱，让人嫉妒，后者是因为她缺钱，夜夜卖笑，被人鄙视。都是下海，有人爬起来就珠光宝气了，有的人就人不人鬼不鬼了。

我们只是单纯地听说这两个名称，而黄小诺却亲眼见到了他们的庐山真面目，经常给我们描述各种人的嘴脸，听多了反而成了姚航的心病了，多次劝她早点出来，小诺舍不得那份工资。

他们吵了几架之后黄小诺终于辞职了，离开了那个地方。姚航是这么评价的："现在的卡拉 OK 是什么 OK 嘛，全部是这种阿猫阿狗鬼混的地方，男的假装大款，女的纯粹是小姐，乌七八糟的，完全变味了。"他很高兴小诺辞职不干，所以特意请我们去吃了一顿大排档，以示庆贺。

我说原先我们还羡慕她的能干和高收入呢。姚航说："算了吧，也只有你们这些没有脑筋的人才会这么想，一个好女人就不能在那种场合待下去，迟早都会学坏的。"小诺白了他一眼："一个人想学坏，在哪里都能学坏，不想学坏，放在哪里都学不坏。"这个观点我赞同，但是家悦不这么认为，因为她从武谦那里听到太多哥们儿带坏兄弟的案例了，"环境也很重要的，不是你想不想学好，而是一个想学都学不好的地方让你根本学不好。”家悦说，“我也觉得小诺不要去做了，那里面乱七八糟的啥人都有。”周凯也发表了意见：“老师还是要注意自己的形象的，不该去的地方千万不能去！再说女人，就该老老实实上班、回家，少在外面瞎跑。”姚航有了同盟军很高兴，赞同道：“对对对，一个女人，就应该老老实实在家里，绣绣花呀，纳纳鞋垫呀，补补衣服呀，多好，我妈一辈子就是这个形象，让人看了心里踏实。”结果又被小诺抢白道：“对不起，我不是你妈，我是我。”姚航小声说：“我没让你跟我妈一个样，我只是打个比方嘛。”小诺用手推了一下他的脑袋说：“我，绝对是出淤泥而不染，跟你们说嘛，其实也没什么，在那些地方赚钱很容易的，怕就怕客人不怀好意，惹出些是非来，姚航脾气不好，跟他们打起架来就不好收场了。”

“看这里，好不好看呀？”话锋一转小诺指了指自己的耳朵说，“才打的金耳环。”我们看了看，果真好看，怒放的花朵模样，难怪今天小诺光彩照人呢，原来是这个金灿灿的耳环呀。姚航又冒出一句：“珠光宝气的，有啥好看，俗气！”小诺就笑了，“来，满足一下你们的好奇心吧，情景再现一遍，讲讲这对耳环的来历吧。”她说，“你们这样的老实人永远都看不到的精彩一幕！一个月之前的一个晚上，我正在后面放歌，外面就进来了一个糟老头子，有六十多岁了吧，听口音不是本地人，我出来给他倒了茶水，他就用金鱼眼色眯眯地盯着我，我立马转身走开了。他一个人坐在那里喝酒听歌，下雨天，生意不太好，我就唱歌送客人，正唱呢，一个背着小坤包的小女生进来了，鞋跟起码有十厘米，路都走不稳。我看她一蹭一蹭走到那老者的桌前，老者用戴着大金戒指的手敲敲桌子示意她坐，她就坐了下来，还娇滴滴挨了上去，喝老头喝剩下的茶水，看着就让人恶心。两个人聊什么听不清楚，音乐声太大了，但是看得出来他们谈得很投机，时不时就开怀大笑，还互相搂搂摸摸的，又过了一会儿，他们就站起来牵手往外走，就像祖孙两代人。当时我心里想了好多好多，你说吧，谁家养了这么个姑娘多悲哀啊，这老头家里就没有个姑娘，没有个孙女？如果也这么跟人乱来，他怎么想？看那女孩子顶多二十岁，浓妆艳抹的像个鬼，她自己就没有一点羞耻心吗？肯定没有了，有的话，就不会这么胡来了。一个姑娘家家的，做点啥不好嘛，就是一个懒字当头！那老头也是的，要是被家人看到这样的老不正经还不气吐了血。老板和我一样好奇，还跟出去张望，谁知道那两个情投意合的家伙在门口莫名其妙扯打上了！一个说对方是流氓，一个说对方是骗子！我们都没有搞懂，刚才还情意绵绵的，转眼就成仇家了？只见他们在草地上拉扯了半天，淋着小雨对骂。老板很有经验地说："嘿嘿，一定是价钱没有谈妥，发生了经济纠纷。"说完就把我们轰回去干活了。等我们打烊出门的时候，看见那个老头子居然蹲在草地里找东西呢！老板问他找啥，他说是自己的金戒指丢了，上面有个发财的发字图案，是繁体的。妞儿没有泡到，损失这么惨重，我们就暗自好笑，心里虽然骂他活该，但还是决定帮他找找，结果也没有找到，他狠狠地丢了一句话："不要了，谁找到归谁！"我们怀疑是被那个女孩子捋走了，这个傻老者还不知道呢。三天后，我哥哥来接我下班，就在那片草地上用脚尖踢小草玩，啊呀，就踢出个戒指来，还以为是个假的，捡起来看看，觉得像真的，就拿给我，我一看那个大大的发字就知道是那个老头的，送到前台存着，想着等那个老头再来的时候还给他，可是从此再没有见到过他的踪影。老板说谁捡到的就归谁吧，放在这里也是个祸害。前天，我哥去金店验了一下，是真金的，就给我打了一对耳环。好，故事说完了。"

我和家悦听得眼睛都睁圆了。

"还有人在草地上拉扯过没有，之前，或者之后？"我问，"我明天也去踢踢草地，我有一种强烈的预感，也会捡到一个这么大的！"

小诺笑道："算了吧，自从那以后，天天都有人来寻宝，那块好好的草地已经秃了，想掘地三尺呀，再挖就该挖出清朝的古墓了。"我们都笑了。姚航打趣地说："其实她辞职的原因有两个，一是唱歌把客人都吓跑了，二是生意被寻宝这事情闹没了，别人路过还以为那里是工地呢，还老去问准备修个啥场所，欢乐溅就这么衰败了，哈哈哈！”

欢乐溅是没有了，但是这样藏污纳垢的地方还多得很，只是黄小诺不会再去了。

黄小诺的服务生生涯到此结束，我以为她就此消停了，她却告诉我们，半个月以后区里的兰花节要到了，她要去公园摆小摊卖小吃，我真的不得不佩服她超人的想法和精力了。

我们一帮人去公园看兰花，真的就在熙熙攘攘的人群中发现了小诺的身影，温箫语一惊一乍地说：“看看看，那不是你们同事黄小诺吗？当上小摊主了，样子还好看呢！”我们就顺着她手指的方向望过去，可不是，一个大簸箕，里面红红绿绿的全是新鲜的蔬菜，面前一叠面皮儿、一堆凉面和一大盆辣椒水，围着碎花小围裙，动作麻利地包着春卷，生意好得不得了，面前全是递钱的手，还伴着“给我包一个！快给我包一个”的请求声，她喜笑颜开地接钱递货，忙得眼皮都没时间抬一下。瞅了一个空当我们挤了进去，“嗨！黄小诺！”我们喊，她抬起头来，阳光下，她的脸上绽放出花一样的微笑：“来了！尝一个呗，尝尝我的手艺。动作快一点，顾客太多了！”包了几个递给我们说：“快到一边儿玩着等我，别挡着我，一会儿就能卖完，这是第三簸箕了，没有材料了，不然还可以卖掉很多很多。”我们欢天喜地地走到旁边树荫下，我才打开塑料袋就闻到了一股香油味，不禁一阵恶心，嘴里就冒出了酸水。素素吃得正香呢，一抬眼看我皱着眉头，再看看我的脸色，她压低声音问：“思楠，你不会是怀孕了吧，我姐姐以前就是这样，前一秒钟觉得香的东西，下一秒就说闻着想吐了！”我脸一热，难为情地说：“可能是吧，别让她们听到。”她就接过了我的春卷说：“不是可能，要去检查一下，我帮你吃了吧，你以后在外面就不能乱吃这些东西喽。”

二十分钟以后黄小诺就拎着装杂物的水桶和大簸箕屁颠屁颠过来了，“可惜可惜啊，一个摊位费一百元呢，我没有东西卖了，五十元又把摊位转给了一个卖凉粉的。”小诺高兴得满面红光，“人真的怪啊，平时吃啥都不香，也舍不得买，搬到公园里来，啥都香，两块钱一个的春卷还抢着买，神了！”大家都笑了，也替她高兴。箫语说：“这是市场规律，供小于求了，这么大的人流量，几万人吧，才几家卖吃的呀，再说，小老板貌美如花，还不知道人家是来看花还是来看人的？”素素说：“本来是来看花的，意外看到了比花还美的仙女，赚大了，做模特儿是绝好的，兰花节应该请黄老师当形象代言人才对。”小诺笑颜如花道：“就是嘛，他们没有策划好，浪费资源啊！”我悄悄问她：“赚了多少钱？”她小声说：“连本带利，一千五。”我吐了吐舌头，小样儿，发财了。

小诺找了一个卖冰棍儿的，把她的家当寄存在那里，我们就一起去看兰花了。

外行人真的不知道看啥，刚开始我觉得好多兰花就是一丛一丛的杂草，开了花的还可以看看花，点评一下颜色、花形和香味，后来就关注起价钱来，一路飙升啊，直到看到有一盆兰花，郁郁葱葱，没有花瓣，标价八万！我们就议论开了，怎么就能值到八万呢？凭哪一点八万呢？叶子？花？根？旁边有个老人家很懂行地说了一句：“罕见，稀少，品种高贵，可遇而不可求啊！”等他离开了，素素就接了一句：“是啊，就是因为你们看不出来，看不出来的事情多喽，就像谁看出思楠是怀孕的了，看不出来就珍贵了！”我脸一热，骂道：“要死啊你，说好的不告诉别人的！”素素笑道：“都怪这兰花太珍贵，我是有感而发嘛！”

大家都替我高兴，问东问西的，我就很难为情，像做了亏心事一样。幸好她们又看到一盆标价九万的，才把注意力引开。箫语说：“要是有这么一盆兰花就好了，卖了，可以买到一套大房子。”我说：“走，挖兰花去！”素素说：“走，挖草去，我们标价十万！”

3

我带的班要毕业了，我忍着早孕反应做着中考前的最后复习。

中午家悦给我加了一个大头菜炒肉丝，一进门闻到菜油味我就想呕吐，她让我站在走廊上，等她炒好了再进去。吃的时候我又跟没事儿一样，觉得好吃得很，家悦就笑我作怪，我说我就是想偷懒，假装的。

其实还有更恶心的东西等我回去吃，那就是周凯晚上煮的带壳的鹅蛋和猪肝汤，想想就不禁打寒战，为了孩子，他们说吃啥就吃啥吧，只要不都吐出来就是胜利完成任务，唉，吃饭成了任务就是一种痛苦。

天热了起来，我老觉得胸闷，盼望下一场大雨。

心诚则灵，晚上真的就下了。先是滴滴答答，后来是唰唰唰唰，最后是哗哗哗哗，感觉屋瓦被洗刷得很干净，感受到它为我们遮风挡雨的那份浓浓情谊了。突然，好像是一滴水掉到了我的脸上，我迷迷糊糊吓一跳："啥？周凯，你看是啥掉我脸上啦？"他哼哼唧唧地醒了，打开灯，左右前后地张望，迷迷瞪瞪道："没有啊，你做梦啊，睡吧。""吧嗒"一滴水滴到他的头上，他猛一抬头，叫道："完蛋了！漏雨了！"我也抬头看，妈呀，新刷的屋顶被雨水浸湿了一块又一块，像斑点狗的花皮。我们俩的第一反应都是抱着被子跳起来，跑出去丢在沙发上，然后去拿脸盆和水桶，放在床上漏雨的位置，屋里发出了漏水清晰的滴答声，此起彼伏很有节奏感，很悦耳。我们俩相对而笑，太有意思了，像我们小时候常见的情形，兴奋得睡意全无。

我们把被子铺在沙发上，客厅也有漏水，但是集中在中央部分，影响不大，只放了两个痰盂和一个大碗就解决了。厨房也漏，那就更管不了了。我们一人占领一个沙发睡下，开始聊天气，聊学校，聊厂里，聊买房子，聊孩子，然后在生男生女上发生了分歧，他要男孩，我爱女孩，我说："生个啥就是啥吧，现在说了也没有用！"他说："不行不行，最好是生个男孩，我们家都喜欢男孩子。"我就奇怪了："你们家想要啥我就得生个啥呀？"他说："生个男孩子多好啊，简单点，好带。"我说："女孩子怎么就麻烦了？万一是个女孩你还不想要喽！生男生女又不是我一个人决定的。"他就转过身去，不说话了，两个人就沉默了，房里的滴水声也不那么悦耳了，慢慢地还让人心烦意乱起来。周凯爬起来把毛巾放在盆里桶里，顿时就转为低沉为的"扑扑"声了。我懒得跟他说话，不讲道理的男人跟他讲啥嘛，讲到生孩子他们像个文盲似的，想着想着我就更生气了，唉，跟同事同学说什么都可以，跟老公说话怎么就这么费劲呢，一句话不对劲，那个火噌就上来了，互相都爱挑刺，算了，不跟他计较了，心累。周凯又爬起来，拍了拍我的后背说："你想生啥就生啥吧，只要不生气就行，生气对孩子不好，睡吧，孩子他妈！"听他这么一调侃，我一口气又顺了，心情慢慢好了点，便沉沉睡去。

这个学期我在浑浑噩噩中度过，妊娠反应很大，总是觉得这儿不舒服，那儿不舒服的，周凯说我古怪得很，我就埋怨他不够体贴，两个人好一阵子歹一阵子的。好的时候呢，手牵手去买排骨回来炖汤，你喂我一口，我喂你一口，好不亲热；歹的时候呢，他就勉强煮个鸡蛋丢在我面前，爱吃不吃，我就生闷气。按照家悦的说法我这叫"孕期综合征"吧。

自从怀孕以来，我就发现满世界都是孕妇，肚子一个比一个大，人也一个比一个丑陋。我跟家悦她们说了我的感觉，她们就笑我，说我专门去搜寻同类，眼光看人都不一样了，这是心理学上的有意注意罢了，也不必大惊小怪的，那患了感冒的去了一趟医院，也觉得满世界的人都感冒了呢。其实，我担心的是我是不是像那些孕妇一样丑，肥胖，臃肿，笨拙，蓬头垢面，满脸蝴蝶斑！小诺说我没有自己想的那么丑，肚子还小，原来就有雀斑，再多几颗也不影响什么，反正大家看习惯了，挺正常的。我听了这话就放心多了。家悦陪我去买了两套大衣服，将来肚子大了也能穿很久的那种，还亲自动手为我缝了一件孕妇裙，小碎花，小圆领，大裙摆长到小腿，别说，穿上就更像一个孕妇了，很可爱，连周凯也说好看，让我在家就穿这件裙子，这让他很有家的感觉。

期末传出丁铁生要调走的消息，我们已经对类似的消息麻木了，随便他老人家为自己造谣吧，反正过不了多久都要回来的。农村教师的不稳定状态不是一天两天的事情了，从我上班那天起就疯传这个要走了，那个要走了，真正走的就没有几个，即使走了的，没有几天还不是灰头土脸地摸回来，顶多在学生面前有牛吹罢了，我们早就见怪不怪了。

中考结束了，我们除了等出考试成绩就无事可做了，但是要坐班，所以还在学校待着。初一初二的学生还在上课，他们要等到七月份才期末考试，所以很多老师很羡慕我们教毕业班的人。

蒋寒就是其中一个。有一天蒋寒来我们寝室蹭饭，我们边吃边聊，他漫不经心地问小诺："你的想法这么多，最近好像没有什么动静了嘞？不做你的生意梦了？"小诺笑眯眯地说："有哇，要等到暑假，假期长，天气热，好找事情做。"蒋寒眼皮都没有抬一下，轻描淡写地问："想好要做什么啦，看你的样子，蠢蠢欲动？"小诺说："是啊，想不想跟我合伙干呢？我考察了一个学期了，能赚钱，现在就差入股的人，我本钱不够，人手也不够。家悦和思楠都不是做生意的料，丁铁生不靠谱，想得多做得少，不过，他也瞧不起我的小打小闹，我问过他，他说还是想跟袁英开夫妻店，跟我实在没有合作意向，算了，我在找同学加入，他们还没有回我的话。"蒋寒冷不丁冒出一句："你看我可以吗？"我们听了都侧目，像发现了一片新大陆！小诺倒是反应极快："好哇！搞定！一起！"我们大笑起来，天啊，蒋寒是我见过的最淡定的男生了，从来不为金钱所动，视金钱如粪土，甚至我们觉得他得过且过，不求上进呢。我内心最邪恶的一面在沸腾。"小诺，你收了这个妖孽是对的，你看他眼大鼻大口大耳大，完全可以把他放在门口，整个一个护法神兽呀！”我坏笑，“喂喂喂，你们是要搭伙做啥生意？不知道这个就不好设计形象了呀！最好是卖沙滩躺椅，他白天的睡姿最迷人。”小诺马上正色道：“去去去，你这个没有追求的，我要跟蒋寒好好谈谈，不是开玩笑的，我想开一个烧烤店，现在市面上最流行吃这个，碳炉子上面倒扣一个铜锅，铜锅上面全是眼儿，下面有一圈放烤好的熟食的凹槽，客人自己动手做，用小刷子刷油，然后把食材放上去烧烤，蘸辣椒面吃，简单得很。唯一麻烦的是准备材料，采购呀、洗呀、切呀、收拾呀，要人手，当然还要有时间守着。”听着听着我的口水都漫上来了，路过烧烤店时看见别人吃过，店里雾气狼烟，人声嘈杂，油水掉到火炭上，火苗儿会从孔眼里冒出来，那些肉呀菜呀在铜锅上刺啦刺啦地响，香味四溢，整条街都闻得到呢，实在是诱人。周凯说太脏了，吃了也容易上火，对孩子皮肤不好，一次也没有让我去吃。我和家悦想法一致：开吧，快开吧，我们帮忙吃去，就当捧个人场！所以也开始怂恿蒋寒一定要答应了小诺。蒋寒不负众望，一口就答应了。后来他们又在一起嘀咕了几次，我们对做生意实在不感兴趣，懒得听他们筹划，但是对烧烤店啥时候开张却很感兴趣。

当小诺为发财做新计划的时候，期末学校又要评选优秀教师了，这是另外一种人生追求。因为名额有限，一次就两三个，所以有人很期待，有人很纠结，也有人很郁闷。按照惯例，我们年轻老师一般都是没有资格的，每次都看着她们评选，气氛很严肃，每个人都很矜持，很谨慎，又都各怀心思，打着小算盘。工会主席宣布：“大家思考一下，然后提出候选人，最后我们进行不记名投票，票数过半的从高到低选出优秀来。”大家都静默着，半天没有人出声，我脑袋一热，闪出了一个念头：我要说出一个名字，丢出一个炸弹来！因为，每次最后大家不说话就成了校长自己提名，然后举手表决，很多人本是不情愿的，但是碍于情面大家都举了手，下来以后又在办公室里骂骂咧咧好几天，骂校长点的总是那几个人，不公平不合理，骂跟他混得好的那几个家伙，吃饱喝足捞干打尽，比如霍康那个小人，还有几个中层干部什么的。骂自己没胆量跳出来自荐，活该吃进去的是草挤出来的是奶！我想啊，与其让大家在背后抱怨，还不如让大部分人舒服点。

我的脑袋又热了一下，要不要说呢？我就觉得数学组的苏老师特别好，对人和气，学生也喜欢，教学成绩更是没有说的，年年在数学组考第一，但是一次优秀也没有得过。想到这里，我脱口而出："我提一个苏老师吧！她很优秀，我觉得。"会议室里从未有过的混乱，苏老师慌忙对大家做着摆手动作："不要选我，不要选我，我不行我不行！"某个角落里有人带头鼓起掌来，大家就都鼓起掌来，局面变了，倒向了人民群众一边，后来又有人提了几个名字，接着工会主席带了两个老师开始唱票，就这么完成了这次评优工作。苏老师自然当选，意外的是家悦也选上了！她得到的是乡里的优秀班主任称号，看来群众的眼睛真的是雪亮的，我开心得要死。

结束之后，老谢很高兴我的义举，夸我胆子大，但是她又给我提了个醒，提名的时候最好是先提我们语文组的老师，不然给人感觉我是胳膊肘往外拐了，想不想在组里混下去呀。我大笑："这个我真没有多想，下次吧，我提你。"她就难为情道："你可别乱说，人家还以为我想要这个荣誉呢，我们这种人，只会干活，没有想法的。"她说是这么说，我觉得她心里可不是这么想的，因为她后面又补充了一句话，荣誉这个东西呀，有时候不一定是奖赏，可能是对你工作的一种认可。

通过评优我发现一个规律，你提了谁，其他的人都不可能在现场提出反对意见，这个道理告诉我们，先下手为强！优秀也是可以争抢的。今天我用了这一招，反正我也得不到，还不如让称职的人得到。

我就不明白了，荣誉是用来鼓励肯干的、能干的，干得好的人的，怎么在井台中学就成了福利了，而且享受福利的总是那么几个人，凭借的还是私人感情，我的老天爷，那谁干活还有动力呀，都去巴结老贾算了。铁生笑道："你狗胆包天，敢在皇上碗里抢食，杀无赦！斩立决！"我居然看到霍康哀怨的甚至还有点愤怒的眼神了，我才不怕他呢，一个人吃饱捞足，也不怕撑死。铁生说要是霍康的老婆是我们学校的老师，估计两口子可以开夫妻店，当先进专业户了。蒋寒不以为然，他说："目标大了不一定都是好事情，听说我们这里是雷击区，雷多，大，狠，还准。"

4

放暑假了。

周凯趁着天气好自己上房顶翻瓦，踩得房顶咔嚓咔嚓直响，还往下掉碎瓦片，我很担心掉下来的是他，时不时就抬头喊他一声："周凯，你在不？还在不？"他咬牙切齿道："在！不要喊嘛，喊得我都心虚了！"我笑道："武侠小说里的高手上房顶是没有声音的，如履平地。"他说："少看点那些破书吧，只有你这样的傻瓜才会相信那些胡说八道的招数，贼上房顶才没有声响，正常人都有！别喊了啊，喊得我心惊肉跳的，腿都软了。"

我们两口子翻破瓦的时候，黄小诺在装修她的"饭庄"了，她真的盘到一个不大的门面，位置不算好，但是很便宜，一个月才两百块钱的租金。她让我给她的饭庄设计一个幌子，要醒目，上档次，还要符合烧烤店的特点，面对这么多的要求我的头都想疼了，转念一想就当作一次胎教吧，想了两天，终于想出来一个：红大院！写在三个大红灯笼上，红底黄字，太气派了！顿时觉得自己很聪明。

红大院烧烤店终于开张了，听说生意好到要排队才能吃得到，听说每天都卖光了客人还舍不得走，听说数钱数到手发抖，听说……都是听说的，周凯说人太多了，不让我去，说熟人熟事的，哪天不能去？非得跟别人挤这个热闹干啥，碰到肚子怎么办，我就流着口水等着。终于有一天，家悦约了袁英一起去看小诺的烧烤店，还喊上了我，总算让我看到了"红大院"

的热闹场面。

传言一点都不假。五六个大铜锅围的都是人，那叫一个烟熏火燎、热气腾腾啊！小诺跟她的一个合伙同学正给客人上菜递酒，忙得像两个五彩的陀螺，才把我们安排坐下就被客人唤走了。“你们先坐着，别急哈！”她边跑边说，“等那一波走了我就过来招呼你们。”看来老板、厨师和服务员是合体的，生意真的很红火。

周凯拉了我一下小声说：“你一会儿别吃多了，我看不卫生。也不知道贵不贵，我身上没有带多少钱。”我看他眼神游移就心烦上了，小家子气，我想，每次都是这样，买苹果只买收摊的烂苹果，吃的时候还得用刀子旋掉一大块烂的才能吃，说他吧，他就解释要攒钱买房子，省一个苹果钱能买到一个平方米的几百分之一呀！提到买房子我就心软了，心疼他上房顶翻瓦，就原谅他了。提到买房子，我就觉得我们很穷困潦倒，以前谈恋爱的时候多富有啊，还舍得买68元一瓶的去斑洗面奶，现在吃麻辣烫都要先数好十根签子再吃，多一根他都不许。我吞了吞口水说：“你放心，我就尝一小口，哪天带温箫语他们来吃，使劲宰她一顿，顺便照顾小诺的生意。”周凯就笑了，还拍了拍我的头，夸我聪明。

这一拍突然就想起了一个人，蒋大爷呢？

我拉上家悦去了后面操作间，果真在那里找到了蒋寒！他、姚航和另外一个男人在里面忙活，洗菜的洗菜，切肉的切肉，摆盘子的摆盘子，装篮子的装篮子，表情严肃，态度认真。看见我们来了，瞟了一眼就把目光收了回去，“快出去，大小姐们，”他们说，“这里这么小，碍手碍脚的，到外面坐着闻香味去吧！”我捡了一个小蘑菇砸到蒋寒的头上，因为他带了个可爱的白色厨师帽，太滑稽了，我就受不了他这架势，让人忍俊不禁，我说：“蒋大爷，你在做什么研究啊，好像一个科学家呢。”他歪嘴龇牙，做了一个鬼脸，我们就笑着退出去了。

等轮到我们吃的时候已经是一个小时以后的事情了，我饿得饥肠辘辘。

好吃，真好吃！啥也别说，没有空说话，埋头吃就是啦！怀孕以来第一次吃饭没有恶心的感觉，而且是胃口大开。鸡皮都烤成了焦黄的卷儿，不爱吃的洋葱也香甜可口，卷心菜烧糊了别有一番风味，五花肉糯糯的弹牙，反正我停不下来，根本停不下来，偶尔抬头看一眼周凯也在狼吞虎咽，挥汗如雨，我就想笑，还想阻止我，自己都失控了。家悦和袁英也赞不绝口，她们俩也没有了以往的优雅。优雅的只有小诺，等我们吃好了，她款款走过来按住我的肩头说："没有时间招呼你们哈，自己动手丰衣足食，钱呢，就不用给了，吃饱了赶紧给我腾出位子，走人。下次想吃，再来，永远不收你们的钱！"有这等好事，我们皆大欢喜，当然周凯最开心。

我听出来，另外有两桌人是他们的熟人，姚航和另外那个男人也出来招呼，还一起举杯欢呼，场面很壮观。

回去后，我想念了好几天"红大院"和那里的烧烤。周凯说去多了不好，吃了人家的又不给钱，不好意思。我说小诺说的不要钱，随便我去吃。周凯就嘲笑我："你以为是为你开的御膳房啊，你以为你是皇后皇太后呀，说是不要钱，你吃多了，人家还不得说你脸皮厚。"我说："那就吃了给钱呗！"周凯马上纠正我："思楠，不能有这样幼稚的想法，我们要买房子。"好吧，能打败我的就是房子，多一点想法都得看看影响我们家房子没有，要是这房子不漏雨就好了，挺好的地方，出门就是商业街，拐弯就进菜场，十分钟就回父母家了，上班坐车也方便，绿树环绕，冬暖夏凉，邻里和睦，交通便利。我想了想说："周凯，干脆我们买一车新瓦，重新铺房顶，让它不漏雨就好了。"他嘲讽道："没有追求，别人会笑话我们住瓦房的，什么年代了，你到哪里去买瓦片呀，再说，我怎么忍心让你们母子住在这样的房子里一辈子呢？我是这个家里的男人，我要为你们撑起一片蓝天。"我感动了，为了他后面那两句话，我深情地搂着他的腰，把脸贴在他胸口说："我愿意陪你住瓦房，只要有爱情，住哪里都一样！要是不下雨，透过瓦缝我们还能看到蓝天和星星呀……”他拍着我的后背说：“别说傻话了，谢谢老婆愿意陪我住这样的地方，但是不行，这不仅仅是房子的问题，而是一个男人的面子问题。”本来挺浪漫的情景和情调，被他这么一解释，我很失望。他可以说“老婆，你不是住在房子里，是住在我的心里！”或者说“我愿意一辈子做你遮风挡雨的屋檐！”之类的话嘛，男人就是不会说话，不会说我们想听的话，不然我们一定心甘情愿为他们做牛做马的。古话怎么说的，女为悦己者容，其实女也会为悦己者死的，但是前提条件是你得先取悦于女人呀。

后来又去过两次烧烤店，小诺依然是不收我们的钱，这样一来，我真的就不好意思再去了。

我问了另外两个合伙人的出处，小诺说是她的高中同学，当然也是姚航的，他们是一对儿，女生是个会计，男生是个画画的，两个人的朋友多得很。我跟周凯说了这件事，他想了想说：“有利有弊，朋友多了吧，来吃的人就多，热闹；吃的人多了吧，给钱的人就少了，亏本。像我们这么自觉的人不多了，你等着吧，合伙生意不是那么好做的，道道多了去了，几个人都精明呢，就多了相互间的算计猜疑；里面有个把老实点的人呢，可以周旋一下，除非这个老实人认为吃亏是福，否则时间一长就觉得被欺骗蒙蔽了；要都老实呢，大家处得倒是开心快活，生意又做不开了，一个字，难。我看啊，他们这生意干不长久。”我听了觉得也有一定的道理，但是心里希望黄小诺能做得长久些。

我问周凯如果他做生意会怎么解决这复杂的人际关系，他说：“我单干呀，自己做老板，带几个手下人一起干，退一万步说，宁愿给别人打工，也不合伙求财，累。”唉，我忘了他性格偏内向，鬼才喜欢跟他搭伙，脸难看，话难听，只有我能长期忍受他，转念一想，也不一定，万一正对了他的路子，他也投入了全部的热情和能耐呢？谁知道啊，人是最说不清楚的动物。

想到小诺的搭伙生意我不免担心起她来，不会真的干不长久吧，我还没有吃够呢。

现在不知道为什么做生意的人这么多，卖什么的都有，小门面如雨后春笋般地长出来，烤臭豆腐的半条街，擦皮鞋的半条街，就连小胡同里呀，门洞里呀，楼房拐角呀，公厕门口呀，搭个棚子就能做生意，倒腾得也快，今天还在卖凉粉，明天就卖鞋袜了，到处都喧闹着，竞争着，更替着，郊区也像城里了，满世界都是所谓的生意人，好像弯腰低头都能捡到人民币似的。小诺也被卷了进去，在所谓的商业大潮里瞎扑腾，唉，随她去吧，辛苦的是她，受累的是她，快乐的也是她。即使哪天她真的发财了，我也绝对不会嫉妒，只会是佩服；即使哪天撑不下去了，不也还在教书育人，有口饱饭吃嘛，问题不大。

我的肚子在慢慢变大，闲来无事，懒懒地到处逛荡，我在政府的宣传栏里看到好多个新张贴的小广告，招聘的，出租的，转让的，居然还有一个招收写作班学员的，五花八门，我仔细看了看招生的，马上决定报名，一个月才四十元，权当胎教了，值！周凯想了想勉强答应了，我就像个文学青年一样每天往少年宫跑，跟一群十几岁的孩子一起学习，周凯去过一回，见是一群十二三岁的小孩子，就放心了。我坐在里面虽然很显眼，很突兀，但是很安全。刚开始学员们还以为我是教员呢，对我相当尊敬，课堂纪律也好，后来知道我也是同学，就没大没小地跟我疯上了，于是结交了几个好朋友，我跟他们说我也是带着孩子来学习的，他们说怎么一次没见着我的孩子呢，难道就藏在他们中间？我笑道："我看上去有那么老吗？我才二十几岁呀！"他们狐疑地看着我，我指指微微隆起的肚子，他们就明白了，兴奋地又跳又叫，一下课就来摸我的肚子，假装问："弟弟妹妹，听懂没有呀，要记得写家庭作业哦，上课不要打瞌睡哈！"也有孩子好奇地问："阿姨，肚子里是个弟弟还是个妹妹呀？"我笑道："猜！猜对了有奖哦！"他们就胡乱猜起来，最后决定我生个龙凤胎算了，他们看上去跟我的学生一样调皮，笑死我了。后来估计是听了父母的教诲，不再跟我胡乱疯闹了，还给我带好吃的来。我就趁机推荐他们去吃"红大院"烧烤，他们都去了，说我没有骗他们，果然很好吃，就是人多难等位子，口水都流到脚面上了。

能为小诺招揽到生意我很开心，当然如果需要的话，我也愿意为她在路边摇旗呐喊：“走过路过，千万不要错过啊，红大院的烧烤是正宗的大铜锅！”

5

小诺又带信来喊我去，想着她忙得团团转，跟我说不了一句完整的话，说一句话要分成五段来听，我就没有了想去的心情，还是喜欢跟她靠在公园长椅上一聊就半天的感觉。现在我闲着，她忙着，怎么玩嘛，我一点也提不起兴趣找她，有一种“志不同，道不合”的失落。

温箫语倒是主动约过我几次，她也忙。

她说这个周末带我去大开眼界。

给周凯准备好了中午饭，我就出门了，说好在小学门口等她。远远地就看到她穿一件纯白的连衣裙，打着一把小花伞款款而来，唉，美得像一片云！“思楠，你咋个不打伞呀，看你都晒黑了。”她仔细地看着我说，“你看你，斑点又多了！”讨厌，我在心里咬牙切齿，哪壶不开提哪壶，就不能说点别的，比如很像一个妈妈了呀，比如肤色很健康呀，比如怀孕难受不？我白了她一眼说：“不懂了吧，文盲了吧，这叫纯天然补钙后遗症！等你怀孕就知道了。别嫌我长得丑，你也有这么一天的，讨厌！”我们俩就笑了。她说是去素素家看素素。她有啥好看的，经常看到的一个人。她说你看了就知道了，绝对不让你失望，卖了个关子。我抱着肚子边走边瞎猜，她长出一条尾巴啦？她头上长犄角啦？她也长雀斑啦？她捡到金砖啦？她被储户投诉啦？她……箫语打断了我的遐思：“今天拿出你的看家本领，讲笑话，让素素笑就对了。”又卖了一个关子，我更好奇了。

看到素素的时候我的确吃了一惊，她一改平日里的热情好客，表情木然地把我们请了进去，然后低着头很小声地说：“你们怎么来了？怎么选择今天来呀？我不方便，我还有点事情。”声音越说越小，我就盯着她看，总觉得她今天是有点不对劲。她见状连忙用手把脸蒙上，然后转身就跑进了卧室。箫语坏笑了一声，对我说：“跟上去，有情况，我已经看出来了，眼睛、眉毛、嘴全整了！”一语点破，我也感觉到了，整张脸黑白分明，像鬼片！平时她就爱折腾自己的这张脸，浓妆艳抹是常事，只是今天她的表情动作太不正常了。

我们跟进卧室，见她躺在床上，手里举着枕头挡着脸。箫语走过去，一把扯开：“素素，老实交代，你对自己做啥了？”“哦，啊，我啊，我啊。”素素呵呵地笑，“我交代，我老实交代，别跟别人说哈，别笑话我！别碰到我的脸啊！我文眉毛和眼线了，还漂染了嘴唇。请了公休假在家，美容院说不能说话的，最好别逗我说话，会毁了我的红唇和金钱的，乖乖些拜托了。”声音就像从牙缝里挤出来似的。

箫语给我使了一个眼色，我心领神会。不怀好意地说：“哎呀素素，我给你讲个笑话呗！我自己都笑了几天了，疯人院里有好多病人，治疗了很久，院长想测试一下他们的治疗效果，就在院墙上画了一扇门，好几个病人就跑过去想尽了办法要从那门里冲出去，有撞的，有踢的，有抠的，这时候，院长看见一个病人很冷静地看着这一切，不动声色，院长很高兴，觉得这个病人可能治好了，就问他咋不跟着去呀，病人冷笑一声：‘我才没有那么傻呢，他们不知道，钥匙在我这里呢！’”听完箫语就笑得不行。素素也笑，只是身体一抖一抖的，嘴巴发出“吁吁”的声音，“求求你们不要让我再笑了，嘴唇上的疤会掉下来的！掉了染的颜色就上不去，效果就不好了，这可是八百八呀！”我们听了更惊讶了，八百八一张小红嘴呀！你以为你是精品八哥投胎的呀！我们就挠她的胳肢窝，她笑得快疯掉了，说话开始正常了些，“你们等我说完嘛，”她求饶道，“还包括文眉毛和眼线！你们知道有多疼吗？我是付出了泪水和血汗的！”“你不是八哥投胎才怪，连羽毛也是染的呀！”我们就笑成了一团。其实素素真是我们见过的最臭美的女生了，光是假发都有好多个，长的、短的、不长不短的，黑色的、棕色的、黄色的，直发的、卷发的、半直半卷的，半边的、完整的，五花八门，完全可以开个小店了。有一次就把古能吓了个半死，那天我们都在箫语家玩，天气太热，素素就把假发摘下来挂在箫语的床头晾着，碰巧箫语让古能去书桌上帮她们拿东西，只听见古能在屋里一声惨叫，神色慌张地冲出来，说：“我我我大白天看见鬼了，在在床头头头……一个大大大头鬼！”边说边用手拍着胸口。当时就素素反应最快，飞快地取出假发来让古能看个清楚，把他的魂魄一点一点给招了回来，还笑说这是老人们教的法子，素素喊：“古能回来吧。”箫语接道：“回来了，回来了！”大家笑得不行，害得古能后来一看到素素就先扯扯她的头发，看是不是真的。

吃晚饭的时候我们又看到了素素作怪的吃相，用吸管吃稀饭，她妈就当着我们的面把她好一顿数落，说她为了爱美不要命了，天天喝稀饭，怕弄坏了嘴巴，你们说她是不是个疯丫头。

温箫语这次约我来就是想看看这个才失恋的家伙怎么折腾自己的。素素很伤感地说：“我把自己弄漂亮点，一定找个更好的，把原来的那个臭狗屎比下去！”温箫语骂道：“你就这点出息吧你！失恋了就失恋吧，放下放下，女生没有嫁不出去的，就看你想不想嫁，想嫁给什么样的人，我帮你再找一个好的，你又漂亮，又能干，工作单位又好，怕就怕没有人配得上你！”素素听了这一席话果真奏效，顿时像一棵小苗儿偶逢甘露，说话都有了底气，她说：“我真的有你们说的那么好吗？你们有了好的就来安慰我吧，古能挺好的，周凯也好，我就倒霉了，喜欢我的吧我不喜欢他，我喜欢的吧他又不喜欢我，以前说喜欢我的吧现在又不敢喜欢了，从前我不喜欢的吧现在觉得也还是可以喜欢的，但是又来不及了，名花有主！”这几句话把我搅得，我忙说周凯也不是你们看到的周凯，内向，自卑，抠门，懒惰……她们就笑了，不喜欢还哭死哭活地要嫁给他，谁信呀！

箫语说："我是听懂了，素素其实自己才是个花心大萝卜，我们还替她瞎操心，你听嘛，这个的那个，那个的这个，喜欢不喜欢的怕有一个连了，走走走，我们赶紧走人！"我笑着说："箫语，你的意思是说我们俩自作多情了？今天素素对我们不冷不热的，那就走吧。"素素一脸委屈："冤枉啊青天大老爷，咋个就没有人可怜我啊！"她噘嘴问箫语："箫语，你的眼神好，快帮我看看，我的嘴巴怎么感觉到一边紧一边松呢？"箫语看了一眼摇了摇头，拉着我就走，回头说："正常，可能伤口快要好了吧，我还有点事情得先走了，再说思楠也不能久坐，改天再来玩。"走远了，箫语才"扑哧"笑出声来："思楠，我们干坏事啦，素素的漂染嘴唇上结的疤真的掉了一半下来！回头她会骂死我们的！八百八肯定废了四百。"我们一路笑回了家。

箫语说现在的美容院啊，也如雨后蘑菇遍生，啥都敢做，垫鼻梁的，割双眼皮的，打下巴针的，去眼袋的，除皱的……没有做不到的，就怕你不敢想。

箫语说她大学有个女同学就做了一个假鼻子，平庸的五官一下子就立体感十足，跟换了一个人一样，好看得不得了，现在追求她的人啊能有一个排！可是因为她们是同学，难免知根知底，很是不以为然，甚至还看出了她开刀部位的蛛丝马迹，经常拿来调笑她，说她鼻子下面有鼻屎没有擦干净，让人家很尴尬。我就笑她们太坏了，我说："你以为人人都像你一样天生丽质呀，总有些歪瓜裂枣需要雕琢嘛，人家想美一点也是正常的，何必踩她痛脚呢，真是的！哎呀，要是唐僧师徒也动了美容的念头，那就没有西游记这码子事情了，改演斗妖除魔偶像剧。"我们走一路笑了一路。

送我到门口的时候，箫语看了看里面门上还没有褪色的"囍"字，突然对我说："我也想结婚了，有一个属于自己的家，哪怕是这样一个瓦房，有一个人在屋里等你，有灯亮着，就是幸福的。"我笑了笑："想结那就结呗，也住我们这里，你想要的瓦房，做个邻居吧。"她拍了拍我的脸说："不，我还是买楼房，和古能一起买，要让男人有一份家庭的承担。连这个都不能给我，他就不配跟我谈婚姻。”我很不解，问：“你刚才还说喜欢瓦房呀！”箫语说：“我跟你说的是对家的感觉和向往，不是说我非得住这样的老瓦房。唉，还中文系呢，这点浪漫也听不出来。”这话把我伤得，我只好问：“你们哪里找那么多的钱？”她笑了笑说：“借呀，向银行借呀，然后两个人一起还呗，简单。”我就愣在那里了，原来生活可以这样过，我想都不敢想，我从来就怕借别人的钱，贷款，不也是借钱吗？拿什么还呢？工资那么低。箫语说：“借国家的钱，你着啥急呀，年限长一点，慢慢还呗。”看到箫语的自信和坚决，那一刻我也有了一点转变，也许是我太顽固太保守，只敢做那些触手可及的事情。而有些人总要想得远一点，哪怕是好高骛远也要去尝试，这也许就是我跟周凯爱争论的原因吧。我想不要再拒绝或者是挖苦讽刺周凯要买楼房的想法了，在箫语看来他是个有理想的人，也许他是用这样的方式做一个承诺，只为更爱我，爱我们的生活，而我缺少了一份对他的理解和支持。

在这个问题上我真的不如温箫语。

6

一个暑假要发生这么多的事情才对得起这份酷热吗？

满世界的 BP 机就像树上的小虫一样叫着，满世界有 BP 机的人就像惊慌失措的猫一样，先是低头看一眼，然后面色仓皇地到处找公用电话，回找他的那个人。大多时候，一个人的机子响了，几个人同时低头去看，你就觉得有那机子的人永远都心神不宁，魂不守舍的，时刻等着人找他，又时刻担心有人找他。周凯就很想买一个，我看得出来，他拿了姚航的机子翻来覆去地看了又看，爱不释手，我说喜欢就买一个呗，他说他就认识我，一回家就看到了，去厂里，想看的不想看的人都在，有话都不想讲了，有时候忙得连屁都没有时间放，还带着这个“虫子”满地找电话，也有可能一天到晚都不会叫的。是啊，家里也没有座机，响了还得往外跑，我们这种人是没有什么社会关系和社会活动的，就断了这个念头，想想，还不如安装个座机，大多时候都在家猫着，一找就能找到，多稳妥呀。说是这么说，安座机要一千多元呢。

记得铁生就有这么个小东西，还老叫唤，一叫唤他就往校长办公室里跑，嘴里还不闲着：“哟，不好意思，有人找我，朋友多了就是这样，烦人啊！”心烦的人其实是老贾，见来的人多了，他一气之下在传达室里重新安装了一个座机，再也不许老师们去他那里接打电话，但是传达室的电话是用盒子锁起来的，只能接不能打，所以意义也不大。霍康跟校长关系好，所以他有钥匙，就经常去打，因为铁生跟霍康关系也好，所以他也能用。有人觉得不公平，向老贾反映过，但是老贾说霍康是为了工作需要，谁都知道，任何一个单位都会有一些拥有特权的人，怎么形成的呢？那就是利益，共同的利益形成了这么一个特殊的群体，用一个不太好的词语就叫作“结党营私”。

井台中学的老师都老实，习惯了这些不公平之后，慢慢的这事情就没有人计较了。得了好处的铁生说：“小家子气，计较这些小事情干吗？显得你这个人特别没有品位，没有思想，没有高度和深度，有思想有品位的人想的是国家大事，比如我考虑的就是西哈努克亲王的流亡呀，阿拉法特的信仰啊，当然现在想的是香港回归了。”

香港回归不是丁铁生一个人要想的事情，这是所有中国人的期盼。是啊，就连艾敬也在唱：“1997，快点到吧，我就可以去香港了……”满大街都在唱，再不唱啊，有的孩子真以为香港是外国了呢。

香港回归了，连我们这样的郊区都有大型的欢庆游行，比过年还热闹。游行队伍近两公里长，花车扎得令人叹为观止，很多学校也组织了游行方阵，很有意义的一次爱国主义教育。连不爱热闹的周凯都牵着我的手去看。

好多人选择了今年结婚，赶上一个回归的喜庆年，沾个喜气，远方的感情，眼前的感情，大感情，小感情，国家的感情，民族的感情，个人的感情，统统都回归了，多好啊！

丁铁生也凑了这个热闹，终于和袁英结婚了，先是在袁英娘家办了酒席，按照风俗，袁英没有穿礼服，没怎么刻意打扮，只是穿了得体的新衣裙，我们都去了，几十桌饭菜就摆在院坝里，感觉不像结婚，像铁生请朋友吃饭，更像暴发户在乡亲们面前显摆，场面大了些，人多了些，菜肴丰盛了些，想想觉得这场面很眼熟，哦，就像座山雕娶第三房姨太太一样气派！丁铁生喝得酩酊大醉，拉着极不情愿的袁英挨桌儿敬酒，见谁都喊兄弟，其中就有袁英的舅舅、伯父，三天没大小，这很符合他的风格。

袁英没有化妆，但是在我们看来仍然是光彩照人的，由内到外透出喜庆。有人说一个女人当新娘子那天是一生中最美丽的，我也觉得，但是不完全是因为化妆，而是那浓浓的氛围，众星捧月的架势和由内向外散发的幸福感共同打造的效果。

陆续有些不相干的人也结婚了，引得我回家就看我的结婚照，短发新娘也是当天最美的人儿呢！觉得有一点点遗憾，要是也留着长发，高高挽起，插上百合花，那该多美啊。可是我来不及了，所以一定要奉劝后来者：结婚很重要，剪发须谨慎。周凯倒是很会安慰我，他说他就喜欢与众不同的短发新娘，要是长发，还不知道我是谁的新娘了呢，说完还暧昧地看着我的肚子喃喃道："生了孩子就好了，真的难等啊，他咋个还不出来呢？"我白了他一眼，把他的脸推向了另一边，心里觉得他这眼神很影响胎教。

又一个周末，温箫语说带我去一个好地方，我挺着小有规模的肚子跟她去了，拐弯抹角，跋山涉水到了一处工地，她兴奋地指着一栋竣工的楼房说："思楠，看！我的房子，我们买的，八楼左边那一户！看见没看见没？我们单位的房子，我只有买顶楼和一楼的资格，有九十多平方米。"我看见了，心里替她高兴："箫语，已经不错了！动作好快呀，你也可以结婚了！一定要穿婚纱戴百合花，那才配你！”她白净的脸上红了一小片，像抹了胭脂，也像喝了点葡萄酒，好看得很。她说：“还早呢，还要装修，买家具什么的，麻烦着呢。”我笑道：“你不要太追求高档了嘛，那多累呀。”她说：“不是高档，是我想要的温馨舒适！我看了平面图，心里有了点概念，我想装成那种清新雅致的。”想想她平日里的穿衣打扮，我就能想到她说的风格了，我也喜欢，我做不到，但是我知道心思缜密细腻的她一定做得到。古能，赶紧赚钱去吧，为了你的公主陛下小娘子，我心里偷笑。

箫语似乎看懂了我的心思，她说：“我们两个人的半年奖一万多一点，我哥哥姐姐赞助一点我就可以装修房子了，怎么样，神速吧？”我的眼睛都要鼓出来了：“你要抢银行啊！你们有那么多的年终奖？没有天理嘛！你们明明数的都是别人的钱，凭什么数着数着这钱就成你们荷包里的钱了呀！天理何在啊！照这么说，我们教书的，教着教着这些学生就成了我们的亲骨肉了嘞！”她笑着说：“哪里有你这么算账的啊！行业不同嘛。我算少的啦，我们行长多得我都不敢说！”我叹口气说：“我们校长住的福利房才五十多平方米，客厅小得转不开身子，还不如你这个银行小职员！这世道太乱了。”我们俩就大笑起来，谁让人家有远见读的是金融专业，而我们却读的师范院校呢，这就是人与人之间选择性的差别。转念一想，要是不比工资奖金的话，我还是喜欢我的教书生涯的，教着教着学生就成了我们的孩子了，有了感情，这是金钱买不来的，不像箫语和银行的关系，简直就是赤裸裸的金钱关系嘛，进进出出大多都不是自己的，拿在手里过一遍还怕弄错了，哈哈哈，看我心里这个不平衡啊，酸葡萄掉了一地！这话千万不能说给她听，心里想想就好了！

一路上箫语讲的都是装修房子，一定要有一个榻榻米，两个软蒲团，中间一个小茶几，摆上一只晶莹剔透的小花瓶，插上一枝玫瑰，就一枝，如果是康乃馨，就插三只，多了就俗气了，再摆一套茶具或者是咖啡杯，我们面对面坐着喝茶，喝咖啡，聊天，吃精致的小点心。她问我：“怎么样怎么样？快帮我想想，嗯，窗纱要淡绿色和白色双层的，上面有淡雅的小碎花，风一吹飘飘柔柔的，洒进一点碎金子一样的阳光，这就是我要的生活。”我点点头：“晚上洒进来的是碎银子般的月光吧！从今往后，这也是我的向往了，起码有一个蒲团是我的吧。”她点点头：“那是肯定的！”就像真的一样，我们一路说笑着憧憬着。

回家我就跟周凯讲了这个好消息，他也亢奋起来，马上去拿他的存折来看，一张三千的，另外一张也是三千的，看了又看，加了又加，比画了又比画，他说：“老婆，我们还要再省省才行啊，存款速度太慢了，房价可是在飞涨呢！你上班坐车每次要花四块，以后你中午就不要回来了，带饭去吃吧，能省一点算一点。”我说我走路上班，车都不用坐了，当锻炼身体好了。他听了以为我生气了，在说气话，正要解释，我笑着说：“干脆，我们都回我爸妈那里去吃吧，然后还带饭。”他一愣，转而满脸兴奋道：“这，好不好啊？他们会责怪我们吃红大院呢？”我很有把握地说：“不会呀，自己的父母，他们巴不得我回去，家里热闹点，他们就不会担心我吃不好啦。”周凯想了想：“只能这样了，也不是永远这样，暂时的，你去说，我不好意思开这个口。其实将来买了房子，他们也可以搬过来跟我们一起住，买大点就行了，对吧？”他用征求的眼神看着我，我点点头，觉得他说得很有道理，一家人住在一起多好啊，不用惦记了，虽然隔得这么近我还是会想他们。

接下来周凯又提出了另外一个要求，让我继续保持艰苦朴素的优良传统，不要买新衣服新鞋，够穿就好了，他也只穿厂里发的工作服。这一点我绝对做得到，因为我本来就不讲究穿戴，现在怀孕了，能穿啥好看的呀，穿了也看不出来，他既然这么提了，就是他已经想好了的，而且觉得是可行的。周凯从来不打没有准备的仗，我慢慢发现了他的这一特点。

我还发现他在干私活，好像接了两张图纸，每天晚上在那里写写画画，嘴里哼哼唱唱，心情超级好，这对于一个平时比较懒惰的人来说是一个很明显的变化，谁都看得出来他在为一个目标而努力着。我又有些心疼他了，我唯一能做到的就是节省一切开支，为他摇旗呐喊。

每晚躺下来，我们都要用很长的时间谈装修，房子还没有买到一片瓦一块砖，我们就把它装修了好几遍了。方案很多，中式的、欧式的、中欧结合的，这让我们俩更团结友爱了，像亲密无间的战友，朝着我们共同的奋斗目标前进，前进，前进进！

7

这个暑假对我来说太丰富多彩了，因为我有大把的时间做我想做的事情。

一个多月的写作班课程结束了，我们跟着指导老师一起去做了一次采风，周凯本来不让我去，但是拗不过我的坚持，只好请假跟了来。我们踩着齐踝的泥泞钻进了一个山谷，看到了一个洁白的小瀑布，还看到了几只漂亮的山鸡和一群奇异的小鸟。山里潮湿而洁净的空气让我们暑气顿消，心旷神怡，山谷里的每一缕阳光，每一块石头，每一堆腐叶，每一片苔藓都让我流连，我微笑着，步履居然可以如此轻快，一次也没有落在小朋友们的后面。周凯也被优美的环境和我们的好心情感染了，一改刚来时的不快，牵着我的手边走边说，他说要能在这里盖个小房子就好了，我说如果这里适合住人不早就住满了呀，他说这里的空气是甜的，我说人来多了就臭了，他说要是离城区近点就好了，可以经常来洗肺，我说近了也就被弄脏了，得用洒水车来洗瀑布了，大家听了都笑了。看到小朋友们把我照顾得很好，周凯慢慢融进了这个年轻快乐的团队，甚至跟着孩子们玩起了虫子，还有那么一点天真可爱呢，心情舒展开来，欢快得像个孩子。

最后走访了几家布依族村民，吃了一顿农家饭才和小朋友们挥手作别。

我还利用晚上看电视的时间给周凯织了一件厚毛衣，比买的便宜多了，可以穿很多年，他很满意我的勤俭持家。他握着我酸胀的手指说："老婆，我一定保证穿五年，不，十年。”本来心里一阵感动，可是突然反应过来，那五年十年内我也没有买新衣服的可能了，我坏笑道：“行啊，你真好，只穿旧的，省着钱让我穿新的，你真是个好男人！”他就咬牙切齿地笑了：“你敢！”

我跟周凯闲聊，说有一天我陪着箫语顶着大太阳去拿房钥匙，古能又出差了，我估计他也是去找大钱了。周凯就说古能很可怜，老看温箫语的脸色活着。我说不存在呀，你怎么会这么想呢，那是古能爱她，愿意为她这么奔波。周凯说那是因为古能的工资没有温箫语的高，心理上有落差，不多赚点钱日子难过。我就觉得男人的想法很奇怪，没有听箫语说嫌弃古能工资低的话呀。周凯说那还用得着说出来呀，温箫语的一个眼神就够了，那是让男人尊严受损最有力的武器，压不住箫语的霸气做她的男人就没意义了。我说两个人一起赚钱一起花，算计那么多干啥。周凯说我听不懂他说的话就懒得跟我讲道理了。想想也是，谁不想陪在女朋友身边呀，再说，温箫语美得跟个狐狸精似的，不守着不放心，我说赶紧把婚结了就好了。周凯说这回你是明白了一点，到手了才是自己的，到手了才稳妥，古能要强过箫语才是真正得到了。我懒得跟他争辩，影响胎教，不然按照我的思维，又得在“到手”这个问题上跟他掐起来的。

换个话题吧，我又聊了素素的美容故事，素素来找过我们的麻烦，她的红唇计划失败了，红得深一半浅一半的，还得天天抹口红才行，比以前还麻烦。直到箫语送了一支玫瑰色的口红给她，才平息了她的喋喋不休。之后她请我们吃了两顿饭，我带了周凯一起去混，节约了一小笔砖瓦钱，很开心。周凯牵我回家的时候对我说：“你可不要学素素啊，弄得跟个鬼似的，以前的她清清纯纯的，自然有啥不好？东弄一下西弄一下，浪费钱财！”我心里笑了笑，问题落在浪费钱财上了，我说：“人各有志，人家有钱折腾，她觉得这样美呗。你放心我不会去弄的，我怕疼，再说也没有钱。”“你又不算丑。”他嘟囔了一句，“比你丑的人多了去了。”我停下来，看着他的眼睛，意思是：我丑，只是不算太丑？他马上会意，在黑夜里吻了一下我的嘴唇，我心里一暖，原谅这个坏蛋了，敢说我丑。

大家在一起的时候她们就羡慕我的两个假期，一冷一热都在家待着享福，我只好也羡慕他们的工资奖金，一发就一万一万的，多得吓人，幸好大家是同学，不然真的要心生嫉恨的。好在吃完饭各过各的日子，不去比较，也没空去计较，留着下一次见面接着掐，掐完了谁有钱谁请客，杀富济贫就是我们的念头，仗义疏财该是他们的壮举！

日子是自己在过，就像黄小诺经常说的那句话：只要爱情在，萝卜炖白菜。那也是一种对生活的理解和态度。好久没有见到小诺了，不知道生意做得怎么样了。正想着黄小诺，她就主动找来了，眼圈红红的，看上去像熬夜熬的，小脸拉得长长的，又像在生气，这表情难得一见。我就知道出事了。

我问“怎么啦，居然有空来找我玩，轮休啊你。”

她说：“散伙了，都怪你给我们取的名字不好，不吉利，叫啥红大院嘛，还不如叫吃大户。”

“刚开始的时候你不是说特别有人缘接地气呀，还夸我怎么就想出这么个红红火火的名字呢。”

“可是‘红大院’就等于吃大户啊，你知道吗？天天来白吃白喝，活活给吃垮了！”

“不知道啊！我每次去看，生意都很火爆啊，人满得我都没有了立锥之地呢！”

“那是假象，浮华的假象。吃的人是多，可全是来吃白食的朋友，还有领导！”

“朋友多了不好吗？做生意不就是要人气靠朋友吗？卖的就是吃的还不让人吃呀。”

“可是今天是姚航的朋友，明天是小李的哥们儿，后天是小郑的姐妹，一次两次不要钱，三次四次还不要钱，最后就变成了这些人的定点晚饭餐桌了，一天不来还不习惯了，来了就吃就喝，一坐就是一晚上，不吃撑着都不走人，我们累得要死，成了招呼他们的小保姆了。六个桌子，他们占领两三桌，轮番来捧人场，赚啥钱呀！”

“哎呀，我们去的时候你不也没收钱！我也白吃白喝了。”

“你多自觉呀，吃得那么少，吃完就挪位子让人家吃。”

“那你就收钱呗。”

“都是朋友，还有朋友的朋友，更恶心的还有他们的领导，吃饱喝足了，拍拍肚子就走，连说声‘辛苦了’都没有，人家是来给面子的，说啥呀说。”

“那就跟他们解释一下，小本生意，看着给点呗。”

“唉，革命靠自觉！要钱呀，那我不就成了讨饭的啦！姚航那几个死要面子的，不收钱还跟着吃呀喝呀，最后就剩下我和蒋寒两个人做事了。大篮子的菜，满盆子的肉，要洗要切，手都累软了。”

“那蒋寒怎么想的？”

“他，不知道想了没有，啥也不说，反正就埋头干活，他在这里没有朋友，只认识我们几个，你又不是不知道。”

“唉，他就是这么老实的一个人，一定像在实验室里准备实验的鬼样子吧。”

“是啊，我都看不下去了，喊他休息的勇气都没有，因为没有人干活，外面客人又在嚷嚷上菜。”

“问题是这都两个多月了，赚到钱没有？”

“没有赚多少，第一个月要投资进去的，除了本钱就所剩无几了。第二个月就黄摊了，活活地给我吃垮了。”

“哈哈哈，我没有取名叫‘白来吃’算对得起你了！”

“问题是旁边又开了两家烧烤！一个叫‘香满园’，一个叫‘楚留香’，恶心死了，客人看我们这边满了就去隔壁，明显我们是在帮他们招揽生意嘛。”

“可不是，好多人是冲着你们红大院和貌美如花的老板娘来的。也正常，要不做同样生意的人怎么喜欢扎堆儿做呢，就是想趁乱捡点漏网的大鱼嘛，何况这样一来，你们成了酒幌子，他们才是饭堂子，哈哈哈，难道就这么垮了？算了？”

“是啊，垮了！这不是问题的关键，关键是姚航还冤枉我……”

“他不干活，完了带人来吃红大院，还冤枉你！有啥可冤枉的呀？”

“他说看蒋寒不顺眼，因为蒋寒看我的眼神不对劲，说我对蒋寒也有了那个意思，听我说的话有问题。”

“我的天！怀疑谁也不能怀疑我们的蒋大爷嘛！有意思没意思也是他创造的条件让你们意思意思啊，不放心就在厨房守着呗！”

“光让人家干活，我总得跟他聊几句吧？又不是机器人，就是机器人之间也有信号嘛，又不是驴子，是驴子也会累得叫唤两声呀！蒋寒说话又搞笑，你又不是不知道，我就笑呗，这都不行！他就摆脸色给我看。”

说到这里我看她开始掉眼泪了，话是不能再说下去了，我们沉默着。我在等她平静下来。

好一会儿，她不哭了，擦干眼泪勉强对我笑了笑，亏她还笑得出来，我鼻子酸了一下。

小诺说不做了也好，实在太累了，一点休息的时间都没有，人像上了发条一样，不想转也得转。我说：“你尝试过了就死心了，不然老惦念着，消停吧，要开学了。”她顿了顿对我说：“我跟你说个事情，你不要难过啊，不然会影响胎教。”我一愣：“你们分手了？”她摇摇头：“不是，那跟你没有关系，这个跟你有关系。”我又一愣：“你要辞职了？”她笑了笑：“不，我会永远和你在一起的，是张家悦要调走了。”我彻底愣住了，心里凉了一大截。

“什么时候发生的？”我问，“上次她来没有提呀。”小诺说：“昨晚打电话来说的，调到离家很近的东山中学，她爸妈跑的关系，你也不要难过了，迟早的事情，武谦也在市里上班，他们也要结婚的。”我可怜巴巴地看着小诺：“好吧，迟早要走的，小诺，我们要相依为命了，你要对我好一点哈，我可是这个世界上最孤单的孕妇啦。”小诺拍了拍我的脸真诚地说：“一定！你放一万个心。”是啊，难过是难过，但是替别人想想就能接受了，对家悦来说毕竟是天大的好事，我知道家悦也舍不得我们的，不然她不会不说出来。

可爱的家悦，我会想你的。

想想过去的好时光，想想欢乐的寝室，我怅然若失。

爱情是个能量场，无坚不摧，它会让你改变很大，放弃很多。爱情让家悦放弃了井台中学，放弃了我和小诺。

三·太阳花开

太阳花语

我以光明使者的身份告诉世界，
新生命来了！
从此每一个认识或者只是见过你的人都会对你微笑和赞美，
你绚烂地开出七色的花朵，
以最饱满的热情爱我们，
以阳光般热烈的方式无私地爱这个世界。

1

新学期我没有当班主任，考虑到产期临近，只带了一个班的语文，另外带了一个年级五个班的美术课，学校一直很缺美术专业的老师，都是像我这样有特殊情况的人将就着。这不是井台中学的特色，而是我知道的所有山区农村中学的窘境，严重缺乏这方面的专业老师，能分辨红、黄、蓝三色的人都可以客串美术课。

今年新分配来了很多老师，这是继我们分配之后进新人最多的一年，简直就是一个连队。就像我们初来乍到时一样，都土里土气的，高的高，矮的矮，胖的胖，瘦的瘦，参差不齐。估计当年我们来的时候在老教师眼里也是这样的稚嫩吧。

每个办公室都进了新人，顿时觉得学校热闹了好多。在这种情况下铁生和袁英再一次停薪留职就没有引起轰动，也许在我们的心理上达成了一种人员上的收支平衡吧，主要是我们都习惯了他们俩“习惯性出走”，连贾校长也只是板着脸说了一句“铁打的营盘流水的兵”就了事了。

黄小诺在新来的人里发现了一个人才，他叫海涛，教美术的男老师。发现他是因为开学典礼，以前的横幅是我写的，今年的是海涛写的，每个字的边角都做了艺术处理，但是并不失庄重。不知情的老师还夸我进步很大呢。

一个念头在小诺心里迅速形成：跟海涛学画画。海涛是井台中学第一个也是唯一一个专业的美术老师。

她跟我一说，我就积极应和了，这不就是我的梦想吗？还想到了两个好处，一是胎教，二是教学。没等我们多说什么海涛就一口答应了，真是爽快。唉，谁看了小诺那张慈眉善目的观世音菩萨般的脸都会答应的，我想。从今往后我们就要走上一条艺术之路了，也许人生就此发生了转变，也很难说呢。

小诺帮我买来了全套设备，每天帮我铺上背景布，摆放好模型，我挺着肚子像模像样地开始画素描，一天到晚就是线条线条线条，不知疲倦，跟着了魔一样狂热地打着线条，然后看见这些线条神奇地变成物体。小诺也一样，一来学校就换上她的牛仔衣，整个早上都泡在寝室里，像个真正的艺术家一样，削铅笔，构图，调色。害得我再一次脱离了语文组，一头扎进了艺术的殿堂。

教研组长借着有事来找过我两回，看到我们的寝室一改以前的温馨洁净，完全就是一个粗制滥造的工艺品作坊，摇摇头走了，她说我们神经不正常，像两个疯子，而且是黄小诺把我给带疯了的。我们只觉得他们不懂一个对艺术狂热追求的人内心的充实和满足，以及愉快的体验。我跟小诺一说，她就笑，这是她一贯的作风，自信起来无人可挡："他们想说就说呗，有那工夫说我们还不如一起来玩，或者找几个孩子谈谈心。有的人就是看不惯别人比他有追求，宁愿坐在办公室里抱怨啊，发牢骚啊，闲聊啊，说人家的是非长短，你不觉得很无聊？"我就笑了，我们好有追求啊！

我们不也经常是一边画画一边闲聊。

聊到学生，我突然想起了新教的这个班有两个孩子很不对劲，我发现他们是智障孩子，小诺说没有证据不能乱说别人是智障，我笑着解释，现在我有经验多了，没有调查就没有发言权的。有一个是这样被我发现的，有一天上课时我拿着本子念名字，想认认脸，结果有一个名字是"木木小木公"，我问这是谁呀，大家就笑得东倒西歪的，有人说是林小松，不是木木小木公，他把名字写得太分散了，他是个傻子。我就板了脸说："同学们，我们不能这么伤害一个同学的自尊心，谁要这么说你，你一定很生气很难过，对吧？人家只是字写得不好看嘛，写得太开了，我以前有个同学叫王元，作业本上写的是‘玩’，被老师一阵臭骂，后来才知道是写得太紧了。说人傻呀，刘老师我就挺傻的，但是你们都说我可爱呢。”他们就安静了下来，回头去看那个叫林小松的男生，可能是因为看到了大家在看他，然后又听到我们提到他的名字，他居然在众目睽睽之下站了起来。

啊，他是一个头很大，眼睛分得很开，鼻子扁平的男生，神色怪异，茫然地东张西望，身体摇摇晃晃的。我示意他先坐下，然后让大家不要看着他。我说：“其实我们应该明白，他是我们的同学，对吧？如果他是你的哥哥或者弟弟，你会怎么做？”“保护他！”有人回答，“照顾他！”“帮助他！”“带他回家！”“小学的时候我就送过他两年呢！”声音此起彼伏，我心里一暖，鼻子一酸，眼圈就红了。我摸着第一排一个小男孩的脑袋说：“老师谢谢你们，替他父母感谢你们，从今往后，我们就是一家人了，不许笑他，欺负他，我要把他当我的孩子，当然你们也是我的孩子！”学生很认真地听着，都看着我和我的大肚子，没有人再回头去看林小松，林小松却茫然地看着窗外。

另外一个孩子叫窦法，看着这个名字本不觉得有啥，听着听着就好笑起来，也是一点名就有人发出笑声，还有知情的悄悄对我说窦法他爸爸是个道士。现在农村还有这个职业，我见过，在农村的葬礼上，他们穿着袍子做法事，念经、吹唢呐和跳大神什么的。知情者还告诉我窦法也是个傻子，我制止了他对这个消息的传播，因为窦法看上去根本就不像。才过了一个礼拜，我就知道窦法是怎么回事了。那天才下课，我疲倦地拍着手上的粉笔灰，一个男孩子两步并作一步跳上了讲台，一手抓着我的胳膊，一手猛地拍打我的后背，疼得我龇牙咧嘴，我连忙笨拙地闪躲着，说：“你要干啥？”他激动地说：“粉笔灰，我帮你，你太胖了，摸不到！”弄得我哭笑不得，觉得这个孩子太可爱了，但是下手也太狠了吧。全班同学被他的举动吓坏了，都指责他，他就更激动了，结结巴巴解释：“我我我帮她，有有有灰灰！”有两个孩子着急，就把他拖了下去，气愤地对他说：“刘老师是大肚子，不能拍，拍坏了咋办！”他就垂头丧气地坐下，一脸的不解。

第二天下课他又冲上来，手里举着个小纸包递给我，我接过来打开一看，是两块饼干！已经破碎了，一拿起来就往下掉渣儿。他笑眯眯地指着我的肚子说：“给弟弟吃！”我的眼里又是一阵潮湿，这孩子，傻得可爱！但是比林小松好多了，至少他懂得表达。

经我这么一说，小诺也相信他们是有问题的孩子了。我说班主任后来也跟我解释了，家长不承认自己的孩子是智障，只是承认孩子脑子反应慢点，不肯送到启智学校去，说那里都是傻子，孩子跟一群小傻子在一起会更傻的，就近读井台中学吧，跟着正常孩子多学点好的，乡里乡亲的没有人忍心欺负的，回家还有个伴儿，免得走丢了。唉，可怜天下父母心，我觉得自己要当妈妈了，对这句话的理解更透彻了。

我摸了摸自己隆起的肚子，小家伙动得很厉害，谁知道是个啥样子的呀，我不免担心起来，健康不呀？漂亮不呀？头发好不好呀？会不会是六个指头呀……小诺就说我得了产前综合征，这不是家悦爱说的话嘛。画画去，画起来我就不会胡思乱想了。

海涛是个认真而细心的人，常应我们的要求来寝室里看看我们的习作，先是点评修改，再指导一下新的方法和技巧，最后他总不忘记微笑着说：“你们俩有天赋，又勤奋。”这鼓励很有用。我们俩觉得自己是要大器晚成了，亢奋得下班连家都不想回，尤其是看到海涛三笔两笔就画出个活灵活现的东西来，更刺激了我们，于是我们更加用功，成天满脑子是线条，亮度，阴影，透视，色彩。艺术是会让人疯狂的，以前不理解，现在懂了。于是在外人看来我们俩疯疯癫癫的，可是他们哪里知道线条是这样的神奇，它可以勾勒出物体的形状，光泽，甚至是质地和味道，虽然画面上只有黑白两色。

学习美术对我的教学很有帮助，刚开始上美术课的时候，我只是布置学生自己画，或者照着书上画，自从有了导师以后，我也在黑板上先装模作样画棵白菜糊弄一下，学生居然很捧场地欢呼一阵：“好像呀，老师，好像白菜呀！”就有学生笑道：“哈哈你说老师像白菜呀！”我的美术课居然还颇受欢迎，因为我会穿插一些故事和笑话，让美术课充满了乐趣。

画了半个学期，我们都有长进，海涛不断地夸我们。说句心里话，我羞于给他看我的习作，因为透视不对，物体看上去有点变形。他说，初学者都有这样的问题，时间长了慢慢就掌握了。我说我不太看得清楚模型，他说我有点近视，但是近视眼画素描也是有好处的，明暗对比掌握得好。我将信将疑，心想他肯定是在安慰笨拙的我吧。好在小诺比我画得好，没让海老师太失望。

今天，我和黄小诺真正疯狂了一把。

她画了一天的水粉，用了好几支画笔，便在一个小水桶里洗笔和调色板，洗完以后就是一桶说不出道不明颜色的脏水，她就说太浪费了，每次真正用在纸上的还没有洗掉的多。我说那是没有办法的，调色嘛，多一点，少一点，错一点，不然就不是你想要的感觉了，浪费难免了。她灵机一动说："干脆我们用这些颜料水在墙上作画！"这得画多大一幅画呀，一拍即合，说干就干。不一会儿就勾画出一个席地而坐的女人，歪头仰面，似在倾听什么，然后我们就将这一桶水粉颜料刷上了墙，颜色怪了点，但是很有意思，像黄昏里淡淡的剪影，很快，第二个侧卧的，第三个仰卧的女人形象就跃然墙上了！接着我们把场景设计成沙滩，这样她们三个女人的样子就不奇怪了。

太神奇了，一开寝室的门，这三个人就会映入你的眼帘，太让人震惊了，这幅美妙绝伦的壁画可是我们自己画出来的！我们反复地欣赏着，修改着，左右远近地端详着，点评着，内心的激动呀亢奋呀，只剩下没有观众一起喝彩了。

天黑了，我们这才满心欢喜恋恋不舍地坐车回家，一路谈的都是我们的壁画。

家门大开，没有灯光，借着别人家窗子透出的光亮，我看见周凯黑着脸靠门坐着，吓了一跳。

我说："你吓死我了。"他说："吓死你，我还想打死你呢！你去哪里了？还晓得回来呀？多晚了，知道不？我就差去学校找你了！出门又怕跟你错开，担心你回来害怕，你想干啥，啊？你肚子里还有个娃娃，晓得不，你不吃不喝，他还要吃要喝嘛！我早就看出来你是这样贪玩的女人，结了婚也不改。”我心怀愧疚，默不作声，就等他一阵数落，反正我今天是知道错了，得忍着，一边吃着冷饭，一边想着那幅栩栩如生的画，心情超级好，随他骂吧，哪天找个借口再骂回去就好了。搞艺术嘛，总会碰到这样那样的艰难险阻，哪个艺术家是一帆风顺过来的？谁不是斗罢艰险又出发呀，我爱玩？瞎了你的熊眼，到哪里去找我这么乖的女人呀，而且是一个追求艺术的女人，打着灯笼也找不到的有思想有追求的女人，万一我的宝贝一生下来就会拿画笔呢？那就是神童，我就是神童他妈！

明天要记得请海涛去看看我们的杰作。

还有语文组的老谢呀张轩呀，她们看了一咋呼，估计全校都知道了，那感觉，真好。

2

海涛果真来看了，一直在笑，反复地说：“有意思，有意思，你们俩真有意思。”我们俩真是心花怒放，巴不得全校的老师都来看看我俩的大作，后来怕影响不好就算了，只是让几个玩得好的来欣赏了一番，果然有人惊叹不已，比如老谢，她说：“行啊，两个小疯子，出息了呢，画起了壁画，井台中学要改艺术馆了，哈哈哈！”

我作画更勤奋了，小诺担心我累着，常拉我出去散步。

我身子越来越显得笨重了，穿着周凯的大T恤衫，谁见了都会问一句“快生了吧”，可见我的肚子有多大。现在黄小诺在学校里和我一样的生活节奏，带我去那个永远恐怖的厕所，去永远充满了酸菜和豆腐味儿的食堂，去那一片开满小花的草坪。她唯一的一个学期没有满世界疯跑，都是为了陪我。我们在为小生命的到来做着准备，其实我并不知道要准备什么，只是每天都这么想着。

上课的时候我很投入，觉得这样我的孩子就能听到，还能听懂。

那天早上第四节课我觉得很累，就靠在桌子旁边，把书放在肚子上讲课，这样觉得人会轻松点，我讲一句，肚子就动一下，我连续讲几句，肚子就连续动几下，连周围的几个学生都看出来了，他们哧哧地笑出了声。一个对另外一个说："你看到没，刘老师的孩子跟我们一样爱动，屁股上也长钉子了吧，嘻嘻！"另外一个说："瞎说，刘老师家小孩子比你乖，是听高兴了，在跳舞呢。"我一书挥过去，吓了他们俩一跳，我们都笑了。我坚信我的宝贝是在配合我的教学，我就讲得更加生动有趣了。学生很懂事，他们抬了板凳让我坐着上，我说不行，老师的职业道德要求我们就得站着上课。我心里想，人家冯老师生孩子的当天早上还上了三节课呢，下午肚子疼了才去医院，呱唧平产一个大丫头，医生就说是多运动的结果。我这还早着呢。

孩子们对于一个怀孕的老师都是很好奇的，老是盯着看，因为形象问题，我会觉得害羞，所以学生多看我一眼我就会脸红，唉，什么时候老师一怀孕就可以休假呀。

中秋虽然过了，但天气还是很燥热，有几个学生难免打起了瞌睡，我们就说点题外话提提他们的兴趣，跟他们说我们小时候吃什么，他们对这个特别感兴趣。我说呀，大人们说我们小时候嘴馋，馋到什么都敢往嘴里放，其实我们并没有馋到什么好东西，至少现在看来真的不是什么美味佳肴。比如说，从大一点的孩子那里知道了哪种草根是可以吃的，而且有一种还很好吃。那草的名字我到现在也不知道，只知道学校的墙根下、草坡上、茶林里，甚至马路边都有。看见那么一窝草，浓密地长着，乱糟糟的，抵不住诱惑扑上去，拨开枯叶，找准目标，拽着茎叶使劲拉扯，就会有一截肥壮的白色的根茎破土而出，我惊喜得口水冒了出来，并不急着往嘴里送，先在同伴面前炫耀一下收获，那样草根更加香甜。那根茎很嫩，汁水也多，味道的确不错，很解馋。

也有失算的时候，几个人同时看见一大窝这样的草，围过去，结果一个可以吃的根茎都没有，因为已经被人扫荡过了，那遗憾的样子比死了自家的猫狗还难看。

当然也有认错了草的时候，看上去很像，可是拔出来的都不是那种可以吃的根，颜色和味道都不对，我们连草根带口水吐在地上，像被谁欺骗了一样愤怒，还要用脚猛踩几下，以解心头之恨。我总结道："风险与甜蜜同在！"听到这里他们就笑得不行，说他们也干过同样的事情，连神态动作都一样！不过吃的东西比我多，比如刺梨呀，八月瓜呀，毛栗呀，还有红拇指。他们嚷嚷道："再说一个啊，老师说啊，还要听一个！"

我就接着说刺苔和火盆的事。这是长在山上的野生植物的嫩尖儿和果实，因为有勤劳的住家户把它连根带叶移植到了自家的院墙边儿做了刺篱笆，防贼却不防我们这样的馋猫，春天吃刺苔，从刺笼笼里小心地把它掐出来，嫩嫩的、绿绿的、脆脆的，避开刺儿，剥开皮，放进嘴里，那叫一个甜！偶尔也有变了种的，很粗壮，略显酸涩，但是并不影响我们的食用；它的果实很有诱惑力，指甲盖儿那么大点儿，暮春里就长成了，像一个极小的挤满了青色小球的碗，到了夏天才会慢慢变红，逐渐红到发紫，这个时候才像小火盆，味道也从酸涩到酸甜再到甜得像蜜糖。为了得到它，我们的手臂不知道被划出过多少血道道！寻找、掩藏、等待、探望到最后吃进嘴里，这是我们幼年时最漫长、最痛苦和最幸福的守候！穿过刺林，躲过主人家的呵斥，摘到了，放在手心里，鉴赏着、比较着、赞叹着、咀嚼着，满足之情溢于言表。

有时也有意外发生，如果是我一个人发现并且守候的甜蜜，有一天被人先下了黑手，不见了，我就捶胸顿足，伤心至极。如果是几个人一起守候的，不见了，那后果很严重，互相指责和猜忌，恐怕连最纯洁的友谊都要瓦解了，就像自家养大的猪被别人悄悄牵走了一样，你会是什么心情呢！学生们听到这里就爆炸了："我们也是这样的！我们打架，要从坡上打到坡下，让他吐出来才行！”大家哈哈笑成一团。

“还有叮叮糖吧，老师！我听我妈说过。”有人提醒，我说英雄所见略同啊。我们打小就喜欢卖麦芽糖的小贩，虽然他看上去很脏，很没有精神，甚至有些阴险狡诈，但在那时候他和他那一簸箕的麦芽糖是我们贫困生活中最甜蜜的向往。

远远地就能听到他来了，用小锤子和大片刀敲打出熟悉的节拍：叮、叮、叮叮糖，叮叮叮叮、叮叮糖！你要说那时候你没有因此流口水，那就是在撒谎！

两分钱我就可以得到小手指头那么大一块，五分钱就可以得到大拇指那么大一块，问题的关键是哪里能弄到钱呢？乳白色带有孔洞的糖在小锤子和大刀片的磕碰下总是极不情愿地剥离下来那么一丁点儿，我们总是幻想商贩的手一抖，不小心斩下一大片来，然后豪爽地递过来说：算了，都拿去吧！但是从来就没有发生过这样的奇迹。倒是偶尔他会大发善心把磕下来的碎末儿铲给最小的那个孩子，最小的那个孩子激动地用黑乎乎的手接了，恨不得喊他一声“爸爸”！

有一种方法可以让你当着别人的面骄傲地得到巴掌那么大块叮叮糖：那就是用铝制的牙膏皮去换！所以等待牙膏用完成了我们最痛苦的记忆，我知道要勤俭节约，我也知道用完一管牙膏得很长时间，我还知道不敢背着大人把牙膏挤丢在水沟里，我更知道垃圾堆里是捡不到牙膏皮的，没有人会把它丢掉，所以当我能举着牙膏皮飞奔着、高声喊着“叮叮糖！等着！叮叮糖！”的时候，多少羡慕的眼光落在我的身上，多少口水淹没了我跑过的小路，多少小孩子围观欣赏我的壮举。大家又笑得前仰后合，甚至是人仰马翻了。“有那么夸张吗？叮叮糖那么粘牙齿！我们都不爱吃啦！”他们笑道。

就这样我跟这群孩子因为吃，心贴在了一起，他们听得是那么专心，下课铃声却不识趣地响起。

我肚子里的宝贝不停地动着，他也听懂了吧，我想，等他长大了我也讲给他听。

突然就觉得自己饿了，饿得额头上冒出了冷汗。

3

画画的时候我有一句没一句地跟小诺说了这一节课，觉得上得很有意思，连最不爱写作文的学生也觉得好写。她马上也感慨起来：“思楠，你不觉得那时候吃啥都香，现在吃啥都没有味道了呀！比如说米豆腐，好吃吧？”说完她回忆起米豆腐的吃法，提起来我的口水就漫上来了，那是米浆做的，石膏点的食品，黄黄的外观光洁而有弹性，入口爽滑柔嫩，买一块来切了，放些酱油、辣椒和葱花拌拌，别提有多好吃了。但在那时候吃这个是奢侈的，大人们会说：饭都吃不饱，还想这个，那是败家子才做的事情，想想都是罪过。

我跟小诺说我很小就知道我家舀米的缸子可以装四两米，小诺说她家的是六两半，看来也干过同样的坏事，偷米换米豆腐。

小诺停下画笔：“你发现没有，最好吃的米豆腐还是马路边那个脏兮兮的老太太卖的，我认识的人都那么认为，她的米豆腐切成了三角形，极小极薄，旁边是一个罐头瓶子，里面是辣椒酱油水，一分钱一块。老太太用一个小竹棍戳一块递给我，我接了，放进辣椒酱油水里涮涮，弯腰伸颈，以最快的速度递进嘴里，那叫一个好吃呀，至今难忘！”我忙说：“是的是的。”很奇怪的是，这样的路边老太太很稀有，她们就像童话里有魔法的老巫婆，用施了魔法的米豆腐牵了小孩子的魂魄，让你动弹不得，即使你没有钱买，看别人吃也是一种享受，看得你口内生津，身心愉悦。

我们俩一致认为，世界上最不幸的事情莫过于你刚想把蘸了酱油辣椒水的米豆腐往嘴里送的时候它掉在了地上，捡是捡不起来了，哭也哭不出来了，那一刻死的心都有了！我和小诺笑得铅笔都拿不住了。那个年代，都这么过来的。

说着说着，我就觉得饿了。包里啥也没有，没有水果吃，也没有零食吃，我要省钱买房子，还要省钱给我的孩子买好吃的，让他想吃啥就吃啥，别跟我们小时候那样流着口水长大。

太饿了，我决定去学校小卖部看看有什么可以吃的。才下到二楼就和一个女老师迎面遇到，我朝下走，她正好抬头朝上看，我们目光相遇，我的心就跳了一下，好面熟！她也对我笑了一下："嗨，老师，小心一点，拐弯那里有水，很滑，你最好扶着栏杆走。"我忙说："谢谢你！哦，新来的老师吧？你叫什么呀？"她腼腆地笑笑："是的，新来的，我叫官翌，暂时教历史。"看着她满眼的笑意，玲珑标致的五官，我反应过来了，她长得有点像黄小诺，瓜子脸，大眼睛，高挺的小鼻子，笑起来能露出八颗牙，好看！只是比小诺胖点矮点。

去小卖部买了一个难吃的面包，出来就碰到了高倩倩，她噘着红唇看了看我，然后说："哟，小有规模了呢，看你这款式，可能是个丫头，照B超了吗？一定要小心点，看看是不是兔唇呀、六指头呀什么的，那可不是开玩笑的。"我勉强笑了笑："你们家谁六指头吧，看你这么有经验。"我心里顿时很不是滋味，啥人嘛，怪不得有人说她讨厌得很，平日里不接触还不觉得，今天是碰到鬼了。她也马上很不高兴："呸呸呸，我家丫头健康得很！"我白了她一眼："我们家小崽更健康。"见我板了脸她撇了撇嘴说："好心没好报，不跟你说了，教语文的就是嘴损。"我在心里也呸了她一下，教了几年歪货英语中国话也不会说了，有病。

我气鼓鼓地回到了寝室，本来想告诉小诺新来的官老师长得很像她，还想告诉她高倩倩有神经病，可是她上课去了。我又拿起了画笔，看看手里的面包，狠狠咬一口，觉得自己太像个艺术家了，而且是废寝忘食地为艺术献身，还是那种被恶势力欺凌的艺术家！想想，即使自己成不了艺术家，由于胎教，我的孩子也应该能成为艺术家吧。

第一次认识宋爽是在学校那个可怕的厕所门口，她正边说边笑地给官翌描述一件事情，可能特别好笑，她笑弯了腰，脸红彤彤的，像个乡下妹子。仔细听了才明白，她是在厕所墙壁上发现了学生的留言“无论在哪里我都会爱你！无论在做什么我都想着你！”挺好的一句话，居然写在厕所肮脏的墙上，就不免显得滑稽可笑了，她就因为这个笑得不行，官翌只是咧着嘴笑，露出了两颗大门牙。

我和小诺走上前去，我补充道：“最后一个坑上还有一句更绝的：你在哪里我就在哪里，永远和屎在一起！一看就知道有人把‘你’改成了‘屎’字！”我们在厕所门口一起笑，都不觉得臭了。宋爽笑得话都说不利索了，说哪天有空忍着臭气好好再找找，还有没有更精辟更搞笑的，我听她这么说就想笑，真是个可爱的人，我告诉她里面多得很，错别字也多，要认真读，用方言读才读得懂，从古至今厕所都是一个言论自由的好地方，不仅传播各种新闻消息，也是传情达意的美妙地方，大俗则大雅，听我这么瞎胡诌她又笑了好一会儿。

我问小诺，看看自己和官翌长得像不像，她们俩就互相打量着，宋爽也左看一眼右看一眼，是有点像，官翌腼腆地说：“黄老师多漂亮呀，我土里土气的。”宋爽笑道：“你就不要谦虚了嘛，还是可以的，过分谦虚就是骄傲哈！”蒋寒过来倒水，看见了我们，他不解地问：“哎呀，今天厕所成了风水宝地了，你们在这里享受了很久，久久不愿离去？”大家这才醒悟，又是一阵大笑。

一个学期快要结束了，新来的老师还没有认全就要放假了，他们比我们幸运，因为有住家户买了区里的新房子搬走了，他们可以住在空出来的教师楼里，有厨房，还有厕所，现在还通了水，比我们刚来的时候幸福多了。

学画画以来，我有点与世隔绝，离人民群众远了。直到期末，又要评选优秀了，我才回到了人民当中，但是我发现，我的那一招“先下手为强”行不通了，改革了。今年评优是工会主席挨个找人谈话，谈完每个人的工作后可以推荐一个优秀人选或者自荐。没有想到最后的评选结果让人挺满意的，邓秀兰、老谢都榜上有名，一个组一个人，分配还均匀，算是实至名归。可笑的一幕还是在英语组门口上演了，我们顶着寒风围观，高倩倩和一个同组的男老师吵得不可开交，高倩倩说：“不是讲好的吗？你投我一票，你投了？你投的那一票呢？”男老师说：“我投了呀，你不是也说投我一票的？可是，我一共就一票，我自己还投了自己一大票！你起码有三票吧？有一票就是我给你投的！”高倩倩回敬道：“谢了，骗子！我自己投了一票，霍康肯定投了我一票，陈老师悄悄跟我说了，她也投了我一票的，她可不会撒谎，那撒谎的人就是你！”男老师争辩道：“证据，证据！你咋个知道我就没有投你一票呢？没有投你我是孙子！”高倩倩嘲弄道：“我没有那么老，不想当奶奶，尤其是你的。”老贾站在校长室门口冷冷地说了一句：“简直就是屎不臭挑起来臭！”

这个评优的工作真的很难做啊，怎么每年都要出幺蛾子呢，弄不好还成了大家的笑柄，何必呢？人啊，欲望太强了不好，容易上火，中医里说的，欲望太多的人容易得慢性咽喉炎，是心火太旺造成的。没有欲望呢，又显得你这个人没有上进心，这个度啊，还挺难掌握的。

人和人一比较就看出层次了，你看人家邓秀兰的优秀是怎么来的，逮着一个学生就问一个单词，她的学生出出进进都在背单词，跟和尚念经似的，这才是真的童子功，年底跟同事争夺选票那是歪门邪道。

蒋寒在旁边冷不丁对着我说了一句：“注意胎教，回去看《快乐大本营》吧，里面的何炅、李湘，金童玉女，照着他们的样子生一个。”我把手插进肥大的棉衣兜里，抱着肚子笑了，我又没有嫁给何炅。

4

没想到冬天里也有这么温暖的阳光，我坐在门口晒太阳，接到了温箫语的结婚请柬。

我和周凯决定去帮点忙，顺着墙上的“囍”字爬到八楼，我已经是上气不接下气了，一进门我们眼前就一亮，天啊！新房太漂亮了！

完全是箫语的设想，箫语的风格。尤其是那个榻榻米，木地板，小方儿，一个咖啡壶，一套咖啡杯，一只精致的水晶花瓶，插着一枝红玫瑰，两个粉紫色的软蒲团优雅舒适地躺在那里，白色纱窗在微风中轻柔地摆动，就这一个角度看过去，就这一个角落的情调，我就十分陶醉了，完全超出我们的想象。

箫语一面指挥着大家帮她吹婚礼上要用的彩色气球，一面不停地数落古能，说餐桌布的颜色古能弄错了，买了那么土气的翠绿色，根本就不搭调，吃饭都不会有食欲的。古能一脸的委屈，嗫嚅道：“没有你要的粉紫色了，又不是我不买。”箫语眼睛一瞪：“那就买白色有暗花的嘛，也比这土啦吧唧的好看，你知道吗？这破坏了餐厅的整体效果，你怎么对颜色这么没有概念呢？”古能的父母面面相觑，古妈妈对儿子小声说：“那就不铺了吧，桌子是原木色，跟木纹地板还配一些。”说完看了看儿媳妇，箫语一脸的不高兴。我跟周凯对视了一眼，他幸灾乐祸地笑了笑：“翠绿色也挺好的，一吃饭就像在草地上野炊。”我白了他一眼。幸好这时候箫语的同事呼啦啦来了一堆，算是把这件事给扯开了，大家都在称赞这房子的装修，说一定费了主人家不少的心思，箫语这才露出了喜色，带着他们逐一参观，脸上洋溢着幸福的微笑，是个新娘子的样子了，古能一家这才舒了一口气。

我看见周凯摸摸这，拍拍那，对我说：“这就叫有钱！”我说：“最好不要羡慕，你不知道温箫语是个精打细算的女人啊？好多东西并不贵，贵了古能要买得起。以后我们也会有的，时间问题。”他笑了笑说：“你准备抢银行啊？”我说：“不，我劫飞机。”他好像下了好大决心似的说：“干脆我们跟姚航贷款买房子吧。”我瞪大了眼睛：“天，借钱倒是容易，用什么还？”提起房子我心里就有点烦躁不安，觉得周凯总是这样好高骛远。他回答："工资奖金啊，再节省一点嘛。"我哭笑不得："我们还不够省啊？都去父母那里吃红大院了，我就差去讨饭了！"他坐在沙发角落里陷入了沉思，我心里不免一阵伤感，唉，房子，我的破房子，你要不漏雨就好了，房子，看把一个男人逼得面子都没有了。

回到自己家里，觉得落差的确有点大，人家是高楼大厦，我们是矮墙破瓦，但是吃了两顿饭睡了一小觉之后周凯再不提了，我心里也平和多了，毕竟这是我们一手建起来的家嘛，自己的才是最好的，习惯了就好。

还别说，我连上附近那么恶心的公厕都习惯了。

这天下午太阳也暖暖的，我独自去厕所，小路上杂草都枯败了，在阳光下散发出干草的香味。快要到厕所的时候，不远的树下站着一个男人，笑眯眯地看着我，我脑袋里转了一百个圈儿，确定不认识他，心想可能他认错人了，或许在这里等人，要不就是出于礼貌吧，我也礼貌地笑了笑，拐弯进了厕所。才蹲下来就看到有一个黑影子印在门口的地上，啊！就是那个男人！这是我的第一反应，直觉告诉我，我很危险！他想干啥？难道他要进来？我的妈呀，不禁毛骨悚然！我呼吸急促起来，心狂跳不止！色狼！我一定遇到色狼了！怎么办？我急中生智对着空蹲位大声说："张姐，你也来了，蹲多久了呀，怪不得没见你在家。"顿了顿我又接着说："哦，蹲了这么久啊，你又便秘了！"那个黑影突然就消失了，不是有阳光我还真发现不了他呢。我惊魂未定之时，突然那个黑影又出现在门口，而且是毫不犹豫地冲了进来，我眼前一黑，正准备跳起来喊救命的时候，一个老太太的声音传进来："姑娘，你站在这里干啥子，吓死我喽！"我睁开眼睛，一把抓住她的胳膊，颤巍巍地说："老老老人家，我可可可不可以跟着你一起出去？"老太太看了看我："好好好！你等等我，看你是有点不舒服，脸色不好，姑娘，你怕是要生了吧。"我就像遭遇了好大的委屈似的抽泣道："没有，还早，是因为，厕所门口有个流氓，他吓唬我！"老太太"哦"了一声，也警惕了起来，起身牵了我就往外面走，外面已经没有人了，阳光从没有叶子的枝杈间照下来，直晃眼。老人家送我回了家，安慰了几句才离开，我连太阳也不敢晒了，进门准备晚饭。

本来想等周凯回来跟他诉诉苦，可是等到黄昏才等到他的同事带的口信，说他要加班，什么时候回来没个准儿。我关好门窗，早早就收拾好躺下，安慰自己今天是有惊无险，还好还好。

睡到半夜，我迷迷糊糊听到窗帘哗哗作响，我立马惊醒，一阵凉风扑面而来，我顿时头皮发麻，汗毛直立，脊背冒冷汗！有鬼呀，我想，窗子明明是关好的呀，怎么开了！正琢磨呢，突然一块瓦片从窗外扔了进来，掉在地上摔成了碎片，又一片瓦扔了进来，砸在我的肚子上，我惊恐至极，摸黑爬下床，路过窗子的时候觉得自己与贼隔着墙擦肩而过，似乎还听到了他的呼吸和狞笑，我战战兢兢走过客厅，像贼一样穿过厨房，打开大门，疯跑到隔壁张姐家门口，猛敲大门，声嘶力竭道："张姐！张姐呀！有贼呀！快开门，救——命——啊——啊——！"张姐很快开灯开门，手里拎着一根扁担，大声呵道："贼在哪里？贼在哪里！看老娘砍不死他个龟儿子！"声音像在给自己壮胆，喊完左右看看没人，就把惊魂未定的我扶了进去，我就像看到亲人一样，靠在她的肩头号啕大哭起来，张姐说："不哭不哭，别吓到肚子里的孩子。"我管不了了，什么都管不了了，太可怕了！好多邻居都被我惊动了，小路上陆陆续续聚拢了一小群老头老太太，全部在打探消息。弄清楚了情况之后，大家都大声骂起了贼，骂贼没人性，偷到这破瓦房来了，穷疯了；骂贼要偷就去偷贪官污吏家，没本事才偷工人农民家；骂贼不学好，估计爹妈的都被他偷光了，我想那贼早就被这嘈杂声吓跑了吧。张姐把我扶回去，安顿我躺在沙发上，卧室是不敢再进去了，重新关好所有的窗子，她这才回去休息。我睁着眼睛躺着，开始担心贼从房顶上破瓦打洞跳下来，后悔没有把张姐留下来陪我，就这么胡思乱想挨到了天亮。

当周凯拖着疲惫的身体回来的时候，我什么也不想说了，心疼地看了看他，想安慰一下他，自己也觉得委屈，还是啥也没有说出口，心里替他算了算，加一个这样的夜班五十元，急活儿钱多。他洗了脸过来看了看我，亲了亲我的脸和肚子，也没有问我为什么会睡在沙发上，然后倒头就睡，我也安心地睡着了。

中午在公用电话亭那里跟小诺简单地讲了这件事，下午她就和姚航拎着卤味肥肠来为我压惊了。我们煮了一大锅麻辣肥肠火锅，四个人围着火炉吃得酣畅淋漓，我边吃边把昨天所受的惊吓详细讲了一遍，他们俩听得一惊一乍的，小诺不停地夸我机智勇敢，还说如果换她遇到了，说不定就昏倒在地，连人带东西都被搬走了也未可知。姚航也说现在的变态真的比以前听到的多了，老瓦房附近的公厕都比较偏僻，是重灾区，一定要小心点啊，好在有贵人相助，大家齐声说“万幸万幸”。我对这次历险做了一个总结：我全身的警戒系统完全被调动了起来，白天是以死抗争，晚上是奋勇逃命，女强人也不过如此！

我一个人说得眉飞色舞，这才发现周凯一直埋头吃饭没有吭声，我很不满他的无动于衷，火气慢慢升腾的时候，他放下碗筷，深吸一口气说：“我们贷款买房子吧。”我的心狂跳了一阵子，小诺马上应和道：“对对对！住这儿太害怕了，那些老人说，经常有贼光顾的，买吧买吧！”周凯又深吸一口气说：“姚航，你帮我在你们行办贷款吧！我买房子，正好单位有福利房，五百八十元一个平方米！机会难得，我好不容易得到这个指标，就这么定了！”然后满眼愧疚地看着我，我对周凯点点头，又对姚航点点头，姚航一拍手：“没问题，搞定！”周凯很激动，转而更加愧疚地对我说：“老婆，我再也不加班了，太危险了，没想到，让你受了这么大的惊吓。”小诺说：“没事了没事了，有钱赚的班还是要加的，以后住楼房，贼再来偷，摔死他！”我说：“最好是正好掉在树尖上挂着，吓死他！”大家说笑着，又接着吃了好多蔬菜，后来我一摸肚子，我的妈妈呀，靠炉子太近了，肚子都烤烫了！我连忙站起身来，抓住衣服下摆扇着，赶紧给肚子降温，大家笑得不行。小诺说：“不会烤熟了吧，把个小孩子？”姚航瞪了她一眼：“你会不会说话哟，我看你是吃撑着了说傻话。”我和小诺就笑了，小诺解释道：“我是说孩子成熟了！”我们俩相视一笑，我们之间还用得着解释！

我的心情好多了，我说：“不知道我的宝宝生下来头发是不是都立着，在娘胎里就被吓着了！

5

半夜我就发动了，肚子一阵紧一阵的疼痛，不疼的时候一切正常，一疼起来命都没了，周凯比我还慌乱，一会儿去拿盆，一会儿又去拿毛巾，一会儿把个痰盂拿进拿出，不知道他想把它们放在哪里，老在我眼前晃来晃去的，烦死了。我说我是不是要生了，怎么这么疼啊，他说我可能吃多了肥肠，闹肚子了，都怪黄小诺，买什么肥肠，也不知道干净不干净。我说不是那种闹肚子的疼，是那种受不了的疼，好一阵子，歹一阵子的，疼得我胸闷气短，忍不住哭了起来，内心万分恐慌，我一定是要生孩子了，我极度不安地想。我还没有准备好呢，医生不是说再隔两个礼拜还要去做一次检查的吗？怎么就要生了呢？周凯光会说：“咋办咋办咋办，这深更老半夜的。”不知所措的样子更让我心烦。

折腾了大半夜，好不容易熬到了黎明，他困倦地睡着了，他居然会睡着，我觉得很委屈，觉得他一点都不关心我的死活，忍到天大亮我把他弄醒，说：“你快去找我妈来呀，我要活活疼死了！”他这才清醒过来，大门没有关好就飞也似的跑了。

等我妈来的时候我已经见红了，我真的要提前生孩子了，我哭了，开始怀疑真的是我昨晚把他烤熟了。

十几个小时的折腾，我觉得我快要疼死了，全身像泡在水里一般软弱无力，在医生的鼓励下我用了最后的一点力气勇敢地把孩子生了下来，孩子冲出来的那一瞬间我幸福得眩晕了，我知道再多一秒钟我就会疼死过去的。

平产，我胜利了！

我当妈妈了，我创造了一个新生命。

“生了个男孩儿！”医生在婴儿的啼哭声中对着产房外面喊了一声，他们总以为这是家属最关心的问题，所以电视里都这么演，其实我觉得报一声“母子平安”才是最重要的喜讯，因为那一刻我深深体会到什么是长辈们说的“儿奔生，娘奔死”这句话的含义。虽然生孩子是自然现象，但是那种身体的疼痛带来的心理上的恐惧我不想再来第二次了。

周凯本来在产房外跟我的父母一起等我出来的，等到这个消息传出来，他就跑出去打电话，给他的父母和兄弟姐妹报喜去了，后面护士再说孩子几斤几两，多高的个子他都没有听到。医生喊家属把我弄回病房里的时候找不到他的人，只好让我爸一个人把我抱回去，我爸都六十岁了，抱得气喘吁吁的，我就想哭。我觉得周凯再高兴也不该在这个节骨眼上跑了呀，我想，我现在没有气力生他的气，等我好了再跟他理论。

我很虚弱，从未有过的虚弱，但是是幸福的虚弱，我幸福地看着这个小生命，看他浓密的黑发，白净的小脸，眯起的眼睛，尖尖的小下巴，我数了数他的手指头、脚趾头，都是五个，我终于放心了。

他喜欢吃手指头，不吃的时候就睡觉，醒了就大声地哭，伤心得不得了，但是并没有眼泪，我们觉得很好玩，医生说多哭有好处，尤其是对新生儿。

父母和我，还有周凯就这么眼也不眨地看着他、欣赏他、评价他、担心他，怎么也看不够、抱不够，累了就轮流休息，每个人的嘴巴都笑得咧到耳朵根儿了，我们喊他“小然”。从此我们最爱的人儿就是他了，我想。

周凯不停地重复一句话：我就知道是个男孩子，我就知道一定是个儿子！我懒得接嘴，儿子是我生的，我还没有骄傲他先骄傲上了。现在说是你的儿子啦，刚才你死哪里去了。周凯看我们都不怎么理他，自己也觉得今天表现不佳，转而看着我，满眼的感激之情，我接到他的目光，心里不免一软，再讨厌也是孩子他爸呀，我笑了一下：“你是透视眼呀还是B超呀，讨厌。”他也笑了，小声在我耳边说：“我是他爸爸。”

小诺第一个来看我，她不敢抱这个小东西，说看上去太柔软了，我就抱给她看，她说好乖好可爱，说第一个看到的人要做干妈的，我一口就答应了，一个观世音菩萨般的干妈，多好啊！这是我孩子的福气。正说笑呢，姚航也赶来了，我正在给小然喂奶，姚航走过来，弯腰盯着小然看，用手指去拨弄小然的脸蛋，还企图让小然用手握住他的一个手指头，小诺就红着脸白了他一眼，把他扯开，说：“人家思楠在喂奶，你没有看到呀！”姚航说：“看到了呀，我正在看呀，我又没有说要抱小然，也没有吵到他嘛，看嘛，他是醒着的。”小诺咬了咬嘴唇说：“我说的是她在喂奶，你恶不恶心呀，还看着人家喂，幸亏人家思楠没有怪你。”姚航和我这才反应过来，姚航的脸就红了，很是尴尬，我连忙把身子偏了一个方向，脸就烫了。

唉，没有想到，当了妈妈的人，怎么就没有了羞耻之心了，当众袒胸露乳的，真没有个样子，我偷偷地笑了。

第三个来看我的是蒋寒，还好，他没有穿那件破得漏了棉絮的冬衣，那样医院里的医生、护士还有病人一定会认为是我远房的穷亲戚也赶来看我了，还不知道要怎么可怜他呢。我也正在喂奶，四天了，我习惯了当着外人喂奶了，因为我发现产妇都这样，这是一件再平常不过的事情，医生每次来查房都提醒一句：“自己喂奶啊，母乳最营养，最安全，越喂奶水越多。”于是我们几个产妇都骄傲地自己喂奶。

看到蒋寒的时候我很自然，他也很自然，他弯腰来看小然，用手拍了小拍然的脸蛋儿。我们闲聊了几句后，他笑着从书包里拿出一大本子，真诚地递给我，说：“怎么也算个舅舅吧，这是我给外甥的见面礼，一份保险。”啊，太贵重了，要他一个月的工资呢！我很过意不去，正跟他客气呢，他突然喊道：“快点快点，都漏了，漏了！”我顺着他的目光往面前一看，小然扭头正看着他，奶头吐出来了，奶喷了小然一脸，漏了我一身！我手忙脚乱地收拾着，小然在我的忙乱中大声哭了起来，我们一起看着满脸奶水的小然笑了起来。

正在洗尿片的周凯闻声冲进来，连忙责备我："喂就好好喂嘛，这么不专心。"我说："你专心你来喂嘛，这么懂。"他就笑笑不说话了。我开玩笑说此时此刻的我们没有性别，没有羞耻，没有本事，只有喂奶这个唯一的功能了。蒋寒说："还有母爱的光芒！"这是我听到的蒋寒说的最有高度的一句话了。

每天病房里都很嘈杂，干啥的都有，说啥的都有，我甚至还听到隔壁床的爸爸对宝贝说："快吃快吃，你不吃，爸爸可要吃喽！"我和周凯听了偷偷对视一笑，他就紧紧地握了握我的手学着说："你不吃，我就吃喽！"看到他一脸的邪恶我骂道："流氓！"

第五天我就出院了，那天阳光灿烂，冬天里难得一见的好天气。我站在医院的门口，眯缝着眼睛，才几天就觉得这个世界都变了，天是湛蓝的天，云是雪白的云，风是清爽的风，连我也不是从前的我了，整个人轻飘飘的，路也走不稳了，心里却满满的全是阳光，因为我带回家一个小太阳。

出院才知道，平产只要 260 元，而剖腹产要 1280 元，我节省了近两个平方米的房子钱，或者说我赚了两个平方米的房子钱。

哈哈，我太能干了。

我决定在父母家里坐月子，方便，省钱，心里踏实。我妈会帮着我带孩子，我爸会做好吃的，尤其是我爱吃的鲫鱼汤，我一喝鱼汤就有奶，安全，简单，让每一个人都放心、轻松和快乐。

陆陆续续有同学、同事来看望我，都夸小然长得好看，我也觉得他是世界上最帅气的小宝宝。箫语和古能来看的时候，古能爱不释手，对箫语说："我们也生个儿子吧。"箫语白他一眼说："可以呀，你自己去生吧，想生个啥就生个啥。"古能笑笑："我要有那功能就好了，我就生两个，一男一女。"我们就都笑了。

我们闲聊着，听说外国有男人怀孕，谁知道是真是假，外国的新闻总是五花八门的不靠谱。我倒是想，要是真的就好了，让男人也尝试一下怀孕的感觉，哪怕是与妻子同期负重也行，他们才知道女人十月怀胎的不容易，最好也有妊娠呕吐和同期阵痛，让他们知道女人生孩子的苦难历程。

箫语说：“生孩子太疼了，我妈生了我们四姊妹，想想都佩服，但是她却说，女人就是贱命，好了伤疤忘了疼，生了还想生的！”古能说：“咱妈说得好，其实生顺了就好了。”箫语不屑道：“你懂，你行，你先顺着，自己慢慢生啊，我是不生的，我的神经敏感得很，怕疼，结婚的时候我连耳朵眼儿都没敢打，不然就可以戴那些漂亮耳环了。”古能看了看周凯，一脸的无奈。

周凯拍了拍他的肩膀，安慰道：“会有的，迟早的事情嘛。”这也是说给温箫语听的吧。

6

月子里我收到了很多贺礼，全是小然要用的衣物，后来不免就有人送重复了，琳琅满目的，都可以开个小卖部了。我对周凯说，要是能换成现金就好了，周凯笑说他们还不如直接成现金，还说我终于学会当家了，我说都是跟他学坏的，以前我那么慷慨大方，现在只会省钱一件事了，简直就是一个典型的吝啬鬼守财奴。我真的是为了我们梦想中的房子，为了这个孩子有个舒适安逸的家呀，有时候自私是无私的另外一种表现吧，尤其是面对自己的孩子时。

我可以生活在漏雨的浪漫瓦房里，但是我的小然不可以淋到雨。

其实最高兴的是我的父母，因为小然的出生让我们重新回到了他们的身边，还带回来这么可爱的小天使。

家里安了电话，说是为了方便联系，一切为了孩子。可是对我来说，是方便联系我所有的朋友，所以我的电话最多，业务最繁忙。

小诺说我不在学校的时候，她整天都在画画，穿着她那件涂满颜料的牛仔衣，独来独往，很孤单。

我告诉她我很充实，我的时间先是以天为单位来计算，后来满月了，就以星期为单位来计算，现在是以月为单位了，没有学期这个概念，心里没有学校了，没有学生了，只有我家小然和他一点一点的变化。很忙碌，很劳累，也很幸福。

后来小诺说她天天跟海涛在一起，又学会了用胶泥做土罐子，构图上色，很好玩，等我上班了一定会跟她一起玩的。

我说我成天跟小然在一起，天天就是小然的屎尿和小然的哭闹，喂奶、睡觉，这是我做得最多的事情。

再后来她说买了油画笔，要跟海涛学油画了，有海涛真好。

我说小然会有意识的笑了，还会跟大人啊啊哦哦的对话，有目光交流了，会用手扯绒毛玩具，还会听《新闻联播》的音乐看电视了。

她说她的头发留长了，可以结婚了，但是没有合适的房子。

我说我天天带小然出去晒太阳，我都晒出好多雀斑了，为了孩子不缺钙啥都豁出去。

她说给我买了祛斑霜，改天带给我，是宋丹丹做的广告，据说效果很好，因为宋丹丹看上去很好。

我告诉她小然很有劲，总喜欢站着，说明不缺钙，爱笑，说明很健康。我还说，有了小然以后，觉得满世界都是小孩子，真有意思，大家还会互相比较呢。

她说是这样的，人嘛，就是这样，啥都可以拿来比较，然后或高兴，或不高兴。每个小孩子都是独一无二的，有什么好比较的，无聊。

我说我给小然扎了一个小冲天炮，穿了一件小裙子，但是怎么看都不像小丫头。

她说，你真无聊，有了儿子想姑娘，得不到的都是好的。

我说，是啊，我的性格可能更适合带女孩子，我怕带不好男孩子，我婆婆妈妈的。我还问她最近在干啥？

她说在给小然织一件小毛衣，冬天就能织好，扣子是五种不同的颜色，很有特点，像一件艺术品。好歹是他干妈呀，怎么也得意思意思，但是不幸被蒋寒看到了，说像一个破渔网，他狗嘴里吐不出象牙，千万不要相信他的鬼话。

我告诉她那就装裱好，留着给小然长大了好好珍藏，这个没有人可以比了。

她在电话那头开心地笑了。

我们每次的对话就是这样，一会儿在同一个频率上，一会儿各自东拉西扯的，一路扯下去，还挺有节奏感的。

家悦说她如果结婚就住在武谦家，说这是武谦的安排，是为了男人的尊严。她觉得自己家房子那么大，就结在娘家也挺好的，这么多年也住习惯了。

我说她爸妈住那么大的房子多浪费呀，还不如把武谦父母都接过来一起住，然后她就不用两头跑了。

她说我就别捣乱了，带着父母来入赘，太鬼扯了，这是要了男人的命。她结婚的那天我能不能带着小然一起去？

我说我能不能去真是说不准呢，小然太小了，出门很麻烦，光是尿布就一大包。

她说她给小然织了一件毛衣，过几天就织好了，是送过来还是我去拿呢？

我的眼睛就湿润了，想到以前她就是这么哄我去她家玩的，又是买包包，又是给我做裙子。我说我尽量来吧，看看世界上最美的新娘子怎么打扮自己的。

她在电话那头甜蜜地笑了。

温箫语说又跟古能吵架了，矛盾是古能那天没有洗脚就去睡觉，简直太恐怖了，再有第二次就离婚，没法子过了，没有想到他有这么龌龊的一面，居然会不洗脚就上床，简直就不是人类。

我说她有洁癖，要是跟周凯过她得发疯了，因为周凯下班回来坐在哪里，哪里就是一堆灰土铁渣，厂里的粉尘污染很大。

她说所以她不会找一个厂里的男人。

我说她这是歧视，歧视周凯也是歧视我。

她说没有歧视，是萝卜白菜各有所爱。接着说还有古能家里的人爱来住，一住就是一两个礼拜，像住自己家里一样自由，榻榻米上睡的都是人，男的女的，老的小的，叫的喊的，她简直就没有办法待在家里了。

我说她家房子大呀，她人好啊，他们没有把她当外人。要是找个孤儿才可怜呢，探亲的地方都没有。

她说她宁愿找个孤儿，也不想这么照顾一大家人，像个老妈子。

我说古能家兄弟几个就他混得好一些，说明他最有能耐嘛，他是一种什么股票来着？现在最流行这么夸男人。

绩优股！不懂就别显摆了，她在电话那头嘲讽地笑了。

谁都是次要的，此时此刻谁都是次要的，小然就是我唯一的太阳，他照得我的心里暖暖的，醉醉的，满满的，我是他身边的一颗星星，成天围着他转，眼里心里只有他，就连周凯都是多余的。

发现周凯多余还是满月好久之后的一天晚上，那天我洗了澡，把这么久的汗渍、奶渍和倦容都洗掉了，穿着一件粉色的睡衣看电视。周凯下班看见了，稍微愣了一下，马上笑眯眯地凑过来靠着我坐下，悄悄握了我的手说："你今天看上去像变了一个人，很漂亮呢。"我说变什么，就是洗干净了，不像个邋遢的月子婆了呗，他就暧昧地一笑，握紧了我的手说晚上再说。

晚上他对我说："今天我就不回平房了，将就睡在这里。"我马上耳热心跳起来，但是理智告诉我，不行。我马上就拒绝了他的无理要求："不行，床那么小，你会挤到小然的！"他看着我微笑地说："你都满月这么久了，可以了吧。”我斩钉截铁道：“不行，咋个睡法嘛，我们都会睡不好的，他晚上爱闹，总要吃奶，你在这里，我们怎么睡嘛。”他的脸色稍变，继续哀求道：“我小心一点，绝对不碰到他。”我心烦起来：“他会看到我们的，他精神得很，尤其是晚上，他每天晚上都要跟我玩半天，你也睡不好的，明天还要上班，快回去睡吧。”他的脸色越来越难看，阴沉下来说：“就你们俩睡，你们俩玩，我就多出来啦？你把小然放在妈妈那边睡嘛，哭了再抱过来不行吗？”我再次拒绝：“我怎么能跟小然分开呢？他还那么小。床这么窄，你是个睡着了谁也不管的人，翻身压到他怎么办？再说爸妈也要休息呀。”他沉默了片刻，慢慢站起来，说：“好吧，那我走了。”说完转身出了门。

我看了看正在玩手指的小然，笑了一下，心里想，我们取得了最后的胜利，但是当大门被猛地关上的一瞬间，我心里紧了一下，马上后悔了，周凯生气了，我知道的，唉，我是不是太过分了，我也是想他的呀，不是每次他离开的时候我都有点舍不得的吗？他亲我和儿子的脸的时候我不也心动了吗？来不及了，明天再解释吧。小然却被沉重的关门声吓哭了，我赶紧给他喂奶，安抚着他，心里又责怪周凯小气了，关门要那么大的力气那么大的声音吗？看把孩子吓得，本来我们娘俩胆子就小。

7

第二天我主动跟他示好，周凯却是一副爱理不理的样子，真的生气了，面对老婆孩子，这也是丈夫和父亲的做派？我想，小家子气，不值得原谅，更不值得讨好。

接下来的几天，他都是吃完了晚饭就说累了，然后就走掉，孩子也不抱抱，这回该轮到我生气了。

我打了小诺的电话，说跟周凯闹别扭了，我要被他的态度活活气死了，下了班小诺就急匆匆骑车赶了过来。

见了面我反而不知道如何开口说这件事，从来就没有跟人说过夫妻之间的事情，觉得有点难以启齿，小诺逗着小然，小然在我的腿上一跳一跳的，脚尖钻得我生疼，小诺有一句没一句问我到底发生了什么，我正支支吾吾不知道说啥好的时候，周凯下班回来了，见了黄小诺礼貌性地笑了笑："咦，你怎么有空来呀？好久不见，越来越漂亮了。"我就更生气了，跟别人都有话说，还这么好色，我冷冷地"哼"了一声。小诺说："来看看我家干儿子呀，一天一个样嘞，好可爱呀，羡慕死你们了，一家人在一起其乐融融啊！"周凯叹口气说："哪里有你说的那么好，我是多余的，下班回来累了，没人问，脏了倒是有人嫌，想抱抱宝贝，人家说我手没有洗，想抱出去玩玩有人说怕带不好受了寒，反正，横竖就是一个错，做啥都做不对。"我懒得接嘴，小诺笑道："怕你累嘛，我都听思楠说了，这几天你累得话也不想说，看她多体谅你呀，其实一个人带孩子也很辛苦的，看着没有做什么事情，头都忙昏了。我哥家两口子专门在家带都带不过来，喊累死！你老婆可是一个人在带，没有哼哼就不错了，你看小然长得多健康、可爱！"周凯听了语气缓和了下来，说："是啊，大家有话好好说嘛，动不动就赶我走，脸难看，话难听，日子难过得很，你不晓得，幸亏我还有个平房可以回去，不然就流落街头喽。"我一听火气又上来了，还伴着委屈的泪水："你会关心人吗？心里就只有自己，谁赶你走啦？吃完了饭一拍屁股就走人，我们娘俩自生自灭是吧！你问过我辛苦吗？问过我需要什么了吗？生完了孩子就没有用处了是吧！生完了孩子就不是人了是吧！"他不甘示弱："是是是！你是好人，我是坏人，我想的做的说的都不对，我就只配在厂里干活，行了吧？"小诺尴尬地笑了，赶紧劝道："喂喂喂，吵起来了呀，你们俩一人少讲一句，哎呀，把小然吓到了，他正在看你们呢！问题在哪里，现在是讲问题在哪里。"我说："问题在他小气，我说床窄了，他就生气跑了，还一连几天不跟我说话，我就很难过，你知道我有多难过吗？奶水都少了，小然吃都吃不饱，他这么自私，就想着自己！他根本就不爱我！根本就不知道怎么爱我们！”周凯突然就站起来吼道：“不要跟我谈爱情，结婚之后就没有爱情了，结婚就是过日子，要过就像个过日子的样子，不想过，瞧不起我就直接说，老拿孩子说事，孩子谁不爱，我也爱呀，都在爱，谁又爱过我，我一个人在平房，我也需要人陪的！我结了婚还是一个人，我怎么想，你在乎过我怎么想吗？有了孩子我就多余了，奇了怪了！”说完眼睛喷着火地看着我。

我气得七窍生烟，不谈爱情了，我听到了这句很关键的话，我的眼泪就下来了。

黄小诺左右为难，哭笑不得：“多大的事情嘛，都不容易，都辛苦，多为对方想想就好了嘛！为了娃娃，都为娃娃想就没有事了，你们看看小然多乖呀，他都听懂了，信不信？别当着孩子的面吵架，我小时候就怕这个场面，别吓到他了。”

小然一直很认真地听着我们的唇枪舌剑，“哦！”他发出这个声音，看了看他爸爸，又看了看我，突然看见我在哭，他“哇”地大哭起来，像受到了什么惊吓一样，声可震天。我的心就乱了、碎了，连忙把他揽进怀里拍着、哄着、亲着，看了看周凯，他犀利的目光也收了回去，低下了头，我心里不免一软，虽然心里想了一百个理由不能原谅他，但是转念一想，原来如此，不说我还真不知道他积累了这么多的苦痛和怨恨。小家子气，就是想我和孩子了呗，就是想我们回去了呗！想着他每天晚上一个人孤苦伶仃的样子，是有点可怜。我边哭边说：“今天晚上，我要带小然回平房去住，我有家，要吵架回自己家吵，别让我父母跟着受气。”

周凯沉默了，慢慢起身走开，去了客厅，帮着父母摆放碗筷，这是难得的情景，平日里想着他劳累都不让他做的，今天是有点太阳打西边出来的架势，这么主动，肯定就是心里有愧。

吃完晚饭后，在父亲的担忧下，在母亲的反复叮咛中，我背着小然第一次要回到自己的小狗窝里去了。

一路上周凯都紧紧地握着我的手，还时不时逗逗我背上好奇地四处张望的小然。我觉得他脸皮真厚，不是才吵架的吗？还这么有心情，我才懒得理他呢，典型的无事献殷勤。

到门口了，周凯搂着我们娘俩进了门，啊，多么熟悉的环境，多么熟悉的味道，多么熟悉的陈设，久违了，我的小家，我的瓦房。

一切都还是我出去时的样子，就是凌乱了些，灰尘多了些，但是卧室门上的“囍”字还红艳艳的，门框上一对芦苇秆编织的绣球在微风中轻轻摆动，一切照旧。没有女主人还真不行，看男人把家给糟蹋成啥样，幸好我决定回来了，心情也突然晴朗了。

周凯小心翼翼地看着我，估计看到了我脸色转晴，就猛地抱起我们就地转了一个圈，还在我脸上猛亲了几下：“欢迎回来！还是自己的家好吧。”他一脸的得意。我笑着白了他一眼，“这么乱，你看沙发上的袜子，床上的衣服和被子，还那么脏，都快没处下脚了，也不打扫一下。”我念叨，“我在的时候窗明几净的，哼！这哪里像住人的地方呀。”他很不好意思地说：“没来得及，你们回来得太突然了，嘿嘿嘿！”然后我就笑了，突然又想起了什么，忙说：“唉，怕是不想让我们再回来的吧，都没有爱情了，还有啥可以想的呀！”周凯诚恳地回应：“那绝对是气话，不能当真的，老婆，我错了，爱你，永远！”该不该信呢？男人的鬼话。我看着小然，小然安静而惊奇地看着这一切，然后打了一个很大的呵欠，他困了。我对着他深呼一口气，希望暮春的夜晚不会下雨。

卧室的灯亮了，一幅画出现在床头，太阳花，五颜六色的太阳花！周凯说：“一直等你回来看，好看吧！”我幸福地闭上了眼睛。

接下来真的都是晴天，我常抱小然在门口晒太阳，过来过往的老人家就逗逗他，说自己的孙子是舍不得住在这样的破房子里的，多遭罪呀。我就笑笑，心想，住这里挺好的，将来也会有好房子住的。可怜天下父母心，一辈子辛劳，一切好的东西都留给了孩子，自己到老了啥也没有，还这么自豪，还替别人担忧。以后我们老了，是不是也会这样啊。

回来以后，家和娘家我只好两头跑，好在距离不远，加上“远香近臭”的生活道理，我们三代人见面更亲热了，一切都朝着良好的方向发展。

搬回平房我请大家来吃过几次饭，在我这里聚会有几大好处，说话方便多了，多大声音都可以，小孩子想怎么带就怎么带，没人责怪，少了好多的管束和唠叨，自由。这是我跟父母住了这一段时间后的感触。

小诺和姚航来得最频繁，我看他们那个架势也是为了省钱吃大户，饿鬼碰到了穷鬼，大家吃得不免简单，好在熟人熟事也不会计较，吃饱就好。如果约了蒋寒一起来的话，那就好多了，我们就喊他去买菜，因为就他是单身，钱多得用不完，能宰一顿算一顿，大家得个乐呵。他顶多说一句：“没事，共产主义在我这里提前实现了！”

如果是温箫语和素素来玩就更好了，那就在外面点好了菜，送到家里来吃。这些人，年终奖发到一万多了，还在月薪四百元的我面前穷抱怨：天！太过分了！才发一万五，要不要人活呀！另外一个喊道：我们才一万四！你们够不错啦！前一个接着哭诉：没有人性吧，我们领导五万二，事情可都是我们做的！听得我悲从中来，杀富济贫的豪情油然而生，再点个肥肠！不然天理难容！周凯也鼓起勇气加了一个红烧肉，连我家小然也跟着兴奋起来，咧嘴流着口水一起乐。

这就是生活。

四·杜鹃花开

杜鹃花语

我永远属于你，
如果你是一个内心纯真无邪的人，
才会在山间水畔寻觅到我，
以最喜悦的表情告诉你的爱人，
我是怎样灿烂地开着，
欢喜地开着，自由地开着，
深沉地爱着。

1

这个产假休得很长，因为包括一个长长的暑假。我很欢迎温箫语她们几个来找我玩，简直就是自投罗网。如果说，跟农行、建行和工行的人一起吃饭，我们的生活就充满了阳光，那么，跟农行、建行和工行的人一起打麻将就更快乐了，简直就是在我的头顶下一场又一场的流星雨！我的手气太好了，好得我都不好意思。吃呀碰呀，要风得风，要雨得雨，连周凯都看不下去了，笑着说："多喊他们来玩，吃了，玩了，乐了，还有收入，老婆，你就是个大福娃，就是财神爷！"哈哈哈！那他们就是"散财仙子"喽！世界是相对公平的，我永远相信这个道理，我赢她们的钱就是这些道理中的一个小道理。

他们不知道我打麻将有技巧的，这不仅仅是个技术活儿，也是一种心理战术。

有人打麻将是为了休息，有人是为了娱乐，有人是为了赢钱，也有人是为了消磨时光，我是为了欣赏打麻将的人，享受打麻将的艺术过程，然后顺便收点钱。这一点黄小诺特别赞同，我说："你就跟我一起观察她们嘛，可有意思啦！"她说："观察过了，的确很有意思。"

箫语的特点是打牌认真，出牌干脆，算账快捷，赢了面带微笑，输了眉头紧锁，每一把结束她还要总结，谁出错了第几张牌，谁不该杠那张牌，一脸的严肃，让人望而生畏，坐在旁边的古能大气也不敢出；素素出牌犹豫不决，手一伸一缩，嘴里念念有词"打呢，还是不打呢"，旁边两个人都看到是啥牌了，她就是不出，对面的那个看不到就干着急："你出呀，快出呀！急死我了，是张啥牌嘛？”她还要在催促下想想，所以她打麻将是为了把人弄疯，很少有人愿意坐在她的旁边观战，后来她带的男朋友也不看她打牌，宁愿看小诺和我的。

小诺倒是个很稳重的人，输赢都不放在脸上，只是爱在和牌的时候“啪”一声把麻将牌重重地拍在桌面上吓你一跳。一晚上就两句话，连着赢了就说“不好意思，其实麻将不好玩”，连着输了就说“不打了吧，麻将太俗气了哈”。我觉得小诺这样有理想的人的确不应该坐在麻将桌上。

我的特点是周凯归纳总结的：废话多，笑话多，赢钱多，外加设备多。我要在旁边放一杯茶和小零食，地上放个垃圾桶，背后放一个软靠垫，因为夜盲还得在桌子角上夹一个小台灯，把我的牌照得亮堂堂的。他们说我不是在正儿八经地打麻将，是在休闲郊游，也像顶着矿灯在牌桌上寻宝。素素最受不了我的这一套，她一输钱就怪我：“就是你就是你！老讲笑话给我们听，她们能边听边笑边打，我一听就只知道笑，出牌都忘了，还被她们骂手脚慢，真不划算！还有你那个可恶的探照灯晃得我头昏眼花，不把钱输给你才怪！”我承认没有她们那么严肃认真，我有我的想法，干吗那么约束自己呢，大家就是找个时间找个理由找个方式聚在一起玩玩，打个麻将红眉毛绿眼睛的，手忙脚乱的，算进算出的多累呀，心态不同结果自然不同。纯粹就是玩，多好。

我最怕我打的时候周凯在背后用手戳我的腰，小声央求：“让我来吧，啊？让我来嘛。”我就让他上，可是过不了多久，要血本无归了，他就大喊：“老婆，你来你来，你快来！顶不住了。”一副赢不得输不起的样子，大家一阵哄笑。所以，如果有一天我买到房子了，一定要感谢农行、建行和工行对我的鼎力支持和帮助！所以温箫语她们每次来都说：“来送钱喽，随便拿！”我只好毫不客气地借她们的吉言了。

她们跟黄小诺也混得很熟了，有时候让我喊她一起来玩，但是小诺不好这一口，所以这样的场合很少有她。她即使来了，也只是端茶送水，做饭洗碗，或者带带小然，陪男客说说话，倒也和谐。

小诺更喜欢拉了我去晒太阳，逛街，或者是带了小然去公园里，把他丢在草地上，看他到处乱爬。上班时还能经常见到黄小诺，放假了人就不见了，也不见她来找我玩。我去过几次电话，家里都没有人接听，难道又出去旅游了？值得怀疑，这是她一贯的作风，连姚航都拦不住她。

半个多月以后才见到小诺，不知道跑到哪里疯玩，晒成了巧克力色，小然见了她也没有马上反应过来，“我是干妈呀，”她喊了好几声，“小然！小然！”小然才笑了，一副恍然大悟的样子。他现在认识熟人了，那从莫名其妙转为欣喜若狂的样子太可爱了。

我问：“旅游才回来的，去哪里了？”

她说：“没有啊，是去卖桃子了，山里的大屁股桃，青绿色，桃尖儿上一点胭脂红，甜得不行，超级好卖。”

好吧，一切都在预料之中，我笑了，不想问过程，只要结果了：“赚了多少钱？”

“五千。”

我几乎晕倒。“你发了，五千！”我说。

“还不算”，她说，“本来可以赚得更多的，市场估计错误。”

我们就一起笑，然后小然也跟着一起笑，口水都掉下来了。

这还不是最好笑的，最好笑的其实是，桃子批发得太多了，眼看着最后一批卖不掉了，她爸爸妈妈拿着到处送人，送不完的就自己吃，煮着吃，炒着吃，炖着吃，凉拌着吃，吃不完的就泡成酸桃子干儿，慢慢吃！现在她们一家人，还有姚航一家人最怕看到的水果就是桃子，哪怕是闻到桃子的味道都会头疼！我笑得不行，连小然都被我的笑声给吓哭了。

“然后呢？”我笑完了边哄着小然边问。

“然后呀，”她笑着说，“我可以结婚了，房子找到了，是他们银行的宿舍楼，很便宜就卖给我们了。有钱装修，可以买全套家电了。”

我们马上就抱着小然去看房子，顶楼拐角，因为是拐角，每一个房间都是不规则的，很有意思，但是很不好摆放家具，连阳台都是带拐弯的，所以多出一大截，挺好的，可以摆张床，我和小然来的时候睡，我提议。她马上同意这个方案，“有房子就好了，厕所在家里，我也是一个住老平房住够了的人，”她叹口气说，“你家也是的，每次去你家玩最怕的就是上厕所，温箫语也这么说过，她有洁癖，你知道的，上一回厕所死一回，回来就把钱输给你，心里都有阴影了，哈哈哈，下次都约到我家来打。”

接下来就是装修了，为了省钱，姚航请了周凯和他弟弟，外加黄小诺一起自己动手装，这又是一个壮举，我坚信！

小诺说要把房子装成彩色的，客厅是蓝色的，卧室是粉红色的，厨房是绿色的，阳台是橙色的，厕所是白色的，很有她的风格，也是我喜欢但是不敢实施的。我的很多想法只是想想，而小诺总能把我的想法变成做法，最后成为一个现实，这就是我跟她的根本区别。她说已经够保守的了，要完全按照她的想法，得在墙上画画，还可能是沙滩裸女，阳台就涂抹成彩虹色，但考虑到姚航的同事朋友会来玩，就忍了。周凯每次从她那里回来就抱怨：“你的那个黄小诺神经兮兮的，一会儿这个颜色，一会儿那个颜色，一会儿东西这么摆，一会儿又要那么放，把我们男人当川军打整，也就是姚航能忍受她，换成我呀就一白到底！还有那些画，哎哟，你是没有看到，太夸张了，内容简直不健康嘛，低俗！还不如挂些静物画，多有家的感觉呀，搞得像抽象派的画展，以为弄得满屋花花绿绿的自己就是画家了，自我感觉良好。”我只是笑笑，不做评论，因为我知道是什么样子的，还相当向往。

我知道海涛帮她做了几个漂亮的画框，她自己做了几幅工艺画，很有情调的那种，其中有一幅是《晚归的女人》，挑着满满一竹竿海鱼，体型婀娜，丰乳肥臀，长发飘扬，背景是沙滩、浪花和礁石，你都能闻到海风的腥味儿了，很有视觉上的冲击。我喜欢这样的风格，我们在一起闲聊的时候经常想去看大海呢。

很佩服她的勤奋好学，我不在的一个学期，她跟海涛学了不少东西。我还佩服她的胆量，装房子这么大的事情，也可以自己拿主意，我一辈子难以企及。欣赏着她画的那些画，做的那些陶土罐子，我心痒难耐，想马上去上班了。

2

我一直想告诉小诺：世界是公平的，你的付出上帝看到了，所以你得到了这个心仪的居所，好多人混一辈子也没有混到一间属于自己的房子。因为你勤奋，所以上帝还给了你一双灵巧的手，做什么像什么，做什么有什么。

不像霍康两口子，走到哪里都不受欢迎，又爱占别人便宜，谁见了都想方设法躲着他们，他们两口子想混顿饭吃都困难。有一天他们两口子招呼都不打一个就带了满头黄毛的女儿来玩，玩到吃饭时间也舍不得走，我说没有什么准备，菜不多，言下之意就是："还不走啊，没有吃的啦！"我嘴里还得极不情愿地招呼："留下来将就吃点吧。"他们就毫不客气地留了下来，还说："不怕不怕，你家离菜场不远，随便再买点菜就好了。"我心想问题是我带着孩子呢，谁去买呀，他们也不说自己去买的话，就这么耗着，一直耗到周凯回了家，周凯一看是他们，不得不去买菜做饭，炒了好几个菜招待他们。菜摆上桌子，他们流着口水边谢边吃，才吃了几口，我家那个便宜的餐桌就两条腿一软，歪斜了下去，不锈钢的盘子滑了出去，菜洒了霍康一身，洒了一地！最后大家把盘子里剩下的菜汤泡饭吃了，连上帝都看不下去想赶他们走了。我说这就叫公平，该是你的就是你的，不该是你的到嘴边了也不一定是你的。小诺说真是个天大的笑话，知道这两口子吝啬惯了，饭桌也看不下去，选择了假装突然晕倒，也就不足为奇了。

我们为这个经典场面笑了好几天。

半个月后，黄小诺就宣布他们的房子装好了。

我是第一个参观新房的人，很个性化的装修，令人眼花缭乱的是她不知道从哪里弄来的小装饰物，花花草草，瓶瓶罐罐，把一个小小的房间都塞满了。最让我感兴趣的是那套家庭影院，光各种音箱大大小小就六个，当时我就决定留下来看影碟，主要是小诺一个劲儿地夸这套音响效果好，连玻璃破碎的声音都那么真切，她推荐的一部是《泰坦尼克号》，一部是《廊桥遗梦》，一听到名字我就挪不动脚步了，向往已久的片子，哄睡了小然，我们就开始了一场漫长的精神之旅。

《泰坦尼克号》里的灾难场面太宏大了，我们都被震慑住了，不像以前看电视，边看边吃边聊天，这次没有，我们被深深地吸引了，好几次都是屏住呼吸在看。片子结束了好久，我们俩都不想说话。沉浸在灾难带来的恐惧和痛苦之中。沉默了好半天才开口，说话之前都深深地叹了一口气，好像憋闷了很久似的。

小诺慨叹道："哎呀，美国大片就是大片！太有想象力了，还能如此震撼地还原历史啊！"

我说："是啊，要不怎么叫大片呢，多大的投资啊！我们却用一张十元的碟子就看到了一段鲜为人知的历史场面，太值了！到现在我的心还揪着呢。"

小诺问我："你印象最深的是哪个片段？"

我说是那四个拉小提琴的，面对死神的挑衅如此淡定，内心太强大了，令人敬佩。

小诺说："他们是上帝派来唱赞美诗的天使，超度亡灵，也超度自己，因为躲不掉了，还不如选择从容接受。"

我也问小诺最喜欢哪一个情节。

她说："我觉得是露丝坐在木板上，杰克用手抓着木板边缘那一段，男人把生的希望留给了女人，女人扳开他苍白僵硬的手指，看雕塑般的他慢慢沉入海里，就像看那颗钻石慢慢沉入海底，死亡和爱情一样永恒了。"

我的心猛疼了一下，我们又一次陷入沉思。

过了一会儿，我说：“这段爱情虽然激荡人心，但是女主人公长得太老了点，据说是英国古典美女的长相，男主人公长得帅气是帅气，就是显得幼稚了些，你觉不觉得像姐弟恋呀，两个人在外观上不怎么匹配。”

小诺不以为然，说：“你关注到哪里去了，其实整个片子看完了，你就觉得人的相貌没有那么重要了，能活下来才是最重要的。”

我说：“那倒是，小诺，这段感情，或者说这样的感情你可以接受吗？”

她说：“可以接受，东西方思想本来就有差异，你要带着他们的价值观来看这段感情才能接受，要是我，我也会跟杰克好上的。”

我说：“我不能完全接受，都这样，出门旅游一趟，回来全变心了，社会不就乱套了？”

她说：“每个人的善恶就在一念之间，这跟国家民族人种无关。”

我说：“唉，也是，哎呀呀，我好可惜那块叫‘海洋之星’的蓝色钻石啊，怎么就丢了呢！怎么舍得丢在海里呢？想捡都捡不回来了。”

她笑了笑说：“看你贪财的样子！面对死亡，那一刻一切都不重要了，没有一个懂它的人佩戴，它就一钱不值。”

我说：“哎呀呀，要是我有一小块就好了，一定拿去卖了还贷款。”

小诺白了我一眼：“再好看的电影，被你评价了就变了味道，又跟房子扯到一块儿去了。”

我说：“我也不想俗气的，但是现实是这样，我的瓦房不能漏雨，漏雨就跟泰坦尼克号进水是一样的，房子倒是没有摇动，但是人到处晃荡，外面下大雨，里面就下中雨，外面下中雨，里面就下小雨，你能想象到我们一家三口躲在沙发上的情形吗？多么狼狈不堪啊。小然的反应最快，马上打喷嚏流清鼻涕发烧！抱回他外婆家去的时候，我妈的脸色要多难看有多难看你知道吗？他们心疼外孙，我也心疼儿子啊，这段时间他爱生病，一看见他蔫巴巴的我就心疼，还有打针，哭得我肝肠寸断，烦死了。”

小诺皱了皱眉头说："这倒是个问题，房子还有多久能拿到呀，快了吧？"我说快了，周凯说在围院墙，往里面进材料了，周凯说的。

小诺笑了笑说："那就快得很，厂里修房子是自己的工程队，轻车熟路的。"

我心里宽慰了些。最近周凯从姚航这里帮忙回去就长吁短叹的，我就知道又受刺激了，别人的房子都比我们的好住，这也是事实，爱情可以躺在草地上数星星，婚姻是不可以漏雨的。你看泰坦尼克号再豪华再奢侈，不也会破漏吗！

小诺说："唉，看个电影扯到哪里去了呀，换个碟子吧，还有更好看的。"于是我们接着又看起了《廊桥遗梦》。

一场婚外情可以拍得这样荡气回肠，令人唏嘘。

当看到男一号坐在车里等女一号下车跟他走，而她进退维谷，肝肠寸断的时候，当那把钥匙在车窗前来回晃动等待它的主人做最后决断的时候，当这个男人寂寥的背影定格在画面中的时候，我和小诺的心都碎了一地，我们都在抽泣。我们也替她拿不定主意了。

小然这时候醒了，找不到我，哇哇地哭了，尿在了新床上，像一幅澳大利亚地图。

我给他喂奶的时候，脸上还挂着泪珠。小诺眼圈也是红红的，她对我说："有一天，我对海涛说如果他肯把头发留长，扎个辫子，我就嫁给他。"我愣愣地看着她："你干吗对他说这种疯话？别把人家吓到了哈！"她说："我知道他不敢，所以我才敢这么说的。"我听糊涂了。她笑了笑说："没什么，爱看电影的人都会把自己想成故事里的一个角色，我也是，你也是，刚才我们就同时做了一回里面的女主角，那个乡村女教师，对吧，有些事情，想想总是可以的。比如，总有一天我会一个人开车出去旅游，后视镜上绑一束杜鹃花，红艳艳的一大束，呵呵！"看她漂亮的眼睛出现了迷幻的神情，我说："又做梦了，问你，如果是你，你选择跟谁走，丈夫还是地理杂志社的记者？"她说："跟姚航。"啊，答非所问，她被什么梦境牵引了，也廊桥遗梦了？

小然又把尿片尿湿了，唉，怎么这么多的尿啊，上面还在吃呢，下面就出来了，我才把他弄干净，他又拉屎了，哎呀，受不了了，我们俩忙得团团转，本来我是不会这样的，是小诺觉得会弄脏了地板，一惊一乍的才让我晕头转向的。

这顿忙活，把我们都带回了现实生活，还在中国，还在这个不规则的房间里，还要给小然喂奶，我自己还饿了，头昏脑涨的。

晚上姚航请客，说是周凯辛苦了，要好好犒劳犒劳。周凯也客气起来说要感谢姚航帮我们贷款，房子已经破土动工了，得到这么一个好消息，他才更应该请姚航吃饭。

大家都很开心，生活向着美好的方向进发。

回到家里我们还在心里继续着我们刚才的喜悦，周凯说多接点私活多拿点钱，现在想的都是装修的事情了，我们达成了一致，装简单点，管他欧式的、中式的，温馨舒适就好了，能在家里上厕所和洗澡就是最幸福的了。

我们相拥而眠，觉得整个世界都是温暖的、甜蜜的，我听着他均匀的呼吸，慢慢要进入梦乡的时候，周凯却摇醒了我，他犹犹豫豫道："嗯，思楠，跟你商量一下，我们还是搬回你父母那里去住吧，这里太潮湿了，小然总是生病，一生病就得花钱。上次我们说回来住，两个老人家都不高兴，你是看到的，我想了一下，我们把这张床垫子搬到他们那里铺上。现在的问题是，跟老的住，管束太多，我不自由，但是问题也不大，你说呢？只是一个过渡，有了自己的房子就好了。"说完他盯着我看，我静静地听他说完，在黑暗中点点头，说："好的，同意，都是为了小然好，其实也是为了我父母好，他们很希望我们回去的，不久就要开学了，我也在想小然怎么办呢，你这么安排，一切都迎刃而解了，一举多得。"他抱紧了我，说："我爱你就是因为你懂道理。这房子真的太朽了，瓦翻了几遍都不管用，你能不嫌弃，跟我住了这么久，我很知足了，我一定会让你和儿子住上好房子，过上好日子的。再住下去我们俩都要得关节炎了，老了怎么办呢？不能一人坐一个轮椅呀，是吧？”说得我心里暖暖的，小然在旁边突然打了一个很响亮的喷嚏，我们吓了一跳，不会又感冒了吧，我的上帝。

3

农历七月初七，中国的情人节。黄小诺结婚了。

她的嘴唇抹得像红色的花瓣，穿着红彤彤的仿唐装，映得笑脸也红扑扑的，新房里挂满了大大小小的红色中国结，到处都喜气洋洋的。如果再有一个凤冠霞帔就更好看了，更传统了，也更应景了。

我们带了小然一起去的，他第一次吃喜酒，没有见过这么多人的场合，先是愣了一会儿，熟悉了就开始兴奋起来，在我腿上一个劲地跳，眼睛还到处张望，像是在找他变了装束的干妈。来的人里有张家悦和武谦，有丁铁生两口子，霍康两口子，还有蒋寒，大多是他们共同的同学和朋友。认识的互相打着招呼，不认识的就有人在做介绍。我们几个自然坐在了一个桌子上，询问近来各自的情况，我们正谈得热火朝天呢，小诺走过来交给我一个任务，“一会儿你要上去作为嘉宾代表发言的哟！”她拍拍我的肩膀，又拍拍小然的脸，“赶快准备一下。”说完又忙着招呼别的客人去了。她一走开我就开始手忙脚乱了，啊？怎么不早说呀，我连稿子也没有写一个，说什么呀！我回头看了看周凯，他看出了我的紧张，坏笑一下说：“你就拿出你的本事来，不怕，平时教训我不是脱口而出，一套一套的吗？上到天文，下到地理，古今中外的，随便说吧！”我白了他一眼：“我现在多久没骂你了，我这么温柔体贴，哼！”

这个黄小诺想起一出是一出的，看把我折磨得心怦怦乱跳，都没有心情跟家悦说话了。

主持人讲着祝福的话，一套一套的，很喜庆，小诺和姚航一直笑着，听从主持人的指挥，这样做，那样做，下面的人鼓掌欢笑，终于轮到我上场了，放下小然，深吸一口气，走上了舞台，我笑着说："各位亲朋好友，大家好！这是一个多么特别的好日子呀，首先祝大家七夕情人节快乐！祝有情人终成眷属！"一阵掌声过后我接着说："缘分，其实一切皆为缘分。没有多少人知道，姚航一直居住的小二楼的那间卧室，以前是职工医院妇产科的一间病房，二十五年前，那里出生了一个小女孩，长大后，美丽温柔，贤惠能干，她就是现在的黄小诺，今天的新娘子！她其实就是为了姚航才降临人间的！"下面一阵惊叹声，我看见黄妈妈在抹眼泪了，黄爸爸也在对身旁的人点着头。我又说："不管你信不信命，这就是命中注定！好吧，既然是天意，姚航，请善待你的新娘子！不要辜负你在那个房间里二十七年的痴心等待！我们为他们祝福吧，祝福这对有情人白头偕老，永结同心，谢谢大家一起见证他们的幸福时刻！"掌声中我看见一对新人深情相视，我走下台子，心怦怦直跳，任务完成，比他们还激动。我想我的脸一定很红，小然不知道发生了什么，正愣愣地看着我，看我下来了，马上笑眯眯地伸手要我抱，我接过来抱着，周凯搂住了我的肩膀，在我耳边说："老婆，挺会说话呢！"我说："那当然！"坐下来好久我的心才慢慢平静了下来。

好久不见家悦，倍感亲切。她说回到城里在一所农民工子弟很多的东山中学教书，校园环境和生源比井台中学好不到哪里去，只是离家近，方便照顾老人。我们从中午一直聊到晚上，好朋友就是这样，一见了面就觉得我们从来不曾分开过。

周凯和武谦都佩服我们怎么有这么多说不完的话，我们告诉他们："这就是女人，这就是关系好的女人，不懂就一边儿待着，别打扰我们！"他们的确很识相地玩扑克牌去了。

小诺在新房里招呼客人，忙得脚不沾地，直到晚上过了十点闹新房的人走得差不多了，这才安静下来。我和家悦抱着小然进卧室陪她说话，小诺拍了拍胸口说：“总算是结束了，结婚太麻烦，幸亏一辈子就这一次。”说完突然捂住了嘴，皱着眉头说想吐，我们想她真的累坏了，饿了，一定是饿了。家悦说给她去弄点吃的来，她摇摇头说了一句让我们哭笑不得的话，“我怀孕了。”她恨恨地说，“不然我不会这么急的，都怪他。”我们大笑起来，挺好的挺好的，反正迟早是要的，一步到位吧。

小然已经睡着了，不然我一定告诉他，要有个弟弟或者是妹妹跟他玩了。

家悦突然想起了什么，问小诺：“咦，怎么没有看到你戴结婚戒指呀？”小诺轻轻叹了一口气：“别说了，我都不想提了，昨天姚航给我买了，昨天我就弄丢了，这说明了什么，那就是姚航管不了我，想用戒指套我也套不住，虽然当时很心痛，转念一想，也好，我永远都是自由的，这么一想，我就舒服多了，呵呵！”我和家悦都笑了，这个小女人，多奇怪的想法呀，这么难过的事情，她一笑而过了，但是我们俩心里却替她惋惜不已。

这群人里就差家悦没有结婚了，她说冬天就可以请我们吃喜酒喽，我们又开心了一回，多了一个甜蜜的期待。

其实还有蒋大爷没有动静，我们并不着急，因为他要是结婚了，我们欺负谁去呀。这个集体的、自私的、恶毒的想法不能告诉他，不然还不知道他会用怎样精辟的语言横扫我们呢，嘿嘿嘿！

幸福的时光总是很短暂的，和小然无忧无虑的日子要改变了，开学了。

一想到回学校跟黄小诺一起学画画，我又心花怒放起来；一想到从这个学期开始我可以从初一带一个自己的班，我更是开心不已。

心花怒放的我第一次开教职工大会就被打蔫巴了，老贾宣布停薪留职的名单里有蒋寒蒋大爷！

他并没有来学校，连一个暗示都没有留下，连一个招呼也没有打，连见最后一面的机会也没有留给我们，连散伙饭也没有请我们吃，太绝情了吧，我顿感很受伤。如果他是恋爱了，如果是想调回城里，如果下海经商去了，我都可以原谅，但是不能原谅的是跟我们玩突然失踪！我恨他，我从来没有这么恨一个人。

好在一开学就忙得不可开交，冲淡了我的感伤。新生分班考试，军训，文明行为养成，占据了我在学校的大部分时间，连学画的时间都是挤出来的。

我快要忙疯了的时候家庭矛盾又接踵而至。

爸爸本来是答应在家帮我带小然的，由于技术好，才退休就被返聘回厂里上班去了，这样一来家里全乱套了，周凯在厂里累了一天，回家除了抱抱小然什么也不想做，我一大早喂完奶出门，直到下午五六点才能回家，小然看到我都快哭断了气，一天啥也不吃，就等着我喂这一口奶，整个人瘦了一圈，他们说这是掉了奶膘了，看了就让人心疼。过来人对我说："你那奶就不要喂了，一天下来都成酸奶了，不新鲜，慢慢加辅食，你就能脱身了。"想想很有道理，我决定把奶断了。

请个保姆吧，还是妈妈出面解决了这个问题，她说这钱他们出，理由是没有时间帮我们带小然，就出钱请人带。我和周凯厚着脸皮没有吭气，就这样吧，过了这个难关就好了，父母就是我们的出路。

我们正忙得焦头烂额的时候，古能又出事了，他被温箫语赶出了家门。我从来没有看到在我们面前趾高气扬的古能变得这么灰头土脸的，我暗自好笑，敢惹我们箫语的人还没有出生呢！事情是这样的，古能自作主张去花鸟市场买了一只小狗回来养，说反正现在还没有孩子，养只狗挺好玩的，他哪里知道温箫语最怕的就是这些带毛的小动物，别说养了，就是平日里看到都会躲着走，连那些毛绒玩具她平日里都是不碰的，古能偏偏以为养了就养了，有了感情就不会怕了，他太小瞧温箫语的顽固不化了，箫语戴了手套，围着围裙，拿着扫帚把他和他的狗儿子一起打了出来，说三天不许回家，要他把身上的狗气味散没了才准进门，还得写认罪书！我和周凯笑到不行，真有意思。

古能说还没有完，他把狗狗牵到花鸟市场贱卖了，转手买了一套瓷器回去想讨好温箫语，谁知道他又踩到箫语的脚了，温箫语杏眼圆睁："你能有点审美观好不好，就这欣赏水平，比你妈还差！你有钱是吧，钱多了是吧，那你把你的古董瓷器拿去送人，爱送谁送谁吧！”这样一来，生气的人就成了古能了，因为这连着他妈一起被贬低了，这是一个做儿子不能容忍的事情，他选择逃到了我家。在这里，除了我们，还真没有谁能收留他了。

看着他一脸的沮丧，我又好气又好笑，怎么收留他嘛，两室一厅，小保姆睡客厅沙发了，他睡哪里呀？周凯灵机一动：“老房子，去住我们的老房子吧，拎包入住，行不？”古能还能说不行吗？现在他就是一只可怜兮兮的流浪狗。

我悄悄给箫语打了电话，报了古能的平安，她就在电话那头哭了：“思楠，你说他是不是好人嘛，明明知道我怕猫狗的，就是故意气我，就想气死我！买的那个瓷器，你是没有看到，特别恶心的那种绿色，明显是地摊货，用来装盐巴都难看！啥眼光嘛，我怎么找了这么个怪物啊！呜呜呜……”我说：“好啦好啦，你以为人人都像你那么高雅呀，嫦娥姐姐，我们是地球人，地球上的郊区人，想法不同罢了，哪里有你说的那么严重？你说丑，不也有人卖？不也有人买？还有啊，古能住在我们这里是很不现实的，没吃没喝，没洗没换的，让他回去吧，别闹了，多大点事情嘛。大不了狗不养瓷器不要，日子得过呀。”她在那边沉默了。我赶紧补充道：“我们家保姆听说他是没有人要的主儿，眼睛都亮了，看她那样子是看中古能了，你想啊，古能那么帅气，又那么能干，还听话，哪有小姑娘不喜欢的呀！尤其是这种眼神忧郁的帅男，极具杀伤力，太危险了嘿嘿嘿！”箫语呸了一声：“拿去拿去，他们俩倒是很配！这桩好事就拜托你这个刘媒婆去做了吧，我记得你跟黄小诺以前就是干这个发的家！”但是口气明显软了下来，我又安慰了几句，把古能的优点罗列了十条，她就笑了：“你比我还了解他呀，你收了他吧。”我说：“不行啊，好女不嫁二夫！”她深深地叹了一口气，我趁热打铁道：“男人很好面子的，我就伤过周凯的面子，当着他们同事的面说他傻，结果闹了好久的矛盾，伤感情得很，差点就分手了呢，你听我的，给古能，也给自己一个台阶下吧，真的。”她这才勉强答应了。

好笑，劝别人挺容易，劝自己都很难。

4

我们把古能送了回去，温箫语请我们在家里吃了饭，吃完了，古能抢着去洗碗，周凯说：“哟，仙女还会做一手好菜呢！”我说：“你以为她是用水袖甩出来的呀，又不是狐狸精！”箫语就笑了一下，古能马上也笑了，一笑泯恩仇，感觉这次危机就算过去了。

晚上我跟周凯躺在床上还说这件事，周凯说：“谁叫古能要找个仙女呢，遭罪啊！”我说：“在你眼里温箫语是仙女啊，那我呢？”周凯随口说：“你肯定是凡人啊。”我一字一顿地说：“你的意思是说温箫语和我比，一个在天上，一个在地上喽！我就这么差？”周凯一翻身，背对着我说：“意思是说你不挑剔，没有她那么霸道！不跟你说了，又来了。”我就伸手去扳他的肩膀，突然小然在旁边喊了一声：“妈、妈妈——妈！”我们俩一起翻身坐了起来，面面相觑，然后一齐惊喜地看着小然，喊得好清楚啊！小然！我们高兴地让他再喊一个，他就只是笑，不肯再喊。周凯说：“快点会说话吧，这样我们俩一起跟妈妈吵架哈，我一个人吵不赢喽！”小然不知道是听懂了还是碰巧，“嗯”了一声，笑得咯咯的。我说听别人说，孩子最先喊谁，谁就带他带得辛苦些，后喊的那个人就轻松些，周凯听了居然大喜过望的样子，我气不打一处来，但是转念一想，带的是我家小然，累死我也心甘情愿。

隔奶被提上了日程，隔奶是一场运动，因为很艰巨。

小然是一个很固执的孩子，饿死不吃递到嘴边的饭，就等我的那口奶，顶多饿急了喝果汁和白水，等我等到哭哑了嗓子，我下不了这个狠心不理他，一旦我迁就了他，又开始喂奶了，他就狂吃几口，然后用小手抓住我的奶头，给我一个心满意足的微笑，露出两颗小门牙，叹口气，转脸接着吃。看着此情此景我的心碎了，吃吧，我妥协了，再坚持喂他一个月！

我的学生还好，都还听话，刚进校，摸不清水性，按兵不动吧。我的第一个政策是从“头”开始的，我让女生全部去剪了齐耳短发，一个个看上去乖巧伶俐，眉清目秀的；男生就没有那么顺从了，讲了一个礼拜，还有五六个人毛长嘴尖的，一问就是大人不在家，大人不给钱，大人说不让剪啥啥的，我就拎着他们的耳朵亲自带他们去剪了发，花了我整整十块钱呢。看了全班整齐的小脑袋，我心里很舒服。

但是从我教的另外一个班里的学生那里知道了一些真相：有个女孩连胎毛都没有剪过的，迫于我的威严，剪了，她妈妈都伤心地哭了，说没有见过这么心狠的老师，管得这么宽，他们舍不得剪的胎毛一直留到十二岁，都长到屁股下面了，又黑又亮又浓又密，我的一句话，“咔嚓”一声说没就没了！于是这个女孩子特别恨我。可谁也不敢跟我讲实话。另外一个男生家里很穷，人也调皮，父母听说有老师亲自带了他们的孩子去理发，就说以后就全交给我了，这老师是个有良心有办法的人，能收拾得了他们的忤逆儿。得到这些消息，我的心里又悲又喜，很不是滋味。

好在国庆节之前井台中学搞了一次“唱响校园”歌咏比赛，我们班就是因为女生清一色的齐耳短发，男生清一色小平头，让人眼前一亮，得到了全场最高分。评委里面有黄小诺、官翌、宋爽和海涛等几个人，他们都没有当班主任，所以这样的评委才能做到公平公正，我们班才唱完的时候，老谢大着嗓门问：“呀！这是谁带的班呀！好乖呀！清一色齐耳短发，乖得像一个妈生的！”我马上接嘴：“我的班！我的班！可爱吧！”我都听出自己厚着脸皮在拉票了。不放心，我还是对官翌递了个眼色说：“我们班的小孩子长得乖吧！唱得也好吧！”官翌对我暧昧地一笑，没做任何回答，不知道她明白不明白我的意图。宋爽不吃我这一套，表情从头到尾都很严肃，结束的时候还不忘调侃我说："你们班唱得还可以，但是，跟发型无关，你这个军阀老太太，就差砍人家娃儿的头！哈哈哈！"海涛只是抿嘴笑，不知道他会不会觉得我的这个画面太单调了。

让画面变得不寻常的是高倩倩！当时是邓秀兰的班在唱歌，高倩倩就神经兮兮地两只手都翘着兰花指，眉毛高挑，眼睛大睁，然后整个人一扭一甩地从评委面前走过，评委们的眼神都被她吸引了。搞笑的是秀兰班上的孩子也盯着她一路看过去，然后就集体跑了调，跑到哪个坡上去了，全校的孩子笑得人仰马翻的，谁都没想到邓老师的班今天这么不在状态，最后得了倒数第一名，把邓秀兰气得半死，她带的学生搞任何活动都是前三甲的，这次全毁在高倩倩的"横穿马路"了，"莫名其妙！"她恨恨地说。

老谢的班得了第二名，这是很不符合常规的，好班历来都是第一名专业户，这次被我的平行班拿走也是个意外。他大笑道："鬼嘞，你，小思楠！早知道你这么狠，我就让我们班全部剃成光头算了，那更气派，更霸道！哈哈别说你，我看了你们班的小崽子都喜欢，你这么狠，他们就没有怨气呀？"我讪讪地说："小点声，我都后悔了没有告知你，不过估计你要是知道了一定不会同意我这么做的，别提了，这些小孩恨死我了，我还正想问问你，咋个收场呢？"她说："哦，这样啊，这不是得了个第一嘛，赶紧夸夸他们呀，打一棒子，要揉三下嘛，没有事，你先道歉就对了，农村孩子很朴实的，但是也要尊重人家嘛，他们会长大的，你对他们的好坏，他们会懂的。"我点点头，老谢真是个好人。

最高荣誉的获得冲淡了学生暗藏的对我的不满，个个情绪亢奋地议论着，我趁机在全班宣布："同学们，感谢大家的努力付出，得了一个开门红！老师的做法不一定完全对，但是心是好的，上了中学嘛，任务重了，不能把时间浪费在赖床、梳头这些事情上。老师想了想，你们都大了，也知道学习的重要性，女生的头发嘛，我决定，以后只要干干净净的，我就不管长短了，男生的我还得管下去，这是班风问题，不是讲个性的时候。你们不知道，我们班的一亮相呀，那叫一个精神，女生，美！男生，帅！”女生就高兴起来，男生更是像打了鸡血一样亢奋。后来再打听果然就没有人恨我了，包括那个被我逼迫剪了胎毛的女生，因为她有集体荣誉感和牺牲精神，我们全班选她当了班长，她叫李佳佳。

后面的政策实施起来顺利多了，比如检查刷牙，我假装去闻他们的小嘴巴，他们抿着嘴脸红脖子粗的不让闻，我说不肯张嘴的就有问题，他们就笑，说刷了，可能没有刷干净，下次好好刷；剪指甲也是个问题，周一我在升旗仪式上挨个检查，后面的男同学就“咔嚓咔嚓”开始行动了，我说下次被我抓到没有剪的鹰爪子呀狗爪子猫爪子呀，我用斧子砍，砍到哪里算哪里，信不信？他们就说信，我说老虎不发威，你以为是病猫！他们就笑，怕怕的那种笑。其实他们知道我在吓唬他们，大家心照不宣。这一招是跟秀兰学的，管用。

有了小然以后，我更爱孩子了，更多了一份包容心，尤其是对女孩子，得不到的总是最好的。

学校的工作刚理顺，家里的问题又来了。

下班回到家，才到门口就听到小然在哭，保姆也在哭，我妈妈在数落着什么，我一推门，三双眼睛都看着我。“怎么啦，你们？”我问，“怎么都在哭呀？”我妈就念叨开了：“哎呀呀，十条裤子都不够她换的，三条还在外面晾着，七条都尿湿了丢在盆里没有洗，这身上就光着了，能不感冒？能不发烧？带的啥孩子嘛！干不了就说干不了，饭也说不会做，卫生也不打扫，一天就是带个孩子还带成这样，就知道睡觉，一个十多岁的女孩子哪里来的那么多的瞌睡！小然睡，你也睡，尿了就换裤子，换个尿片就累死你了？一天还穷讲究，刘老师送你衣服，还嫌旧，你、你，我都不想说你了。”这一阵数落，把我都带进去了，我的脸一热，唉，连小保姆都嫌弃我的衣服！那两个哭得更厉害了，小然是看着小保姆哭才哭得那么伤心的。我伸手把他抱过来，哄着，果真屁股上用小床单包着呢，我哭笑不得，倒是像个傣族娃娃呢。

抱怨没有用，心烦也没有用，赶紧解决面临的问题才是正事。

我妈到了更年期了，我觉得，脾气一点都不好，小保姆来的时候就说清楚了的，就只是带孩子，不包括做饭。不过的确也没有把小然带好，一个月病了两次了，瘦得像个非洲小难民。

第二天，我妈的气还没有消呢，小保姆和我家小然就都不见了，中午的时候一起不见的！

直到我下班回到家我妈才敢说出来，她急得不行，说一直在家等着。我后背一阵发凉，颤声问："妈，你咋不早点打学校电话呢？快报警呀，有多久了？跑了多远了呀！不会就丢了吧呜呜呜……小然……"我的眼泪就下来了，腿一软，坐在沙发上，路也不会走了。我妈不停地自责："早知道这孩子这么小气，我就不骂她了，这要是把小然弄走了，卖了，咋办哟，我的老天爷！"就在这个时候我爸和周凯正好下班回来了，谁知道他们前脚进门，小保姆抱着小然后脚也跟着进了门！一大一小表情还都愉快万分！我妈一见到小然一把抢过来，这才突然哭出来，把他们都搞蒙了。

虚惊一场！小保姆说她去另外一个保姆家玩去了，那家也有一个小孩子，他们四个人玩得很开心，一起吃，一起睡，这才醒，忘记打电话了。说得轻轻松松的，这个没心没肺的小保姆，真的不敢用了！我们心里想。

不用保姆了，小然怎么办呢？船到桥头自然直，船呢？桥呢？

有时候父母就是我们的船和桥，他们总会有办法。

送走了小保姆，小然就被送到附近一个老太太家带去了，据说民间有这么一种老太太，专门给人家带小孩，几十年的经验，唯一的缺点就是比保姆贵，但是解决了大问题，起码经验足，可以放一万个心，不用跟我们住在一起，不用管她的吃穿问题。

早上送过去，然后我们去上班，下午下班才去接回来，真的很不错！小然的奶也隔了，人也长胖了，干干净净的也不爱生病了，天无绝人之路。

家里才顺好，班上又有新的矛盾出现了，班长李佳佳告状，有人逃值日。胆子搞大了，才来几天呀，就敢上房揭瓦了，看我怎么收拾你们！

班会课上先讲了爱劳动是一种传统美德，再讲人和低等动物的区别就是会不会劳动，最后讲我们是一家人，家里人懒惰了怎么办。讨论很激烈，因为大部分人是勤劳和守规矩的，要针对少数人进行批驳，这是很有针对性，答案很有意思。有人说："让他去扫厕所！臭死他！"有人说："让他扫操场！累死他！"有人说："让他一个人扫教室一个月，罚死他！"还有人说："一次不扫收他五毛钱做班费！"我说："不对，是剥夺他的劳动权利，啥也不让他干，啥劳动也不让他参加，把他晾在一边玩去。"大家就愣住了，然后就炸锅了，这么轻松呀，有这种好事啊，那以后大家都不劳动了呀！我说："我还没有说完，剥夺他，不是便宜他嘞，人家的劳动成果他没有任何享受的权利！比如，厕所是田爷爷打扫干净的，他没有权利去用，操场是同学们打扫的，他不能去打球，后面的草地也不能去了，那是全校同学平整的，大家种的草，别说他去躺了，就是踩一下都不行，走廊呀，过道呀都有人打扫过的，那他都不能走了。凡是别人的劳动成果，都跟他无关了，因为，劳动就是人人为我，我为人人的事情，这是一种公平，你们认为呢？"大家刚听的时候觉得不劳动还好点，听着听着就不对劲了，重点在后面呀！大家就都欢呼起来表示赞同。我接着说："同学们，在一个班里，我们就是一家人，教室后面的黑板上方，我让大家贴了这句话'我爱我家'，虽然很简单，但是很难做好啊，最简单的一件事情居然成了我的心病，成了我们班的困难，有意思吗？就这么大的一个教室，就这么困难？你们是我的孩子吗？就这么伤我的心？谁在家里不帮父母做点事情啊……"说着说着我的声音就哽咽了，一半是真情流露，一半是被我自己弄的，小孩子是懂感情的，我坚信这一点。果真，大家沉默了，还有女生在抽泣。

有一个男孩子突然站起来，红着脸说："刘老师，我就是班上的一个懒虫，我错了，我改，我来当劳动委员吧，劳动组长也行！"他个子不高，敦敦实实的，浓眉大眼，我一看就喜欢上了，我一点头：“好吧，我喜欢主动承担责任的人。就是你了！你给自己机会，我们就看你的表现，大家以后就听曾阳刚同学的吧。老师相信他，也相信你们。”这事就算告一段落了，有没有效果还得走着瞧，小孩子的事情说不准，变脸比变啥都快，你千万不要相信什么事情都能一锤定音，或者一劳永逸，当老师的不就是跟他们反复过招、长期斗法、永不言败吗？想到斗法，这让我想起了以前教过的那个小傻孩子窦法，他毕业了，不知道现在在哪里，一个被所有人认为是小傻瓜的他曾经对我那么好，那么真诚，那么贴心。一个人傻不傻看的不是智商，而是他的情商，想到他的傻，想到他傻得可爱，好想哭出来。

但愿他过得比我想象的好。

5

在学校看到海涛是一件很让人快乐的事情，他是一个爱笑的、很有耐心的、很谦和的人，总而言之他是一个很有内涵的好男人。说了他这么多的好话，原因就是他教我们画画，不厌其烦地教。我已经从画石膏模型转到画实物模型了，那是一些蜡制的模型，从形状到色泽，逼真到看了就想吃！苹果像苹果，香蕉像香蕉，真让人惊叹，谁这么有水平，怎么做出来的呀，神了。

黄小诺已经像个小作坊里的工人了，牛仔衣上全是油彩和干泥巴。她才看了电影《人鬼情未了》，对做泥罐子很感兴趣，但是因为她怀孕了，我们不敢去稻田里挖胶泥，再说也没有合适的电机来操作，将就用以前剩下的和海涛送的胶泥做京剧脸谱玩，也很有意思。

做法很简单，把胶泥揉好，做成大小不一的半边鹅蛋形泥胚，阴干待用，等干透了，上白色打底，照着京剧脸谱在上面用铅笔勾出线条，然后上色彩，最后用清漆刷一遍，防水防褪色，这就算完成了，我们俩乐此不疲。我精心制作了一个准备送给家悦结婚的时候用，很有装饰性，一个红脸的关公，红黑分明十分醒目，也很喜气，符合武谦的人品和职业特征，我想，他们一定会喜欢。

画久了，眼睛很不舒服，一阵接一阵地模糊起来，我跟小诺讲了这个情况，我说："小诺，我眼睛越来越不好了，看不清楚很多近处的东西，比如那些模型的阴影部分。还有啊，就是觉得自己看景物时没有余光，只看到正前方的东西，感觉不到旁边的物体存在，很奇怪的感觉，比如学生递给我根粉笔，我不定睛看就看不到，学生就笑我，说老师给你呀，就在你面前！可是我就是没有看到，非得换个角度才能看到，也就是说，在我面前我还得找找才看得到，这样有好几个月了。"她就停下手里的活，抬头看我的眼睛，她说："看不出有什么不同，但是你走路的时候没有以前那么自然了，速度很慢，也像在找东西，但是抱着你家小然的时候还是健步如飞，啥都看得见，要不我陪你去配副眼镜，近视了你。"我说："没有用，我去配过的，戴上就头晕眼花，脚踩下去很不踏实，也不比不戴时清楚，问题不在近视，我有点担心眼睛出了别的毛病。"她说："这样啊，那还是陪你去医院看看，如果你很担心的话。毕竟夜盲这么久了也没有好好看医生，也没有吃过啥药，喊上张家悦吧，她爸妈都是医生，认识的人多，有个照应。"我点了点头，心里慌乱了一阵子，因为我很怕去医院，怕听到不好的消息，想着想着连画画的兴致也没有了。

我们三个人选择了一个大家下午都没有课的时候去了市里最大的医院。

医生是个女的，白净秀气，眼睛大大的。进行了一系列检查之后，她轻轻叹了一口气，我听不出来是没有事情的轻松，还是有事情之后的无奈，医生都是这样深不可测。她开始询问我一些问题，比如夜盲有多久了，眼睛有什么不适感，现在能看多远，还有一些她解释了我才能懂的问题，比如视野有多宽，有没有什么家族遗传病史，她一问，我的心就慌一下。我关心的是能治好不，吃什么药才会好。她却说："你这是眼底病变，嗯，暂时没有什么有效药可以吃。"然后她让我先出去等着，她要跟黄小诺和张家悦说点事情，我心猛往下一沉，医生跟家属说病人得了绝症时不都这样做的吗！

我出去了，她们留在了里面。

啊，漫长的二十分钟之后她们俩才出来，果不出所料，眼圈都红红的，黄小诺见到我还别别扭扭笑了一下，很难看，还故作轻松地说："没有事，我们回去吧，你想吃什么？走，我请客。"很多事情对小诺来说不算事，但是我今天觉得她有事，因为我出事了。我转脸去看家悦，她抿着嘴，可是眼睛太大了包不住泪水，眼泪就滚了下来。"我的眼睛很严重吗？"说完我的头皮发紧，嘴发干，腿发软，心跳加速，定了定神，我就往里面走，她们没有能拉住我，因为我的身体里有一股奇怪的力量在推着我。

见到医生，我勉强笑了笑说："大夫，你能告诉我具体情况吗？我想知道实情，我有心理准备。是不是癌症呀？"我的声音有些颤抖了，我想忍，但是没有忍住，我一直恳切地看着她。她低下了头，想了想，然后抬起头来说："不是癌症，你有知道的权利，我也有告知的义务，但是，的确有些严重，这个病叫视网膜色素变性，得病概率可能是百万分之一，目前还没有药物可以控制或者进行手术治疗，国外可能有。""然后呢？最后呢？"我低声问，"我想知道结果。"医生看了我一眼，说："对不起，我得说实话，不久的将来，你可能是一个盲人。你还很年轻，小妹妹，要对自己有信心，对医学有信心，我说的是，等待医学的发展，说不定哪天就有了转机，对吧，你是个老师，你能懂，嗯，以后有了好消息我第一时间通知你。""然后呢？"我问这句话的时候脑子里是空的，又好像是满的，我觉得她的声音变小了，变远了，她说："不是一下子就看不见了，那是一个缓慢的过程，有几年的，也有十几年的，说不清楚，我们接到的这种病例比较少。"每一句话都是一根钢针，刺痛着我。我的心猛地又一沉，拉得我五脏六腑都痛起来，一个炸雷在额头那里炸开了，先是金光一闪，接着眼前一黑，我的魂魄在爆炸声中破碎了，散得到处都是，碎片也很茫然无措，因此看不清楚医生的脸，只觉得她的声音在空中飘荡。

我把眼睛闭上，想哭一下，但是眼睛里灼热难熬，哭不出来，眼泪还没有流出来就干涸在眼眶里了。头昏胸闷，我把魂魄都招了回来，它们变得很沉重，好像用了太多的黏合剂，浑浑噩噩一团，我转身，想马上逃离，想找个地方躺一会儿，也许等我睡醒了，这只是一个噩梦而已，梦醒了其实我在床上好好的呢。好像小诺和家悦就在身后站着，她们挽着我的胳膊走了出去，到门口我没有忘记回头对医生说一声“谢谢您”，转弯，下楼，又转弯，又下楼，然后出了医院大楼，我站在了阳光里。

深秋的阳光，并不觉得温暖，有点像凉爽的溪水，浸泡着我，我的魂魄在阳光里慢慢柔和了，流畅了，我可以思想了。我看见了，医院里人来人往，都愁苦着脸，我看见了，梧桐树掉光了叶子，赤裸裸地等着冬天的来临。此刻，我也是。

我对自己说，我这不是还看得见吗？忙着哭什么呀，我慢慢恢复了记忆和应该具有的意识，我回到现实中来了，原来我是靠在她们身上出来的，现在慢慢有了力气，我站好，然后笑了笑，说：“多幸运呀，我要中大奖了，百万分之一呢，没有多少人得这个病的。”小诺就哭了。

她说：“你不要这么说嘛……”我说：“我还看得见的，哭什么呀，万一，医生看错了呢，万一我自己就好了呢，万一我只是缺少一种营养呢，我老是减肥，我有个外号叫大福星，你们信不信。”这么一说，我自己就觉得好多了，主要是我还看得见这个世界，就是远处有点模糊罢了。

心里的确有个石头压下来，因为我知道了一件事，关于我自己身体的一件事。但这块石头还得先放一放，因为我还看得见，看不见是以后的事情，那以后再说吧。

我对她们说：“不要把这件事告诉任何人，包括我家里人，我不想让他们知道有这么严重。”她们沉重地点点头。

让周围亲近的人知道了你的疾病或者痛苦，这是一件多么残忍的事情，残忍到让他们跟你一起，从此之后都要跟你一起愁苦了，我不忍啊，可又有什么法子呢。

我从包里摸出那个胶泥做的京剧脸谱，递给了家悦，她接过来，仔细地看着，赞叹道："啧啧，你的手好巧哟，这么好看！真的是自己做的呀，像买的呢，好看，红的鲜艳，黑的深沉，我喜欢，谢谢你思楠！"我说小诺做得比我还好，好的她都舍不得送你。

后来逛街，大家再也不提眼睛的事，我们一起去给小然买冬装，家悦给我买了一件咖啡色的毛衣，说这颜色百搭，不挑色，小诺给我买了一双皮鞋，黑色的，她也说百搭，我的心就一痛，啊，就开始准备着我看不见了，百搭就是可以乱搭配着穿，绝对不会错搭。也许是我太敏感了吧。

有人送这么多东西，本来是件很开心的事情，怎么第一次觉得是为了生离死别在做准备呢。我感激地对她们笑了笑，替我省钱，知道我在还贷款呢。

也许是误诊，我灵光一闪，也许我刚才没有去过医院，我自欺欺人地想，心里又搅成了一团乱麻。

浑浑噩噩逛完街，浑浑噩噩回到家，脸色不好，爸妈以为我又晕车了。看到小然的那一刻，我就豁然开朗了，有了他，我真的可以暂时放下一切苦痛，没有时间去考虑那些苦痛了。小然对我笑，伸手要我抱抱，嘴里有了六颗乳牙了，好可爱，父母在厨房忙着，周凯还没有下班，从此，我要伪装自己了。

我命运的转变就要来了，我带着隐藏的心事走进了冬天。

冬天里，家悦的结婚请柬如约而至，请柬精致得可以当作工艺品来珍藏了，很有这个小女人的风格：一个很绅士的哈密瓜在亲吻一个扎蝴蝶结的苹果，苹果的脸就羞红了。

我以为家悦会穿得像《雪山飞狐》中那样，就是加厚婚纱外套一件带白狐毛的棉披肩，最近比较流行，出乎意料她没有这么穿。她穿了一件黑色紧身毛衣，外套一件红色呢子直身裙，脚下一双有蕾丝花边的黑色短靴子，简单地盘了头发，插一朵玫瑰，旁边有几片花瓣，除了一枚白金戒指没有别的首饰，整个人却光艳照人。我说你今天好漂亮，她说："嗯，冬天穿婚纱太冷了，这样的衣服平时也能穿，不会浪费，对吧。"

我和小诺一直认为她是一个务实的女人，很会经营爱情和生活，现在就验证了我们这一论断。

家悦笑着摸了摸黄小诺的肚子，小诺本来很苗条，所以还不太明显，穿件大衣就看不出来怀孕了。家悦说："啊，啥时候都是一个美女，没有办法，连怀孕也可以这么美！"

我穿着她们送的咖啡色毛衣，下身穿一条皮裙子，脚上穿她们送的黑色皮鞋，外套一件黑色短大衣，也还顺眼，我习惯了，在她们身边永远都像一片硕大的绿叶子，尤其是今天。

武谦这时候走了过来，"警察叔叔结婚了！"我和小诺一起喊道。他就笑了起来："警察叔叔也要结婚的！"我们就一起笑了。他今天很帅气，还多了一份儒雅。他走向我，拍了拍我的肩膀说："思楠，有空要去看新房哟，我有宝贝给你看，保证你喜欢！"

6

新房没有我们预想的那么高档奢华，但绝对温馨舒适，清新雅致，按照家悦的想法就是，一推门进来就有家的感觉，就有家的味道，哪里都可以坐，哪里都可以躺。我想她做到了，我一进门也有这样的感觉，木地板，大蒲团，软靠垫，方桌茶几，触手可及的小书架，大沙发，矮床榻，到处都透出生活的情趣。

武谦拉了我的手去看客厅的一角，那里很明亮，哇！走近了才看见有一个很大的玻璃罩子，里面摆放着恐龙化石！他说：“看到没，这是一个完整的贵州龙化石，我花了好大的价钱，费了好大的力才弄回来的，就是因为我特别喜欢！”我们都发出了惊叹声。他接着说：“小型食肉恐龙，六千万年前的，你觉得你在看它，对吧，我觉得是它透过六千万年来看我们，我们人类其实很渺小，面对六千万年，我们太渺小了。”

我们禁不住感叹：“天啊，我们居然有幸看见了几千万年前的恐龙！人类太伟大了！”武谦笑了笑说：“你以为是你很伟大吗？我觉得是这恐龙穿越了几千万年看到了渺小无知的我们！”我汗颜了，是啊，恐龙的世界里并没有我们，如今它被惊醒在我们的世界里，存在于我们的世界里，它冷冷地看着这陌生的一切。我们只是岁月的残片，而它却是生命的永恒。

“你们家出了个哲学家，家悦！”我笑着说，“后悔啊，平时接触少了，少学了好多道理，怪不得，我们家悦这么聪慧，后面有军师指点啊！”家悦笑着回答：“你们不要听他的，一个警察很少在家，回来就累趴了，还有心情跟我讲这些，那是因为思楠来了，他在中文系才女面前卖弄呢！”武谦马上搂着家悦说：“来，老婆，今天有空，我好好讲讲人生，你跟着听听，平时还真没有这个闲情逸致！”我们就簇拥在武谦的周围，听他讲人生大道理。他说：“当我痛苦的时候，就把自己放在宇宙中去看，渺小的我已经无处寻觅了，也就是粒灰尘，还找得到痛苦是什么呢？人都会有痛苦，无论你贫穷富贵，无论从哪里来，要到哪里去，想做点什么，都不免与痛苦同行，人生太短，放下吧，过好每一天。”我没有想到一个警察叔叔会这么思考一个关于生命的问题，他让我心里一动，生老病死，人人都要遭遇的，无论你是谁，都无法逃脱，直面惨淡的人生，谁说过的，鲁迅还是林语堂，反正他们这样的人都说过这样的话，现在很适用，尤其在我的身上，我在慢慢学会面对，面对很多接踵而来的未知和恐惧。

我说我要把武谦的话好好消化一下，家悦就笑喷了：“你们，也只有你们肯听他讲道理。看《读者》看多了吧！武谦，一会儿恐龙跳起来咬你，嫌你啰唆，赶紧去厨房做饭给我们吃才是人生道理！”武谦拍了拍胸脯说：“向党保证，满汉全席！等我们吃饭的时候接着讲，我发现思楠听得很认真，黄小诺明显思想开小差了，家悦听多了，饱和状态了！”那一整天，我很开心。

其实我知道武谦是受家悦的委托跟我说这些道理，我很感激，但是灾难来了谁也躲不过去的，他忘了恐龙是怎么灭绝的了，再强大，再庞大，不也灭绝了吗？顺其自然吧，哪怕最后变成一个化石。我还看得见，走一步说一步的话吧，我每天都在这么安慰自己。

晚上我没有照例在周凯和小然熟睡之后去想我的眼睛，也没有偷偷地哭到半夜，我握着小然的手，搂着周凯的腰，很快就睡着了，人生都这么短，我有好多事情要做，没有时间去反复想一个苦痛，而且这个苦痛没有答案，没有结果，没有转机，有的可能是潜在的危机。主要来自周凯，不是我对他不信任，是我对自己没有信心，睡梦里他把我搂得更紧了，上帝啊，让我停止思考吧。

天一亮我又开始有想法了，我想到家悦的书房里颜色单调了些，下个礼拜我就画一幅杜鹃花送他们，红艳艳的那种，请海涛帮我装裱好。杜鹃在山里很常见，春天里一开一大片，像泼在山上的红颜料，又像铺上了红色的乡下土布，看得人心花怒放，所以有杜鹃花的地方，大多以杜鹃为名，杜鹃山呀，杜鹃湖呀，杜鹃沟呀，杜鹃寨呀。虽然开在山里，却影响着每一个山里人的生活，我喜欢那色彩，红得纵情，开得也纵情，是春天里最浓重的一笔，现在不画，以后就看不见了。想想，心里就燃起了一片杜鹃红。

今年也许是雨水太多了，北方在夏天里发了大水灾，南方的冬天更加潮湿阴冷了。温箫语打电话让我去她家吃火锅，我抱了小然就去了，好久没有见到她，不知道过得怎么样了。

一见面箫语就对我说：“你有了小然就没有老同学了，我要离婚了，你也不知道，对吧！”我差一点把小然丢在了地上，说：“开什么玩笑，瞎说啥，就知道吓唬我，不就是好久没有来看你嘛，古能这个千刀万剐的又不洗脚呀，又买了啥地摊唐三彩了？离婚至于吗？”

我没有任何思想准备，还没有想好怎么询问和安慰她，但是心里很想知道出了什么乱子，她不继续讲，我也不好多问。可能她也不知道怎么进入主题，没有再提，闲聊了半天，她说好累哦，就把两只脚挪到了沙发上，人斜靠着，除了有点憔悴，她还是那么美，美得像只白狐狸。我把眼光落到她的脚上，我惊讶地叫了一声：“呀，你脚后跟怎么有两个一模一样的陈旧性的疤痕？哎呀呀，人无完人啊，人无完人，我心里实在是平衡多了！”她轻叹一声，幽幽地说：“是啊，好多你不知道的事情呢，以前陈峰送我的那双高跟鞋小了一码，穿着特别打脚，但是他喜欢看我穿，他笑我老是不长个，我就天天穿，脚后跟就天天磨，磨破了又好，好了又被磨破，结果脚后跟就留下了这两个疤痕。后来我再买鞋时，都要考虑，那鞋是否能挡住这疤痕，或者让我舒服一点。”陈峰是箫语的初恋，那是六年前的事情了。因为前前后后的经过我都知道，那双玫瑰色的高跟鞋我也想起来了，我鼻子一酸，不免哽咽了，她流出了眼泪，说：“我曾经是那么爱他，他却不给我任何解释，就放弃了这段两年的感情，放弃了我。”我只好说：“过去了就过去了，有些事情别老去想它，想多了又没有用，改变不了什么，又回不去，现在你都嫁作他人妇了，安心过日子吧。”她就哭了：“我是想好好过的呀，没有想谁，是你今天问我的疤痕我才提起陈峰，这日子怎么过嘛，你说嘛！自私，你知道吗，跟一个彻头彻尾的自私鬼怎么过日子呀，心不在一条路上，他的心还在他爸妈那里，而我的心全部在他那里！他做了多少恶心的事情，我都原谅他了，谁都说我刁蛮、任性、挑剔，我都承认，那是婚前，但是他呢，婚后一错再错，错上加错，死不悔改，把我们的小家当成他父母兄弟的银行了，当旅馆了，我是很少跟你抱怨，简直就没有办法过下去……”我听着她抽抽搭搭边哭边说，真的不知道怎么劝慰了，小然在我怀里动来动去的，我把他放在榻榻米上玩，好听箫语跟我倾诉。她接着说：“他的工资本来就不高，还一点也不节约，一大家子人，一来就住一个月，得吃吧，得用吧，得给他们家人买穿的吧，他还大方得很，他爸才说了一句喜欢摩托车，他就拍胸脯说买就买呗，不就几千块吗！你说说，我的钱是大水冲来的呀！还说我有洁癖，我没有，只是爱干净罢了，这也成了我的错，他们家人一走，我的天，我得打扫两三天才能还原，我还不放心他做呢，他做了也跟没有做是一样的！他还翘个二郎腿说我的风凉话，说我嫌他们家人脏，嫌他们是从小镇上来的，可是本来就脏！你是没有看到我那马桶、浴缸、厨房、床单和枕巾！我又不是老妈子，在单位就累，回来还累，你说他狠心不？”好一阵子数落！我忙问：“就为这些闹离婚的？哎呀，换个角度想想，好歹他还是个大孝子呢。”她恨恨地说：“不是，是他爸爸要买墓地！你说一个五十多岁的人，很老吗？退休还有两年，离死八丈远，你说他会想不？会折磨人不？还说风水先生都去看了，就那里最好，晚了就被别人抢走了，他还说百年之后埋了，对后代好，后代兴旺富足！啧啧啧，你说说，这辈子还没有过好，就去想下辈子的事情，没有钱，还尽想有钱人想的事情，我不生气才怪。”我听了也觉得过分了，这老人家怎么不替小的想想啊，着什么急嘛。我这个人就是这样的，谁对我多说一点，我就倒向了谁的一边，我说：“对，不能同意，银行也不是你家开的，取钱这么容易啊！那以后他爸要买别墅你也得给他买呀。”箫语说：“问题不在他爸，在他，他肯定是在他们面前夸了海口了，这种人，要我怎么跟他过下去嘛！又穷又好面子……”正说呢，她突然话锋一转：“什么东西这么臭呀？”我赶紧也闻闻，“完了，是小然拉屎了！”我马上反应过来，“忘记他了，怪不得刚才他哼哼唧唧的，我还以为他饿了，塞了一块蛋糕给他呢。”箫语马上跳了起来，冲进厨房拿工具，等她出来的时候戴了手套，手套外面套了塑料袋，塑料袋外面是一条毛巾，毛巾的外面才是一堆卫生纸，我说：“你要干啥？”，她说帮我弄干净小然，我就笑了。我接过纸三下两下就弄干净了，她的眼睛都瞪圆了：“这就可以啦？擦擦就可以啦？也不洗洗？”我得意地说：“等你当妈妈就都会了，也会跟我一样擦擦就好了，洁癖也没有了。你知道我妈是怎么评价我家小然的吗？小然的尿是仔鸡汤，小然的屎有桂花香，哈哈哈！”她就恶心了半天，说有一点弄到榻榻米上了，她还得重新弄弄才行，说的时候眉毛眼睛都揪在了一起，几次像要呕吐的样子，我就想笑。我在心里把古能同情了一遍，做她的老公是挺不容易的。但是劝慰人是要有方法的，你得跟当事人言行一致，才能得到他的信任，当事人才能接受你的抚慰，不然，你跟敌人是一伙的还怎么劝人呢？

晚饭的时候古能也没有回来，我不敢问，箫语也不说，唉，又被赶到哪里去了吧。箫语做的火锅很好吃，我想这一定是我吃的有史以来最干净的火锅了。

7

古能果真没有去哪里，他在我们的老房子里又住了三天。

我派周凯去看望并且劝慰了一下，我实在不知道怎么面对他，他太可怜了。

黄小诺又忙上了，听说是去帮她妈妈卖秋衣秋裤，在菜场口，那里周末赶场的人多，生意好做。这个消息是可靠的，因为她送了小然一套小小的秋衣裤，然后还带我们去参与了他们的销售活动。

小诺卖衣服的样子太吸引眼球了，别的卖家都是一副饱经风霜面容沧桑的样子，只有她漂亮得像个明星，因为怀孕的缘故，人胖了一圈，皮肤粉嫩，娇艳无比，加上声音又甜美，手里提着一件秋衣喊：“纯棉的啊，穿了就知道，不缩水，不起球，看看吧，看看吧！”生意还真不错。我说：“你就不怕被熟人和学生看到？你是老师呢。”她说这又不违法，怕什么。

客人少的时候我们就聊天，提到了温箫语，我说两口子又闹上了，可能初恋对箫语影响太深了，老是去比较，然后就有了心理落差，总觉得古能不如前任优秀。小诺说谁没有初恋呀，又成不了的，都过去了的事，想那么多干啥。

我说，话说当年，大家都在读大一，他们真是郎才女貌，男生叫陈峰，秋日的枫树下，箫语穿一身白色的连衣裙，柔美得像一只白天鹅，陈峰穿一套浅色的牛仔，脚上穿一双白波鞋，背着一个吉他，像个流浪歌手，两个人踩在落叶上，牵着手，阳光洒落在他们身上，这是我们那个年代最绝美的画面了！我羡慕得不得了，因为那时的我，穿的还是童装，像个丑小鸭似的跟在他们后头，当时有个念头就是：让我消失吧。我好想好想谈恋爱。

黄小诺“扑哧”一声笑了出来，“你读大学的时候真的没有谈恋爱？”她盯着我看，“你隐瞒恋爱史吧！”我打住她：“别打岔，那时候我太丑了，没有人追，我倒是喜欢过别人的，单相思，哎呀，你等我讲完箫语嘛，讨厌！”

我接着说，春天里再见到箫语的时候，她穿了一件玫红色的毛线裙，胸口那里有一个黑色的蝴蝶结，脚上穿一双玫瑰红的高跟鞋，跟很细很高，前面也有一朵镶水钻的蝴蝶结，美得差点让我晕倒。高跟鞋让我不得不仰视她，她微笑着说：“思楠，你怎么还不穿高跟鞋？”我说：“我妈不会让我穿的。”她说：“真老土，读大学了，他们还管你这个啊？”我羞红了脸说：“我又没谈恋爱。”她说：“这跟谈恋爱无关，这是女生的爱美之心。”我说：“我就找个子不高的男朋友不就解决啦！”她含笑白了我一眼：“没出息，要找就找个好的。”去食堂吃饭的路上，她走得很慢，回头率高达百分之二百，我说：“你不能走快点吗？别人都在看你。”她小声说：“鞋有点小，挤脚，我脚后跟疼得很，走不快呀。”我嫉妒地看了她的脚，不解地问：“你干吗不买双合脚的呀？”她甜蜜地笑道：“这是陈峰送我的生日礼物！他自己悄悄去买的。”我恍然大悟，哦，爱情的高跟鞋！

小诺听到这里就笑了，眼睛弯弯的像个豆荚，她说：“恋爱中的女人是傻瓜，一点都不假。”我说：“你也傻过的，听我说，别打岔嘛。”我接着说，

“可是好景不长，读大三时的一个黄昏，陈峰在红楼下面喊我的名字，同寝室的几个女生把头伸出去，帮我答应着。回头兴奋地对我说：‘哇，思楠思楠，一个帅哥喊你！你搞快点搞快点！快点！’我处乱不惊地也往下看了一眼，说：‘哦，陈峰，我同学的男朋友。’我把寝室里女孩们所有的邪恶念头拍死之后才下了楼。”

陈峰表现出来的从未有过的沮丧和落寞，使我大吃一惊，我劈头就问：“怎么了你？跟丢了魂儿似的？箫语呢？”他看着我的眼睛，闪着泪光说：“我和箫语分手了，我不知道她为什么那么俗气！我不可能跟这么一个俗不可耐的人在一起了！”话说得太突然了，我的心往下一沉，脸也往下一沉，我不知道他们发生了什么，但是我不允许他用这个词把我的好朋友给污蔑了。我说：“别以为你是中文系的才子，就清高得不得了，我们箫语还是校花呢！”他轻轻地叹了一口气，甩了甩头发，说：“你呀！永远都只看别人的好，你懂不懂爱情，爱情是不可以掺杂别的东西，任何杂质都不行，尤其是他妈的工作、房子、爹妈的存款……你又没恋爱，跟你说了也没用，你永远都不会懂的。”“第一次听你说粗话呢！那你来找我干啥？就让我听这些我听不懂的？就说你自己好了，别把我扯进去！”我白了他一眼。

我买了四瓶啤酒，坐在花园的小亭子里，看在箫语的面子上陪他喝酒，听他倾诉，在酒精的作用下他语无伦次的把两年多的感情讲给我听，说得太乱，听得太多，最后我也只记得了几句重要的：他是从他的学校走路到我们学校的，那是二十公里的路程；他曾经去过她家几回，她妈总提一些很俗气的要求，打破了他明净的爱情天空；她和她妈想法居然一样，还没有毕业就给了他很大的压力，于是他决定放弃了……

黄小诺忍不住又打岔道：“爱情都会这样，要么成空，要么成仇，要么就成家，什么爱呀，恨呀，情呀，最后都归于平静，谈不下去就算了呗，一个男人，干吗那么跟自己过不去。”我说：“是啊，你都不知道我当时听得心有多累，又不晓得怎么劝慰一个受伤的男人，一个想寻求爱情答案的男人，我又不可能跟他一起骂箫语和她妈妈。”小诺就笑了：“说得对，你这个傻妞，自己都没有成熟，还管别人的闲事。”我说：“也有人管了我的闲事，我把医院的诊断寄了一份复印件给陈峰，希望他能帮助我打听一下治疗眼睛的方法，他在深圳工作，我想那里的医生可能了解得更多。”听我说这件事，小诺眼睛里射出了喜悦的光芒，但是我没有告诉她后话，我跟陈峰讲了箫语脚上的疤痕和玫瑰色的爱情高跟鞋。电话那头，陈峰沉默了很久很久，然后，我听见了一声带着泪水的叹息！然后我就心碎了，后悔了。又过了好一会儿他小声地说：“我曾经那么爱她，但那时的我太年轻了，我现在不也俗气地活着吗？为房子，为车子，为位子，为票子……”我听了心里难过了好久。

看我沉默了，黄小诺总结道：“错过了一段爱情，就错过了一种人生。但是不见得是坏事，你想啊，不然现在被逐出家门的还不知道是谁呢。”

我就陷入了沉思，是啊，婚姻就是矛盾体，我父母就是一辈子小吵小闹过来的，在一起就吵，不在一起就找。我们不也一样。

黄小诺说：“别替古人担忧了，都是闲出来的毛病。”我看着漂亮自信的她说：“是啊，你就做得很好，上课、画画、怀孕，卖秋衣，挺好。”她就笑眯眯地说：“那当然！等我有钱了，带你去旅游，最好能自己开车去，后视镜上绑一束红杜鹃，在大理呀，丽江呀，凤凰古城呀遇到一个流浪歌手，陪伴他一段路程，听一路的自弹自唱，你送他几段歌词，让他想你一辈子！这就是我的理想，晓得不，想点好的，温箫语比你聪明一百倍，她都摆不平的事情你有一百个脑袋也想不明白，听听就好了，她哭哭就过去了，她有的是办法，傻妞，白替古人担忧，等你思前想后好几天，人家好得都如胶似漆喽！”

但愿如此，但愿箫语比我们想的坚强，过得比我们想的快乐。

一个学期很快就要结束了，因为疲于奔命，所以忘了眼睛带来的困扰，带孩子，带班，上课，迎接各种检查，画画，做泥巴脸谱。幸亏学生也还乖巧，课堂纪律没有问题，劳动没有问题，其他的就是小问题，最后一个问题就是考试了。李佳佳来告过几次状，说早自习不好好读英语，我发自内心的没有生气，因为我自己也不喜欢英语，但是对学生不能这么说，学习态度还是要端正的。我对着生气的章老师悄悄说：“不然送他们出国吧，气死老外去？我也没有办法，本人英语也不好！”唉，啥时我们汉语也能折腾老外的娃就爽了！

五·栀子花开

栀子花语

我以永恒的爱，
一生守候你，
投入我所有的热情和能量，
只是为了让你知道我爱你！
只因和你在一起我感到喜悦和满足，
而你们看到的永远是我素雅的洁白，
闻到的是我毫无保留的芬芳。

1

当宋爽还在走廊高唱“来吧，来吧，相约一九九八，相约在甜美的春风里，相约那永远的青春年华”的时候，已经是一九九九年了。

一月十六日，黄小诺生下了一个女儿，好漂亮的一个小粉团儿，继承了两个大人所有的优点。黄小诺也当着所有人的面喂奶，她说滴滴饿了就得马上喂，不然哭起来收不了场，“滴滴”是她女儿的乳名。我看小诺袒胸露怀的，就嘲笑她：“小诺，你也有今天啊，你这个不知道害臊的婆娘！哈哈哈！”她也笑：“是喽，谁知道是这么回事呀，不经历就不知道嘛。”

如小诺预言的那样，温箫语并没有离婚，等我去找她玩的时候，她的头发凌乱，脸色憔悴，一副大病初愈的可怜相，悲哀地说：“思楠，我太难受了，我不小心怀孕了！”“真的呀！太好啦！”我心里一阵狂喜，这下可好了，有了孩子，从此他们就过上了幸福的生活，公主一旦变成了母亲，她就消停了，温顺了，慈爱了，包容了！我看到她温柔甜美的一面了，她一会儿娇滴滴地说：“古能，帮我把毯子拿来，我有点冷了。”过一会儿又喊：“古能，我饿了，煮几个汤圆给我吃吧，加个鸡蛋，不要放糖，糖吃多了小孩子的头太大，不好看！顺便给思楠也煮几个，她会流口水的！”古能鞍前马后，忙得不亦乐乎，我看呀，他翻身农奴把歌唱的好日子终于要到了。

蒋寒来过郊区一次，他成为了一个书商，专门卖教辅资料，现在这类书的销量很不错，但是要去各个学校推销，所以杀回老巢是情有可原的。他穿的是休闲大衣，挺帅气，脸色黑了点，我觉得不怎么像他了，大家嘲笑他新潮的穿衣打扮，他就说：“不管咋个穿，你们都有说的，估计我只有裸奔你们才肯放过我喽！”我们就动手去扯他的衣服，他边跑边说：“这个季节不合适，太冷了吧，等热点，等天气热了我再回来！”

很多人还沉浸在中文 BP 机的方便快捷中的时候，有人已经在马路上对着大哥大狂叫对方了，整个世界因此闹哄哄的。铁生家两口子回学校“探亲”的时候，铁生就是这样哇啦啦喊个不停，袁英恨得牙痒痒，说：“闭上你的嘴，你找的估计是聋哑人，你说的他听不到，他说的你听不懂，老年痴呆，你就是个老年痴呆！不对，跟你混的是一群老年痴呆！”我们听了就笑了，不知道是说我们这一群呢，还是电话那头的一群，结婚了还这么爱吵，估计一辈子就这么吵闹下去了。

他们都比在学校的时候混得好，听到这些在外面混得很好的人回来这么一聒噪，周凯的心就动了，又开始在家看他的存折了。

黄昏，阴雨，周凯拉了我的手去看我们的拔地而起的房子，道路泥泞，我们避开四处堆放的建筑材料，终于费劲地爬上了还没有楼梯扶手和门窗的房子，阴冷、潮湿、昏暗、混乱，但是都挡不住我们看房的热情和对未来美好生活的憧憬。七楼，我们随便走进一家，这可能就是我们未来的家！

玄关，他说：“老婆，在这里放个鞋架子，以后咱们进门也要换鞋喽，比住平房洋气多了吧！”

卫生间，他说：“老婆，在这里安装一个便池，终于可以足不出户解决大问题了。再安装一个热水器，天天有热水，你想什么时候洗澡就什么时候洗，我绝对不念叨你！”

厨房，他说：“老婆，这里摆放个冰箱，装满好吃的，想吃啥就吃啥，你要的我就买！”

客厅，他说：“老婆，这里是沙发，这里是电视机，对了，这里安装一面镜子，想怎么照就怎么照，想怎么臭美就怎么臭美！”

卧室，他说：“我们将就用原来的床，我认床，以后想咋睡就咋睡，谁也别想吵我起来！”

小卧室，他说：“小然的，书房兼卧房，终于可以分床了，他想怎么玩就怎么玩！”

阳台，他说：“在这里放个摇椅看书，想看多久就看多久，我要是睡着了，你就给我盖个毯子啥的，啊，舒服！”

我静静地看着他，看他眉飞色舞手舞足蹈，我一直笑，当他说到看书读报的时候我的感伤就涌上了心头，阳台、摇椅、美文、咖啡，我也想，可是我还能想多久呢，心里一片黑暗慢慢袭来，它在慢慢吞噬我的身体和灵魂！我甩了甩头发，不想这个，我还看得见的，一切都还看得见。周凯看了看我的表情，抱着我亲了一下，说：“又愁上了？你就是这样没有远见，不就是装修吗？我们不跟他们比，装好了就行，好住就行，能遮风挡雨就行，我都不跟人比了，你皱着眉头干啥？等工资奖金下来，有多少装多少。窗帘呀，床单呀，你说了算，地板砖清一色白色，该行了吧？没有压力了吧？”我叹口气，点点头，笑了一下说：“我知道，都是你努力的结果，太辛苦了，我的工资是死的，没有多少，全部靠你的工资奖金和干私活的油水，所以吧，挺不容易的。”他突然很感动，目光灼灼道：“唉，老婆，有你这句话就够了，从来没有抱怨过我，也不怕跟我受穷，男人嘛，不努力咋叫男人呢，养家糊口就是我们的责任，日子嘛，总要越过越好才行。”说完，眼睛就向窗外看，马路对面也在修房子，他指了指下面说：“看见没，靠马路的这一面全部是门面，一排几十个店铺，干脆，我们再借钱在对面买个门面吧，才十几万，老了靠收房租就够吃够用了，老婆，你说怎么样？”本来心情好好的就被他这几句话给毁了，我的心一烦，火就上来了，讽刺道：“可以呀，就把这七楼卖了吧，我们买个小门面，吃住都在里面，顺带着做点小生意，卖个毛巾呀，烤个臭豆腐呀，补个烂皮鞋呀，从此我们就过上了富裕的生活。”他斜眼看了看我说：“我说啥你都要先反对是吧？我就知道你，鼠目寸光，现在不苦一点，怎么会有将来，将来就看着别人发财数钱呀。有了门面，可以出租，还可以等行情好了一转手就是翻几倍的钱，赚钱就是时间问题了。”说完有点气鼓鼓的样子。我说：“你觉得我们现在还不够穷困？你的想法怎么这么多哟，你等我喘口气好不好？我一直穿的都是旧衣服，我天天走路上班，身上就没有过零花钱，连小然的托儿费都是爸妈给的！”他盯着我说：“我知道啊，就是想将来过好一点，不再有这些烦恼，懂不？多少人借钱贷款买门面，人家能做到的，我们怎么就不敢做呢？人家美国人用的都是几十年后的钱。”我白他一眼：“几十年后你去用美国人的钱吧。光去看美好的结果，用什么开头呀？没有一分钱，却想赚别人几十万。”他说：“跟你这种人说话就是费劲，听不懂啊你！趁年轻，苦一点，累一点，将来就过好日子了，想吃啥吃啥，想穿啥穿啥，老了有个保障。”我回敬他：“连首付都没有一分，用什么买？又用什么还？我不喜欢举债过日子，等把欠债还完了，我老了，走不动吃不下穿不得，够了够了够了。”他提高音量说：“不跟你讲了，以后这种事情都不跟你讲了，想好好跟你说个事情，结果就是这样，一瓢凉水，没有想法的猪头。”我心一寒，冷冷道：“那你就去跟别人讲吧，慢慢吹，牛皮袋子！把天吹破就是你的本事。”没有共同语言，道不合不相为谋。男人都这么好高骛远吗？还是只有我们家这个男人是这样呢？不懂。

他肯定也觉得我不懂他的心思，不理解他的苦心。在有些人看来他是很有理想、很有远见，很有胆量的，但是我不喜欢，安安静静，平平淡淡过日子不好吗？干吗非得瞎折腾呢？

在新房子里吵架总是不太好的，我们勉强又看了两家的布局就下楼了。回来时都变得默默无语，要不是我看不清楚路，估计他都不想牵我的手了。

一路走，心里还是不顺，沿路都是建筑工地，到处都在破土动工，四周都是黑黢黢的围墙，这个世界是咋的啦，怎么一夜之间中国人民都富有了，中国人民都要住进楼房了？广告、宣传铺天盖地而来，都是些奇奇怪怪的名字，新居呀，小区呀还像是人住的地方？什么花园、雅榭、龙苑，好像一夜之间中国人民都住进了美丽宽广、花团锦簇的御花园、王爷府，甚至还有什么国际广场。其实我不是憎恨社会的发展变化，我是心烦我家周凯的不切实际。

后来和小诺愤愤然说了这事，她说：“其实周凯的想法是对的，只不过急了点，男人就是心大，想空手套白狼，正常得很。姚航还对我说，三年之后开奥迪去学校接我下班呢，你信不？其实现在他走路上班，说省钱给滴滴买尿不湿，这像要开奥迪的人做的事情吗？！”

跟箫语讲了，她说：“哟，你家周凯相当有头脑，其实抵押贷款就能解决，用你父母的房子抵押，借国家的钱，你怕啥呀，慢慢还呗，以后要么出租，要么转手，那都是钱，本钱很快就能回来！现在房地产炒起来了，房子生钱，钱生更多的房子，房子又生出更多钱来，你就这么坐着发财吧，撑死胆大的，饿死胆小的，知道了吧。”我想这些话千万不能让周凯听到，他的知音是温箫语啊！说不准两个人一起骂我猪头呢。

周凯在后面的几天里也不怎么理睬我，进门出门都叹一口气，好像丢了什么宝贝一样，我也不问，问了就是自找没趣，往枪口上撞。我也不愿意当着父母和小然的面跟他发生争执，大家都难过，对孩子影响不好，忍吧。有时候转念一想，早知道会有这么一天，当时还不如说：“是的啊，周凯，你真有想法，先看看行情，等攒够首付就买吧！”说不定你给他肯定了，他就犹豫了。

好在时间一长，两口子关系就会缓和下来。工作呀，孩子呀，吃饭睡觉呀，会让人快速回到现实中来，然后谁也不再提了，就不生气了，各自想各自的心事，想呗，只要不说出来烦别人就行了，我也烦着呢，跟谁说去。

晚上，我都要给小然讲童话故事，讲完一遍又来一遍，他精神好得很，总是摇着半梦半醒的我说：“妈妈，讲，这个，帽帽！”我又得硬撑着讲第五遍《小红帽》的故事。我说：“周凯你讲一个嘛，我困了。”周凯要么假装打呼噜，要么乱讲几句，小然就去捂住他的嘴巴，说："妈妈，讲，爸爸，不！"周凯就很高兴地翻身睡觉去了，还说歌里就是这么唱的"听妈妈讲那过去的事情"，没有人支持爸爸讲故事的！我掐了他一下，说："懒就承认懒吧，借口，董浩叔叔就是男的，人家就会讲故事！"小然也撅着小肉屁股爬过去学着我的样子掐他爸爸的耳朵。周凯说："注意家教啊！没大没小的，刚才爸爸还想夸小然懂事呢，知道爸爸累了，从来不要爸爸讲故事，来，乖，一起睡觉觉喽！爸爸要会讲故事就上中央台当主持人喽！"后来他们父子又扯了些什么我不得而知，先睡着了。

2

温箫语问我当班主任有多少钱，我说八块，她问是一个学生一个月收八块还是带班一天八块，我说一个月班主任的补贴总共就是八块，她的眼睛就瞪得大大的，不信。不信我也没有办法，也许她们银行没有价值八块钱的活儿吧。她说了一句让人听了气不顺的话："八块，我们请保洁员一次也不止这个价呀，咋个都要凑个整数吧。"我回敬她："你们就争口气，不给他们干，告诉他们现在公务员也自己打扫卫生，锻炼身体从刷马桶开始！"箫语就笑得不行。

我喜欢跟箫语讲我们学校里的趣事，免得她总觉得我在学校就是画画玩泥巴，我们可是有追求、做奉献的一群人，创造的价值虽然看不到现金，但是影响是深远的，不能用金钱来衡量。我甚至觉得跟她讲这些就是在荡涤她的灵魂，不被铜臭味熏坏，同时还进行了有益的胎教。她说一跟我谈钱就不亲热，说我看她的眼神就像看阶级敌人，我说就是看土豪劣绅吧，她就伸手打我。

我对她说今年期末考试时间晚，所以复习相当充分，加上我是班主任，所以我教的语文会考得好一些，奖金也就多一些，这是学校的潜规则。她就讥讽我，教书也有潜规则呀？我说有啊，比如教好班的容易出成绩，出了成绩就当官，当了官就只教好班，出了成绩说他是好官。要不当班主任也行，学生总是会把班主任教的这一科目学得最好，然后才是选择他喜欢的科目，所以我们就占这个便宜，发点小财，内心相当有成就感呢！她又笑了，啧啧称奇，说："应该让我们行长当你们校长去，他大方多了，再把你们校长弄来当几天行长，让他也享受数钱的快乐。"我说："好主意，你们行长来了就只剩下哭了，他不知道农村校长这么难当，抽屉里没有几毛钱；我们校长去当你们的行长呢，当天晚上就疯了，因为他从来就没有见过这么多的钱！"她说我就是想象力丰富，爱鬼扯！

跟她说带班的事情，她也爱听，隔行如隔山，人总是好奇的。

学校考试那天，校长检查课堂，查到我们班肖春发带了一把好大的刀子进考场，问他带这个来干啥，他说就是拿来玩玩，说着还看了看旁边的曾阳刚，曾阳刚吓得脸色灰白。

我一听说这情景就明白了，肖春发可能被曾阳刚发现并举报了。我只问了肖春发一个问题：谁惹着你了，说吧。他迟疑着，他知道我的风格就是最好对我说实话，这样处罚轻得多。他低头纠结着，好久才抬头回答我："刘老师，我错了，其实我就是想考好一点，嗯，就是语文这一门，我想抄课代表肖春萍的，她是我堂姐，在家里就求过她，她不干，我说不干我就捅你一刀，这是吓唬她的话，不是真的。"我说那她给你抄了没，他说："没，才把刀子拿出来晃了晃就被曾阳刚看见了，告了我。"我点了点头，说："他们都是对的。春发，你想把语文考好，你知道这话让我听了有多感动吗？说明你很爱我，爱上我的课，对吧？但是这么做对吗？听说你读小学的时候就这么干过，但是那个时候你还小，老师可能原谅你了，现在读初中了，大了，再这么做就愚蠢了，就不值得原谅了！希望这种错误不再犯。即使你这次没有考好，我绝对不会怪你，读初中了，好多小孩子会有一个适应过程，如果这次你是用这样的手段考好的，你觉得我会高兴吗？春发，我们是一家人，你这么做对得起家人吗？对得起我这个当妈妈的吗？你想把我吓死，因为你的错误，我有可能就被学校开除了，因为我没有管好你呀，这样你就开心了吗？现在不改，将来长大了你就可能去杀人坐牢！”说着我就哽咽了，心里想到了鲁迅先生说的“哀其不幸，怒其不争”的话来，心里真的就难过起来。我看着肖春发，他也哭了，他说：“我就是想吓唬她，不会乱来的，我错了，刘老师我真的错了，你千万不要告诉我妈……”说完哭得更厉害了。我揉了揉他的头发，说：“我知道了，但是你吓到我了。”

箫语听到这里长长地出了一口气，说：“幸亏我没有当老师，我可受不了这样的学生，我会疯的，看你啰唆的，老师当久了，废话可真多。”我反击她道：“你们好不到哪里去，天天数别人的钱，钱那么脏，你一天得洗几百次手啊，还有，不跟人说话，嘴都憋臭了！”我们就笑成一团，她说看来这两个单位的人应该经常换换工作环境和生活待遇，以免得职业病，尤其是逢年过节的时候，一边人哭没钱，另一边人哭没闲！

我举双手赞同！

我们的“改革”只是一个笑话，井台中学的改革真的在春天里萌芽了。

老贾开大会说，井台中学的一个顽疾就是辍学率居高不下，辍学生大多数是学困生，抓住了他们就抓住了辍学的狼尾巴。我们都表示赞同，就拿我们班来说，才一个学期就走掉了两个，去哪里了也不知道，一考试就要算成两个“鸭蛋”，马上把平均分拖下去一两分，直接影响所有任课老师的奖金。

老贾说新出台一个方案，一个班主任承担十个学困生，科任老师分配到班级里去，目的只有一个，把学生留住，还取了一个名称叫“十加一工程”，内容包括家访，建档，谈心，补差，最后恩威并施晓之以理动之以情把人留下来才算完成任务。

开学没有多久我们就纷纷行动起来，好久没有家访了，是该去看看学生的家庭情况，也好对症下药。

官翌第一个就来联系了我，我一口就答应了，现在我们是一个办公室的，因为语文老师不够用，她从教历史这个“歪门邪道”转回了正道上。有个伴儿是好的，出远门我还是有点担心认不清楚路，天黑了我可就回不去了。

田野里春意盎然，到处都是新翻的泥土的味道。我们一路走，一路聊，聊天就从她长得像黄小诺开始的，她说上班的第一节课就有学生问她是不是黄老师的妹妹，也有老师问她认识黄小诺不，长得好像。她就到处找这个叫黄小诺的老师，结果就是她同一个办公室的，只是听说了好久，一直没有见到本人，后来才知道，就是那个从来不在办公室里办公，穿着一件涂满油彩和泥巴的牛仔衣成天想当艺术家的人，黄小诺在学校出没的时候还不是独自一人，总是两个人并肩同行。我笑道：“他们是不是还说，一高一矮，一瘦一胖，一美一丑，一洋一土的两个神经病！”我们俩就笑了，看着她充满笑意的眼睛我就知道大家真是这么概括的。

我跟她讲了我和黄小诺七年的友谊，还有七年来的故事，她听得相当认真，我就是这么一个人，只要听众感兴趣，有应和，我就纵马扬鞭一路高歌，我还毫无保留地讲了霍康这个坏蛋的故事。她听着听着就开始插嘴了，因为霍康这个人天天都能看到，我一描述他的神态动作，贼兮兮的样子，官翌就连连点头，说：“嗯嗯！是的是的！就是这个样子的。”我就把霍康偷鸡摸狗的事都讲了一遍，官翌听得直喊：“天啊！会有这种人，也好意思当老师啊！败类啊败类！民族的败类！”

我就是这样一种人，不把阶级敌人打倒在地，再踏上一脚，让万人唾弃就不罢休，其实我也是一种坏人，有人曾经说过我是一个在墙角向敌人放冷箭的坏人。

幸亏我的故事多，不然这一个小时的山路该有多难走，多么寂寞呀。

走一路笑一路，我就更喜欢上这个官翌了。她的笑容很真诚，话语很朴实，点评简单明了，一针见血，很符合我的择友标准，心就近了许多，我觉得她也应该这么想我。

到了马嘴沟，找到了肖春发的家，单门独户，十分破败，一打听，他爸和大哥坐牢去了，他二哥杀了人不知去向，就剩下个妈妈，还好没有像有的农村妇女那样改嫁他乡，一走了之，而是苦苦地守着这个家和这个独苗。他妈不在家，去地里干活了，邻居把肖春发夸了又夸，说他孝顺勤快，我心里一痛，所以呀，问题要看前因后果，不能只看一件事的表象，不分青红皂白地批评是解决不了问题的，我知道以后怎么应对我可怜的、孝顺的春发了。

又去了官翌班上的孔雄家里看了看，条件还好，他妈妈看见老师来了，就抹开了眼泪，哽咽地说："老师，我家孔雄乖得很，六年级的时候帮大人晒谷子，就在这二楼顶上，他做事认真，非要隔个把小时给谷子翻个面，手里拿着耙子，人就往后退，退呀退呀，一个不小心就从上面掉下来，摔到脑袋了，这么大的一个口子啊，呜呜呜，后来捡回来一条命，读书就不管用了。"连说带比画，看得出她内心的悔恨和悲痛，她停了一下接着说："我们也不求他学到啥，就是让他开心，有人跟他玩。我们忙起来，他一个人在家我们不放心，老师啊，对不住啊，不要说我们娃娃笨，以前是聪明的，考过一百分呢……"官翌的眼圈就红了，来的路上她还跟我数落了孔雄的笨拙，说看上去挺聪明的，可语文三十几分、数学几分、英语抄书都不会，估计以后她会不再说这个孩子什么了。我们离开的时候孔雄的妈妈追上来说："老师，我家孔雄爱劳动，卫生让他多打扫点吧！这是两个烤好的热粑粑，老师拿去吃吧。"我和官翌都摆摆手说："不要了，不要了，我们会照顾他的，你放心吧！"但是她还是硬塞给了我们，我们就不好再拒绝了。

最后到了梁波家，院子里有一张石桌子，一个老人在那里练书法，这可是难得一见的场面，当老师这么久了，第一次见到这么有品位的家长！难道是民间艺术家？我们都很好奇，老人转过身来的时候我们都看见了，他的胸前悬着一个十字架，啊，是一个信教的老人，我们说话可得注意了。我跟他讲了梁波在学校的表现，他微微点头，表示还满意，沉吟了片刻，他缓缓道："刘老师，我得跟您说句实话，这孩子是个孤儿，一岁多的时候，他的父母，就是我的儿子媳妇出车祸死了，我一手把他带大，很艰难，他还有一个哥哥和一个姐姐，都没有读完书就打工去了，混得也不好，我就想把这个小的供出来，但是学费有一定的困难，我也怕他走他哥哥姐姐的路。”说到这里他垂下了头，显得更加老态。我心里一阵难过，真是家家有本难念的经啊！

我说：“老人家，学费，我帮您想办法，书，肯定要读，他很聪明，又懂事，字也写得好，我们愿意帮他，今天不来家访，他不说，谁也不知道呢。”临走时，老人在胸前划着十字，说：“愿上帝保佑您，老师！”

回来时，我们俩就有点沉闷了，想着各自的心事。

走着走着，我说：“讲个笑话给你听，调节一下气氛。”官翌笑了笑说：“好啊，你说啥都搞笑得很。”我就开说：“霍康特别抠门，这个大家都知道，连他养的狗也这么抠门，应该说贪财才对。有一次，他家的狗叼起人家正在烤的苞谷就跑掉了，卖苞谷的人又不能走开去追它呀，眼睁睁看它跑掉，骂骂就算了，结果，你猜怎么着？那狗就在楼房拐角那里摇头摆尾等着霍康呢，见到主人来了，就伸嘴递给他，一人一狗分吃了这个烤苞谷！”官翌“扑哧”一声笑了出来：“这叫狗通人性！”我说：“这可是霍康自己说出来的，不是我杜撰的哟！还有一个是听来的，说有一天他家的狗看到地上有一块钱硬币，就用爪子踩着，谁喊也不动，等霍康走近了才抬脚示意，霍康就捡了起来，把他乐得半死！”我们又一路笑着回了学校。

这次家访很有收获，我们约了下次一起去尖坡村。

3

春意浓浓，满目苍翠，有个住在乡下的老师结婚了，在他那个地主家一样的大院子里办的酒席，很热闹，不知道为什么，虽然都是在农村办酒，怎么铁生当年像土匪庆功，来的人也像江湖黑道儿，如今别人办酒，怎么就像乡绅娶亲，来的人有头有脸，知书达理，比如正襟危坐的丁铁生！

在酒席上碰到了学生赵志勇的爸爸，他端了一杯酒过来，说："哟，是刘老师啊！我借花献佛，敬您一杯，娃儿在你们班上，多照顾，多费心了啊！"我连忙站起来客气道："赵哥，那是肯定的，我对班上娃娃是一视同仁，都一样地教，一样地爱，不听话一样地打小屁股，你不会舍不得吧？"他笑眯眯地说："怎么会怎么会，孩子不听话的时候是有的，我跟他妈就是狠不下这个心来打骂他，所以这孩子要调皮捣蛋些。但是不瞒您说，他相当聪明，比他两个姐姐强多了！只是谁的话都不听，就听老师的！"我心里不爽起来，破坏计划生育，哼，还重男轻女，想表达啥嘛，不让打，不让骂？都舍不得管，这么护犊子，怪不得最近李佳佳来告状，说赵志勇想在班上充老大，班干部的话都不听了，原来老大他爸在这里！霍康走过来向我介绍说："思楠，你还不知道，这个赵哥可是个大能人，大善人，要在下井村修一座石桥，把上井村连起来，学生少走好多的冤枉路呢！你晓得不？"我恍然大悟："哦！今天才晓得！传说中的修路架桥，造福一方的赵善人是您啊，要是在旧社会，村里人要修庙敬香，磕头叩拜呢，感激不尽啊！"赵哥就红着脸不好意思起来："过奖了过奖了，我一个大粗人，没有啥文化，就是赚了点小钱，为父老乡亲做点好事，行善积德嘛，我从小在这里长大，理想就是修座桥！"说完脸放红光，听他这么一说我的敌意就消去了大半，霍康连忙谄媚道："谁不知道你是本地大财主啊，看面相就不同凡响，就是当大老板的命！对吧，刘老师？"我就是这样一个人，再有钱也不要在我面前摆谱，要我拍马屁呢，我也不是那块料。我笑了笑准备转身坐下，赵哥又说上了："嗯，刘老师啊，我是很尊重老师的，只可惜书读少了，不会说话，希望自己的娃儿多读书，多认字，但是这个教育也是讲方法的，还是不能把个学生管得太严太死了，大气都不敢出就老火了，我家赵志勇一听说你要来，跑得命都没有了，说是怕你怕得厉害，一上别的课还好，上你的课呀，大气也不敢出。其实他在学校的人缘还是不错的，每天中午都会带七八个人回来吃饭，仗义得很，这点像我！可能老师你不知道我娃儿的脾气，特别讲义气，比我强！”我就笑了，说：“听起来是不错，你看到的也不错，那你晓得他带了七八个人中午去打台球，然后集体迟到旷课的事情吗？你知道你儿子有几次喊同学帮他写作业，被我抓住了还死不认账的事情吗？你知道他带着这七八个人要去打隔壁班的学生被我发现了才罢手的吗？今天我才明白你儿子对不听他指挥的人说‘路都不让你们走’是什么意思了！原来他借他爸爸的威严当起了路霸，不许人家过你家的桥啊！那您说，我要不要管下去？您给个话吧。”“天，有这么严重？”赵哥的脸色马上就不太好了，“老子还不知道呢！老子马上回去问他！”我按住了他，说：“赵哥，问题没有你想得那么严重，我是把事情放一块儿说了，有一些事我解决好了，毕竟是个孩子嘛，但是时间长了，老这么做的话就成问题了，对吧？我答应他给他机会改正，有些事情我在不知情的前提下，解决方法肯定是有问题的，今天我知道了，就好对症下药。我再试试，我承认我对他们太严厉，也是恨铁不成钢啊，我们都冷静下来，好好想想对策吧。”

他就颓然地坐了下去，看来这打击不算小，我后悔在这个场合讲他孩子的长短了，转念一想，就当是一次家访吧，本来也是要来的，长痛不如短痛。我说：“赵哥，跟您商量一下，先不许志勇带同学去你家吃饭，有住得远的让他们带饭来热热，这个可以的，这个道理你去解释。另外你好好跟孩子们讲讲你修桥的梦想和辛苦，感谢您的配合，都是为了孩子们好。”他眼睛一亮，点点头答应了。霍康看自己插不上话就悻悻地走开了，谁知道这个臭小子想跟赵哥套啥近乎，我就是不给他机会！

以前我跟家长交流总带着情绪，觉得他们不是唠唠叨叨说不清楚，就是哭哭啼啼诉起苦来没完没了，还有些家长跟个鞭炮似的，遇到点火星子就会爆炸，根本就谈不上配合我们。现在我自己当了妈妈，心态有了一百八十度的转变，耐心多了，觉得农村的父母其实很不容易，尤其是那些大字不识的。

这次意外的家访，让我对工作方法有了新的认识。

小诺在休产假，寝室里就只有我一个人，冷清多了，好在海涛还是来辅导我画画，我把那幅《红杜鹃》完成了，请他修改，他很满意，还帮我做了精美的画框，看看去就像一幅真正的艺术品了。

我对海涛说我画久了眼睛会难受，很干涩刺痛，他说那就不画了，带我玩泥巴。他就教我做狮头装饰品，我试着做了一个，他看了以后大加称赞："哎呀！刘思楠，你很聪明呢！你看这两块咀嚼肌，走向很好，还有狮子鼻子的处理很到位，很多人会把猫科动物的鼻子做成人的，你居然没有犯这个错，整个面部肌肉往上一推，狮子吼叫的神态就出来了！不错不错。"他不知道我家以前是养过猫的。

高倩倩见我举着个泥塑去语文组，大眼睛一翻说："显摆啥呀，神经病！"海涛听了很奇怪，问："这老师好奇怪，出口怎么就伤人啊？"我笑了笑说是高倩倩，英语组的，成天喜怒无常。他说："哦，这样啊，你不要活在别人不快乐的情绪里。"我说我不会的，哪个单位都有几个怪怪的人。

"五四"青年节我带着我的《红杜鹃》参加了区妇联举行的绘画大赛，得了三等奖，奖品是一床纯棉的被套。我喜不自禁，画送给了家悦，被套留给自己搬新家时用。

李佳佳把我得奖的消息在班上公布了，大家都替我高兴，有人提议我请大家吃棒棒糖，我就借着这股东风说另有神秘安排，他们不明白我要干啥，很是期待。

利用班会课，我开始了颁奖活动，先是发了学校手抄报和黑板报的奖状，一个一等奖，一个三等奖，大家一阵欢呼，然后我说还有我亲自设立的奖项。首先颁发的是"孝心奖"，给了肖春发同学，因为他从五岁开始就在地里帮他妈妈做农活，还经常给妈妈揉肩捶背，十分孝顺；然后颁发的是"勤劳奖"，发给了曾阳刚同学，自从他当了劳动委员，我们班一直是最清洁的班级，老师再也没有为值日劳过神；最后一个是“善心奖”，颁发给了赵志勇同学，这一个多月，他每天都带三个同学去他家里搭伙吃中饭，大家一起写作业，还一起照顾赵志勇年迈的奶奶，整个人改变很大。这是多么激动人心的时刻啊，奖品只是一个小小的影集，可是对他们来说这就是无上的荣耀。从大家的眼神里看得出来结果是被认可的，得奖也是被羡慕的。

我私下里找赵志勇谈了谈，我说：“志勇啊，你知不知道，住得远的几个同学借你家的灶台热热自己带来的饭，你这就叫助人为乐，他们的父母也会感激你。如果像从前那样跟你去混吃混喝，他们就成讨饭的叫花子了，也可以想成是他们在占你的小便宜，这就是歪风邪气，反而让两家大人都不高兴，你明白这个道理不？”他点点头，脸红了。我接着说：“我看你在他们面前有那么点小得意，他们心里不见得舒服，凭什么听你指挥呀，就是因为吃了你的喝了你的，这不是真正的好朋友，好朋友是要互相帮助，而不是在他们面前炫耀自己的富有，更不能逼着别人巴结你，你想想是不是这些个道理啊？”他认真听着，使劲地点头，脸更红了。我说：“多少村民在心里感激你爸修桥，如果他的儿子因为个人恩怨不让人家走，这不是丢了你老爸的脸吗？”他挺了挺胸脯，小声说：“我错了。”毕竟是个孩子，十二三岁，思想还是单纯的，我摸了摸他的头，一切都还来得及。

4

回语文组办公的时间多了，听到的故事就多了，从前就像与世隔绝了一般，现在又回到了人间，很接地气。

林岚班上有个叫胡星明的孩子，经常犯错误，还总犯同样的错误，比如上课爱接老师的话，让老师们很心烦，每次林老师接到这样的告状就气不打一处来，小脸气得通红，说："胡星明，你到底有没有记性？啊？到底有没有！给你配个随身听，反复提醒你好不好？"胡星明一般是低着头，眼睛看着自己的脚，小嘴紧闭，两只手笔直地垂在裤缝那儿，问一声，抬一下头，然后又低下去，最后使劲点头说声记住了，态度相当恭敬。上课铃声一响，他如获大赦，林老师这个时候就该放他走了。但是不出两天他又会因为同样的错误光临办公室，于是我们就都认识了他。

胡星明很忙，他经常出没在语文组附近，有时候是来告其他同学的状，有时候是来听差。只要听到林老师或其他老师说："呀，盆里的水好脏啊，得去换一盆了。"他就会恰到好处地出现在门口小声说："老师，要换一盆水吧，我去！"如果你说："炉灰满了没有，火不怎么旺了。"他就会精灵般地闪现在你的面前，面带谄媚地说："老师，煤灰要倒不？我去！"以至于我们想要人帮忙做点啥事就说，要是林岚班的胡星明在就好了，或者说，怎么今天林老师班的胡星明不在呀？慢慢地我们喜欢上了他，觉得这孩子单纯可爱，勤劳肯干。

小林就哭笑不得，恨也是他，爱也是他啊。

去年橘子熟的时候，他每天都给林老师送四个来，因为这个小办公室有四个老师。从青橘子送到了黄橘子再送红橘子，我们也问他是哪里来的，他说家里有一片橘园，吃不完就烂掉了，我们还觉得这孩子也是有可取之处的。可是，开家长会的时候，他妈妈就来告状了："我家胡星明，是个没出息的败家子，两棵树的橘子被他偷光了，不知道被哪个挨千刀的不得好死的骗去吃了，打死他都不承认，说全部是自己吃的，他哪吃得下那么多呀，一天四个，怕是要吃得吐酸水长火包了！"林老师的脸就红一阵白一阵的，回来后悔死了，说吃人的嘴软，面对他妈妈的连珠炮连话也不敢接！

又一次，他因为作业接连几天做不完被科任老师揪到办公室里受训，林老师又是一番苦口婆心，他的头点得像鸡啄米一样，完事了，他居然从兜里轻轻掏出两个柿子来，默默地递给了林岚。林老师就拿着柿子盯着他看，他就兴奋地说："这个，我妈知道是给老师的！吃吧，不怕！"我们全部笑了，小林似笑非笑地盯着他，牙齿故意上下磕着，恶狠狠道："死崽子，我吃你个头啊，这叫贿赂！"

我发现了办公室里每个人的口头禅，林老师是"死崽子"，官翌是"又在抽风"，王蓉蓉是"气死我了"，我的是"搞笑片"。你可以想象每天办公室里人来人往，这几句话轮番登场，有多热闹了吧。

王老师班上也有一棵"车前草"，叫杨大伟，按照官老师的说法，他没有一天是"完整"的，因为他很容易受伤，今天流鼻血，鼻孔里塞一团卫生纸，明天手背上一条血口子结着疤，后天头上包块纱布，上面沁出了血，大后天就扶着木棍来读书了！都是跟人打架打的。他的理由永远就只有一个：他们说我是傻瓜，还嘲笑我。王老师劝慰得太多了，失去了耐心，我们在一旁听的人也觉得闹心，王老师耐着性子语重心长地说："杨大伟，我跟你说实话，别人真的没有空看你，你觉得你很好看吗？"他却很认真地回答："嗯嗯，我妈说我长得还是可以的，不信你去问我妈。"王老师说："你活活气死我了。"杨大伟就听得一头雾水，眼里充满了疑惑，他说："我没有。"气死了老师他也不知道。但是他很顽强，像一棵压不死踩不烂的车前草，伤了好，好了又带新伤，真是福大，命大，造化大。

有一天他带了一把斧子来学校，坐在二楼的台子上耍玩着，招来好多人围观，谁喊他都不理睬，一向冷静的王蓉蓉也吓白了脸，颤巍巍地喊他下来，他就真的下来了，还对别人挥挥斧头说："我就听王老师的，我妈说要听她的话，她长得最漂亮。"王蓉蓉收了他的斧头，拧着他的耳朵进了办公室。幸好整个学校就只有这么一个杨大伟，如果一个班出一个，估计井台中学就办不下去了。

当班主任就是这样成天跟这些学生纠缠不休，哪一天班上都乖了就奇怪了，一定会有大事发生。校长说过，不可能都是品学兼优的娃娃，永远都是参差不齐的一群，这是教育的规律，看的就是你老师的本事了，一群人高矮不齐可以，但是都得给我站直了做人。

老贾说这话的时候用眼睛恶狠狠地瞟了一眼开会也在梳头的高倩倩，宋爽就用手肘捅了一下我，我愣愣地看着她，她就偷笑，小声说："你晓得不，高倩倩又离婚了。"我"哦"了一声，那就是离两次婚了，年纪轻轻就这样，好可怕呀。

高倩倩的两任丈夫我都没有好好看清楚过，听说第一任是个司机，天天上班都要先送她，这让她骄傲了很久，但是这个人爱喝酒，爱打麻将，经常发酒疯把车开到人行道旁，没多久被公司开除了，高倩倩也就把这个一米八的酒鬼老公开除了；第二任是个技术员，两个都是二婚，她经常为了后夫的前妻的孩子闹别扭，那男的经常脸上带着抓伤上班，这个我相信，我常看到高倩倩用指甲刀锉手指甲，现在想想她锉的时候脸上还带着阴险恐怖的狞笑，我的后脊梁就冒出一股子凉气，她不会对不是她亲生的孩子也下此毒手吧！布娃娃，尖指甲，大钢针，啊，容嬷嬷转世投胎啦！

就连"店小二"胡星明也在观察这个高老师，有一次他来办公室里打扫卫生的时候对我说："刘老师，隔壁班的英语老师好恐怖，听说她上课会突然发飙，一盒子粉笔砸出去，飞得满教室都是，然后哭着说'都欺负我，你们都欺负我，所有的人都在欺负我！'有时候啊她还会很生气地把一个同学的书包拉出来，把里面的书倒在桌子上，然后一本一本地扔出去，嘴里还说'讨厌你！讨厌你！就是讨厌你！'翘着兰花指，跺着脚，样子特别奇怪！她抹着口红，对，她总是红着大嘴巴，像吃了人血。他们班人说她古怪得很，不能惹着她，上她的课谁都不敢出气。"我就故意板了脸，说："人不出气怎么活呀，胡星明，小孩子不可以在背后说人坏话，尤其是说老师，不礼貌，老师肯定是有事情才这么生气伤心的，你只是听说的，你又不晓得前因后果，对吧？"他笑了笑说："嘿嘿嘿，对不起啊我又错了，我是不该说老师的坏话，你千万千万不要告诉我们林老师，她知道了可没有你这样的好脾气，我就死定了！"我也叮嘱他不可以再乱说老师，他就笑笑点头。靠不住的，我忘记了他话多，这几天小林在骂他“婆婆嘴”！但是转念一想，孩子们也有他们的观察角度，也有他们的理解程度，哎呀呀，不知道在他们眼里我是个什么样子的人呢，哪天问问胡星明就知道了，谁知道这个臭小子会不会当面说真话呢。

八卦新闻是来自民间，传播最广、更新最快、版本最多的新闻，这里面有对传播对象的喜爱、崇拜、好奇、关心、嫉妒、厌恶、中伤、炒作……太多的情感纠缠，经常是一波未平一波又起。

这几天宋爽就是这个民间组织的临时工，她笑得前仰后合地对我说：“快点，把门关上，跟你讲个好笑的，听说高倩倩的二婚老公是因为长期受‘攻伤’才提出离婚的！”我听成了“工伤”，就反应很迟钝地看着笑得不行的宋爽，问她：“她二老公是做什么工作的呀，这么容易受伤？跟离婚有直接关系吗？”她说：“官翌，你，你给她解释一下，我笑得说不清楚话了。”官翌慢条斯理地说：“意思是说，因为外力攻击而受到的身体伤害，简称为‘攻伤’，解释完毕。”我们恍然大悟，放声大笑，窗子玻璃都震得嗡嗡作响了。小林说：“啊呀，你们太恶毒了！”宋爽说：“她这么凶恶，不晓得能不能嫁得出去喽！”官翌说：“替古人操心，人家都嫁两回了，你一次都还没有嫁呢。”我们又笑了。林岚说：“其实，高倩倩走路不过度婀娜的话，身材也还好，一米六八，在女生里算高的，双眼皮的眼睛看人如果不乱瞟乱翻的话也还好看，大大的，水汪汪的，表情如果没有那么丰富多彩或者瞬息万变的话，也还是好看的，起码算个美女。”宋爽和官翌同时反对了她的观点，她们异口同声道：“就是一个字把她毁了，那就是‘妖’。可惜可惜！”

我笑得不行，觉得高倩倩是输在眼睛的白多黑少上了，看了让人害怕。女人点评女人，那是相当到位，也相当毒辣的，如果是贬低的话，那就更绝妙了。

温箫语打电话给我说：“倾国倾城的优柔寡断的千面女郎素素要结婚了。请把红包准备好！”天，她千挑万选，终于肯嫁人了。

她嫁给了一个工程师，太有本事了。“我也很不错的呀，”素素很淑女地一笑悄声说，“别人介绍的，人很老实，肯听我的话，这一点让我很满意，他叫郭进，你们不觉得这个名字很耳熟吗？这就是我嫁给他的另外一个理由。”温箫语摸着隆起的肚子不屑地说：“听不听话，婚后再说吧，不要为时过早，男人，不善变，但是绝对会变。还有，你不是黄蓉，所以他不是那个传说中的靖哥哥！”

对此结论，我深信不疑，都是过来人，懂的。

回到家里，我跟周凯聊素素的老公，文科生找了理科生，这是多么好的配搭呀，他却漫不经心地说：“过日子，跟那些无关，还不是吃饭，睡觉，上班，带孩子，外加吵架。”我就气不打一处来，懒得理他，我给小然讲故事去了。他就幽幽地说：“你老这么说，是觉得自己找错了嫁亏了，是吧？”我就坐了起来，一言不发，盯着他看，他反而笑了：“我知道我老婆是不会嫌弃我的，对吧？我对你这么好。”我白了他一眼，狠狠地说：“累了就睡觉！再胡说八道就让你跟古能做伴去！”他幸灾乐祸道：“我们做不了伴喽，可怜的古能终于要翻身了，我看他又昂首挺胸了呢，温箫语现在也蹦跶不起来喽，女人一旦有了孩子就老实多了。”说完就把我们娘俩搂进了怀里，疯闹了好一阵子，才心满意足地睡了。

5

暮春时节，天热了起来，黄小诺终于舍得把她家滴滴带出来玩了，滴滴穿得五彩斑斓，打扮得像个七彩毛毛虫似的，我偷笑这打扮太有小诺的风格了。我们家小然今天也很配合地穿了一件有耳朵和尾巴的连体外套，特别可爱。我们一起去了公园，两个女人带两个孩子，很悠闲的画面。

高原的季节总要更替得慢一些，这也好，生活节奏慢下来，才能生出这许多闲情逸致来。我们在草地上铺好床单，摆上玩具和零食，把两个孩子放在上面玩。小诺说，等滴滴大一点，就带画板来写生，她用手指比画了一个框架取景，眯着眼睛左看右看，说："嗯，思楠，别说我们山区就是这点好，随便就可以依山傍水围出个公园，你看，这景致不错，有山有水，有树有桥呢。"见我没有反应就扭头看了看我，表情迟疑了一下就去招呼小然："小然，快从妹妹背着的米老鼠的小包包里拿果冻。"我晓得她忘了我视线越来越模糊，不能写生了，可能又突然想了起来，故意打个岔说别的，免得我触景生情。

她笑眯眯地说："小然，妹妹乖不乖呀？漂不漂亮呀？我家小然最帅啦，最会照顾妹妹啦，给她喂一点点果冻吧！"一听就知道她是故意的。我心往下一沉，有点难过，听着她跟两个孩子的嬉闹，心里聚拢来的愁云慢慢散了，何必呢，这么好的风景，这么好的天气，这么好的人，不能扫他们的兴，就鼓励自己笑了笑，提高音量说："是啊，是啊，我们这里的风景都是天然的，要山有山，要水有水，你看那些平原地区，多可怜，好不容易长出个小山包包就激动得不行，还集体一惊一乍地说'哇！好高大哦！好雄伟哦！好神奇哦！'搞笑，我们这里随便一座山搬过去，就成了他们的独秀峰和泰山了！那年我回武汉，堂姐带我去黄鹤楼，说在蛇山上，遥望龟山，我一路都在问'山呢？山呢？你说的山在哪里呢？'你就知道那山有多小多平坦了吧。"我连说带比画，他们就笑了起来尤其是小然，听没听懂就在那里看着我笑，样子太可爱了，我忍不住亲了他一口，他没站稳就一屁股坐到了草地上。

小诺突然想起了什么，很兴奋地说："思楠，昆明有世博会，我们去看看呗！电视上天天在宣传，奇花异草，精品荟萃，民族风情多姿多彩，不去就太可惜了，听说还有很多外国展馆，有异域风情的表演和小商品出售，我们去吧！"说完就等着我回答，我的心就动了，脑袋一热说："嗯，去就去，多难得呀，一生能看到几次这样的世博会呢，晚上你把我牵好就行了，再带几个猴子'灵灵'回来送小朋友！"说完我们就开始畅想未来美妙的旅游了，正说呢，小然喊：“妈妈，尿尿。妈妈，妹妹，虫虫！”我们扭头一看，床单上湿了一片，那是小然干的，再看滴滴，一条肉虫正爬在她的脸蛋上，还好，她还不懂害怕，可能痒痒，还一个劲地笑呢，虫子马上就要爬进她的小嘴巴里了。我们赶紧拿开，我说：“还出去旅游呢，就这两个宝儿就套住了我们。”小诺说：“没事的，两个外婆辛苦一个礼拜，我们还能玩多久呀，我的奶水不好，我想趁这个机会把奶断了，一举两得。”是啊，前怕狼，后怕虎，啥也做不成的。就这么定了，不变了，两个人一拍即合，心情大好。跟着黄小诺没有出不了的远门，没有看不到的风景。

晚上，我写了一首小诗，表达一下我激动的心情。自从带小然以来，我的阅读和说话都变得低龄化了，一天到晚都是“小狗小狗汪汪汪，小猫小猫喵喵喵，小猪小猪哼哼哼！”听得小然笑呵呵的，我也乐此不疲。今天心情这么好，写点什么才能表达一个成年人的想法和快乐呢？写春天吧，再不写夏天就要来抢风头了。

我铺好稿纸，写下：

春之写意

乱花散了满头满脸
柔风又错把长发做了琴弦
慌乱地拨弄着
拨弄着
含情的是慵懒的双眼
想笑的是枝头的杜鹃
摇曳的裙摆
也如那河水皱起了细致的微涟
随风的蝶翅闪翠了树的影子
惹绿了山的心思

亲爱的
可否放慢你的脚步
让我轻轻携了你的手
忘了世间的纷扰
做一回春的歌者
应和这绿的浓淡近远
为落英的妩媚唱一曲
春的写意
抑或做一次画者
静静地勾勒渲染
把你我的心融化为一片恬美的绿
点在坡上
染进田间

写完心情更好了，晚上在床上辗转反侧，兴奋得有点睡不着了。

周凯也在床上烙大饼，我轻声问他：“孩儿他爸，你还没有睡着呀，想当周扒皮半夜三更去偷鸡呀！”他握住了我的手开心地说：“吓我一跳，还以为你睡着了呢，本来想拿到了再跟你说，看来忍不住了，通知我们明天去拿新房子的钥匙！”我也激动起来：“真的呀！明天我要上班，咋办？”他笑着说：“我都请好假了，不用你请假去，不就是拿钥匙嘛，又不是去抬房子。”我们小声聊着，聊装修、聊电器、聊摆设，心情好，随他怎么说，我都“嗯”着答应，因为我心里还有我的小盘算：怎么开口说要去昆明旅游的事情呢？要花钱呀，这可是个大难题呀。

他突然说：“喂，你怎么不提自己的想法呢？就听我一个人在说。你有没有想买的东西呀？”我沉默了三秒钟，唉，反正都要知道的，说吧，我就深吸一口气，把心一横，说：“嗯，周凯，我，我，我跟你商量个事情，我想暑假跟黄小诺去昆明玩，看世博会，你会同意不？”他翻身坐起来，在黑暗中看着我，我看不见他的表情，但是感觉他在看我。我就闭上眼睛，有点紧张了，难道一场战争一触即发！他俯身亲了我一下，温柔地说："好啊，想去就去吧，你忘了我姐在那里啦，你可以吃住在她家，多省钱呀，我是没有空，不然我都去了，给你一千块钱够不够，记得给我姐和姐夫带点东西去。"我都不敢相信自己的耳朵了，我说："你真的答应我了，你对我这么好！我怎么报答你呢？简直是无以为报啊！"他坏笑一下说："现在就报答吧，以身相许呗！"啊，他居然答应了，这么大的事情就这么简单解决好了！我们家周凯也有讲道理通人情的时候呢，意外的惊喜总比预期的惊喜更让人喜出望外，我幸福地醉在他怀里了。

我们的装修终于提上了日程，一看存折，嗯，这个守财奴，果然小有积蓄，怪不得我如此穷困潦倒，捉襟见肘。

我唯一能帮自己的就是让学生多考几分，我多拿点奖金，除此之外我又不能偷不能抢不能骗！

期末考试在期待中姗姗来迟，学生果真很争气，考得不错，今年连工资奖金都涨了，真是天遂人愿，天助我也啊！一顺百顺，好事连连！我因为这个班带得好，得到了井台乡政府的表彰，获得了"优秀班主任"的称号，这样的好事也能落到我的头上，太意外了吧！我兴致勃勃地把第一个荣誉证书拿给周凯看，他问的第一句话却是："有多少奖金？"我说："五十元！"他"扑哧"就笑了出来，说："乡政府是哄孩子玩呢！"我也笑，这是荣誉，钱多钱少，没有关系，全校就我一个人得到呢，我做出了成绩被认可了呀。他拍了拍我的肩膀说："老婆同志，你一直就是这么革命的一个人，不得不佩服你，从来不计较个人得失，当老师的就是觉悟高。我们厂里得一个先进最起码都是五百元，外加一个苏泊尔的炒菜锅，值二百多元呢。"我马上说："周凯，那你多得几个先进呗，这么丰厚的奖励！"他笑道："你以为是弯腰捡鸡蛋，那是要拼命干活的，现在的厂里你要它的钱，它要你的命！"比拼命啊，那就算了。

现在的工厂也是几家欢喜几家愁的，效益好的，工资奖金照发，也还看得到希望，效益不好的，总拿下岗来威胁工人，结果就是有人干活没人拿钱。其实也不是危言耸听，有些老厂子由于经营不善，纷纷垮掉了，最老火的就是那些以前吃大锅饭吃习惯了，又没有技术的人，只能喊天骂娘了。周凯说以前能进厂当个工人可了不起了，现在呀，没有人瞧得起了，说还不如当个农民，在家可以种地，出外可以打工，起码还有个退路嘛。想想也是。

周凯有时候也会有这样的担心，如果哪一天厂子没有了，他就没有这么稳定了还不知道要去哪里奔波呢。我又想起了几大银行的奖金，我想，钱多了是不是很像一堆纸啊。我突发奇想道："周凯，要是我家有个老宅基地，下面埋了几坛子银元、金条、珍珠、玛瑙、翡翠、玉石什么的就好了啊！"他狂笑起来，说："对，肯定有！藏宝图就在你家老宅子旁边那棵槐树底下埋着的，明天我带你去挖！"我从来就没有看见他这么笑过，我也跟着笑，他说："刘思楠啊刘思楠，没想到啊，你也有想钱想疯了的时候呀！"我白了他一眼道："我是替你想的，万一你下岗了咋办。"他得意道："我，不怕，咱有技术！不像有些人光做白日梦。"

这有什么嘛，我偷笑，谁不会做些个不着边际的白日梦呢！我二十岁的时候还幻想嫁到英国皇室做王妃，改变西方人对中国人的看法，然后让他们羞愧难当地把当年抢走的宝贝还回来呢，想想总是可以的。

好多事情想得到做不到，有的事情让你想也想不到，还要惊叹一声：啊呀，万万没想到！

万万想不到温箫语会长得这么胖！我直愣愣地问："请问，您是哪一位呀？"箫语就捂住脸，然后又去挡肚子，最后大笑道："不要这么看着我嘛，我身上闪耀着神圣的母爱光芒，你没有看到啊！"我坏笑一下说："看到了，光芒四射，晃花了我的老眼，你胖得像个菩萨，遮住了半边天，真的看不全呢！我直接是仰视！"她就笑得不行，说："这叫牺牲，你知道的，这是伟大的牺牲精神，这叫步你的后尘，前仆后继，勇往直前！等我生了，第一件事情就是减肥。”我说：“根据历史经验，我告诉你，生下来的第一件事是喂奶，因此还要吃得好、喝得好、睡得好，你等着更肥吧，哈哈哈！”她悲哀地说：“我就这么毁于一旦？”我说：“不，是脱胎换骨，重新做人。”

6

八月，世博园，我们来了。

这是鲜花的海洋，植被的天堂，各国展馆林立，各色游人如织，这是一个全世界最快乐的大聚会。

眼睛不够用，腿脚忙着赶，惊叹声，赞美声，歌舞声，呼喊声，快门声，此起彼伏，塞满了我的耳朵。

花的毯子，花的墙，花的柱子，花的球，花的房子，花的桥，花的小溪四处流淌。

大温室里，奇花异草，不胜枚举，望天树戳穿了房顶，仙人球大得不可思议，见血封喉神秘诡异，让人不寒而栗，绞杀植物在角落里静默着，让人毛骨悚然……

蝴蝶是飞舞着的花朵和叶子，花朵和叶子是停在枝头的蝴蝶。花是花，叶子是花，蝴蝶是花，藤萝是花，分不清了，一切都在生长，一切都在绽放，一切都在微笑。红的，黄的，橙的，绿的，紫的，蓝的，白的，粉的，这是我们见过的；白的在这里是蓝的橙的，粉的在这里是绿的红的，黄的在这里是紫的蓝的，红的在这里是五彩斑斓的，都是我们没有见过的！

展开一片蓝天，开垦一片沃土，撒下一片种子，大自然就回馈你一个如此神奇美好的五彩斑斓的世界！

回归自然，做一只蜜蜂也是值得的，幸福的。

我庆幸我还看得见，闻得到，听得清，摸得着，真的哪天眼睛不行了，我会全部都记得住。

小诺按动快门，把我和这些印在了一起，成为我生命的一部分，成为记忆里永远抹不去的情景。我终于明白她为什么要带我来了。

所以我一直对她微笑，对她说，真好看，真值得一看。

我最喜欢的是上海馆，其次是浙江馆和贵州馆。上海馆怎么看都觉得洋气，还注重打磨细节，无论站在哪里你都会觉得赏心悦目。尤其是那些白色大花瓶，一米多高，里面的花五颜六色，就像上海弄堂里的一个白净秀气的少女在精心打扮着自己，不小心被一个美男子看见了，她就羞涩地一笑，羞红了脸。我正看得入神，一个美女映入了我的眼帘，她穿一身粉色旗袍，与这花瓶相映成趣，好美！怎么这么眼熟！“张家悦！”“黄小诺！”“刘思楠！”我们三个人围着这个大花瓶高声尖叫，把保安哥哥也招来了，他问：“出了什么事？”我们就红着脸，激动地说：“遇到熟人了！对不起啊对不起！”他不解地走开了。我们三个人拉着手在原地跳着笑着说着，原来家悦陪妈妈和姨妈来的，本来不想来，怀孕了，懒得动，她妈说要来，当年她妈怀她的时候就来过昆明，所以她就答应了。家悦也怀孕了，看来她也想生个花朵一样的小美人儿！我们笑成一团。

我们一起去了几个馆，喜欢浙江馆是因为里面陈设的一个大石雕，那是一块五彩石，雕刻家就着它的色泽、纹理和排列特点刻成名为“五谷丰登”的造型，巧夺天工，别具匠心，鬼斧神工，啊呀，我词穷了，太神奇了，没有一处不巧妙，没有一处不自然，没有一处不合理，绝了！没有钱，有钱就买下了，做个传家宝。

喜欢贵州馆，是因为淳朴，连那微型的黄果树瀑布都那么真实，左边有一小条标志性的流水分了岔都做得惟妙惟肖。小诺指给我们看，惊喜地说：“那个角落里有几棵杜鹃，看见没，看见没？很红很红，就是我想让你看到的那种杜鹃！”我想她带着我实现了她的第一个理想，路上有红杜鹃，管他是几棵还是一束，毕竟我看到了。

人实在太多了，晚上看新闻才知道白天园子里有十万人！十万人里面我们居然碰在了一起，那就是真正的缘分了。

接下来害得我们不仅要看花草还要看人脸，看看还有熟人没有，看看还有缘分没有，后来知道真的不会再有了才罢休。

见到了周凯的姐姐才觉得这是另外一种缘分了。在异地他乡见到一个跟周凯长得很像的女人，这很有意思，感觉很奇妙，觉得生命中又有一些人跟我有了关联，一些线路接上了，密码解开了，心灵相通了，人就自然而然亲近了。

接下来以姐姐家为中心玩了一些周围的景点，有时候姐姐和姐夫也跟着去，这样一来他们就发现我的眼睛不太好了，甚是担忧，一路上对我关心备至。我没有跟他们说实话，只是说高度近视，不必让更多的人为我担忧难过，尤其是这么好的姐姐和姐夫。

这一天我们休整了一个上午，小诺说："思楠，来都来了，下午就去昆明最好最大的医院看看眼睛吧，万一这里的医生看了以后有不同的说法，有法子给你治疗呢，试试呗？"我马上感激地点点头："好，这就去吧！"心里生出一线希望来，大不了有两个结果，一是跟我们那里的医院结论一样，一是他们有不同的诊断手段，万一碰巧有办法呢。

我们挂了一个专家门诊，见到了一个很儒雅的中年医生，据说是留美的博士，他检查了很久，问了很多问题，我的心开始忐忑不安起来。他的目光柔和安详，声音充满了悲悯之情，此刻，我多么希望他目光犀利敏锐，抓住我的手说："找到问题了，跟我来，把这个吃下去，你就好了！"

我的想法太幼稚了，他的确握着我的手，却说："你很年轻，很健康，心态也不错，看得出来性格也好，实不相瞒，这病在美国也还是个难题，因为眼科还没有太深入到眼底，我们一起等待医学的发展吧，总会有那么一天的。"我的心一沉，还是那个结论，此题无解。看着他的眼睛，他的悲悯让我想哭一场。我站起来，转身想走，小诺来扶我，眼圈又红了，安慰道："没事的，你还看得见，我们听医生的，迟早都会有办法。"

医生也站了起来，送我们到门口，他说："这样吧，你也去看看中医，也许他们能利用中草药缓解你眼睛的不适感，推迟视力下降的速度，不妨去试试。"我们谢了他的好心提醒，走出了医院。

视网膜色素变性，是我此生最怕听到的几个字了。

外面很晴朗，猛然走出来觉得有些刺眼，我眯缝起眼睛，对小诺说："我们该去哪里呢？回家，还是走走？"她说还早，就随便走走吧。突然天空撒下雨滴来，太阳雨，明明就是晴天，就这么下起了雨，还越下越大，这就是昆明，夏天的昆明，雨季的昆明，我戴上漂亮的点缀了两朵波斯菊的草帽，小诺撑着伞，和我走进雨里，路旁的花草在雨里更加娇艳美丽了，整个城市不管从哪个角度看都是一个花园，但是下一次来我可能就看不到它们了，悲从中来，仰起脸，看着天，"哇"一声我哭出来了，一年了，整整一年了，蓄积了一年的眼泪啊！老天，你不公，你不公啊，我做错了什么，你要这么折磨我，惩罚我！明明是晴朗的，你偏要下这雨，让人误以为你弄错了时间，弄错了地点，都弄错了，应该是吹一阵风的，也许是应该送一朵云来的。昆明冬天的云朵儿太少了，雨水也太少了，应该放在冬天里，想是云就飘着，想是雨就飞着！

明明我是看得见的，你偏要用这雨挡住，你明明知道我的视野很窄，看不宽广，你明明知道我的视力很弱，看不了多远，你明明知道我没有余光，偏要用这雨把我包裹起来，让我看不清楚这个世界！老天，你这是在欺负我啊！天亮了我不知道，黄昏了我也不知道，我怎么走路？怎么做饭？怎么看书？怎么画画？怎么带孩子？你太残忍了，太无情了，太冷酷了！

我泪水长流，泣不成声，小诺用伞把我遮住，我推开她，我要淋雨，我要问天，我要抗议！我要向老天爷控诉！我要表达我的愤怒，表达我的不满，我承受不住了，我要释放，我要爆发，我要可怜我自己！她只好把雨伞收了，跟我一起淋雨，一起哭，我抓着她窄窄的肩膀，靠着她的胸口哭，那里有一颗心在跳，有一股力量在支撑着我。

她说："哭出来就好了，哭吧，回去就不能哭了，你有那么多的亲人朋友，重要的是现在有了小然，你要带好他。"是啊，为一个人活着，只是一个人就够了，小然，我的孩子，你是妈妈活着的全部意义，生命中每一个人都重要，你最重要，因为你还小，你需要妈妈！回去就不能哭了，有些事情只能讲给朋友听，只能让朋友知道，只能在朋友面前哭，我有小诺，这就够了。

我擦干眼泪，雨也很快停了，太阳明亮亮地照着，这雨，来得快，去得也快，如果所有的疾病也是这样就好了。

我深深地舒了一口气，心里轻松多了，我说："走吧，小诺，买东西去，给家里人买礼物去。"她就携了我的手走着，走向琳琅满目的小商店。

给爸爸买了傣家竹筒酒，妈妈和周凯是一人一件衣服，小然的是一对葫芦。

我说："小诺，你怎么什么也没有买呀？"她说："我出来旅游，从来不给他们带礼物，来的时候是为了放下很多东西，所以回去的时候除了好心情啥也不想带回去，想要啊，就自己来拿。你是不是觉得我很自私？"我一时不知道怎么回答她，她又说："我的确是一个人独来独往惯了，没有去想别人，我自己也不买什么的，今天看你在买，给每一个人买，也触动了我，以后是不是也应该给家里人买一点点，意思一下呢？走，我得去给滴滴买个啥！"我笑了，随心吧。

又一个下午，小诺带我去看了中医，中医认为我是眼底有淤积，血液不通畅造成的视物不清，所以要用中药清除身体里的淤积，达到清肝明目的效果，听起来很有道理，肝主目，吃了看看吧。

所以我买给自己的礼物是一大包中草药，那是一点点希望，是夜空里的一点点星光。

昆明，对不起，我把眼泪留给了你，把微笑留给了自己。

7

旅游回来，大家分享了我的快乐，也分到了我的礼物，爸爸把玩着那个竹筒酒，爱不释手，说少数民族的人就是心灵手巧，因地制宜创造出好多好玩意；妈妈试衣服去了，一出来就说太红了，像个花婆婆，我说好看，不信问我爸，她说："问你爸还不如去问龙阿姨！"说完就高兴地出去了。周凯询问姐姐家里的情况，我一五一十讲了，他就很遗憾没有能一起去看看。小然笑眯眯地玩着葫芦，才一会儿就丢在了一边，爸爸说小然就喜欢玩拆得开的、弄得坏的、摔得烂的玩具，所以，现在家里没有一个完整的玩具了，都缺胳膊少腿儿的，他还只玩弄拆下来的小零件破壳儿烂轮胎呀什么的。我就笑了，把他搂进怀里，才一个礼拜没有见，觉得他长大了好多，还没有亲够呢，他就从我怀里挣脱了，用脚去踩那对葫芦，葫芦一滚开他就大笑，我舍不得这葫芦被他这么糟蹋了，就挂到了墙上，他就转身破坏他的挖掘机去了。这就是平凡的生活，平凡就是美好。

周凯问我怎么没有给自己买礼物，我说，我占大便宜了就算了，说完伸手给他看了看手腕上的一根手链，说："好看不？五块钱！"他悄悄地握了握我的手，给了我一个我们俩才明白的暗示，我眨了眨眼，他就不怀好意地笑了。

果然下班他就带我去了新房子，七楼，我们的新家。站在客厅里，他抱起了我，在原地转了两个圈儿，我被他转晕了头，尖叫着让他放下我。他说："放下可以，先亲一个！你还得答应我，玩也玩了，乐也乐了，从今往后就得勤俭持家，全力以赴搞装修了。"

我使劲地点点头："那是当然，共同努力，保证完成任务！"不知道在周凯眼里我到底是个什么样的女人，很傻？很没有主见？很不会省钱？这样也好，我就落个清闲自在。我笑笑地看着他，在这个充满了水泥味和各种材料的潮湿味道的房子里我们幸福拥吻，幸福生活触手可及。

我可怜的周凯就像当年一样又开始了他的筑巢活动，不过这次的巢很高，很结实，不会漏雨。

又开学了，一个暑假不见，学生们有长高的，有长胖的，有晒黑的，有养白了的，“我都不认识你们了，”我开玩笑说，“谁家的孩子呀，啊？谁家的这么多的孩子呀，哪里捡回来的娃娃呀这么丑！”他们就笑：“你家的呀，人贩子拐走了，你又找回来啦！”怎么都跟我一样鬼扯呀！我跟他们说，要做好准备，这个学期很忙，从校历上看，有秋季运动会，这是常规内容，还有一个历史性的突破，也可以说是井台中学的一次大手笔，就是要举办第一届师生艺术节，迎接澳门回归。他们就欢呼起来了，好像觉得这个学期不用上课读书了，天天都在玩一样，怎么不让人喜出望外呢。

黄小诺也回归校园，跟她一起出现的还有一辆木兰轻骑，红色车身，黑色把手，显得小巧玲珑。她穿一件黑色裙子，带金色头盔，人丰满了，更有女人味了，像个英姿飒爽的女侠，在学校里飞来飞去的，她总是这样出其不意闪亮你的眼睛。

学校里除了有一辆破旧的中巴车和物理老师的半旧的小轿车之外，就是一些新旧不一的自行车了，小诺这辆崭新的小木兰太扎眼了，怎么不引起围观和赞叹呢。其实很多人是很羡慕她的生活品质的，但是没有人去看她高品质生活背后积极的生活态度。比如，她会把很多人认为的“副科”地理教得很认真，绝对不会轻易把课送给主科老师，学生特别喜欢这个侠客般的老师；比如，她一下课就拿起了画笔，静下心来跟海涛学习绘画；比如，她每天都要抽出一个小时阅读，涉及面很广，看了就跟我分享，推荐给我看；比如，她利用周末骑车带上我们去公园晒太阳，钓鱼和写生；还有，一到假期她就会出去旅游……想到就要做到，这样理想和现实才能拧成一股绳，拉动你想要的生活。我们都做不到，因为羁绊太多，思想上的羁绊太多，所有通向外面世界的路对每个人都一样畅通着，就看你想不想走出去了。

转眼中秋快到了，学校破天荒给每个老师发了一个月饼，一个直径二十厘米的大月饼，是霍康亲自去采购的，看他那贼眉鼠眼的样子就让人怀疑他从中吃了回扣，果然就出事了，宋爽的月饼里有一个很大的黑色甲壳虫，六肢健全，触角完整，油亮亮的壳儿闪着诡异的光泽，宋爽那个大嗓门在学校里一咋呼，全校都知道了。“天啊！这不是一般的月饼，这是有生命有思想的月饼！”她说，“你吃的不仅仅是月饼，你吃的可能是大自然丰厚的馈赠，感谢仁慈的上帝，感恩多彩的生活！”接下来的消息是，官翌的月饼里有三只小蜜蜂，她说：“此饼只因天上有，人间哪得几回吃。”老谢的里面有一个铜扣子，她说：“问世间饼为何物，只叫人生死相扣，啧啧啧！”海涛的里面有两根很长的头发，他笑道：“做饼的人相当浪漫呢，一副今朝非得散发弄扁舟不可的架势呢！”有五六个人的里面有塑料袋的残片！他们慨叹：“历史就是一个个碎片，好在我们有饼把它们粘在了一起，哈哈！”群情激愤，所有的人都把月饼拿出来检验，没有发现问题的，就觉得更有问题，只是问题被粉碎了，看不出来，比如我的就没有什么异常的东西，大家这么一说，我也不敢吃了，总觉得我的甲壳虫碎到看不出来了。骂声一片，老贾的脸色很难看，因为有的老师就把掰开的月饼直接丢在了他办公室门口的垃圾箱里。霍康这个厚颜无耻的家伙，他还当着别人的面快活地吃那月饼，但是聪明的人都认为他吃的那个是厂家另外做的好的，还可能是另外买来送给他这个小人的！大家在背后传播着对他的愤怒和不满，可是又能怎么样呢？他说：“反正福利是发给你了，别说没有给，爱要不要。买东西嘛，靠的是运气，有的人买个彩电回家吧，放出来的还是黑白的呢！有的人买个好脸盆，一洗脸就漏水，只能揉面做馒头了！”听了这话能把人气死，大家就骂他，说只有他才这么倒霉，遭报应。也有人嘲讽道：“他呀，就是月饼里放了耗子药也没有用，五毒俱全的他比耗子毒多了。”霍康听到了也装作没有听到，这个时候他不闭嘴才怪。大家说，早知道还不如给现金，这个鬼月饼二十五元，给我们钱自己去糕点店买，可以买两斤半，还有好几种口味的选择呢，不合格还可以拿回去换！这个烂月饼顶多十元钱，大家骂得更厉害了。我要去告诉温箫语，要她好好混成行长，然后把我调到他们银行去，他们行发的可都是顶级的好月饼，都带精美礼盒的。

正要去看她，九月二十二日传来好消息，温箫语生宝宝了！

一见到她，她就用虚弱的声音告诉我生了个女孩儿，取名叫圈圈，七斤六两重，跟她一样白皙。我笑了，过两天就是中秋了，叫团团呀圆圆呀都可以，怎么叫个圈圈呀？她说："不懂了吧，我被各种圈圈给圈住了呀！婚姻圈住了我的理想，性别圈住了我的事业，古能圈住了我的自由，孩子圈住了我的一切。你看这身材，一圈全是肉，上下左右都是弧形，我这辈子就被圈住了！"我大笑，谁又不是呢，只有黄小诺那样的自由主义者才好那么一点点，圈里圈外蹦跶。

趁着家人都不在身边的时候，箫语又跟我抱怨上了："你说这个古能多没用，我们行里发的月饼是有精装盒子的，他就拿去送他们领导了，他自己发的那个恶心的月饼，就转手送给他爸妈了，那我爸妈就不过中秋了？我和圈圈就不过中秋了？幸亏我从来不爱吃月饼，不然，这中秋我就活活馋死了！"这也生气，我马上告诉她坐月子可不能生气，并且以我们学校的月饼事件来安慰她："你以为现在的月饼是个什么好东西呀，做得那么不干不净，吃起来那么不放心，还那么难吃，浪费钱财，破坏领导和群众的关系，甚至还影响了家庭的美满和夫妻感情，这月饼不吃也罢！"她就笑了，说："其实不怪月饼，而是有的人很让人费解，就像你们那个同事，就不怕别人在背后戳他脊梁骨？说来说去，就是为了那点好处，良心都不要了。我生古能的气，是气他没有出息，拿老婆发的福利去绷面子，要那面子干啥，给领导送东西是个深渊无底洞，今年你送了吧，明年呢？中秋你送了吧，春节呢，送还是不送？这次送的是这样，下一次又该送什么才不重复呢？送的东西领导满意不？自己拿得出手不？万一马屁拍到马蹄子上了怎么办？”说得好有道理，我忙问：“那咋个办呢？这不对，那也不好。”她说：“就是来个干脆不送呗！从一开始就不送，把本职工作做好，就是最简单的为人处世，人人都送，领导也吃不完嘛，说不定领导还要比较一下谁送的好，有的人送了比不送更惨。”我说：“如果你说得对，那么怎么还有这么多人在送呢，存在就是合理的呀。”她说：“想法不同，别人我管不了，我的观点就是不送，古能，也不许他再送！”我一拍手说：“对！我就从来不送领导，要送就送我父母，送朋友。”她马上抢着说：“问题就在这里，这才是我生气的地方，他怎么不送东西给我的父母呀，还说他们条件好，不需要，真恶心！哦，送了他父母，他们的条件就好起来了？”

唉，还在生气，家家有本难念的经。温箫语这么清纯的女人也开始念经了。

学校这本经也不好念，这个家太大了，我有时候很可怜老贾，他老是被霍康这个小人牵着鼻子走，但是铁生以前告诉过我们，领导自己是想干坏事的，但是不方便自己动手，就让身边人干，身边的人还不敢不干，出了事情他们还得替领导背着黑锅，难道这次也是老贾的意思，霍康背了黑锅？谁知道呢，都不是好人。

铁生也不是个好人，记得很久以前，有一次老贾约我们去他家吃饭，我们当然是受宠若惊，铁生问我家有酒没有，我说有，他说你就随便带两瓶子去意思一下吧，大家都没有钱买东西，我说好吧。结果走到老贾的家门口的时候，铁生说：“思楠，你累了吧，我来帮你拎进去。”我就乖乖地递给他，还觉得他挺会关心人的，谁知道一进门老贾接过酒，拉了铁生的手，亲热得不得了，现在想想，老贾肯定以为是铁生送的，小人，都是小人。

没有空去想这些小人的小伎俩，我忙着呢，国庆节之前就要举行运动会，我们当班主任的忙得四脚朝天，时间太紧了。

运动会在借来的运动场上举行了，跟往年一样，操场上开满了橘子皮的花朵，孩子们跟过年一样开心，集体主义在这里彰显，团结友爱在这里上演，老贾板着脸到处巡查，顺便捡橘子皮。他说的是对的，比赛成绩是次要的，活动中安全，健康，快乐并且能养成好的文明习惯最好。

十二月二十日也在等着我们，那是中国人比过年还快乐的节日：澳门回归！我想我们是幸运的一代人，因为祖国的富强，让我们见证了两次回归，见证了中华民族雪耻的时刻！

我和能歌善舞的张轩带的班搞了一个大合唱《七子之歌》，这是很应景的节目，当一百个孩子齐声唱“那三百年来，梦寐不忘的生母啊，请叫儿的乳名，叫我一声‘澳门’，母亲啊母亲，我要回来，母亲！”的时候，全体师生的眼睛都潮湿了，心潮澎湃，热血奔腾！我看到主持人宋爽也站在一旁跟着高声吟唱！最后这个节目因为主题鲜明，气势磅礴无人企及，得到一个特等奖，我和我的学生们拥抱在了一起，欢呼雀跃，内心久久不能平静。那边张轩和她的学生也狂跳着，张轩眉飞色舞地说：“刘思楠，来年还有艺术节的话我们还合作哈！”我使劲点点头：“很乐意！”

邓秀兰班的扇子舞和歌伴舞，老谢班的扭秧歌和小品也很出彩，另外体育老师搞的韵律操和武术表演也很吸引人的眼球，我们突然就觉得井台中学原来也是藏龙卧虎之地，大大小小有三十多个节目呢，连老贾看到后面也咧嘴笑了。这样的活动很有意思，在农村中学，能给孩子们一个这样的舞台是很难得的，老贾有自己的想法，这想法很有意义，很时尚，给农村的老师和学生一个充分展示自己艺术魅力的平台，艺术教育不是城里孩子的专利，而是所有孩子的权利，所以这次活动大家都很支持和配合。只要和学生在一起，快乐也好，烦恼也好，劳累也好，都是纯洁的，毫无私心杂念，毫无掩饰，这种情感就像开在校园里的栀子花，洁白、纯朴，毫无保留地释放出自己所有的芬芳。

六·茉莉花开

茉莉花语

有人说我对人亲切温良，
可我的微不足道你却看见了，
懂得了，
我以淡淡的绿色表达我对你和世界的喜爱之情，
伴着茶香向你倾诉，
关心你的人是我。

1

我说海涛是一本缺了几页的百科全书，懂得太多了，不仅仅会画画，你问他啥，他都能跟你说出个一二三来，很有意思，黄小诺说我正好是海涛缺的那几页，不知道这话是夸我还是贬我。不过能跟海涛扯上点关系，我是很乐意的。海涛给我的感觉就是知识丰富，也可以说是博学多才，不过有时候他在别人眼里木讷了一点，比如林岚就觉得跟他说不上话，问他一个问题，半天没有回答你的意思，林岚是个急性子，等不到答案转身就走了，等她走了好一会儿，海涛才抬起头来说："这个问题嘛，是这么回事……呀，她怎么走了？我想好了还没有说呢。"弄得人哭笑不得。其实海涛很有思想，就是语速慢点，好多人对他没有耐心，而我和小诺有，所以我们经常能听他讲故事，只要你有足够的耐心就会从他那里得到很多新鲜的思想和快乐。

他曾经跟我说过关于他遇鬼的事，让我想想就忍不住笑。他说世上本没有鬼，说的人多了，便有了鬼。从前他住在一个县城，家就在某医院里，有一天傍晚放学回家，拐过昏暗的墙脚，一个黑影立在那里，黑影缓缓回头，他定睛看时，脑子嗡地炸开，整个人定住，不能挪动，是人？是鬼？是妖？是怪？一张干皱而苍老的皮，蒙在一个骷髅上，头发长而凌乱，在风中颤抖。突然，黑影伸出两只爪子，手指像许多打了结的枯藤，指甲壳足有一两寸长，漆黑而尖利，嘴里还伴有咕噜咕噜含混不清的声响，"有吃的吗？"那鬼沙哑地问。一副要向海涛扑过去的架势，他头皮又一阵发麻，背上"唰"一股凉气从后颈处飞出去，他用最后残存的一点勇气跑回了家。一进门，就说："爸！我遇到鬼了！"缓过神来，他简单描述了一下那个鬼的样子，鼻尖上渗出了汗，他爸温和地笑笑说："是她呀，都吓倒好几个人了。别怕别怕，她是个五保户，没有去处，政府把她暂时安置在医院里。"啊，虚惊一场，原来如此。我和小诺听得很入神，本来很紧张，一下子听到这个结果就笑了出来，松了一口气。我连忙说我怀孕的时候就碰到过鬼，是色鬼。我就给海涛讲了一遍，大家又一阵笑。他说他还有，要听不，我们说要，他又接着讲下去。

"有人说，夜路走多了，总要碰到鬼，"海涛说，"早上看错钟起早了，也会碰到鬼！"他就碰到过一回，那天把凌晨四点看成了五点，早早地就去医院的小径上锻炼身体，觉得天特别黑，四周特别静，跑了好几圈了，天还没亮，正纳闷呢，突然间迎面看见一个大头鬼，头大如牛，牛角冲天，身体扭曲，迂回前行，一手拎一个镏金大锤，难道这就是传说中的牛头马面？由于恐惧海涛定在原地纹丝不动，本想等对方当头一锤打死自己算了，心想总比吓死好，却没想到当鬼和他面对面时，猛然地尖声怪叫，转身就逃，逃跑时还丢弃了那两个镏金大锤，滚在地上哐哐作响。海涛缓了缓劲，定了定神，拖着灌了铅的双腿回到家，对家人说："我今天又遇到鬼了！"家里人直笑他胆小，说："又昏头昏脑起早了吧，鬼故事听多了。"他吓坏了，也没怎么解释，到中午的时候，医院宿舍就传开了一个惊人的消息，早上看错时间的大妹去挑水，在灌木丛旁撞到了一个大眼鬼，眼珠子有二百瓦灯泡那么大，那么亮。"妈呀，她看见的不会是我吧？我从小就戴眼镜，她看到的一定是我反光的镜片喽！我居然也做了一回鬼！"这时，我想起来，大妹平时是扎两个羊角辫的，那镏金大锤不过是两只大木桶！

我们又是一阵哈哈大笑，我很赞同海涛的说法，世上本没有鬼，只是信的人多了，就有了鬼，哪个人没有遇鬼的经历呢？老屋墙壁上那些斑驳的墙皮，路过的松林里发出的那些莫名其妙的响动，长满青草的坟头都会让我们想到那里一定有鬼藏着！小诺说："世界上到底有鬼没有呢，如果有，鬼到底在哪里呢？我倒是没有见过鬼，如果一个人心里有鬼，那就有鬼。”我说：“生活中的人不也是有被人称为鬼的吗？比如烟鬼，海涛你就是一个，哈哈！酒鬼是铁生，喝酒不用杯子，用水壶！色鬼就不好说了，财迷鬼是霍康，没有错吧？哈哈哈！小气鬼是我，我家周凯经常这么骂我！这个世界不也鬼气冲天吗？”海涛就笑我联想太快，我说是因为他慢才显出我的快，大家都笑了。海涛开玩笑说：“但古人也说，牡丹花下死，做鬼也风流，看来有些鬼也是有人愿意做的。”我问黄小诺是朵什么花，她说：“茉莉花，那天我在花鸟市场看到的，好看，绿色的茉莉，花朵小得不起眼，香味很淡雅。”我说：“小诺，你有一件白底红花的旗袍，看上去雍容华贵，倒也像牡丹花呢。”她就笑：“那我不就害死人啦！”

我们学校第一次闹鬼是二〇〇〇年的春天，撞鬼的是邓秀兰老师，她是个胆子很小的人，但是胆子小的人才容易碰到鬼，这是我的逻辑。

事情是这么发生的。那天晚上是邓秀兰的晚自习，因为考试，中途她就没有放学生出去上厕所，她自己却忍不住上了一次，走到厕所旁边灌木丛的时候，看到有两个黑影抱在一起正啃着呢，她吓了一跳，胆怯与好奇并生，她就定睛看了一眼，那两个人没想到会有人路过，就一齐扭头看这边，这一看，大家都看清楚了对方！啊！霍康和高倩倩！估计他俩也看到了邓秀兰和她一脸的惊愕！邓秀兰嘟囔了一声：“妈呀，我撞到鬼啦！”转身去上厕所，出来时头也不敢抬，一路小跑回了教室，心怦怦乱跳，那两个人在不在原地都不晓得。有个胆子大的学生抬头看了她一眼，开玩笑说：“邓老师，你刚才碰到鬼啦？”全班都被逗乐了，小邓老师才在学生的笑声中收回了魂魄，小孩子的阳气就是旺。

胆小而好奇的邓秀兰来找小诺，跟她讲了这件事。最近她们俩走得比较近，秀兰觉得小诺人好，又有主见，我就旁听了来龙去脉。小诺安慰她说：“你就当是撞到鬼了，这事情很明显，他们俩有猫腻，这时候害怕的是他们，不应该是你！你就别跟别人说了，尤其是在办公室里不能说，你跟高倩倩一个办公室，低头不见抬头见，装作不知道就行了，这种事情，她也不会怎么样的。”邓秀兰一脸的茫然，她说：“太恶心了，怎么被我碰到了呢，真倒霉！他们俩不会整我吧？”小诺笑道：“就算霍康是主任，能够整你啥呀，你的工资又不是他发，奖金也跟他没有关系，书是你自己在教，学生是你自己在管，成绩是你自己在出，大不了就是他不理睬你，你又不稀罕他理睬你，邪不压正，不怕！”我也帮腔：“不怕，她敢威胁你，我们都用眼睛翻她，高倩倩平时就喜欢用眼睛瞟人，现在该我们整她！才离婚就勾搭有妇之夫，搞邪了。”

真的是没有不透风的墙，这件事没过多久就传开了，弄得全校皆知，本来英语组没有什么动静，顶多在背后说笑一阵，尤其是高倩倩在场的时候，大家都装作若无其事的样子干活聊天，反而是邓秀兰不自在，连眼睛都不敢往高倩倩那里看，这下反而还被动了，高倩倩在办公室里拍桌子，踢椅子，砸本子，阴一句阳一句地说：“有的人，也不怕烂舌头，乱说我，不得好死！我离婚了，想跟谁谈恋爱就跟谁谈，想跟谁打 KISS 就跟谁打 KISS，又没有抢某些人的老公，你那老公矮胖成那个鬼样子，送给谁都没有人要，紧张什么？”邓秀兰气得半死，又不敢接嘴，接嘴就是承认自己走漏了风声。她又跑来找小诺诉苦：“小诺，你说她恶心不，我真没有说出去，就跟你们俩说了，怎么全校都在议论，高倩倩绝对是针对我说的，东一句西一句，害得我在办公室里大气也不敢出。我真的是撞到鬼了！冤枉死我了呀！”黄小诺说：“你别胡思乱想，不是你说的，也不可能是我们俩说的，那就有两种可能，一是还有人看见了，二是他们自己说出去的，你先忍忍，好多事情熬不过时间，自然就水落石出了。”我也义愤填膺地说：“那两个厚颜无耻的家伙都不怕，你怕个鬼呀，她要再指桑骂槐地说你，你就跟她吵，看谁不要脸，看谁想更加不要脸，要闹就闹大点，闹到井台中学外面去，不就是担心我们学校不够出名吗？我看他们是搞邪了！”邓秀兰左右为难地说：“难受啊，一个办公室待着，好像是我做错了什么似的，我嘴又笨，回她也不是，不回也不是，憋死我了，我怎么就被这个小人吓倒了呢，你们俩说的都有道理，我先忍着，俗话说忍一时风平浪静，退一步海阔天空，实在忍不下去了我就爆发，我也不想搞得自己这么压抑了，简直就是心灵的摧残。思楠说得对，人善被人欺，时间长了反而搞成了我心里有鬼了。”我们都表示赞同，其实我们也没有遇到过这么棘手的事情，办法也不多，尤其是我，平时话多，关键的时候也是笨嘴拙舌，只是觉得小邓冤枉得很，又无能为力。

峰回路转，这一天，门卫钱老头在学校门口破口大骂，还好是上课时间，学生听不到，他骂道：“偷鸡摸狗的人也配当老师，幸亏井台中学都是好老师，就出你们两个流氓！我就是看见了，怎么样吧，不要我看大门，不看就不看，大门好看，你们两个不好看，一个眼睛往上瞟，一个嘴巴朝下撇，都不是好东西，说我老眼昏花，看不了大门，那我怎么就看见你们干见不得人的事情啦！你还不如直接告诉我。我知道得太多了！男盗女娼！听清楚啊，你们两个别毁了井台中学的好名声！我走也走得了，我老了，干不动了，你一个主任瞧不起我，校长都没有说赶我走的话，我看你是想翻天！想篡党夺权！井台中学我是对得住的！”有人打了110报了警把他请走了，大家就都明白了，是霍康把门卫赶走了，原因呢，就不多说了。

自从那以后，高倩倩也不在办公室里含沙射影说谁了，谁有那么多闲工夫谈这些破事啊，慢慢也就淡忘了，学校这个环境就是这样单纯，人也简单、宽容，这件事偶尔被拿出来当谈资，也只是笑笑而已。

平息了也好，免得邓秀兰天天来我们这里唉声叹气的，现在终于得到昭雪了，黄小诺也忙起来了，没有时间安慰她。

黄小诺因为结婚生子消停了一段时间，现在好像又开始蹦跶了，我真的佩服她的旺盛精力和超人想法。有了木兰轻骑出入也方便快捷了，小坤包换成了大背包，早上一来就开始忙活上了，桌子上摆满了瓶瓶罐罐，高矮胖瘦各不相同，红橙黄绿颜色齐全。我说：“你这是想干啥呀，跟个化学实验员似的。”她神秘地一笑：“待会儿你就知道了，再创业，女人，要活出点个性来，拿点‘颜色’给别人看看，我要七十二变喽！”说完就开始往脸上又是抹又是画的，转眼她就变成另外一个人了。我大吃一惊："你这是？妈妈呀，你是鬼画皮还是狐狸精啊？太夸张了吧。"她妩媚地一笑："这叫易容术，你没看武侠小说啊？我现在是一种品牌四十八个产品的代言人，我代理的是雅雅化妆品，您看看怎么样？要不要也试试，女人就是要让自己美起来，坚决不做黄脸婆！"我就笑喷了，说："黄脸婆？你现在是个花脸猫！算了吧，你敢走出这个寝室我算你狠！跟你说句实话，你这个鬼样子就像没有进化好的妖精！"她闪动着三厘米长的眼睫毛说："错了，那叫修炼，我要修炼成仙才出去，现在我还不敢，等我出道了就敢了！"说完就用水洗去了浓妆，我还是觉得她不化妆的脸好看，可是面对一个有开拓创新精神的人还是以鼓励为主，所以我就忍了。

2

我再一次被黄小诺"暗算"是六一儿童节那天，学校要给初一的孩子搞趣味活动，我们初二、初三的老师要当裁判，学生们要当观众。中午小诺就鼓动我化一个淡妆，她说："思楠，从来就没有见过你化妆，今天过节，你就漂亮一次呗，好不好呀？今天下午又不上课，让我练练手嘛。"我看了看她漂亮的笑脸说："能化得跟你一样漂亮的话，就可以考虑考虑。"她很自信地说："那当然，你本来就很漂亮，稍微化一化更漂亮，相信我的眼光吧。"女人就怕夸怕哄怕骗，我头脑一热，臭美之心油然而生，爽快地说："好吧，来吧，一定要淡一点，最好是看不出来，但是看上去又很美哦！你想啊，连我都好看了，你的产品就好卖了。"听到这里，她就笑了："要求还多得很。"说完就摆出了架势，拿出她那些瓶瓶罐罐，在我脸上倒腾起来。其实，我觉得这个过程很享受，因为我在幻想自己一点点变美！她则像一个画家一样拿着粉呀、笔呀、刀呀在我脸上比画，嘴里啧啧称赞："我们思楠底子就是好，皮肤白，五官端正，就是缺少收拾，你看你这眉毛像两堆杂草，这斑点，也该遮挡一下才行，女人不收拾还是不行，快三十了吧你，女人过了三十就走下坡路了，还是要保养，要化点淡妆。嗯，好看多了！这就是一个观念的转变，我知道你现在没有钱买，我又不卖给你，我把自己弄漂亮了，把这些产品卖出去，有钱了我就买给你用，知道了吧，其实我一点都不喜欢化浓妆，你还不了解我呀。"说得我一阵子佩服，又一阵子感动，还一阵子羞愧，她真的很能干，当然我最爱听的还是她夸我的那一部分，说得我心里直痒痒，好想照照镜子，看看自己怎么在小诺的妙手之下貌美如花的。可是就在这节骨眼上学校的大喇叭响了起来，音乐声里老贾声嘶力竭地喊上了："老师们都出来！集合了！不要耽误时间哈！活动马上就要开始了！各就各位！"我们最怕他追杀了，被他抓到那可是大会小会的一通数落，我们马上跳起来下了楼。一站在阳光里，我们班的学生就惊呆了，旁边班的林岚也目不转睛地看着我，挨近我小声问："刘思楠，你的脸是咋个啦，特别红，眼睛也很红肿。"开始有学生对我指指点点，窃窃私语。肖春发一下子拉住了我的手，让我背对着学生队伍，满脸愁容地说："刘老师，谁整的，把你画得像个鬼一样，不好看，一点都不好看，脸红得像个猴子屁股！"这个耿直的口无遮拦的孩子，我赶紧捂住脸，死的心都有了。

"黄小诺！"我一喊，她就在不远处答应着走了过来，"你的审美观在哪里！你毁了我的形象，你荼毒生灵！你残害忠良！"我咬牙切齿地说。黄小诺尴尬地说："谁知道啊，在屋里是背光的，看着没有这么红，真的，怎么出来就这么红啊。"官翌似笑非笑地走过来说："过个六一儿童节，至于这么夸张吗？瞎激动了吧，走，回办公室我赶紧帮你弄弄，搞得像个东北大阿福的脸了。"幸亏宋爽忙着主持活动，要是让她看到了，哈哈一乐，估计全校师生都要来看我了。

班长李佳佳也跟到了办公室，欲言又止，我说："想说就说呗，反正你们老师今天是丢脸丢大了。"她害羞地说："嗯，我是大家派来跟您说事情的。刘老师，您的眼睛不太好，这个我们都知道的，您以后不要再化妆了，自己又看不清楚，反正不好看，我们跟您关系好才说的，真的是为您好！您不会生气吧？”我拉着她的手说：“孩儿，不用担心你老娘，绝对不会生气，我是一时糊涂，酿成千古之恨，做个反面教材也挺好，你也知道化妆不得体很难看吧？吓到你们了吧？所以，从今往后我们都不许化妆了！”李佳佳还是没有走的意思，小脸红红的，我问：“你这是还没有批评完呀，还有什么指示呀？”她就笑了，激动地说：“刘老师，我们送您一个六一儿童节的礼物。”说完拿出一个小塑料袋，里面是一个蓝色的发箍，很好看，是最近很流行的，我看好多人在用。她接着说：“井台中学好多老师都打扮得很漂亮，比如黄小诺老师呀林岚老师呀，人家都是长头发，可是您太朴素了，头发也短短的，风一吹乱乱的，我们全班建议您留长发，扎马尾辫，就用这个发箍好不好？”啊呀，这些孩子，管得比我还宽，管到我的头上来了，这是在报仇雪恨啊，为了当年我剪了她们的长发，我大笑道：“我也想臭美呀，可是我忙着带孩子，你们又不乖，我哪里有心情有时间梳妆打扮嘛，你们少让我操心，我就留长发，好不好？”“一言为定！”她跳起来跟我击掌为盟，我在心里暗暗发誓：我就留一次长发吧，为了我的学生，同时心里又生出一点苦痛来，他们发现我的眼睛很不好。

发现我的眼睛有问题是很容易的事情，因为症状越来越明显了。

那天一家人吃晚饭，我夹了一筷子菜准备蘸一点儿辣椒水，结果我把爸爸的饭碗看成了蘸辣椒水的碗，把菜递了过去，爸爸连忙说：“丫头，你自己吃吧，隔那么远，别给我夹菜了。”我就愣了一下，脸一热，放下菜收回了筷子。妈妈说：“你到底在想什么，心不在焉的，筷子老是夹到碗边上和桌子上。”我就定睛看菜碗，猛夹了几筷子，闷头吃了起来，心里很不是滋味。爸爸站起来去开了灯，周凯夹了点什么在我的碗里，小声说：“要不你去配副眼镜吧。”小然看了看我，用勺子舀了一勺豆豆倒在我的碗里，说：“妈妈吃。”我看着他天真可爱、满脸饭粒的样子，鼻子一酸，差点掉出眼泪了。每次带小然出去玩，刚开始他也会跟别的孩子一样抱着我的腿，仰脸说：“妈妈抱，抱小然！”我说：“妈妈不抱，抱了小然，妈妈都走不了路了，小然乖，自己走。”走走停停，他一说抱，我就哄他自己走，说：“小然最乖，马上就到了，把妈妈牵好，不然妈妈就丢了。”时间长了，他也就习惯不抱了，还慢慢习惯紧紧地牵我的手，在没有车子的斑马线上狂奔，也会带我横穿没有斑马线的路口了。

我跟小诺说了这件事，她安慰我说：“没事，慢慢让他们习惯也好，迟早也会知道的，你呀，有什么事情就是不肯说出来，自己忍着，大家都知道了，也许还好点，就像你的学生都感觉到了你眼睛不好，也没有什么，反而更关心你了。”我说：“那不同，他们是学生，不是家人，因为是家人，问题就不好说了，顾忌太多，怕他们接受不了。”她叹口气说：“唉，那你准备等到什么时候说呢？”我忧心忡忡地说：“等等吧，我这不还看得见吗？”是啊，自己出门还是没有问题的。

“十加一工程”还在继续，我和官翌新一轮的家访又开始了，赶在放暑假之前也许效果会好一点，一旦放暑假学生跟着父母外出打工的概率就高了，出去再想找回来比登天还难。这是一个比茅顶村还远的尖坡村，在一个私人小煤窑的背后，下了车就只有走路进山，有好几处是废弃的矿洞，灌满了黄泥水，路过那里的时候我们很小心，总觉得如果真的掉了下去连个泡泡都不会冒出来的。

山路也不是什么正规的山路，就是住在山里的一两家人自己踩出来的羊肠小道，我真的佩服这两家人的生存能力，小路凹凸不平，沿途不是陡坡就是水坑，总觉得不小心就会滚下去，有时候手脚并用才上得去，有时候坐在坎上才下得来，我就想，这家的孩子每天是怎么去上学的，还很少迟到，官翌边走边念叨：“这里除了空气适合人居住，还有哪一点适合住人？我不知道这家人住在这里到底是图个什么，房子在半山腰，前不挨村后不着店，没有一块土是平的，又没有个大鱼塘可以守，山上挖矿挖得千疮百孔，也没有大片肥美的青草喂养牛羊，这不是跟自己过不去吗？”我笑着说：“唉，总有他住的道理，比如要躲避仇家追杀呀，比如原本就是这山里的土匪后代呀，比如祖上就是隐士，躲避战乱直到如今什么的呀，可苦了我们两个手无缚鸡之力的小女子！不知道有没有流氓在这里劫财劫色啊？”她就气喘吁吁地停下来说：“你这个乌鸦嘴！有流氓就留给你收拾哈，我就先走一步。你想想嘛，这穷山恶水，谁会来呀，连流氓都怕撞到鬼！又不是桃花源。”说完拉着我的手爬上了最后一个高坎，眼前一亮，啊，到了！

这户人家有三间瓦房，门口斜斜的一个小院落，有两棵桃树，结满了桃子，一个女人正在树旁喂鸡，听见有人来，回头吃惊地看着我们。官翌马上解释道：“我们是来家访的老师，井台中学的，请问这是陈有朋的家吗？”女人马上转惊为喜，用围腰擦着手上的鸡食，热情地迎了出来，说：“呀，是有朋的老师来了呀！快进来快进来！”一听就是外地口音，肤色很好，白里透着红，红里透着粉，个子也高，不像这山里的女人。她转而有点紧张地问：“我家有朋在学校惹祸了吗，老师？”官翌忙说：“没有没有，他很乖，我是他的老师，家访的目的就是想了解一下家庭情况。”她就更紧张了，嘴唇颤抖起来，说：“老师，我们没有超生，就这么一个孩子，我男人原来就在这矿上挖煤，现在没有挖的了，就去省城打工了，每个月都会回来，就这些情况，没有什么情况了。”我和官翌对视了一下，笑了，官翌说：“有朋妈妈，我们来的意思是担心你家有朋初三不读完就出去打工，陈有朋挺乖的，就是给人感觉一天到晚心神不宁的样子，就这点让人不放心，想来问问，应该没有问题吧，你们家倒是好找，就是路太难走了，看来你家有朋还是挺不容易的，他很少迟到呢！”听我们这么一说，她就长长地舒出一口气，眼圈一红，眼泪就流下来了，“就是说喽，我就是后悔嫁这么远，”她边说边抹眼泪，“我苦点就算了，那是我的命，害了娃娃，他也成天担心我一个人在家，后悔死！要不是为了这个娃娃，我早就……”话里有话，我们是不便多问的，赶紧问了孩子读书有什么困难没有，希望能坚持把初三读完，当然能读到高中就更好了。她连忙说：“老师你们放心，书肯定会读完，我就是吃了没有文化的亏，我也经常讲给他听，他很懂事的，我们在家里教不了他文化，做人的道理是要教的。”我们一听更放心了。

这个承诺给我们吃了一颗定心丸，家访就算成功了一大半。

等我们起身要走的时候，她欲言又止，官翌忙问：“有朋妈妈，你还有啥子事情？可以说吗？”她的眼泪又流下来了，想了想说：“老师啊，是这样的，上个礼拜有朋回来的时候很不开心，我就问他，他就躲我，睡觉的时候我才看到他的脸上有个红巴掌印，我问他是不是跟同学打架了，他就哭，哭完了才说，嗯，是一个高老师打的，说我家有朋的单车龙头碰到她了，她回手就给这孩子一巴掌，不是说孩子骂不得打不得，你们给评评理呗，孩子都说对不起了，她还不依不饶的，当妈的心疼孩子，但也不能说老师的坏话吧，我心里就忍出了个疙瘩。”我跟官翌就很是尴尬了，觉得这一巴掌好像是我们打出去的一样，官翌难为情地说：“哦，这样啊，怎么是这样的啊，喊你家有朋不要往心里去，谁都知道这个老师那段时间情绪特别不好，她离婚了！”有朋妈狐疑道：“啊，这样啊，那是心情不太好，难怪拿孩子出气，怪不得有朋的同学也是说她脾气怪怪的。哎呀，老师那就算了，这事也怪我孩子不小心，得个教训也好，以后就不会毛手毛脚的了。”我们俩就像背了个黑锅一样难受。

回来时，我们在路上把高倩倩一顿好骂，这个死婆娘，自己害人了还要我们去收尸。名声臭到这个荒山野岭来了，真是典型的臭名远扬，一点不假！还不知道学生在背后怎么说她呢，做老师做到这个份儿上也该在脖子上挂根面条吊死算了，这不仅仅丢了她的脸，还丢了我们井台中学的脸！

我们又议论这个有朋妈，官翌说：“我觉得她吧，像是个被拐卖来的外地人，你看她那么年轻，又那么漂亮，一点都不像我们这里的人，顶多三十岁！”我也表示同意：“可不，皮肤真好，一笑俩酒窝呢，你看到没？整个人也是心神不宁的样子，也许他们家人就是这么个长法吧！”官翌也笑着说：“我们觉得有朋心神不宁的样子是想辍学，明明就是我们想多了。”

我说："这个女人越看越像被拐卖来的呢。"她瞪了我一眼："万一又是我们想多了呢，即使是，那都木已成舟了，除非她不乐意，随时都可以跑掉的。""说是这么说，"我说，"为了孩子，她也跑不了的，这就是女人，但愿她男人对她好一点。"我们俩胡思乱想了一通，替他人担忧，忍不住把那些拐卖妇女儿童的人贩子痛骂了一遍，就是千刀万剐也不解心头之恨啊。我想起了一个情节，一个记者问被抓捕的人贩子："要是你的女儿也这么大，你舍得卖了她吗？"人贩子愤然回答："那是禽兽才做的事情，我的女儿我哪里会舍得卖，除非没有人性！"官翌听不下去了，站在一个矿井边大声喊道："天，他还知道人性这个词语！老天爷怎么就不一个雷把他劈了呢！"她声音大得惊飞了两只黄豆鸟。

3

看着千疮百孔的尖坡，我们俩边走边感慨，这山都挖成这样了还住人，官翌说："没有办法的，国家有法律呀，严禁违法开矿。但是就有人以身试法，要冒这个险，玩这个命，一切都是利益驱使，有人挣钱是为了活命，有人卖命是为了挣钱。"我想起了那些矿难，不禁毛骨悚然，催促官翌快走，我觉得每一个矿洞里都有冤死的灵魂在低声哭泣，正好一阵小旋风刮了过来，在洞口呜呜地叫着，惊得我们出了一身冷汗，我们俩拉着手一口气跑下了山。

下山时我们跑错了一个小岔道，不得不蹚过一条小河才能到对岸。我望着波光粼粼的河水很是犹豫，官翌说："大小姐，干脆我背你过去喽！"我红着脸说："不是，不是我怕过河，你一定要牵好我，我看不清楚河水下面的石头。"她就拉了我的手，试探着往前走，踉踉跄跄过了河，我紧张得出了一身汗。官翌迟疑了一下，鼓起勇气问我："思楠，你的眼睛不太对劲，以前我听说你只是夜盲，现在，我觉得你好像白天也很费劲了，眼睛死盯着路走，你是不是很近视呀？”我盯着她看了一会儿，然后下定决心地说：“不是，官翌，你想知道我就告诉你实情，我的眼睛得了一种很罕见的病，现在看东西，视野是一个圆筒状的，也就是说只能看到正前方的景物，旁边的看不到，视线也逐渐开始模糊，医生说我以后，嗯，不久的将来就是一个盲人，国内是没有办法治疗的。”她认真地听着，因为是牵着我的手，我感觉到她身体颤抖了一下，手握得更紧了，挨我更近了。后来再说话她就变得小心了，处处都很体贴，专门挑选好走的路走，哪怕绕弯。我就很难为情，我对她说：“没事的，官翌，白天我大概都能看到，晚上只要灯光够亮我还能写字呢，你看我的教案写得可好了！我还能打麻将，织毛衣，写情诗，都是高手，你信不？”她笑了笑说：“信！你很能干的，一个办公室，我还能不知道？你看林岚他们班的胡星明恨不能转到你们班上来给你做儿子！”我也笑了，我说：“官翌，这件事你别告诉别人。”她点了点头。

不知道为什么，跟官翌讲了我的眼睛之后，心里反而轻松了好多，觉得又有了一个可以依靠的人。

官翌问我房子装修得怎么样了，我说经过大半年的等待，周凯宣布我们的新房子终于装修好了，装成什么样子我就管不了了，这期间我只去过一次，周凯不让我带小然去，免得我看不清楚，被那些堆放的乱七八糟的材料伤到自己和小然。她说那也是，然后她羞涩地说：“其实，我也在装修房子，我要结婚了，房子装成什么样子，我也懒得操心，因为付龙是个操心的命，所以我就不用那么费神了。”我们俩就大笑起来。从宋爽那里听过好多回，说付龙是个老实人，感情那叫一个专一，追官翌从大学追到农村中学，看来是快修成正果了。

后来我们俩又去了三家，家访和不家访的效果完全不同，起码被我们关注到的孩子还是比较稳定的，看老师的眼光里都有了精气神。

期末考试我们班又考得不错，但是另外一个班要差一些，成绩一平均就被扯了下去，没有什么奖金了。一放暑假，周凯就搜刮了我所有的钱财，说是要买家电了，啊，到这一步，那就叫胜利在望了。

小然已经上托儿所了，这是一件天大的好事，因为很省钱，一个学期的费用才抵老太太家两个月的！老太太带他的时候他就像个小老太太，现在跟小朋友在一起就变得活泼可爱多了，每天起得早早的要去找老师和小朋友玩，下午去接的时候总是被力气大的孩子挤到后面，他仰着头在很多晃动的小脑袋缝里焦急地找我的脸，一旦看到我了，就闭上眼睛，奋不顾身地挤到我的面前，对老师说："妈妈！妈妈来了！妈妈！"笑颜如花，激动不已。"宝！"我也激动地喊道，每次见到都像母子久别重逢似的，那也是我最幸福的时刻。有时候我会想，即使是一百个一千个一万个孩子同时喊"妈妈"，我也能第一时间听出哪个是我家小然喊出来的，我坚信这一点。

在悠长昏暗的走廊里，他会提醒我："妈妈，走，妈妈拐弯，好，下楼梯！"很多家长好奇地看着我们娘俩，投来羡慕的眼光，还不忘对自己的孩子说："宝贝，你看这个小朋友多懂事，多孝顺呀，你也要学学他啊！"我心里酸酸甜甜的，把小然牵得更紧了。

那一天我下班晚了一点，去接他的时候教室里就只有三个宝宝了，我激动地喊了一声："小然，对不起啊，妈妈来晚了！"三个孩子都扭头看我，没有一个跑出来，我定睛一看，一个都不是小然，我大吃一惊，连忙喊："老师，我家小然呢？"老师迎出来笑眯眯地说："哦，小然妈妈，他被一个老人家接走了！"我有点纳闷，说好的我来接的嘛，我出了幼儿园还是忍不住给妈妈打了电话："妈，是你，还是爸爸来接的小然啊？"她一听就急了："我在家做饭，没有去接他呀！你爸还没有下班。"我在公用电话亭那里腿一软，大脑一片空白，三秒钟后一个念头充满了我的身体，小然，我的小然被人偷走了！

路并不远，可是我总也走不到家，心乱如麻，我想起了以前在大街上看到的一个丢了孩子的年轻妈妈凄惨的样子，蓬头垢面，脸色蜡黄，嘴唇颤抖，嘴角有很多白色泡沫，嘴里不停地喊："宝儿你在哪里，妈妈在这里，宝儿你在哪里，回来呀你回来吧！你们看见我宝儿没有，这么高，就这么高，三岁了，穿红色小背心……”路人有躲闪的，有摇头的，有拉了失魂落魄的她让她坐一会儿的，有出主意让她去报警的。她神情恍惚，腿脚不听使唤，好几次都跌倒在地又连忙爬起来，一身灰土继续寻找。当时我就鼻子一酸哭了，不知道怎么才能帮助这个可怜的女人。旁边的人说那孩子都丢了半天了，怕是找不回来了。现在我也哭了，小然，你在哪里？不要吓唬妈妈，哪个老头老太太接走了你呀，你认识他们的，对吧？我心里总怀着一线希望，急急忙忙回到家，妈妈已经站在门口等我了。目光一接上，我就明白了：小然不在家！

妈妈带着哭腔问：“没接到？路上也没有看到？”我眼前一黑，差一点就栽倒了，妈妈一把拉住我的手说：“绝对是认识的人接走的！小然绝对没有那么傻，绝对不会跟一个不认识的人走！对吧？”我哭着说：“妈，可是，人呢？老师说都接走好一会儿啦……”

正当我万念俱灰的时候，一个天使般的声音破空而来！“妈妈！婆婆！”我猛然回头：“小然！”

果真是小然！

他牵着一个小一点的男孩子出现在路口，一个老太太跟在后面跑着，边跑边说：“慢点慢点，狗狗，小然，慢点。”我们迎上去，我一把抱起小然，眼泪就下来了。妈妈拉了那老人家的手说：“哎哟，我的老嫂子，你可吓死我们了，是你做了这好事情啊，我们以为小然被人拐走了呢！”那是隔壁楼房的王婆婆，她笑眯眯地说：“没事没事，我帮你接回来了，路过他们班，他一个人靠在门口，可怜兮兮地往外看呢，这不，我就一起接了，狗狗路上有个伴儿嘛。”我敢怒不敢言地看了她一眼，给妈妈递了一个眼色，把这任务交给了她。我就听到妈妈对王婆婆说：“老嫂子，以后这好事可做不得啊，要是搞习惯了，小然跟谁都走，那就不是开玩笑了啊！他要是丢了，我这条老命也就没有了！我谢谢你了，谢谢你了！谁家都是一个孩儿。”小然很不解地看着我，问：“妈妈不哭，婆婆打你？”我摇摇头，他连忙要下地，喊道：“妈妈，我要下去，跟狗狗玩！”

晚上我们一家人的任务就是教小然不要跟别人回家，我们围着他念叨了半个小时以后，他就很不耐烦地把玩具扔了一地。我说：“小然，来，妈妈最后讲一遍，你要记得，外公、外婆、爸爸、妈妈去接你，你才可以走，别人谁让你走都不行。”小然笑了笑说：“狗狗呢？”我板着脸说：“狗狗也不行！”他说：“跟狗狗玩嘛。”我说：“等回来了再玩。”他突然很神秘地问：“妈妈，狗狗的奶奶，狼外婆？”周凯在旁边“扑哧”笑了：“好啦，看你啰唆的，把孩子都念糊涂了！”小然还不放心，紧张地问：“妈妈，老巫婆？狗狗家！”他的表情就像在听我讲童话故事一样天真可爱。

我不知道今天我死了多少脑细胞，晚上睡不着，周凯没有感觉到我的不安，没心没肺地睡着了，我紧紧握着小然的小手，搂着他的小屁股，觉得只有这样才安全。想想，他在我肚子里的时候最踏实，我走到哪里带到哪里，养个孩子怎么越养越操心啊！

我跟黄小诺说了这件事，她说：“我的干儿子像我，福大命大造化大，没事的，我小时候经常被我哥姐弄丢了，我还到处找他们呢。”我瞪了她一眼：“你那是什么年代，孩子多没饭吃，丢一个大肚子蝈蝈，爸妈还高兴谁遭报应捡走了这个祸害呢，谢天谢地！现在，就一个，家家就一个，那不都成了宝！”她又笑了：“我这不是安慰你嘛，我知道，就是有十个娃娃，也都是父母的心头肉，丢半个，父母都要找人拼命的。”

看着黄小诺眼皮子上一会儿红一会儿绿一会儿紫的，我就想笑，“你的雅雅化妆品卖得怎么样了呀？”我打趣道，“就凭你这张脸，怕是人家要你去打广告了吧。”她的兴致马上就来了，神采奕奕地说：“那可不！我发现了一个问题，做产品的，做宣传的，都是皮肤好的，比如我这样的，可是买产品的，用产品的都是皮肤不好的！那皮肤不好的都会问皮肤好的‘我用了以后会跟你一样好吗？要用多久才会好起来呢？你主要用的是哪几款呀，快跟我说说吧！’其实她们不知道我们才不是用这些产品的结果呢，所以呀，我就明白了电视广告是怎么一回事情了，那叫广告效应，我们皮肤好的就是活广告，哈哈哈！”

可不是，据说张曼玉秀发一甩，回眸一笑，就收入七位数呢，美丽也是能创造价值的。

我想我这张脸就做不了这个，人家一定会问，你是用了这个产品才有这么多雀斑的吗？小诺笑道：“我会拿着你的脸对别人说，没有用雅雅之前雀斑比这还多，用了以后好多了，只剩下四分之一了！”我笑骂她是个骗子，她说：“女人就信这么骗，你不骗她，她就自己骗自己，她会问你：‘喂喂，你们看，我抹了这个是不是白多了，你看我用了这个是不是年轻多了。’你肯定只好说，是的是的，效果真好！完了，她就买了。你要是说不好呀，效果不明显呀，她就生气，绝对不是生气产品不好，是生气你否定了她的自信心，伤了她的自尊，晓得了吧，化妆品生意真的很好做。”我笑了笑，讽刺道：“对啊，你只要说你用的全部都是雅雅产品，别的都不用说了。”她否定了我的这个观点：“也不全是，有的人需要给她一个观念，不要先讲产品如何如何好，你对她说，世上只有邋遢女人，没有丑女人，脸弄好看了，你就是穿麻布口袋都是小龙女，脸弄不好，你就是凤冠霞帔、绫罗绸缎都是裘千尺！她们就信了你。”

最近我在看《神雕侠侣》，觉得这个对比太强烈了，听她这么一说，我也想买了。她递过来一支口红：“拿去用吧，桃红色的，应该适合你，你皮肤白。”她肯定地说，我就心花怒放了：“我永远支持你的伟大事业！”我想我是第一个，也是永远的一个被她骗得心花怒放的女人。

4

如果不是一条白色的连衣裙，我快要把温箫语忘记了，但是好朋友就是这样，一旦想起来了，就很想她，一旦见面了就觉得不曾分开过。

她主动打电话告诉我，换季打折，她帮我淘到了一件又便宜又好看的白色裙子，我再不讲究，也是爱美的，她的电话弄得我心痒难耐。随着年龄的增长，我越来越爱美了，小诺说，这就是人要衰老的标志，这个论断太可怕了吧，请不要把真话说得这么直白，我们中文系的从来不这么伤害别人，唉，这些理科生。

我去拿裙子，顺便好好看看箫语和她家圈圈。

一年不见，箫语的身材就还原到生产之前的了，我好一阵惊诧，“箫语！是你吗？那个肥婆到哪里去了？”我拉着她看了又看，摸了又摸，“吃的什么灵丹妙药恢复得这么好？看你这皮肤，你应该跟着黄小诺去做化妆品广告，又细腻又亮堂，白得像瓷器！”她笑了笑说：“你别那么夸张好不好，大半年没有见太阳，小半年跟婆婆公公和古能怄气，能不白能不瘦吗！？还有啊，你居然说我以前是肥婆，当时你咋个不明说呢？小人！”一听就是有故事发生了，我阴险地一笑：“说吧，怨妇！公公婆婆出去买菜了？挨千刀的古能又出差了？”

怨妇温箫语抱着洋娃娃一样可爱的圈圈跟我聊起了一年来受到的“非人待遇”，先是痛斥坐月子的时候婆婆给她吃的猪食，她皱着鼻子，好像那食物还在眼前，她说：“没有盐巴，没有辣椒，没有蔬菜，天啊，没有食物本来的样子和味道，早一盆，晚一盆，半夜一盆，喊我吃，说吃了才有奶，我家圈圈这么小，能吃多少奶嘛，然后是折磨我家圈圈，这么小的孩子就想睡觉，对吧，一会儿弄起来喝水，一会儿弄起来撒尿，一会儿弄起来洗澡，孩子就没有睡过一个完整的觉！洗澡就洗吧，这就算是件好事吧，要按摩，要游泳，还要用中药泡！天啊，我觉得圈圈都快变成药引子了，太可怕了，你知道了吧！你看那个阳台和榻榻米都成了中药铺子啦！”我大笑道：“知道了知道了，还好还好！看把你们娘俩折磨得，一个貌美如花，一个如花似玉，有人伺候着还嫌这嫌那，我家小然可没有这么福气，小时候特别爱生病，一打针，他还没哭，我先哭，心疼啊。圈圈多健康啊，这就是他们的功劳，你知足吧！”她满脸的痛苦状，接着说：“好好的一个女孩子，半岁之前总是剃个光头，你说好看不？抱出去别人以为是个男孩子，她奶奶就叹口气说：‘是啊，要是个男孩子就好了，哎哟，可惜不是啊，要是政策允许呀，就再生一个男孩子！’你听他们说的啥话嘛，就为了这一个，我做了多大的牺牲，不然我就提办公室主任了，我都没有计较，要生他们自己生去！”我笑道：“他们再生一个就是你小叔子了，这在旧社会是很常见的，也好，婆媳一起带孩子，他们就没有时间折磨你了！”

我仔细打量起圈圈，好可爱的女娃娃，打扮得像樱桃小丸子，皮肤跟箫语的一样白皙，这么小的孩子头发又黑又亮又顺，一看就知道身体底子打得厚实，就是小眉头蹙着，好像有好多的心思。我说：“温箫语，麻烦你不要老对着我们圈圈发牢骚了，看人家这么小就得听你抱怨，又帮不了你这个妈妈的忙，看把人家愁的！”

温箫语赶紧抱过去看女儿的脸，然后大惊小怪地说：“完了完了，她这是尿了！”说完就去检查，果真尿了，她麻利地换着尿片，然后让我帮她拿个盆出来，说看情况还要便便。我简直不敢相信这是温箫语了，动作井然有序。我说：“行啊，你不怕脏啊？”她得意地说：“我家姑娘的屎尿，脏什么呀，香着呢。”我就做了一个恶心状：“你恶心我家小然的时候呢，你都忘记了。”她呵呵地笑着，不作答。

我第一次见到带吃奶的孩子的家里有这么干净清爽的，我心想她婆婆要么也是个洁癖，要么是受不了她的洁癖，懒得问，一问就是牢骚。

沙发上有几个毛绒玩具，这也是一件不可思议的事情，有一个居然还是毛毛虫的样子，我打趣道：“小个儿的毛毛虫有人怕死，这么大个儿的不得把某些人活活吓死呀？”她说：“这是我的又一大改变，我家圈圈喜欢的，我就得喜欢。”我看着她的脸说：“我真的看到了母爱的光辉了，我佛慈悲，谁也改变不了的人，被她的孩子改变了。”

温箫语突然想起了我的裙子，忙说：“看吧，差点忘记了，裙子在我床上，家里没有人，你赶紧去试试。”我就跳进了屋里，一上身我就喜欢上了，大小合适，一走出来，箫语的眼睛就一亮：“思楠，人靠衣裳马靠鞍，一点也不错，其实，穿好看了人就好看了！你看这裙子就是专门为你量身定做的，你穿白色的很漂亮呢，以后不要再穿黑的灰的，说是经脏，又不好看，白色多适合你呀，多适合一个老师的气质啊。”我的虚荣心立刻膨胀了，内心相当满足，一个劲地问：“真的？是不是真的呀？”箫语笑道：“真的真的！你看你吧，天天跟黄小诺在一起鬼混，她把自己打扮得像朵花儿一样，怎么从来不打扮一下你呢？看你成天灰蒙蒙的，她就不吱一声，过分了吧。”我说：“也不是，是我自己没有心思打扮，再说也没有闲钱嘛。当然，在小诺的眼里我永远是最美的，我愿意做一片绿叶子！”箫语不以为然：“美不美不是她说了算，是你家周凯说了算。”我大笑：“我家周凯说我穿什么都好看，其实我早就明白，他那是要买房子，舍不得花钱，糊弄我的，每次他看到小诺还不是说她穿得好看，等我提出也要买好看衣服的时候他就说别跟小诺学啊，要学坏的。我懂的，只是不跟他较真罢了。”温箫语语重心长地说：“男人的话听一半，信一半，信的一半里还得丢一半，哪天你不好看了，他就去看那好看的了。这是我哥告诉我的，我哥不会骗我吧？你偶尔穿漂亮点，我看他会生气才怪！记得穿白色裙子里面的内衣要穿浅色的，白色的肉色的都可以，听见没傻妞？”

在箫语的怂恿下，我就壮着胆子把新裙子穿回了家，果然，周凯看到我时眼睛也亮了一下，第一个问题我猜就对了：“多少钱？”“五十。”“这么便宜？谁陪你去买的？”“温箫语。”“温箫语这个资本家会带你买这么便宜的衣服？”“她呀，专门为我买的便宜衣服呗，知道我就喜欢便宜的。”“嗯，很好看，以后你还是让温箫语陪你买衣服吧。”“嗯，知道了。”“黄小诺帮别人欣赏的不行，她自己的还可以，我看她这个人呀神经兮兮的。”“不是，因为她带我买的实在太便宜了，实在挑不出什么好看的了。”“衣服嘛，够穿就好了，我一直就穿工作服，也挺好。”说完，他又多看了我一眼，笑了笑，我瞪了他一眼说：“我是女人，爱美是正常的，说明我是个正常的女人，连我的学生都说我穿得不好看。其实呀，要是大家不说我，我穿你们厂里的工作服也可以，我又不挑剔。”他又笑了笑说：“等搬了新家，轻松点了，我们就好了，我会给你买新衣服的，看你一脸的委屈，心里还不知道怎么埋怨我呢，你以为我没有看出来呀？”“阴险！”我喊道，然后就伸手去打他，他反剪了我的双手，把我押进卧室，放倒在床上，关上房门，压低了声音说：“你这个败家婆娘，穿漂亮了，就想造反了是吧，今天好看点了就想造反了是吧，看我怎么收拾你，无法无天了！”小然听到了我们的打闹，连忙拿了他的九齿钉耙冲进来，大喊一声：“妖怪，还我师父！”周凯马上放开我，压低了声音说：“等晚上再好好收拾你！”我的脸就热了。

人逢好事精神爽，一件漂亮的衣服让我高兴了好几天，我好多年没有把心思放在这上面了，突然觉得穿漂亮了是一件很好的事情，以前怎么就不在乎呢，在穿着上我就比蒋寒那个老者好一点点。我告诉黄小诺，其实这件裙子九十九元！她就大笑：“你有出息了，敢隐瞒真相了，就一条裙子，至于还要撒谎吗？”我说：“你不懂，这叫策略，不是不敢说出来，而是要考虑对方的承受能力和内心感受，何必为了一件好看的衣服生气呢，跟小气的人要迂回进攻，一个家嘛，和为贵。”小诺的眼睛笑得像个豆荚，说：“思楠，你这个人挺有意思的，看上去笨笨的，其实很有想法。”我说：“你才看出来呀，跟这么多的聪明人在一起，就算是块破铜烂铁，也炼出来点钢了吧。”正说呢，有人在外面喊我，说校长找我有事。

校长找我能有什么事情啊，我的心就咚咚咚敲鼓了，心里转了一百个弯儿，也没有跟他搭上关系。老贾看到我很客气，笑眯眯地说：“刘思楠，最近写点什么没有啊？”我说：“回家就是带孩子，忙得很，除了每个礼拜国旗下的讲话稿，没有写什么。”他笑眯眯地说：“我记得你是很爱写写画画的，这样吧，教育局有个演讲比赛，你代表我们井台中学参加吧，等一会儿我拿通知给你。”我就开始紧张了：“啊？我呀，我上不了台面的，我长得这么丑。”他抬眼看了看我说：“不丑嘛，怎么这么说呢，年轻就是美，你穿这件白色裙子就很不错嘛！”我的脸一烫，真的不知道怎么接话了，跟领导单独面对面就是一种煎熬。他话锋一转说：“你带的这个班不错，初三了，有几个人能考上高中呀？”我连忙说：“如果上四百分的呢就只有四五个，但是如果上三百分就能读高中的话呢就有十来个。这个班是我从初一带上来的，我心里有底。”他清了清嗓子道：“嗯，不错呢，我早就说过，你带班很有方法，走读班能带成这样就叫成功，晓得吧。跟你商量个事情，是这样的，教务处缺人手，马主任早就管我要人了，我想了一个月，觉得你还可以，你愿意吗？”我很吃惊，这是要上调了呀，我忙说：“校长，我不行啊，我只会教书，别的我做不了，你另外找个人吧。”他笑了笑说：“你真有意思，有的人想来还来不了呢，我这不是观察了你一段时间觉得能胜任才说的嘛？试试吧，不会就跟马主任学学嘛。”我就知道我不能拒绝了，不然就不知道轻重了。我点了点头说：“那好吧，干不好，我就还回语文组去。”他用一种很奇怪的眼神看了看我，然后沉默不语了。我就觉得自己说错了什么，心里一片慌乱，慌忙起身道别出了门。

当我跟办公室里的姐妹们告别的时候，林岚笑道：“哟，校长会用人呢，把你这个快嘴巴调到教务处，好跟人吵架吧！”王蓉蓉说：“你不在，我们都不好玩了。”小诺也凑趣说：“哟，真的炼成钢啦！”官翌不怀好意地说：“欢迎你经常回来探亲，我们的大门为你敞开着，还有，实在混不下去了，想回来就回来，在楼上大喊一声，我就去接你啊！”我大笑：“又不是征战沙场，也不是生离死别，我就在对面楼上，还不一样是语文组的人！”官翌说：“难说喽，谁知道以后是谁的人啊？这个年代，乱得很。”我们就笑得不行。

很快我就发现有人欢喜有人愁了。

玩得好的几个人见到我就说：“恭喜啊，去教务处了，以后排课表照顾一下，别跟那些坏人一样老把我的课排到下午，欺负人啊，我们也是朝中有人的人啦！好好干啊，说不定以后就混上去了呢！”平日里一般关系的就说些客套话，比如早就听说我能干，这不，校长真的有眼光呢；比如是金子总会发光的；比如年轻有为，前途无量啊！也有高倩倩那样的，眉高眼低地看我一眼，下巴一挑，哼一声，不阴不阳地说没看出来呀，有的人，关系还不错呢，怎么没有听到霍康说这事，动作还快得很呢，不哼不哈就上去了，平时真沉得住气呢。我听了只是笑，上也好，下也罢，是福是祸还不晓得，不管怎么样，官翌会在语文组等我的，小诺会在寝室等我的，大不了，我又被打回原形呗，我是有退路的人。

笑死人，换个办公室就换出个“官相”来了，中国官员的提拔怎么被套上了一个怪圈，总和不可告人的秘密联系在一起，好像都有不可告人的手段和图谋，被提拔都显得那么神秘，一旦上去了，背后就落下好多异样的目光。我只是去教务处干活，我的同事想多了，我不是官员，只是一个教书的，我也不存在提拔，就是换个办公室干活，仅此而已。

5

国庆节发了福利，这次是工会主席自作主张发的东西，居然是一提卷筒纸，领取福利的场面就像过年，大家觉得学校能经常这样就好了，太有盼头了，个个都喜笑颜开，只有霍康不开心，就像全校老师拿了他荷包里的钱一样，脸拉得有二尺三寸长，据说还跟工会主席吵了架。我们听了这样的事情就会很开心，唯恐天下不乱的阴暗心理。据说老贾领福利的时候也很开心，没有责怪主席。

才一天就乐极生悲了，我们语文组这边的小办公室被盗。

林岚喊我回办公室看看案发现场的时候，我既吃惊又亢奋，她连说带比画道：“闹贼了，你晓得不！发的卷筒纸，我就放在办公桌上，喏，就这么横放着，门窗都是关好的，今天早上我第一个来的，一开门，就发现纸没了。我还说今天下午带回去的。就连王蓉蓉桌子上一筒打开的纸也飞了，她坐在窗子边上，窗子是关好的，这就是现场基本情况，其他丢了什么还不清楚。”官翌还在仔细翻看她的抽屉，突然大喊一声：“啊？我的钱没有了！还有十个棒棒糖也不见了！”我们围过去问多少钱，她说：“五块，就夹在备课本里，这么隐蔽都被发现了，太可怕了！”大家就笑了，林岚说：“我还以为多少私房钱呢，才五块就痛心成这样。”官翌说：“不是钱多钱少的问题，是情节太恶劣了，五块钱，他也看得上眼！而且能快速从最下面的一个备课本里找到钱，根本就没有留下翻动过的痕迹，你就可想而知，他当时有多么从容不迫！有多么的轻车熟路，甚至是嚣张！”大家一想，也是的，怪可怕的，这个人也太可耻了吧。我说出事我不在现场，要不然那贼一定要骂我如此穷困潦倒，连根鸡毛都没有！

黄小诺本来是要去开个雅雅化妆品国庆酬宾会的，听了都不想去了，想留在学校看破案，最近她在看日本推理小说，对这些事情超级感兴趣，看她那个架势是要参与破案吧。

就一会儿的工夫，全校都知晓了这个惊人的消息，井台中学这么多年来，还没有发生过入室盗窃这样的恶性事件，是谁这么不要脸！贼手都伸到学校办公室里来了，人间还有净土吗？

老贾和霍康都来看了一眼，都说损失不大就算了，也没有必要报案，万一是学生干的，还得保护未成年人的权益，大家以后小心点，贵重的东西不要随便放在办公室里，这就算是给大家提了个醒，学校也不是百分之百安全的地方，有人的地方就有坏人。但是大家可不这么想。

大家的推测有很多，最后集中在黄小诺归纳的这些方面：首先，不可能是学生干的，因为是放学后丢的，那时候学生都走光了，再说林岚就住在学校里，她每次走得很晚，有时候就在办公室里批改完作业才回寝室，那天也是这样，学生拿那么大的东西，怎么出学校的大门呢；其次，门窗在案发后是完好无损的，说明这个人是有钥匙的；再次，除了林老师的福利没有拿走，其他人的都拿走了，谁会知道我们发福利了，还知道有人没有及时拿走呢，说明他一定是知情者；最后，他居然能安全地把东西带出学校，没有引起任何人的怀疑，说明他拿着很自然，就像拿着他自己的一样，那就是内部人了。

有办公室钥匙的人，一是办公室的主人，二是霍康，他负责管理学校财产，包括所有办公室的钥匙，因为假期要定期维修桌椅门窗。

想到这一点大家就心照不宣了，难道是他，我也觉得有可能。

邓秀兰放下手里的活儿又来找我们倾诉，她不是一个有闲空摆龙门阵的人，一定又受到什么委屈和刺激了。这天中午寝室里闲聊的人有点多，她也顾不得那么多了，她说高倩倩又在办公室里贬人了，大家一听就来了兴趣，忙问她说了些什么，秀兰想了想说：“她呀，还不是眉高眼低的阴一句阳一句地说：‘人家霍康堂堂一个主任，走到哪里没有纸用呀，犯得着拿同事的破纸吗？简直就是无中生有，血口喷人！证据呢？要毁灭一个好人，一分钟就搞定了，哼！’说完眼圈还红了，声音哽咽得不行。”秀兰模仿得惟妙惟肖，尤其是她用胖手翘起的那个兰花指。大家就笑了，宋爽鄙夷地说：“我就看不惯她那个狐狸精的鬼样子，好像谁真的冤枉了他的野老公，恶心！她是我见过的第一个这么厚颜无耻的人，从她身上，我对这个词语有了最充分的理解和认识。”我们就笑喷了，黄小诺说：“人家是情真意切，真情流露，也正常。但是不是霍康拿了，还真不能这么说。”官翌抢道：“我觉得就是他拿的，疑点全部集中在他身上了，你看他这个人吧，长的就是一副贼相，贼眉鼠眼的，经常鬼鬼祟祟地出没在校园的各个角落，而且平时他就很贪财，这谁不知道啊，就算是半个桌子腿儿他都不会放过！只有他这种人才会瞧得起我那十根棒棒糖！”我接嘴道：“吃了就闹肚子，拉死他，绝对的！”宋爽说：“你们太幼稚了，他才不稀罕吃呢，他也拿去贿赂学生，学生还感谢他的大方阔气呢。”小诺笑道：“官翌，你这叫疑邻盗斧，证据，破案要的是证据确凿，哪里像你说的，看谁像就是谁呀，贪婪不等于盗窃。”我说：“不是他，还真没有合适的人选，贪婪才会去盗窃，不是有个词语叫监守自盗吗？他的存在本身就是一个强有力的犯罪证据！不然让警察叔叔牵条狗狗来闻一闻不就知道了。”我心里马上出现了一幅霍康被警犬撕咬的情景，不仅打了一个寒战，太惨烈了，还是算了吧，我在心里饶恕了他。小诺说：“那不行，太丢井台中学的脸了，这不过是你们的爱憎太分明罢了，与本案无关。”秀兰也明白了什么似的说：“我们学校正在走上坡路，教学成绩逐步攀升，可不能毁在这一提纸上，家丑不可外扬嘛。”小诺说：“是啊，再说像邓秀兰你这样的好老师，在区里也是有口皆碑的，我们可不想听到别人说邓秀兰就是那个有小偷的学校出来的老师！老贾不会为了这点小事毁了井台中学的名声和你们这些好老师的前程，绝对不会乱说出去的，可能就到此为止了。”秀兰马上谦虚地拦住她的话头：“我就是个教书匠，啥也不懂，就图个工作顺利，生活愉快。”我说：“是啊，就这么简单，还老被人欺负，井台中学啥都好，就是有几个作怪的人，让人受不了。”黄小诺说：“其实哪个单位都一样，没有几个作妖作怪的人，怎么显得出其他人的好呢。”宋爽说：“那倒是，邓老师，高倩倩再哭诉这件事，你就说，绝对不是霍康，霍主任这么好的人，栽赃谁也不能栽到他头上啊！”秀兰若有所思地说：“这种小人我还不敢得罪，别说跟我没有关系的事情，她都这么怀疑我，要是哪天真的我得罪她了，她的眼睛都能瞪死我，她的眼睛那么大，眼神那么狠毒，啊呀，简直是不寒而栗，和她一个办公室是我此生最大的不幸。”宋爽说：“哎，应该是最大的耻辱！他偷人都敢，偷点东西算什么呀。是霍康干的就正常了，不是他干的，还让人担心起来，难道另外有一个敌人藏在身边暗处？”后来才知道我们的对话害了秀兰，也害了我自己。

教务处一点也不好玩，事情特别杂乱，学校为我减少了一个班的语文课，另外加了三个班的政治课，看上去好像课业压力小了，但是我忙得脚后跟都踢到后脑勺了。

不久，我就代表学校参加了演讲比赛，得了一个三等奖，同事们说我们乡下能得到个名次就不错了，想都不要想一、二等奖，我们跟区里的学校不管如何比，都是一块用来垫底的材料，永远的优秀奖，得到个三等奖纯属意外，那是从别人牙缝里漏下的面包渣，因为学校的名字就是学校的名次。老师还好点，学生就更惨了，除了体育成绩上面没有办法鄙视我们之外，其他的文娱活动就不行。我们的学生带出去怎么弄都是土里土气的，环境造就的气质形象让他们第一眼看上去就输给区里孩子一大截。

我用得到的一百元奖金给周凯买了一件厚外套，他嘴里虽然说我浪费败家呀，但是眼神暴露了他的真实想法，喜爱之情溢于言表，他拎起来看了又看，在身上比了又比，在镜子那里照了又照，说："老婆，没想到我这么黑，穿紫色的也不难看。"后来外出赴宴，我看他都穿的是这件衣服。

趁他那段时间心情好，我跟他谈了我的心思："周凯，自从我到了教务处，发现我周围的人对我的态度发生了好大的改变，一部分人疏远了，老远见我来了，正在讲一个什么事情，马上停了，斜眼看我，大家还意味深长地互相用眼神交流一下，有时候还丢过来一句：'说话要小心点喽，让人传到老贾那里就大事不妙了。有的人啊，知人知面不知心……'一部分人又亲近了，比如高倩倩之类的，居然搂着我的脖子，眯缝着白多黑少的眼睛，噘着大红嘴唇说：'思楠啊，你留长头发真的很淑女呢，我要送你一个粉色的发夹，你记得提醒我哦！'说完还动作优美地往我嘴里塞进一瓣橘子，酸得我起了一身的鸡皮疙瘩！真恶心！她怎么这么快就忘记了前不久对我的不屑和讽刺了呢，我也没有忘记她给学生的那一个大嘴巴子！妈呀，她跟我近了，那别人怎么看我？周凯，你说单位里有这种人，怎么处嘛，关系太微妙了，怎么说变就变了呢？"周凯就笑了："老婆，我还以为你能干得很呢，这么点事情就难倒你了，首先能提你上去就是认可了你这个人和你的工作能力，其次，在背后说人闲话，是人之常情，比如霍康上去了，你们没有在背后少骂他吧！所以我的意见就是，你想干就干，不想干就回去，趁早。再说我们家又不靠你升官发财养家糊口，把书教好就行了，把小然带好就好了。"周凯的话让我吃了一颗定心丸，我就是一个普通的老师，想那么多干啥，幸好总有几个正常人的永远不会因此而改变跟我的距离，比如小诺呀官翌呀林岚呀海涛呀……

我把苦恼也告诉了海涛，他总能心平气和地跟我谈我认为很棘手的事情，他说："我想，你做好你自己就好了，都是工作，你看到的情形也只是表象，所以你想的并不一定真的是那样，也就是说他们真实的想法你并不知道，那又何必冥思苦想那些没有意义的事情呢？实在不行你就玩你的泥巴，转移一下关注点，简单做人。”

好在教务处的老师还算好处，话都不多，就是闷头做事情，这样我在教务处待着就简单了。但是来找我玩的人很多，于是信息比以前还多，我只好听着，听他们快乐地八卦。

八卦婆之所以能八卦，是因为她的信息来源很广很快，她还有归纳总结的能力和广而告之的精力，老谢呀宋爽呀就当仁不让成了八卦婆。

最近八卦的是井台镇要把那块天然大草坪开发成楼盘，我就是在教务处听牢骚的时候听来的，当时我都惊呆了，那么好的一片天然大草坪就要毁于一旦了，我心里疼了好半天，就想骂人，真想找个谁把他祖宗八代都骂一遍。

那天，老谢来看半期考试的成绩，然后问我这要不要记入期末总成绩，我说肯定要的，因为老贾今年就是这么决定的，提高教学成绩一直是我们工作的重中之重，平时成绩也很重要，加进去好算年终奖。她就念叨开了：“小刘，你知道不，我们为了这一点点可怜的奖金命都要搭上了，你看那些人，钱来得多快多容易啊，用得也潇洒，说圈地就圈地，说盖房就盖房，那地就像他家的，还假惺惺地一百元一个平方米招标，你买得起不？连捡垃圾的老头子都买得起，对吧？一大片草地几个毛毛钱就卖了，问题是会让你买到手不？你是谁呀，对吧？绝对买不到，你有胆子去问，别人就说：‘啊，真对不起啊，您来晚了，都卖出去了，等二期你再来吧。’你信吗？反正我不信。还说买地是可以的，得一次性买多大多大的面积，还得在上面盖多高多高的楼房，这不明摆着骗人吗？明摆着欺负我们老百姓没有钱，能买得起的就是所剩无几的那几个人了吧。我教语文的都算得出来这笔账。”

听得我义愤填膺的，血直往上涌，楼盘我倒是不感兴趣，我心里怅然若失的是那一大块天然草坪啊，两个足球场大呢，说没就要没了呀，可以盖房子的地方很多嘛，为什么就看中我们这块地了呢？唉，就因为它是块风水宝地。

我约了小诺中午吃完饭去看看那块最后的草地，在那里我们绕过多少圈圈，聊过多少梦想，想过多少“收拾”学生的方法，慨叹过多少悲喜人生，不久的将来它就没有了，翻天覆地之后，席卷了我们的青春岁月而去，埋葬了一段又一段难忘往事，一点痕迹都不给我们留下，沧海桑田我可以接受，那是不可抗拒的自然神力，现在呈现在我面前的是摧毁，是糟蹋，是葬送！想着想着，我心里一阵疼痛，悲从中来，不能自已。

中国建设的速度就是一眨眼一块地就没有了，再一眨眼一栋高楼就立在那里了，多眨几眼，几个棚户区不见了，一个崭新的居民小区就出现了，你要是敢闭上一会儿眼睛，整个世界都变了。

我并不反对计划有序的发展，我是担心毫无节制的破坏。睡一觉醒来更悲惨，名人故居没了，百年老店没了，千年古镇没了，万年的城墙没了……

别了，我那一大片天然草坪，你走过了百万年了吧，也要没了。

6

教务处不好玩，我实在不适合待在这里。调课的，请假的，交资料的，存档案的，查成绩的，发牢骚的，我的头都被他们吵大了，连“店小二”胡星明也很少碰到了，有一次他居然在楼梯那里小声问了我一个问题：“刘老师，刘老师！听说你当官了？是不是呀？那你多照顾一下我们林老师哈！”我笑了，这孩子听谁讲的呀，我暗自好笑：“我是来干苦力的，我在语文组不乖，被校长惩罚来这里的，你看嘛，我都没有时间跟你玩了。如果哪一天你不乖了，校长就会把你调到你不喜欢的班级去，你连林老师都没有了，看你怎么办！”他听了这话若有所思，说了一句“那他们是骗我的呀”就仓皇而逃了。

时间不会因为我的不快而停滞不前，女老师的高跟鞋楼上楼下地响着，正合了时间的节拍，井台中学忙碌着，前进着，等待新的一年的到来。2001 年就这么马不停蹄地从寒风中迎面走来了。

冬天太冷了，林岚生病了，我中午去寝室里看她，脸颊通红，一摸额头，发烧了！她虚弱地睁开眼睛，低声说：“思楠，下午我还有两节课，你能帮我顶一下不？我浑身发软，起不来。嗯，我在复习第二单元，跟你同步。”我连忙答应：“好，没问题，今天下午我正好没有课。你这是哪里不舒服呀？”她说：“我不是感冒，我突然腰疼，然后就发热，她们说我这两天有点浮肿，本来是想去医院看看的，但是在复习，我不想耽误，准备周末再去，今天突然就不行了。”小诺很有经验地说：“不对劲，你这像急性肾炎，上次有个学生跟你症状一样，赶紧去医院吧，弄成慢性的就坏事了。”听她这么讲我心里也着急了，我们这里的镇卫生院条件不好，只能看个感冒发烧，头疼脑热的，如果真是肾炎，那可不能耽误。我说：“那得赶紧找人找车送啊，看她虚弱的，怕是连车站也走不到的，那么远。”

找谁帮这个忙呢？有车的老师回家吃饭去了，也不知道他家电话，只有考虑学校的破中巴车了。这时候七八个老师来看望林岚，围着林岚的床叽叽喳喳，大家提议找两个没有课的老师送她去医院，顺便照顾一下，我说我去找霍康借了车再说吧。

我心急火燎地奔到行政办公室，猛地一推，门就开了，高倩倩斜靠在沙发上，腿搭在茶几上，霍康居然坐在她的大腿上！我们一起“啊”了一声，我的眼睛在他们的两张带有惊愕表情的脸上扫了几个来回，霍康跳了起来，高倩倩的脸“唰”一下子红到了耳朵根儿，血红的嘴唇却不见了，她张着的大嘴，像个黑洞，我觉得那样子很恶心。

霍康讪笑道：“啥子事情呀，小思楠？”我放下捂着嘴的手，说：“林岚生病了，很严重，你能不能开车送她去医院啊？”他把眼皮子耷拉下来，严肃地说："这是公车，中午不外派，这是学校的规章制度，你出去给她打个的士嘛！"我心里一寒，说："你跟贾校长讲一声嘛，我们给学校车钱！"他慢腾腾地说："校长中午在休息，我也在休息，问他也是这句话，公车不能私用，我不能擅自动用公车，再说校车不能营运，怎么收费？"我的头"轰"一声，血往上涌，好有道理！外面的天寒地冻都不及这里的人情冰凉。高倩倩玩着她的手指甲，白多黑少的眼睛眯缝着看看我，又看看霍康，我轻轻地替他们关上门，说："打扰了，你们慢慢玩。"转身我就下楼，回到后面寝室，跟大家讲了学校不能借车的理由，老谢就带头骂了起来："没有人性吧！还是人吗？我们就是这个学校的老师呢，公车不私用，救命总可以吧！王八蛋，总不能见死不救吧！"有人接嘴道："我们是神仙，都不会生病的，要死在讲台上才有人管是吧！"还有人说："霍康不生病，他活万万年啊。"大家就七嘴八舌议论开了，公车不私用，那霍康还自己成天开了满世界送他家小商店的货？公车不私用，那霍康还拖了老贾回老家？我听不下去了，救人要紧，我拉了小诺去外面打车，下楼的时候碰到了高倩倩，重新抹了口红，像刚吃了人血的妖怪，她假惺惺地问："哎呀，小林好点没有？我也要来看看，好可怜哦！"说完扭着腰肢上去了，我懒得理她，心里恨恨的，结果差一点踩空了楼梯，吓了小诺一跳。

直到晚上我还在郁闷这件事的时候，电话铃响了，是林岚的男朋友打来的，说小林真的是急性肾炎，幸亏来得及时，他转述了林岚的请求，让我顶上她的语文课，我鼻子一酸，答应着，说养病要紧，我在教务处，课会安排好的。才放下电话，铃声又响了起来，是老贾打来的，我才"喂"了一声，他在电话里吼道："你是什么意思，刘思楠！整个下午学校的老师都在骂我，说我没有人性，说我是乌龟王八蛋！说我见死不救！林岚生病的事，我根本就不知道，谁跟我讲了？啊？有人说就是你造出来的谣，你看着办！明天一大早就来我办公室，跟我说清楚！"我一句话还没有来得及说，电话就挂断了。我蒙了，心一阵接一阵地狂跳，出了什么乱子呀？

我把电话拨回去死活没有人接听。害得我一夜失眠，我做错了什么呀，我也想听他说清楚。

第二天我早早就候在校长办公室的门口，因为我很纳闷，我想知道事情的来龙去脉。老贾来了，铁青着一张老脸。“进来吧！”他很不耐烦的样子，“你做了好人，让我做了坏人，刘思楠，你的目的达到了。你还有什么话说？”目的？我的脑袋就被他骂空了，我能有什么目的呀。我坐在沙发上，定了定神，坦然地看着他的眼睛，说：“您能说明白点吗？我到底做错了什么？”他眼睛喷火，愤怒地拍着桌子吼道：“我一直看好你，刘思楠，你在背后搞我这么一手！你说是我不送林老师去看病的，对吧？是你带着大家一起在后面寝室里骂我没有人性的，对吧？你还说是我和霍康一起偷了林老师的卷筒纸，是吧？是你说我把学校鸡场的乌骨鸡偷偷拿去卖了，是吧？你还要说什么才觉得我够坏呢？你干脆说我快要把整个井台中学卖掉了算了！”啊！这是哪儿跟哪儿呀！怎么都成了我说的呀！到底发生了什么事情？我就急哭了，说不出话来了。

他递过来一张餐巾纸，说：“我白看好你了，原来以为你可以帮帮我的，你又会写又会画，我算是看透了你了，年纪轻轻的脑筋这么多，好了，你出去吧。”我就哭着说：“我没有！您是听谁说的，我想知道！”他说：“知道了还有什么意思呢，连邓秀兰这么老实巴交的人都说是你说的，你出去吧。”我觉得我只要出去了就再也说不清楚了，但是他都下逐客令了，我再死缠烂打也没有意义了，我最后说了一句：“我没有说你啥，当时我出去打车去了。”我听见他“哼”了一声，我的心一颤，眼泪又来了，我只好流泪走出去。在拐弯那里跟一个人撞了一个满怀，抬起朦胧泪眼，我看到的是高倩倩，她眯缝着媚眼对我一笑说：“哟，是思楠啊，正好我要告诉你，我要结婚了，请你吃喜酒呢！”我扭头就走开了，她还在后面说：“我就不下请柬了哈。”

今天的课也没有上好，学生们看我不对劲，都很乖，下课后肖春发来找我，怯生生地问：“刘老师，谁欺负你了，我帮你报仇去！”我瞪了他一眼，说：“还嫌这个世界不够乱，是吧？你把你的作业给我写好就行了，都初三了，打呀打呀的，还跟我说这么幼稚的话，如果是我自己做错了呢？”他脸一红跑了。又一个课间李佳佳也来了，小心翼翼地问：“刘老师，你不舒服呀，要不我让他们下节课上自习？”我白了她一眼说：“多事！你才不舒服呢！我就是不舒服，也得上完课才能不舒服，你管得着吗？你是校长啊，还安排我的课！”她吐了吐舌头跑了。我定了定神想，这不明显迁怒于他们了吗？当老师的就是这样，很容易就拿学生出气，出了气心情就会好一点，我也堕落成这样了，都是老贾气的。

中午放学的时候胡星明又在楼梯上等着我，忧心忡忡地问：“刘老师，我们林老师没有事情吧，今天又是你上的课，她怎么还没有好啊？在哪个医院，我要去看她。我们班同学都要去看她。”我的鼻子一酸，委屈的眼泪就来了，心想，一个校长，一个主任，两个大男人加起来还不如一个孩子懂感情！胡星明见状吓坏了，抓着自己的衣服领子，声音颤抖地说：“刘、刘、刘老师，我们林老师不会这么快就死了吧，呜呜呜……”我又好气又好笑地拎着他的耳朵说：“你能往好了想不，你个小乌鸦嘴，好事都被你想成坏事了！我告诉你们林老师去，看她回来不打断你的腿，敢诅咒那么好的老师，你个白眼狼，白疼你了哈！”他听了这话就破涕为笑了，轻轻地舒了一口气，跑了。原来骂人也不都是坏事，反而是一种安慰。

黄小诺又去卖化妆品了，她还不晓得我受了这么大的委屈，我一个人在寝室里哭了一场，连语文组也不敢回去，饭也没有去吃。中午邓秀兰就来我们寝室了，也是气得一把鼻涕一把泪的，“你说那个狐狸精是不是个东西，她非说我们几个密谋了要算计她！”秀兰气愤地说，“她一个劲地数落我的不是，说我教书教得好，管学生也管得好，打心眼儿里瞧不起她，就在背后踩她。我先忍着忍着，忍到后面忍不下去了，我就说怪不得刘思楠她们都说你偷人都不怕还怕啥丢脸的！你就不能好好地教你的书？不要出那些幺蛾子好不好啊！她就闭嘴了，三分钟之后，她就开始哭闹起来，说全世界的人都在欺负他，欺负她是个独身的女人，说自己不过是离婚了，又不是小寡妇，说还要找你拼命，我就知道我说错了话，这是昨天下午的事情，今天她没有来办公室，我才透口气。你说，这一个办公室，咋个处嘛，唉！”我就明白了，老贾冤枉我的出处在这里呀，我啥也不想问了，免得秀兰伤心。我劝了劝秀兰：“不要跟她一般见识，她就是这么一种女人，你能忍就忍了吧。还有，我们以后说话得小心点，隔墙有耳，俗话说，宁愿得罪君子也不能得罪小人，他们就是传说中的小人。”她难过地说：“我是不是不该提到你的名字啊，当时我一着急就想到了你，觉得你很有震慑力，我就想把她镇住，让她闭嘴，谁知道呀，唉！”我最后补充说了一句，身正不怕影子斜，随他们去吧。

黄小诺知道这件事的时候已经是第二天了，她恶狠狠地“呸”了一声，说：“我还没有告诉他老婆他带小姐去喝酒唱歌呢，他倒是先咬起了人！你千万不许生气，对你的眼睛不好，人在做，天在看，善有善报恶有恶报！要能打官司就好了，诽谤罪，我替你作证！”我从来没有见她这么生气过，还劝我不要生气，她已经气得不行了。

离寒假还有三天的时候，霍康来通知我，搬回语文组去。我就通知了官翌，她喊了四个男学生，一次就把我的东西搬回了原来的办公室，重新回到组织的怀抱，我们都欢天喜地的，就差相拥而泣了。我说：“小官人，我才在教务处干顺了，就被下马了，是喜是忧呀？”官翌似笑非笑地说：“小娘子，你这就叫安全着陆了，未必不是好事，好好念几遍‘不以物喜不以己悲’吧！”我们就会心地笑了。

在工作单位有这么一个善解人意的宽厚仁慈的朋友陪伴，足矣。

7

我以为有些事情你不去想，它就不存在了，比如我的眼病；我以为有些事情你不去触碰，它就安静了，比如我得罪了校长，但是我错了。

因为眼病越来越严重，越来越明显，家人不说，同事不提，只是都替我悄悄地担忧着，这就说明存在了就是存在着。老贾从那以后对待我的态度完全变了，你解释不清楚，也不给你解释的机会，误会一旦造成了，你就得接受误解，谁让你得罪的是个小气的老大呢？

这种误解，强于眼病，因为一个是人祸，一个是天灾。天灾你就只好认命，人祸呢，你就想抗争一下。

有一天晚上我想了很多很多，就写下了：

悲秋情歌

秋有色

多迷惑

取舍之间都是错

红是叶

棕是果

云淡风轻雁当歌

西风起

湖水浊

千帆尽过君未过

进也错

退也错

只剩下悲戚戚无处躲

凤钗戴

戴了脱

有酒无心醉秋波

天也阔

地也阔

策马扬鞭万城破

想也多

忘也多

胸容古今与丘壑

试问君

怎就容不下一个我

我拿给周凯看，他草草浏览了一遍说我无病呻吟，看不懂，都寒冬腊月了，还唱秋天，我说秋天才肃杀，才符合我的心境，本来去教务处就是秋天里发生的。唉，好想提醒老贾，以后提拔人才不能选在秋天，秋天的蚂蚱没有几天蹦头，应该选在春天，生机勃勃的，多好。看我郁闷了好几天，周凯问我要不要去打老贾一顿，喊上姚航，以解我心头之恨。我知道周凯说的是安慰我的玩笑话，我给了他一拳，那就算了，还嫌不够乱呀，本来就是一个误会，本来不明白是谁造我的谣，现在也清楚了，只是不知道他们目的何在。时间，时间是唯一可以信赖的朋友，它会解释一切，可以澄清一切。

正想呢，小然突然跑了进来，神秘兮兮地说："爸爸妈妈，婆婆屋里有巫婆，我怕！"我就跳起来拉了他的手去看，原来是录音机里在放"白雪公主"，我就笑了，我说："那是故事里的坏蛋，来，小然要是害怕，我们就换一个，听丑小鸭吧。"他把小脸贴着我的脸，我觉得很幸福，很满足。孩子的世界多么单纯啊，多么快乐啊，全部都是美好的童话。

正听呢，录音机里又传出一些讽刺挖苦丑小鸭的声音，小然说："坏蛋，在骂我的丑小鸭。"我苦笑了一下，摇摇头。童话也是很有意思的，哪怕是给孩子们看的，里面也必定有坏蛋，而且都面目狰狞，心狠手辣，阴险歹毒，诡计多端，从小就警示孩子们有好人的地方一定也有坏人。好在也灌输一个思想，世上还是好人多，坏人想躲躲不过！这么美好的童话尚且如此，何况是现实生活呢。

心里这么想，生活就恢复了一些平静，只要跟小然在一起，我什么烦恼都不去想了，没空。

才平静下来，周凯却又给我出了一个不大不小的难题：搬家。

现在搬家也成了我一个不敢触碰的问题了，老老小小住了三年多，说分开的话就说不出口，要不然，我们早就搬过去了。饭桌上偶尔提起过这个问题，爸爸就叹气，妈妈就红了眼圈说："小然是舍不得外婆的吧，是吧？小宝贝！"小然不明就里地"嗯"了一声，妈妈马上说："看吧，我就知道我们小然最懂事，永远要和外婆外公在一起。爸爸妈妈想去哪里就去哪里，我们小然就在这里，哪里也不去。"我妈啥时候变成这样的不通情理了呀，这话说得话里有话的。我跟周凯对视了一下，周凯说："好哇好哇，我们先过去，理顺了再来接小然吧。"除了小然叽里呱啦地跟外公说幼儿园的事情，大家都沉默着，一顿饭吃得相当压抑。

选择了一个周末，周凯带我去了新房子，一开门，眼前一亮！

我的新家，一年半才装修好的新家。

白色的地板和墙壁，原木色的门窗家具，果绿色的布艺沙发，绿色的冰箱，鹅黄色的窗帘，色彩明快简洁，是我们预期的效果。每一个房间都走了一遍，周凯抱起了我，眼里含笑地说："满意吧！"我使劲点点头。他又说："那就搬过来呗，这屋里就差人啦！"我说："还差好多喽！桌椅板凳，锅碗瓢盆，油盐酱醋，萝卜白菜，衣服鞋袜，针头线脑，笔墨纸砚，琴棋书画，珠宝细软……"他亲了我一下，说："还有全套的床上用品和取暖设备，唉，建起一个家不容易啊，不容易啊！"我说："那就珍惜它，好好过日子，不许吵架。"他把我放在沙发上，转身又去看窗外，轻轻地念叨："可惜那门面了，全部卖光了。"我没敢接嘴。

我拿出纸和笔，列了一个清单，看看要买些啥东西，他突然说："思楠！别忘了记下麻将，我们要杀富济贫，把那几大银行的喊来，杀他们个落花流水，我好买个摩托车，上班用！"我们俩大笑起来，我在纸上还写了一个"小台灯"，底座是一个大夹子的那种，好夹在桌子角上照着我打麻将。

临走时，我们都恋恋不舍，周凯说："你没有发现屋里的灯很亮吧，客厅是十六个灯泡的，黄色的，你喜欢吧？保证晚上你看得见。"我说喜欢，心里就一暖，说："走，回老妈家搬东西去。"他很吃惊地看着我："真的，你敢？"他怀疑地问，我点点头，我们就欢天喜地回去了。

从那以后我们两个人就像两只忙碌的蚂蚁，一有空就往新房子里搬东西，有放在妈妈家的旧东西，有老房子的旧东西，也有新买的小物件，反正不能动作太大，一点点慢慢搬，怕父母发现了受不了分开住的打击。但是最后搬棉絮的时候还是被他们看到了，妈妈先是一愣，说："我是说最近你那屋里少了好多东西，原来你们在往那里搬呀。"我很尴尬地看着妈妈，她的眼圈又红了，说："还差啥？就差棉絮被套了？我去帮你们准备吧，你们要搬家就搬吧，小然可不能说走就走，我，我我受不了！这家呀，只能添人，不能减人。"本来是个好事情，她这么一难过，我就不知所措了，周凯连忙说："行，妈，那就劳累老人家了，不管搬不搬，我们在您这里的时间还是最多的，每天不还要来吃饭吗？小然还得你们接送，过年过节基本上都在您这里，不嫌麻烦就好了！"丈母娘喜欢女婿是千真万确的，周凯这么一说，我妈就委屈地点点头说："你那楼太高了，我和你爸难得爬上去，你们就多来我们这里吧。还有，思楠眼睛近视，周凯，你要照顾好她，煮饭做菜要小心，别烫着她……"唉，说得好凄凉，好像我是今天要准备嫁出去一样，心里怎么就这么难受呢！觉得做了一件很对不起他们的事情似的。

开学之前我们就正式搬了过去，总得先适应一段时间，毕竟是自己开火做饭过日子。一下子就自由了，一下子就放松了，想做饭就做饭，不想做就回父母那里吃一点，想睡懒觉就睡，不担心老人家念叨了。

闲来无事我们就想约温箫语他们来打麻将，结果一群人都拖儿带崽的，说走不开了，周凯的计划就落空了，这让他很失望。我说带同事来玩也是一样的，他就又高兴起来，说快喊快喊吧，我说那就是穷鬼打饿鬼了，他说不怕，他们都怕我这个厉害鬼就行了。我就喊了小诺、海涛、林岚、老谢围了一桌子，穷鬼聚会了，就看谁更穷了。我还是赢得多，输得少，看来我最穷！

我们偶尔把小然接上来住，没有他，刚开始我特别不习惯，有好几个夜晚，想起了他，摸不到他的小屁屁和胖手，听不到他甜甜地喊“妈妈”，我就哭了，周凯说：“一下子接上来肯定不现实，老的更受不了，你先忍忍，等我想个什么办法吧。”想了几天，他想出来了一个办法，买玩具，多买点他喜欢的玩具。小然果然很欢喜，每次离开外婆家都会说：“我去妈妈家，妈妈家有大恐龙！”外婆也不甘示弱，下一次回去的时候就喊不动小然了，他笑着说：“不去妈妈家喽，外婆家有大飞机！”说完自己还做了一个飞翔的动作，我一把搂住他，他就挣脱了我，跑去拿飞机玩了。我妈妈在旁边还哄抬物价呢，小然想要的玩具外婆都舍得买！老爸也在一旁偷偷地笑。

就这样，“夺宝之战”拉开了序幕。

多像电视剧啊，连情节都这么相似。

人生的舞台就是这样幕起幕落，布景在不断地变幻，故事情节也在发展，但是主角还是自己，爱恨情仇在上演，悲喜交加在更替，演着自己的故事，看着别人的人生。

我想起了海涛说过的一席话，绘画的魅力就在于，它把人生中你认为最绚丽的最动情的一个瞬间定格了，可以反复地欣赏，反复地品味和反复地思考。这时候你要是沏上一杯茉莉花茶，静静地坐一会儿，好好做一回旁观者，那就更好了。

看，只有一颗自由的心才有这么多天马行空的想法。

七·海棠花开

海棠花语

离愁别绪，

总在你的预感和预期中来临，

我没有散发任何的香味，

可是你却记得我存在过，

绽放过，凋零过，

就在你家后院里。

你说我是温和的，美丽的，却也是寂寞的，

因为爱你在心口难开。

1

新学期，我们要准备五月份的师生艺术节，还要备战六月份的中考，所以很忙很紧张，要做的事情千头万绪，堆积如山。

那天我让学生交毕业用的一寸照片，突然发现，他们都长大了，我拿初一进校的相片做了一个对比，感慨万千，天天看着还不觉得，这么一比较，啊，男生都长出小胡子来了，成了半大小子；女生都出落得秀秀气气的，成大姑娘了。

这是我的娃们，这一刻我特别有成就感。

有一天我开班会的时候突然就伤感起来，我说："你们都大了，要飞走了，我舍不得啊，你们晓得不？我特别要感谢几个人……"李佳佳就笑道："您这是要发表获奖感言啊！"大家就笑了，还一起说："感谢党和政府，感谢各族人民，感谢海外侨胞港澳同胞！"我就打住了他们的发散性思维，微笑着说："严肃点严肃点，看春晚看多了吧！除了你们感谢的之外，我要感谢李佳佳同学三年来的敬业爱岗，她简直就是我的左膀右臂，让我这个班主任轻松不少；感谢曾阳刚同学，三年来，他任劳任怨，不计较不抱怨，我和同学们从来没有为打扫卫生操过心劳过神；感谢肖春发同学，他就像我的亲生儿子一样照顾我，心疼我，他和你们一样，从来就没有嫌弃我的眼睛不太好；感谢赵志勇同学，他跟他爹一样善良，帮我照顾三个住得远的崽……"我一路说下去，把每个孩子都说到了，然后就哽咽了，他们也一个一个低下头去，和我一起落泪，有的女生趴在桌子上抽泣起来……

停顿了一会儿，我调整了一下情绪，接着说我一直想说没有说的话，因为以前他们还小，说了怕他们不理解，现在不说就来不及了，他们就要离开我了，我希望他们带着我的心里话离开。我说：“孩子们，为了把你们带好，我生过气骂过人，拍过桌子挥舞过扫帚，还揪过几个人的耳朵，打过几个人的手心和屁股，那都是不得已而为之，你们爱也好恨也罢，就只有这短短的三年，我是不是一个好老师，你们说了算，时间说了算，我的良心说了算。今天我想说的是，首先要多读书，这不一定能改变你们的命运，但是会让你们的生活丰富多彩，这在以前我都讲过很多次，今天讲是怕有的人出了校门再也不读书，然后把学的东西都还给老师了。其次我想对女孩子说，虽然我们是农村女孩子，但是更要自尊自爱自强，你们有了文化，也可以做自己心中的公主，这是我们共同的梦想；男生也是一样，不知道你们发现了没有，我从来不在你们面前贬低你们父母从事的劳动，无论是卖煤粑的，摆菜摊的，修手表的，种小葱的，这都是平等的职业，都是靠双手吃饭，是值得我们尊重的职业，所以你们以后出去了，也不要羞于提到父母的劳作，他们是辛苦的，也是勤劳的，其中很大程度上是为了让你们过得比他们好。就算将来你们也从事同样的职业，也要摆正心态，干好它，比如种小葱比别人的产量高，卖煤粑也比别人的销路好！只要是正当的职业，你就有了做人的价值，比如进城打工，就算是掏下水道也掏得比别人聪明，不会被淹死被呛死被毒死，做就要做一个有素质有头脑的农村人，你就会被尊重被称赞。”

我看着他们重新仰起的小脸，眼睛里都闪动着泪光，我很感动，也有很多感慨，千言万语堵在嗓子眼儿了。的确在很多方面他们比不了城里孩子，但是他们身上不也有城里孩子不具备的精神品质吗？不然城里的很多事谁来完成呢？谁来支撑社会的基础建设呢？我们是乡下人，我们要做一个能干的乡下人！我能做的就是告诉他们这些，提醒他们，鼓励他们，相信他们。

最后我用眼睛把他们扫了一遍，虽然我只看得清楚第一排孩子的脸。

我语重心长地说："刘老师再说一句将来的话，那就是女生不到二十岁，男生不到二十二岁，不许谈婚论嫁，不听我的话，以后就不要来见我！你们是我第一次从初一带上来的学生，我把你们当自己的孩子才说这些，也不知道听懂没有……"说到这里又说不下去了，没有人笑我，换在平时他们一定炸开了锅，今天他们没有。

正惆怅着呢，李佳佳站了起来，吸着鼻子说："还有一件事情您忘了谢我们了，是我们让您留长了头发，把您变漂亮的！"我再一次流出了眼泪。离别之情被我提前渲染了，也好，这样她们就会更加珍惜剩下的不多的时光，好好复习，迎接中考。

林岚回到办公室的时候眼睛也红肿着，官翌说："你们俩一起煽情去了吧，唉，自古多情空余恨啊！"我说："你还没有到时候，到时候你试试看，泪流成河，发大水冲走你这个没心没肺的家伙！"官翌突然冲我身后喊了一声："胡星明！进来呗！鬼头鬼脑地看什么？"果然"店小二"胡星明慢腾腾蹭了进来，低着头，林岚看到是他，就说："你怎么又来了，刚才在班上还没有哭够呀，就是你带的好头，害得我提前一个月就哭了，计划都被你打乱了，还有什么事，说！"胡星明瘪着小嘴说："她们在，我说不出来。"林岚没好气地说："说吧，她们没有把你当外人，你不是也把刘老师官老师王老师啊当亲人的嘛，不说是吧，不说就让你一个月不许开口说话，你信不信？"胡星明眼巴巴看着林岚，小声说："林老师，毕业了我可以喊你妈妈不？"小林就愣在那里了。我的鼻子一酸，把脸扭开了，官翌马上说："好，我做主了，以后林老师就是你妈妈了！回家多吃点饭，读初三了，还跟初一的时候一样矮，以后怎么照顾林老师和我们呀。"胡星明鞠了个躬红着眼圈跑掉了。

林岚拿餐巾纸使劲擦了擦滚下来的眼泪，慢悠悠地吐出一句："我还没有结婚，就有这么大一个儿子啦！我的妈呀，我何德何能啊！"说完就想起来官翌的婚期是定下来了的，她就说："早知道应该让胡星明先认了官翌做妈妈的，你看她激动的鬼样子！”官翌狡黠地一笑说：“不行呀，付龙想法很单纯，万一他有什么想不开的，我就麻烦了。”我们就都笑了。

官翌结婚那天穿得很淑女，白色毛衣打底，外套一件大红色的毛线裙，微微盘起的头发自然而别致，整个人就像艺术院校清纯的大学生。付龙那叫一个神采飞扬，乐得合不拢嘴。

闹新房的时候，为了调节气氛，我出了一个脑筋急转弯让他们猜：小明的妈妈有三个孩子，大儿子叫大毛，二儿子叫二毛，请问老三叫什么名字？他们一时没有反应过来，就在那里乱猜。三毛嘛！有人回答。小毛嘛，有人说，还有人说，叫毛毛吧！我知道答案，就觉得简单得可笑，听了他们说的就笑倒了，我说都不对。他们就冥思苦想起来，嘴里念念叨叨，那能叫什么呢？毛蛋？毛虫？毛头？毛驴？付龙高声地说：“管他叫啥，我姓付，我的儿子就叫付小费，谁见了他都这么喊，那他一定变有钱了哈哈！”大家就都笑了，宋爽说他这是暗示官翌给他尽快生个儿子啊。官翌红着脸却不接茬，反而问我：“老三到底叫什么嘛？”我忍不住笑道：“小明妈妈的儿子，他叫小明呗！”大家恍然大悟，这么简单，怎么就被难住了呀。宋爽还在那里调侃付龙：“你儿子将来无论做多大的官，人家都喊的是付主任、付局长、付教授，咋个听都是副职！”付龙说：“我不求那些，生个姑娘像我家官翌那么漂亮贤惠就行，生个儿子像我这么好脾气，勤奋老实任劳任怨就行。”大家狂笑，尤其是宋爽，她说：“你老实，怕是老磨石吧，你要真老实就娶个农村喂猪的婆娘喽！天天往我们井台中学跑，我们吃你买的零食都吃馋了嘴，哈哈哈！”

我让官翌两口子转不过弯来，小诺也让我没有及时转过弯来，她又买了新房子，已经开始装修了。我说：“没有天理呀，我才折腾完，你就闹腾第二套楼房了呀！中国的贫富差距被你们拉得越来越大了呀，叫人怎么活呀！”她就笑着说是姚航他们农行分的福利房，现在姚航调到信贷部当经理了，我说：“哟，你找了一个绩优股呢，姚航是能干啊！”小诺说：“银行也不是你想的那么深不可测，有的工作人员是凭借父母的关系进来的，有能力没文凭，没能力也没有文凭的人多得是，现在干部年轻化，姚航就填了这么个空，运气好呗。”小诺心态永远都这么好，宠辱不惊，这也是我一直佩服的地方。

我就逗她：“怪不得最近你的打扮风格又变了，很职业呢，小西装，长西裤，白衬衣，高跟鞋，真皮拎包，这是经理夫人的派头呢，整个一个白领呀！”她就笑了，神秘地说：“哟，看出来了，我改行了呗。”

原来黄小诺放下了雅雅化妆品生意，做起了保险业务。她的理论是，化妆品是个小概念，涂涂抹抹，知道怎么照顾好自己的这张脸就好了，晓得化妆的基本技巧就够了，没有什么深度和难度，吃的是青春饭，没有挑战性。保险，那就不同了，是一个大概念，生命与健康并存要有一个安全的保障，你才可以在毫无后顾之忧的前提下活着，做你想做的事情，比如工作呀旅游呀创作呀……

唉，一听就知道她又被洗脑了，以前是自己洗的，现在是别人洗的；以前她是洗劫别人的荷包，现在是被别人洗劫了钱财，因为她一口气买了四份保单，我笑她这是“从自我做起”。

不知道为什么，我一听她讲业务我的头就大了。“观念，我给你的只是一个观念，不是要你跟我做保险，而是要接受一个又一个新观念，不然你会被社会淘汰的。”她如是说。我打了一个大大的呵欠，说：“知道了，我下午要训练学生，我们班的节目是双簧，表演者肖春发和陈辉，一个在前面演，一个在后面说，题目是《快乐的马小哈》，我自己写的段子，你要不要先听为快呢？”她就笑了一下说：“算了，演出那天我是评委，反正都会听到的，听多了就没意思了。”我说：“对，听多了我也觉得没有意思。”我俩就会心地一笑。

在这个美好的季节里，林岚和王蓉蓉也陆续结婚了，她们的人生上演着最炫目的一幕。这样一来语文组的女老师全部嫁掉了，老谢说，嫁掉了就安定团结了，接下来就是生儿育女，然后安心教书育人，以后再有学生喊你们妈妈就不尴尬了，最后满脸褶子，满头银发，硕果累累，桃李天下，这就是一个女老师的人生轨迹。完美落幕的时候，观众都比别人的多，当然，前提是你得是个好老师才行。

2

高倩倩的确也结婚了，但是她的结婚并没有引起大家过多的关注，去吃喜酒的人也不多，回来八卦的人也不多，这让她很苦闷。有一天她像疯了一样打扮得珠光宝气的，出没在各个办公室，最后出现在语文组，故作神秘地冲大家说："哎呀呀，你们没有发现我有变化了呀？讨厌，讨厌你们！呵呵……"大家都不想接话，但是觉得不说点啥又不太好，张轩只好说："嗯，变富态了，你老公做饭肯定好吃，看把你养得白白胖胖的。"她得意地一笑："哪里有嘛，是我婆婆会做吃的啦！我老公呀，跟我一样懒，喊吃饭都要喊三遍！"见张轩搭理自己了，她就走到张轩的面前，用手摸脖子上的珍珠项链，还顺便摸了摸张轩光光的脖子，不无惋惜地说："哟，这么好看的脖子怎么也不戴个项链呀，多空呀，人吧靠的还是打扮，气质就透过珠宝首饰展现出来，首饰也靠你的气质提高品位呢。"张轩"嗯"着，不知道怎么回答她。老谢主动走过去搭讪："哟，这么大的珍珠，真的假的？"高倩倩马上来了兴趣："嘻嘻嘻，当然是真的喽！"说完把个大红嘴唇对着老谢做了一个亲吻的动作，给老谢恶心了个半死，老谢就不怀好意地说："我知道，肯定是霍主任送你的吧，他不是才去北海出差回来的吗？可真舍得，他宁愿给他老婆买个空气也绝对不会给你买个假的珠子，你还别说，我以为你会改嫁给他呢！"这个老谢还真敢说，整个办公室的人都假装写教案改本子去了，其实都埋头对着自己的桌面偷笑。

我正好去那边跟张轩商量艺术节的事情，一进门就和高倩倩撞了一个满怀，见是我进来，她又转怒为嗔："啊，我正要去找你呢，好讨厌好讨厌你，我结婚你都没有去，没有得到你的祝福我会不幸福的！你一定要给我祝福，一定要给我补上哦。”我大吃一惊，怎么她的幸福跟我拉上关系了，我不祝福，她就不幸福？这个神经病，哪天真的不幸福了，还是我的错喽！我赶紧对着她白多黑少的大眼睛说：“哦，祝你幸福幸福幸福。”她莞尔一笑：“这就对了，我走了，语文组一点都不好玩。”说完抓起张轩桌子上的几颗红枣，扭着屁股走了。她前脚一走，后脚门就被老谢关上了。“呸！来这里秀幸福，毛病！心理学家说的，秀啥就是缺啥！”

接着老谢就半真半假地埋怨上了组里的人：“人家今天专门来显摆她的珠宝首饰，你们是真的没看出来还是假的不知道呀，啊？迎合一下她呀，配合一下我呀，懒虫啊你们是！就知道逼着我出手，我又忍不住，出了个狠手，哪天我被霍康收拾了，你们记得给我收尸吧！”大家回过头来一起放声大笑起来，张轩笑道：“死老谢，我们就喜欢听你逗她！你是怕鬼的人吗？鬼都怕你三分，你怕过谁呀？连镇政府的人都怕你七分，听说你要去分地哈哈！”老谢说：“他们胡乱圈地都不怕，还怕我合法买地？笑话！不说这个了，还是说高美女吧。”大家就说：“看都看够了，一百年不变的鬼样子，有啥可说的嘛，听你八卦还过瘾一些。”老谢说：“人就是这样的，越是恶心的东西，还越是惦记着，还老挂在嘴上，邪恶呀邪恶，其实邪恶的东西在民间才有生命力，它全面引发了你的好奇心和想象力。”

有人说：“有你老谢在，还用我们开口吗？你那嘴巴，一个顶五个。”老谢就说：“别说我这张嘴了好不，上次我带头骂霍康，还把人家刘思楠给害了，我去解释过，老贾就是死活不信，说我在替小刘背黑锅，说这不是讲义气的地方，你们说他是不是老糊涂了！”大家见我在场，就没有继续议论下去，知道我曾经很受伤。

老谢大眼珠子一转说：“霍康的笑话也没有人听了？”这一招很灵，大家一起放下钢笔，一起回头对着她说：“说吧，邦德女郎！我们这不都听着的吗？”

老谢就说开了：“有一天我走在霍康的后面，有几个学生迎面走来跟老师打招呼，个个喊的都是‘霍老师好！’他居然没有理睬，我以为他没听到，结果一路走过来都有小孩子喊，就听他哼一路，终于有一个识相的孩子跑过来喊了一嗓子‘霍主任好！’你们不晓得当时他的表情啊，我从他后脑勺都能看到他的变脸艺术，他还一把搂住那个学生，说：‘走，去我办公室，我给你棒棒糖吃！’你说搞笑不搞笑？简直就是虚荣透顶，还有棒棒糖，简直就是瓷公鸡身上往下掉灰尘了嘛！”有人接嘴：“是啊是啊，掉下来的也不是他身上的东西，老谢你骂人是跟谁学的呀，绝！”老谢说：“江湖险恶，被小人逼出来的本事，等你有我这么大的岁数比我还厉害。”张轩说：“那就搞个职称评定，老谢是骂人高级，我们都还是初级！”

一听到棒棒糖，我就想起了校园盗窃案，就想起了我受的委屈，我跟大家一起大笑起来。我说：“我只能算是见习生了，笨嘴拙舌的。”老谢说：“不不不，理化生办公室的才差。”大家又是一阵哄笑。

老谢接着说：“还有一回，那天我去总务处问工资的事情，正好碰到霍康那个不要脸的在吹牛，说根据考证，他的祖上是个武林高手，一听就是想把自己跟霍元甲扯上关系，那是我的偶像啊，伴随了我的青春呢，哪里能被他玷污了！我就忍不住说：‘霍康你说啥，你是武林高手的后代？啧啧啧，我想他老人家如果知道有你这么个后代一定在少年时期就苦练了葵花宝典，让你没有出头之日！’总务处的人就笑翻了，你们可以想象一下霍康的表情，那叫一个绝！慢慢想去吧你们。我后面还说了一句让他撞墙跳楼的话，我很认真地说：‘霍康，你可能长得还是很像你爷爷的爷爷，老太监相。’”我们这回的笑声是爆炸式的，老谢太狠了！后来我才知道她家有个亲戚在省里某部门做了好大好大的官，怪不得没有人敢惹她，包括霍康这个阴险小人。

本来我是来找张轩谈事情的，这一听八卦就忘了正事了。

张轩对我说：“刘思楠，你别着急，等我也八卦一个再说我们的事情，哈哈哈，免得一忙就忘记了！”

她说：“有一天，我去英语组要我们班的半期考试成绩，正好碰到工会主席在那里收募捐款，就是为那个四中得了白血病的初二孩子，你们还记得吧，我们都捐了，主席说组长带头捐，邓秀兰马上就给了五十元，还说那个孩子的父母她认识，好可怜的一家人，为了这个孩子已经是倾家荡产了，我们的这点捐款真帮不上什么忙，最好去找红十字会。主席说作为兄弟学校我们也就是献爱心，的确也是杯水车薪。等主席走到高倩倩面前的时候，她眉毛一挑说：‘行啊，我给二十吧，给了也好，让那小孩把我可能得的病都得了去，以后我就不生病了，我一生平安健康，损失这点钱也是划算的！’当时我们都听愣了，主席就板了脸说她的钱他不敢要了，转身就走了。她还在后面喊：‘那就别说我没捐哟，是你不要的哈。’”

天，还有这种事情这种人！不过转念一想，发生在高倩倩身上太正常了。唉！林子大了什么鸟都会有。

怪不得周一开会的时候老贾说，捐不捐款是自愿行为，捐款多少也是自愿行为，但是助人为乐是传统美德，爱心还是应该要有的，那就是自觉行为了。当时我还以为只是募捐宣传呢，没有想到，幺蛾子出在这里呀。听了怎么让人心里这么不舒服呢，哽得慌，幸好我们井台中学就出了这么一个妖怪，要不然叫人怎么想我们呢，真的是一粒耗子屎坏了一锅汤。

我忍不住又问了一个问题，你们谁知道高倩倩到底嫁给谁了呀？这个人可真倒霉。老谢说：“这个我真知道，嫁给了一个小学老师，那个男的一见面眼睛就直了，流着口水同意了，说他从来没有见过这么美丽又迷人的女人呢，唉，可怜的男人，一张脸皮就蛊惑了他，连人妖鬼怪都分不清楚了，可怜可怜，娶她回来就给他戴着一顶绿帽子，他还美滋滋的，将那脖子扭几扭，实在标致极了！”

张轩点评道：“拔高点，这叫缘分，降低点呢，这叫活该！”

精辟！

我迫不及待地回到我们这边小办公室，转述了听来的八卦新闻，八卦的速度就是一阵风的速度！马上就是一片骂声笑声，王蓉蓉说：“以前只听说雁过拔毛，铁公鸡一毛不拔，现在贬人是说铁公鸡掉铁锈渣，如今老谢说他是瓷公鸡，更狠！”官翌还打了一个寒战，说：“只听说过蛇蝎心肠，高某就是现实版的蛇蝎，幸亏不是我们语文组的人。我觉得她既然学的是英语，就应该出国，打入那些对咱不友好的帝国主义内部，祸害他们去，还替祖国人民出份力了，免得在国内祸害我等芸芸众生。”林岚说：“你以为外国人都是傻瓜呀，他们也不要这样的人，人家要我们考托福喽艺术喽这样那样喽，选的是人才，她要去了，说不定早早就被遣返回国了，啧啧啧，人不要脸鬼都怕啊鬼都怕！”说得都唱起调调了，张轩跟过来了，说：“鬼怕谁，谁怕鬼？看你们这边热闹的，思楠，我们俩忘记谈正事了。”我们俩就相视而笑了。

艺术节上我们又有一个合作节目《扭秧歌》。

张轩跟我商量，光这么扭秧歌，就像大街上老大妈似的，要出彩，要拿奖还得下功夫。我说，这马上就要比赛了，也来不及改呀！她说在形式上想个能出彩的点子就行。我说：“你这就提醒我了！我妈认识居委会的干部，去借他们的‘大头’来扭，就是不扭，光是站着戴个大头就搞笑得很！”一拍即合，我们分头行动，我去借大头，她去重新排队形。三天后效果就出来了，那些滑稽可笑的大头一戴上，别说外人，我们自个儿看了都笑得直不起腰来了。

盼望已久的师生艺术节终于到了，彩旗飘扬，锣鼓喧天，井台中学像过大年一样热闹。其实头一天老贾就找过我，垮着一张老脸说：“你，赶紧要一个节目单，把串台词写了，去吧。”多一句话都没有，我想我就好好写，在他面前重新塑造一个真实的我，也许慢慢他就改变对我的成见了，我很高兴地点点头说：“好，校长，我保证完成任务。”他抬头看了我一眼，表情怪异，我的脸很不自然地僵住了。我转身出去，心情一点也不好，自己在篮球场上走了两圈，转念又一想，有什么放不下的嘛，我又不是为他一个人做事，我这是为了井台中学的艺术节服务，操场上已经有工人在搭建舞台了，他们不就是跟我在做同样的事情吗？明天他们用漂亮的舞台跟你兑现工资，我用精彩的串词和节目跟你兑现承诺吧。

果然，“大头”一亮相，台下就笑倒了一大片，小小的身体长个大脑袋，还做着各种滑稽可笑的动作，比如老头牵了老太太的手相视一笑啊，孙悟空踩到七仙女的脚还帮她揉了揉呀，猪八戒的长嘴碰到娃娃的脸了呀，大家一起在节奏感很强的乐曲中跳劲舞呀，真是要把人活活笑死，连老贾经常拉长的脸都笑成了一朵老菊花，他问旁边的学生这是哪个班的节目，正好问的是我们班的学生，他们就大声回答他：“我们班我们班！刘思楠老师和张轩老师班的！”老贾就一下子垮了脸，哼了一声走开了，搞得学生莫名其妙，他们跟我转述了这个情节，我心里一寒，至于吗？对我的仇恨辐射到我的学生身上了，小家子气！但是我没有跟学生这么说，我解释道：“贾校长平时严肃惯了，校长嘛，都板着脸，好不容易笑了，还被你们看到了，他多难为情呀。看来我们的节目就是好看！”

我编排的双簧也大获成功，这出乎评委的意料，却在我的意料之中，这可是我借了图书室偷偷排练的，没有人知道，这一拉出来还真的在舞蹈和歌唱节目之外异军突起，小辫子，俏皮话，甩包袱，笑翻了全场，节目相当抢眼。

其实我还有一个优越的条件，评委清一色是我的亲人：黄小诺、官翌、老谢和宋爽！看这阵容，明白了吧，朝中有的是人。

官翌调侃我道：“我可没有徇私枉法啊，好就是好，不好就是不好，我是秉公执法，秀兰她们班的舞蹈，就算我打了低分，她最后也是全场最高分，这叫实力！”我搂着她的腰说：“小官人，你就夸夸我呗！”她就坏笑道：“用得着我夸吗？好得很！你想花钱买八卦吗？我有一个新鲜的。”我说五块！她说成交！“今天我就在评委席里听到一个版本，说你的双簧讽刺的可能是教务处的马主任，因为整个井台中学就他一个姓马的，你的双簧叫《快乐的马小哈》，你啥意思啊？”她一爆料，吓我一跳，喊道：“窦娥吧，把我逼成窦娥吧，还没有走出告状风波，就要掉进诽谤漩涡里了呀！”

其实有的八卦挺有意思的，尤其是你讨厌的人的负面新闻，不仅娱乐，还特别解恨，更能起到舆论监督的作用呢。比如霍康和高倩倩的八卦，我们井台中学八卦他们的时候都很开心，他们可能也知道一点点，最近都收敛了，主要是高倩倩重新嫁了人。

3

中考结束了，学生们陆续回来拿走了毕业证，我留下了他们每一个人的照片。

那天，李佳佳扯了扯我的马尾辫，说："一个好的建议可以改变一个人。"我也扯了扯她的刘海，说："有的错误一生只能犯一次。"我们眼里都噙着眼泪。

肖春发也说了一句："我会回来看你的。"说完很潇洒地转身，离我而去，他以为他长大了，可是在我眼里他还是个孩子。

王蓉蓉还专门从林岚那里要了一张胡星明的一寸照贴在墙上，她说不开心的时候就看上一眼，心情就好多了，因为这孩子长得太喜剧了，又讨人喜欢，虽然没有教到他，但是三年来感情还很深呢。

我们有时候也看看这张相片，也一起笑，想想那些快乐的时光和这个超级可爱的孩子。

放假了，在七楼的家里待着，很惬意，因为我把小然接上来了，早上送他去幼儿园，回来时买好菜，一整天都在阳台上看书，下午去接他回来，然后做饭等周凯，这就是我想要的幸福生活。

小然从幼儿园回来会没完没了地问："妈妈，你在看啥？"我说："《平凡的世界》。"他说："哦！你看书呀，里面有虫虫没有？"我说："没有，但是有故事。"他就爬上桌子把小脸压在书上斜看着我说："妈妈讲嘛，月亮婆婆嘛。"样子像只小狗狗，我忍不住亲了他的小脸蛋儿，说："走，妈妈给你和爸爸做好吃的去，边做边讲！”过几天他又问：“妈妈，不是‘世界’了？你在看啥？”我说：“看金庸的武侠小说《笑傲江湖》呀。”他说：“哦！江湖里有孙悟空没有？”我笑道：“没有，有功夫，电视里才有孙悟空啊！”我边说边比画了几个猴子的动作，他就大笑起来。他转而神秘兮兮地说：“妈妈陪我看电视吧，屋里有妖怪山洞，有大老虎、黄袍怪，我怕！”我就笑了，他趁机拉了我的手去开电视，这个想象力丰富的孩子，实的、虚的混在一起了，不敢一个人在客厅看电视。

这是我和周凯想的“抢夺”小然的好办法之一，给他买了很多光碟，尤其是他喜欢的《动物世界》，我妈一打电话过来，他就奶声奶气地说：“算喽，我就不回去了吧，妈妈家有大老虎、狼蛛、狮子王，婆婆你家没有。”我妈赶紧说：“有有有！有好吃的，外公钓了小鱼，你回来嘛，还有好多好吃的等你，你不回来它们就跑了！”小然就动摇了，怕婆婆听见，小声问我：“妈妈，婆婆说有好吃的，我们去吃了，再回妈妈家看大白鲨，好不好？”我说：“好！但是说好了，吃完了要回来的哟。”他就答应了，抱着大恐龙回去了。

吃完了好吃的，两个老人家就带他跟小区里的小朋友玩去了，完了，喊不动了，多喊几声，他就在小朋友和我之间跑来跑去，左右为难地看着我说：“妈妈，狗狗要我，昆昆也要我，我想和他们玩滑板车，好不好？”凡是这样的请求我是有求必应，因为看他玩得真的很开心，真就不忍心拒绝了，还有什么能比一个孩子开心快乐更让一个母亲舒心的呢？我们又输了，输给我妈，输给了别人家的孩子。

近来，我的眼睛很不舒服，有了新的变化，每天早上十点和下午三点钟左右，眼睛都会昏暗一阵子，过几十分钟后自然就好了，有时候紧张啊，激动啊，生气啊眼前就会一黑，我就只好闭目养神，所以给人的感觉我总是懒洋洋的。有时候连小然也觉得我不好好跟他玩，所以很想去跟小朋友玩。我不想跟人解释这些，首先是我自己害怕提及这种感觉，其次，我不想让家里人知道了担心，最后才是不想让同事发现我的缺陷。他们偶尔拉我一把扯我一下，我就会羞愧不已，我不想让他们觉得我快要成一个残疾人了，而且是一个需要大家帮助的可怜的盲人。所以我在强撑着。

我在没有小然的黑夜里思考我的未来，黑暗在我身边蔓延，越来越浓密，越来越厚重，越来越恐怖，越来越令我窒息，它们占领了我的黑夜，正想扩张到我的白天，还想占领我的白天，它们还要吞噬我的日光、月光和星光。这还不算，还要吞噬我的柔和的灯光。而我，在沦陷，在溃退，一点点地退缩，一次次逃避，一天天掩饰。

我不能多想，想多了会哭，想多了会在梦里迷路，我经常在梦里担心天会黑，我问路人："天要黑了吗？你知道去井台乡的车来了吗？你知道我家住在哪里吗？你认识我爸妈吗？你能带我回家吗？"他们的脸都不清晰，摇摇头走了。我就害怕起来，然后我就看到小诺了，我欢快地喊："小诺，小诺！我在这里，在这里！我们快坐车回家吧，天要黑了，终于看到你了！幸亏你还在！"我总在梦里提醒自己，天黑之前一定要赶回家。

半夜被梦里的情形吓醒，一般就是迷路了。我抓住周凯的手，他睡得很沉，我就想，如果他知道了我的疾病，如果我真的瞎了，他还会爱我吗？还会要我吗？他会不会难过，会不会跟我一样绝望呢？

不敢想了，我害怕那一天的到来，慢一点吧，只求这一点。

有小然的夜晚我就没有空闲想这些，我们说着童话故事，我说："小然，妈妈就是那个白雪公主，你就是那个善良的小矮人，我过一会儿吃了巫婆给的毒苹果，就会昏倒，然后，你要记得摇醒我哟，使劲使劲摇我哟！"他："说好。"我就假装吃了那个毒苹果，假装晕倒了，还假装喊也喊不醒，他就马上爬到我的身上，在我的胳膊上狠狠地咬了一口，疼得我尖叫一声，他就吓哭了："妈妈，你要死了吗？妈妈……"我哭笑不得，抱起他安慰道："没事没事，小然不怕，"我比了两个不同的动作，"妈妈要你这样摇我，不是这样咬我！"我们就笑倒在床上了。周凯跑过来看我们，说："你们娘俩能小点声不，半栋楼都听到你们又哭又笑的。"我们就以最快的速度钻进了被子里，小然的小屁屁还露在外面，就被周凯抓了一个正着，他在被子里笑得咯咯的，这对于小然来说也是一种游戏，躲爸爸，真好玩。

他觉得好玩，就要再来一遍，又来一遍，结果我们来了五遍，闹着笑着，累了，我们才睡着了。

借着强烈的自然光和台灯的光亮，我还是可以阅读和写字的。白天也可以不想眼睛的事情，那就是看书，我抓紧时间看了很多好书，不单单是为了填充时间，遗忘痛苦，其实慢慢也觉得看书是一种生存，或者是寻找生存的另外一种方式，也是为了有更大的勇气面对人生的苦难，因为许多故事里的人很有勇气，很多故事会让你内心产生出和主人公一样的勇气和胆量。

我在寻找我的存在，存在下去的理由。晚上我会在灯下写散文和诗歌，我觉得是有感而发，周凯却永远觉得我在无病呻吟，他更喜欢我和小然靠着他看国际新闻和体育比赛。

我整个暑假急着要做很多事情。不做就做不了了，因为我发现我看书会跳行了，写字也会错行漏行，两只眼睛的焦距有了问题，恶魔在走近我，我却想摆脱它，远离它，也许我在跟它们较着劲。我告诉自己，一息尚存，就要斗争到底。

快开学之前李佳佳打电话告诉我，班上有七个人考上了高中，两个考上了幼师，还有十几个去读职高了。唉，我们学校消息太闭塞了，这么好的消息也不通知一下我们当班主任的。心里正埋怨呢，工会主席通知我去学校评职称，我都不知道怎么就轮到我评职称了，总觉得跟我们这样的一般老师没有关系。来到学校才知道今年有七八个老师因为年限到了，可以评一级教师了，我喜出望外，也跟着大家一起去教务处领取了一大堆表格，也跟着大家乐颠颠地填写起来。

唯一让我不爽的是，高倩倩也要评职称，你越怕遇到谁就越狭路相逢，冤家路窄。

大部分的表格填好了要去教务处盖章，我就眯着眼睛去找马主任。为了表示礼貌，我轻轻地推开虚掩的门，推开就后悔了，我又看到了不该看到的一幕，高倩倩半边屁股坐在马主任的椅子扶手上，半边身子靠在他身上，马主任斜着身子正在签字盖章，嘴里还说：“嗯，高老师，你去坐沙发吧，这里，这里有点不方便，我的办公室条件有限！”高倩倩就噘着红唇娇嗔道：“不嘛，我要看着你盖，怕你一不小心漏了一个！”说完顺势滑下扶手，正好坐在了马主任大腿上。我愣在那里了，这时候老谢很不凑巧地冲了进来，大声地问：“老马，今年有没有高级指标啊？”马主任和高倩倩一起猛然回头，一脸的惊愕，回头看到是我们，马主任的脸成了酱紫色，高倩倩从他身上弹跳起来，说：“哎呀，我的鞋跟太高了，站也站不稳了。”说完扭出了办公室，路过我的时候眼神狠毒地扫了我一眼，我居然还看到了，阳光太好了，她的眼睛太大了，我没有办法拒绝这个白眼。

我和老谢问完问题出来的时候，老谢抓了抓我的胳膊，坏笑道：“怎么样，精彩吧！她这叫生活的常态，你个大近视眼，少见多怪，要学会视而不见，你看你的表情，太夸张了，我都不好评价你了。下一次啊记住了，她就差对我们可爱的老贾下手了，哈哈哈！”

开学之前为了评职称的事情，有人告到了教育局，说井台中学有人造假，老贾赶紧召集我们开大会，我就听到老贾在台上说：“有的人不知道天高地厚，年限到了就跑来评职称，哦，年限到了就可以啦，谁告诉你的？那只能说你岁数大了！还有人想评高级，你有东西吗？就想评高级？你以为破格是专门为你家开的呀，幼稚！还有人自己用萝卜刻章造了一个镇政府的优秀，你得没得优秀我们还不晓得呀，胆大包天！”我认真听了一下，觉得前面好像是说我的，中间好像是说老谢的，后面是谁就不知道了。我的心就怦怦乱跳起来，我悄悄问官翌：“他在说谁呀，我听着怎么这么心慌呢。”她瞪着大眼睛问：“你造假成绩啦？”我说：“还没有，成绩不好看，但是在走读班里是第一，符合条件。”她说：“你刻萝卜章了？”我说：“没有那么大的狗胆！”她说：“那你心虚什么，我还以为你造假了呢，对号入座了，想你也不敢嘛。”后来就听到老贾说要成立一个评审小组，他亲自当组长，在学校先评出候选人再给他申报的资格。

我听了一下，成绩、荣誉、论文，我都有，放心了。

接下来的两次会议我就听出了端倪，老贾就是针对我的，尤其是他看我的眼神，充满了浓浓的讽刺，浓得我透不过气来。

我决定放弃了。

我抱回了我所有的档案，突然心里就一阵轻松，但是过了一会儿又涌上了莫名的委屈和惆怅。

我找到了哲人海涛，跟他说了我的烦恼，他说："能说出来的事情就不是烦恼了，你只是想放下这件事了。凡事讲的是天时，地利，人和，缺少一个都不行。俗话说得好嘛，命里有时终会有，命里无时莫强求。有的人面对势在必得的东西时想得太满，一旦有点闪失，有了遗憾就受不了了，人，要给自己留有余地。"

我就问他，那我评还是不评呢？他说，随心吧。

我说，那就算了。

4

我一直觉得马主任这个人挺好的，为人谦和，做事认真，见谁都主动打着招呼，尤其是我在教务处干的那个学期，他从来就没有为难过我，从前当他是上级，不敢多说话，在一个办公室待过就没有那么拘束了，可是最近他明显地变了，对我爱搭理不搭理的，难道就是因为我乱闯了教务处吗？我不敢多问。

一事不顺事事都不顺。

这个学期学校有一些人事变动，因为有调走的，有被提拔了的，所以老贾想换几个教研组长，重新整合一下各教研组。我们组提了老谢，老谢却陷害忠良一样地提了我，还全票通过，这下可把我害苦了。老贾参与了我们组里的民主投票，他一直板着脸，我就知道他是不满意我的当选了，看着他嘴角讽刺地微微上扬，我故作镇定地笑着说："贾校长，我知道我不适合的，您重新选一个人吧。"他听我这么说，眉毛一挑，说："那我哪里敢呀，这是民主推举的，大家都同意了，我能说不同意？笑话，你连这个道理也不懂？你是很有号召力的人，我早就看出来了，一呼百应呢，组里的工作一定很好开展。"说完站起身来要离开小会议室，我想他离开了，我的话还没有说完，事情没有解决好，以后的日子是很难过的，我拦住他说："贾校长，我现在就向您提出辞职，组长我干不了，真的没有经验，您换一个人吧。"他侧头想了想，说："大家提的你，又不是我提的，你为难我干啥？大家这么信任你，喜欢你，拥护你，你为学校，为组里做点事情都不乐意了，年纪轻轻的就想闲着，做给谁看呢？做吧，你能干得很！"说完抽身就出去了。我的心往下一沉，这是啥语气啥态度嘛，是人都听得出来，明摆着对我不舒服嘛，我都快哭出来了。林岚握着我的手说："没事，我们支持你，我们帮你做！"老谢也一脸的无奈，说："小刘，不怕，就算是我害了你，一个破组长，你绝对干得下来，我不相信别人，我还不相信我自己的眼光？"大家就簇拥着我走出了会议室。

回到办公室，我继续郁闷，官翌说："哎呀，有的人官运亨通呢！还有啥愁的！"我瞪了她一眼说："还不是碰到你这个官家了，我就成倒霉蛋了。"王蓉蓉安慰我道："来来来，刘思楠，我们一起看看胡星明的相片吧。"我们一起大笑起来，知道的人晓得我们在笑可爱的店小二，不知道的还以为我们为这次的当选欢呼雀跃呢。

工作单位中有这么一群合心的人，真的可以有福同享，有难同当，这就是幸福。

后来我静下心来想了想，不就是个组长嘛，让我干就干吧，态度还是要端正才行，组里的姐妹选出来的，为了她们的信任也要先干着，能力是能力的事情，以后再说没有能力的话。

黄小诺也当上了综合组的组长，她笑弯了腰，说："我晓得，问题的关键不是想让我当组长，是想用这根绳子拴住我的腿，一个月十五块钱就想把我收买了，笑死笑死！”我问她干不干，她说：“干呀，为什么不干呢，组里选的我，好歹是信任我，好歹也是个组长，月薪十五元呢，有人想干想得头都疼了呢。”我知道她说的是高倩倩，为了能当英语组的组长，成天跟秀兰过不去，她一跟秀兰发生冲突，霍康就拿英语组出气，一拿英语组出气，英语组的就更加团结一致不理睬高倩倩，但是私下里对邓秀兰也颇多抱怨，总觉得她太懦弱，不敢跟高某翻脸，害得大家跟着受窝囊气。受点气其实也没有什么，至少我们是这样认为的，大不了他检查办公室卫生的时候，用眼睛翻上翻下地说太脏太乱了呀，分析英语成绩的时候总贬低他们组是专门用来垫底的呀，冬天烧煤的时候，分配给他们的都是碎煤渣呀、破铲子呀，这就是所谓的严重后果。

我们在寝室里议论这些的时候，海涛就笑，我说笑啥，他说：“女人多的地方就是这样，热闹。”小诺说：“你就直接说女人多了是非多呗！”海涛又笑了，他说：“也不全是是非啊，你和思楠林岚她们几个在一起就很和谐嘛，一个团队有一个爱拨弄是非的人，这个戏就唱不好，但是要看领导的魅力和能力了，指挥棒指挥到位，人再多也能和谐，人家韩信不就是多多益善出了名嘛。”

我倒是认为老贾很有办学的想法，也很有把井台中学搞好的能力和魄力，只是他错用了霍康这个小人，就像古代好多帝王错用了宦官一样，最后宦官当了权，然后帝王们被篡位啊，被谋害啊，被颠覆了啊，一个王朝在叹息声中灭亡了，消失了，还被后人唾弃和惋惜。小诺说：“那也不见得，万一他们是一丘之貉，狼狈为奸呢！”

一波未平一波又起。

新学期要搞双聘制，学校聘班主任，班主任再聘任课老师，聘不上的，没有人聘的就自然下岗拿基本工资了。据说学校决定宁愿请代课老师，也不聘落聘的家伙，这很有震慑力，很多人在找老师搭班，尤其是平时吊儿郎当的更着急了，万一一个班主任都不想聘他，那就不仅仅是丢脸的问题，是没有饱饭吃了的危机，整个学校都沸腾了，都在打听谁要当班主任，谁跟谁关系还不错，不会见死不救。我挺佩服老贾的工作思路，他合理地引进了竞争机制，他总是在你懈怠的时候给你一鞭子，让你奋蹄疾驰。

我想聘一个班主任，然后再跟别人搭一个班，我就满工作量了，正打算呢，就有消息传到我的耳朵里，把我震怒了。

宋爽说："我在教务处听到汪老师想聘你做他们班的语文老师，正跟马主任商量，校长对他说不要聘你了，说你的眼睛不太好，连走路都成问题，看书时眼睛凑得那么近，那能把学生教好吗？要聘就聘张轩呀、林岚呀这些教得好的嘛。我听了就很生气，但是我跟你讲了你不要生气，千万不能生气啊！"

我心里一寒，不是生气，我是愤怒了。

我的确跟汪老师提过想教他们班的语文，他一口就答应我了，还说合作愉快呢。老贾这是明摆着拆我的台嘛，给我穿小鞋，这是要斩尽杀绝的诋毁啊，太狠了。

当天下午我就递交了班主任聘任意向书，向马主任提出了请求，与其死在别人嘴里，还不如给自己一条活路。他温和地看着我说："小刘啊，还想当班主任啊，如果每个人都这么想，我们的工作就好办喽！"我马上说："马主任，我也怕下岗呀。"他突然话锋一转："小刘老师，我一直想跟你解释一下，你评职称的事情呢，其实也不是我说了算的，那是贾校长的评选小组说了算的，你是不是一直对我有意见呀？"我马上说："没有呀，马主任，您怎么会这么想呢？您对我的帮助那么大，我很感激的，后来不评职称，是我自己觉得条件不够硬，即使送上去也会被教育局打回来的，所以等我准备多一点材料再参评，您是误会我了。"他若有所思，慢腾腾地说："嗯，是啊，我想也不会呀，我们在教务处的时候处得不错，哎呀，跟你说实话吧，是这样的，那天，我骑车从你面前过，我停下来跟你打招呼，说带你一程，你看也不看我，理也不理我，我就想啊，是不是评职称的事情得罪你啦？小刘也不是这样小气的人嘛，看来是误会了。"啊，有这样的事情！我连忙问了时间和地点，想起来了，我忙说："马主任，是有这么回事情，在这之前的一天，就有一个人喊我坐他的摩托车，我就把他看成了您，高高兴兴坐了上去，等车骑出去好远他才问我去哪里，我才发现根本就不是您，是一个陌生男人，他还开得飞快，吓死我了。到了学校门口，他停下来，跟我要了三块钱，我才知道是跑生意的，所以第二天我看到您，还以为又是他，我就装作没有看到！"马主任听了也笑起来，连连说："哎哟，太危险了，幸亏是个跑摩的的，不是坏人，那是我多心了，多心了！嗯，小刘，你的眼睛，不好意思问一下，是不是不太好啊？"我说："是的，马主任，我的眼睛很近视，戴眼镜也不行，因为还有别的毛病。"说到这里，我突然觉得自己很委屈，鼻子一酸眼泪就下来了。终于有一个领导对我这么关心，还嘘寒问暖。他连忙站起来，关切地说："哦，别哭，别哭，眼睛不好的人很多的，我都快老花眼了呢，没事没事，你这是来交意愿书啊，我看看，哦，还想当班主任，这是好事情嘛，现在主动当班主任的老师太少了，一是嫌钱少，二是嫌劳神费力不讨好，你先放在这里吧，我们一定好好考虑考虑。"我深深地舒出一口气，误会不怕，怕就怕被冤枉。

情况并没有老贾想的那么乐观，有能力的人不怕别人不聘他，所以按兵不动，有些老师怕没有人聘他，就跳起来说要当班主任，但是所教学科、工作习惯和性格特点又不太适合当班主任，所以最后还是从上一届班主任里挑选，结果我还是当了一个班的班主任。

我想，也许是马主任顶住了压力，推荐了我，不然，我就惨了。为了这件事我做好了准备，争口气给他们，给大家，也给我自己看看，我还能行。

这是一个多事之秋。

第一场秋雨来的时候，温箫语的电话也跟来了，都带着一丝凉意一份落寞。她说："思楠，你有空吗？我想见你了。"声音细若游丝，我就知道有事了，我说再忙也要来的。

见到温箫语的时候我吃了一惊，下巴都瘦尖了，更像一只玉面小狐狸。

我问："小美人儿，咋的啦？减肥相当成功，你婆婆给你下了哪种毒药啊！"她苦笑了一下说："是啊，你说得真对，下了毒药，她老人家下的毒药就是用他儿子做的药引子。"这话说的，可真玄乎了，我说："你们把古能炖成肉汤喝了吗？"她说："想生吃了他，吞不下去了，因为一切都跟我没有关系了。"这叫话里有话，我不问了，等她自己说吧。

沉默了一会儿，她的眼泪慢慢从脸颊上滑落了下来，大滴大滴的，她很要强，很少在人前示弱，这回真的伤心了，以我对她的了解，能解决的事情，她那张嘴就能搞定，要用眼泪解决的问题，那就大了。

我不问，我等她哭一会儿。哭出来就会轻松很多，那是女人专有的排毒方式。

终于，她抬起头来，用红肿的眼睛看着我，很柔弱地说："我离婚了。他提出来的，说再也受不了我了，我就签字了。他什么也没有带走，包括我家圈圈，他什么也不要。那两个平时话很多的老人家这一次一言不发……"说完就勉强地 笑，表情很苦痛。我在想要不要问为什么，谁的问题，谁的错，但是想想，唉，离都离了，原因有成千上万个，结果就只有一个，分开了。我心里一个很漂亮的青花瓷摔碎了，声音很清脆，有疼痛的感觉，分明是我替她疼的。

最后她说："他经常出差，说在外面就觉得很轻松，很自由，很快乐，还说找一个没有工作的，没有什么文化的，甚至长得丑的女人，只要温柔体贴都可以，也比找到我强。"我只好说："他说是这么说，都是气话，要真是那样的一个女人，打死他也不会要的，信不信？人啊，高得低不得的，唉，搞不懂他什么变态心理。"她总结道："爱情是不平等的，所以婚姻更不可能平等，如果没有一个人愿意先妥协退让，另外一个绝对也不会忍气吞声，最后就是分崩离析。这么多年来，我就是明摆着不妥协，他是暗地里不屈服，所以，最后我们俩就破碎了，瓦解了，完了。"

我不知道如何劝慰了，志不同，道不合，不相为谋？这句我经常用来安慰自己的话，用在这里生硬了些，散都散了还能说什么呢。

缘起缘灭，就是一念之间的事情。

上辈子欠的，这辈子还清了，缘分就尽了。

5

几家欢喜几家愁。

小诺在装修新房子，我问她干吗这么急呀，她笑眯眯地说："钱呀，有钱了，一定要把它花掉，不能放在男人身上，他会乱花的，你听懂没有呀？"我说听懂了，但是我们家没有钱，所以还想不到这些。

我跟她提了温箫语的事情，她先吃了一惊，想了想又说："情理之中吧，温箫语太优秀太精明了，也太讲究了，从里到外，从上到下，透出的就是一股子超凡脱俗、不食人间烟火的仙气，古能哪里是她的下饭菜，谁也怪不得谁。当年也是一路爱过来的，一个愿打一个愿挨，成了一家人，现在才说性格不合的话，那也是一个决意要走，一个决心不想留。其实也好，后悔就要趁早，免得一边后悔，一边还得生活在一起。"我说："你这么一说，我就觉得古能好可怜，本来在别人面前很骄傲的一个人，在箫语那里是一钱不值了，真的好可怜。"她说："别这么想，可怜之人必有可恨之处，男人不会亏待自己的，不会在精神上和物质上亏待自己的，永远。"

才说完，这句话还没有放凉，就被证实了。

友情客串出演"男人不会亏待自己"的是周凯。

那天，周凯主动给了我两百元，说让温箫语带我去买衣服，我说那个资本家已经穿四百多元一条的裤子了，他马上说："你还是找黄小诺吧，就照着温箫语给你欣赏的风格去买。"我就好笑，什么心理嘛！抠门。结婚这么多年，我就没有好好看过我的工资存折，有时候我也问他："喂，我涨工资了没有啊？"他就鄙夷地说："就你那点工资，再涨也是社会底层，还不如我们一个工人，嗯，好像已经涨到一千了吧。”我就狠狠地说：“嫌少你就还给我呗。”他更加鄙夷地说：“就你那大手大脚的，还不够你请人吃两顿饭的。”我说：“问题是，我有多少工资都不晓得，感觉怎么像你在养活我呢？起码我也是有工作拿工资的人吧。”他就笑笑，轻描淡写道：“够用就行了，一个家，要统筹安排才行，我还有好多计划呢。”我懒得跟他理论，谁让他是咱当家的呀。

过了几天我就看见周凯神色不对，我太了解他了，我用手掐着他的脖子说：“老实交代，你也给自己买什么了吧？鬼鬼祟祟的，把卧室反锁了在里面欣赏，是吧？”他就眼神游移不定了，我一用劲，他就败下阵来，说：“老婆，你太厉害了，这你也看出来了，跟你讲嘛，我买了一个手机，你知道的，很多人都有了的，我也想要一个，正准备跟你说呢，你不要生气哈。”他不说生气，我还不觉得，他一劝我不要生气，我还真的有点生气了。我说：“怪不得给我两百元呀，就是想封我的口呀！”

我一伸手，他就从怀里掏出来了，一个摩托罗拉的翻盖机，银灰色，小巧别致，“我的呢？”我伸出另外一只手故意问，“肯定是你一个，我一个嘛。”

他笑了笑，很不好意思地说：“下一次攒钱再买，其实你也用不着，有座机就够了。”我就更来气了，说：“你连座机也没有几个人找你，买手机干啥呀，鬼找你呀，你找鬼呀，哼！”他说：“哎呀，几个同事嘛，一起去看手机，你一言他一语，我脑袋一热心一动就买了，也不可能退回去。你多买几件衣服嘛，不许生气哈。”他买手机的冲动就跟我想买漂亮衣服是一样的，但手机对我们来说是奢侈品，衣服可是必需品啊！

我马上翻出一段我抄写的话给他看：理想的家是什么样子的，古希腊哲学家毕卡乌斯说，既没有什么奢侈品，也不缺少什么必需品；梭罗说，人们的需要其实很少很少，欲望却无穷无尽，在暂时改变不了社会环境的时候，我们适当调整自己，不断思考需要和欲望之间的关系，减少欲望，而满足生活的需要，把时间、精力和金钱放在精神追求上，用在创造性工作生活中去，做一个健康有道德的人，这才能让灵魂得到宁静。

他心不在焉地听着，嘲讽地说：“书呆子，那是安慰物质太过于贫乏的人的，我们有了房子，现在也不欠债，是可以追求高一些的物质需求的，比如手机，很多人都有了的，奢侈什么嘛。”我马上说：“公平嘛，如果你给我也买一个的话，我就心理平衡了。你知道的，黄小诺早就有手机了，我跟你要过没有？”他就笑：“天啊，连黄小诺都有手机了，我才有一个，你就这么大呼小叫的，我连她都不如！”我说：“她的手机是她老公送的好不好！”他狡黠地说：“好的，等下次我买了新的，就把这个下放给你。”我就看着他不说话了，他搂过我亲了一下，这事就算过了。

其实我并不很想要一个手机，所以很快就平静下来了。我生气是因为他不提前告知我，这叫独霸专行，先斩后奏，瞒上欺下，不把我放在眼里。转念一想，买了就买了吧，他为这个家的付出多，条件允许的话，他多享受一点也是应该的。

我们说好的，搬到新家就不许吵架了，要好好过日子。日子稳定了才能好好工作。

我要好好工作了，我又带了一个自己的班。全班孩子看上去比上一届的聪明，但是很调皮，这是成正比的，当然，感觉只是感觉，需要时间来验证。

秋季运动会安排得很合理，集体活动最能看出学生的思想品质和性格特点，也能培养集体主义精神和集体荣誉感。

报运动员名单的时候，就有几个家长带信来，说自己的孩子不能参加剧烈运动，我得赶紧记下来，这几个孩子身体有问题，不能为了给班集体争取荣誉，把小命给丢了，那我罪过就大了。现在想来，以前刚当班主任的时候真是幼稚，最爱责备这样的孩子贪生怕死呀，好逸恶劳呀，当缩头乌龟呀，自己有了孩子之后就不会这么简单粗暴地批评一个学生了。

一说要报项目，我对学生的兴趣爱好和办事能力就一目了然了，有蠢蠢欲动的，有亢奋激动的，有摩拳擦掌的，也有低头躲闪的，有互相鼓励的，也有相互指责挖苦的，闹腾了半天，我把任务交给了体育课代表。她虽然是个女孩子，但是做事雷厉风行，她大喝一声："先报名，今天和明天上体育课老师帮我们选人，为班级争光的时候到了，刘老师说了，首先考虑的不是拿名次，是要报满名单，也就是说每个项目都要有人报，好了，下课来找我！"我记住了她的名字：唐桃。

入场式也是一个重点，要有口号，就为这个班上集思广益都闹腾两三天了，最后定下来的是"初一三班，绝不一般，重在参与，志在夺冠"！感觉不错，这又让我记住了一个男孩子的名字：周信。是他最后拿出的这个方案，别的不说，起码工整押韵嘛。

入场还要有队形服装上的讲究，我们除了校服，还真没有办法，有人提议，大部分人穿白色的校服打底，少数人穿红色的那套校服在里面排列出一个"三"字标志来，嗯，想想不错，简单明了，挺好的。还有人建议手里拿彩色气球，过主席台的时候一起举过头顶摇晃，好看又便宜，这个主意也挺不错的，我就记住了一个提议的女孩子：胡贝贝。她看上去就很聪明伶俐。

一个农村中学的一群孩子，就这样因陋就简地准备着他们的运动会，我一直秉承的思想就是玩就要玩得健康开心，学就要学得认真投入。他们还打探了隔壁班的情况，大同小异，说是只有高老师班还没有动静，可能有秘密武器。

运动会的前一天差不多都停课了，各个班都在训练，做最后的准备，每一块空地上都是亢奋的孩子，每一个方阵里都爆发出各种响亮的口号，每一个人都在暗暗蓄着劲。

终于盼到了运动会，彩旗飘扬，人声鼎沸，入场仪式上各显神通，我们并不是最出彩的，因为有的班还是用了心思，费了力气的，有拿花环的，有拿小红旗的，有戴一色太阳帽的，有路过主席台时把一个肢体残疾的同学连同他的拐杖一起高高举起来，在后面打出一个横幅"一个也不能少"的，看得我们眼泪都出来了，掌声和欢呼声久久不能停歇。老贾喊道："照相的呢？照相的呢？赶紧拍呀！”

到了高老师班的时候，大家都惊呆了！女生全部戴着用报纸做的小帽子，男生全部穿着用报纸做的衣服，本来是很有创意的，但是不适合这个场合，风一吹，好几个女生的帽子就飞了，她们就跑回去捡。孩子们走得也忸怩作态，就像他们的班主任高老师的样子，估计是笑他们的声音太大了，有些孩子就低下了头，更不幸的是有几个孩子的衣服在“长途跋涉”后破掉了，丢了一路的破报纸，果真是杀手锏！

老贾的脸都扭得出水来了，他这个人爱干净，这一点我们都知道，看着沿路的破报纸，他可能觉得像拉的稀狗屎。

进场仪式结束后，老谢就来八卦新闻了：“笑死我了，还没有上场就跟打了败仗一样，垂头丧气的，好像是高倩倩那个班的学生，又不是搞时装秀。喂喂，小刘，你是没有看见，那个高某啊，在霍康那里哭鼻子呢，还说‘讨厌讨厌讨厌你！都怪你！说是创新加分，好了吧，丢脸了呢！每次我都死在你手上！馊主意馊主意就是馊主意’，哈哈，一对幺蛾子。”说完还做了一个标准高氏兰花指。其实，高倩倩也挺不容易的，总想在人前做好一点，但每次都失败，可怜。

一场运动会下来，我就瘦了一圈，嗓子也哑了，好在知道了全班学生的名字，也掌握了他们的基本情况。

比如金宝，他一副少年老成的样子，站在我旁边嘴里一直絮絮叨叨：“我就晓得嘛，周信前面跑得太猛了，后面就没有劲了嘛，看嘛看嘛，我说的一点都不错，慢了吧，哎哟，更慢了吧，输了输了，肯定输了！回头看啥，看啥，后面没有人啦，冲啊！快冲啊！”我的头都被他吵炸了。也有女同学喊他闭嘴，说要喊加油，周信才有劲冲，他就摇摇头说：“来不及了，已经来不及了，他不懂科学，这个需要计算好，来不及了，废了废了。”女同学在唐桃的带领下都想揍他了，集体喊他“婆婆嘴，快闭嘴”。

再比如任忠杰，坐在我旁边，不停地吃，小嘴巴就没有空过，喊“加油”的时候，嘴里都嚼着橘子瓣，含糊不清地喊：“啊哦，啊哦啊哦！”就有同学说他像头小驴子，我将他一把扯过来坐到我的腿上，我才发现他还是个小不点，一脸的蛔虫斑，小脸白一块黑一块的，我就好笑，我说："任忠杰，你不洗脸的呀？"他的脸就红了，低下头说："我自己洗的，可能没有洗干净。"他的样子太可爱了，看样子可能是我们班最小的一个男生，我忍不住在他的脸上亲了一口，他害羞地把头都低到裤裆那里了，我就笑了。结果我发现，后来的一天中，我走到哪里，他就跟到哪里，我就正好得了一个传令官，各个场地里的比赛成绩他比通讯组的女生还快，哪里有个风吹草动他就立马通知我，甚至有时候会牵着我的手走。

从今往后，我就要跟这群性格迥异的孩子们斗智斗勇了，师生过招七十回，看谁能够斗过谁。

6

运动会上我们班得了一个团体第三名，很知足了，黑板上方有了第一张奖状。这就是一面旗帜，一抬头就能看到的旗帜。我对孩子们说："这不仅仅是我们的荣誉，也是我们自信迈出的第一步，一个良好的开端。"学生们都很开心，都用眼睛灼灼地看着我，我就觉得我们是心心相印的一家人了。

深秋了，天气一天比一天凉，我在家里做了小火锅，三个人吃得红光满面，小然说："天天都吃，妈妈！"周凯就逗他玩："啊？你说天天都要吃妈妈呀！"他就笑得咯咯的，我说："不要乱教小孩子，周老师，以后他在外面也乱说话，看你怎么办。"他们就笑得更欢快了，还拉着手在屋里跳，边跳边唱："吃妈妈，吃妈妈，吃妈妈做的饭饭长胖胖！"我喜欢这样的家庭氛围，大家都乐着，夸厨师做的好吃，并且吃得锅碗见底，这是对她最大的奖赏。

电话响了起来，周凯喊：“妈妈接电话喽，张家悦找！”小然就笑道：“妈妈妈妈！爸爸也喊你妈妈！打他，他不喊思楠！”家悦在电话里笑着说：“在干啥呀，你们家好热闹。”我说是他们在疯闹。她提出了邀请：“明天进城呗，我请你和黄小诺吃德克士，主要是我们三个见见面，聊聊天，带三个小孩吃西餐，好，不要犹豫了，就这么说定了哟！明天不见不散！”电话放下才一会儿，黄小诺的电话就打进来了，约定我们明天出门赶公交车的时间和地点，啊，一个快乐的周末要来了。周凯失望地说：“好像没有邀请我嘞，小然，我被妈妈抛弃了，你留下来陪爸爸好不好？”小然马上抱着我的大腿说：“不好不好，我是妈妈的，妈妈带我去吃汉堡包！你在家乖乖等我们，不要到处乱跑哟，外面有坏人！”完全是我们平时的口气。周凯笑道：“你是妈妈的，你就不是我的啦！”我笑道：“不管怎么说，在我肚子里多待了快一年，感情肯定比你深嘛。”小然似懂非懂跟着说：“嗯，是的嘛，你又不在妈妈肚子里，你在外公肚子里呢！”我们就大笑起来。周凯还故意做出很受伤的鬼样子，我白了他一眼说：“你，巴不得吧，好像刚才有人用手机联系了另外一个人，说是要去陪人家看摩托车，装什么可怜呀！”他就狡黠地一笑，没有接话，哼，跟我斗，我耳朵好着呢。

武谦开车来公交车站接我们，大家好久不见都抢着说话，武谦多看了我两眼，我赶紧说：“看我干啥，我还看得见你的。”他就很欢喜地一笑，说：“那可不！我们思楠越长越好看了呢！头发也长长了。”我说：“永远都不会有家悦好看的。”大家就笑了。

他把我们送到了德克士门口，一再叮嘱：“家悦，你们要做好两件事情，第一带好孩子，第二看好包包！”说完很不信任地看了看我们三个女人。

我们就站在马路边上一起大笑，三个女人一台戏，担心我们演戏去了，丢了孩子丢了包！三个小家伙也跟着我们傻笑，他们高兴的是到了有好吃的地方啦！

选好座位，点好餐，我们三个人就开始狂聊起来。

三个小孩子在一旁吃着玩着，更是开心，小然还帮着照顾两个小的。

一会儿东西就吃得差不多了，小然和滴滴说还要喝水，家悦的儿子顺崽还不会要东西，就知道跟着喊“要啊要啊”。家悦说她去，小诺说干脆她去，两个女人就客气地拉扯上了，最后还是家悦去了，小诺回来就问我：“咦，顺崽跟他妈妈跑了呀？”我一看，只有两个孩子在身边了。我想肯定是跟着跑了，他最小，离不开妈妈呗。过一会儿家悦回来了，对着我们喊：“快来接一下，好重啊！”小诺迎了上去，第一句话就是：“顺崽呢？你没有牵着他呀？”家悦看了看桌子旁边，然后环视了一下四周，问：“我家顺崽呢？”小诺说：“不是跟了你去了吗？”家悦说：“没有啊！”说完手一软，盘子杯子就掉了一地！“顺崽！顺崽！你在哪里？”声音尖锐刺耳，我的心就开始狂跳了，眼前甚至一黑，我赶紧拉住了小然和滴滴的手，让小诺赶紧跟着去找，我带好这两个。我太理解家悦此刻的心情了，感同身受啊！

整个德克士里都是家悦焦急的呼喊声，逐渐变得凄厉了，看来里面是没有了，我看到她往大门外跑，她问一个保安：“你看见一个不到两岁的男孩子没有？穿着一件红色小棉袄！”保安说：“没有，都是牵着大人的，今天穿红色衣服的孩子很多，你别着急，肯定不会丢的。”一听到“不会丢的”几个字，我们的心都一紧。小然说：“弟弟在的，不会丢，丢了他会哭，我去找，我能找到他。”可是万一是被偷走了呢？我的脑门上一个霹雳，我把两个孩子牵得更紧了。小诺手里拎着三个大包，还拎着三个孩子的小包包，急得也是满脸通红，她还不能跟着出去，因为还有一个小侧门，免得顺崽进来了，又找不到我们。

过了一会儿家悦又从外面跑了进来，说：“外面没有，就几分钟他跑不远的，他还那么小，他绝对不会离开我的，我有预感！”说是这么说，她的脸色已经很难看了。我就想哭，但是又是哭不出来的那种难受。小然拉了拉她的手说：“张小姨，我看弟弟在那边玩。”家悦顺他手指的方向看过去，那里全是小朋友，里三层外三层地拥在那里不知道在看什么，但是并没有顺崽的影子，家悦说她刚才就转了一圈看过一遍的，没有，但是她还是跑过去，又一个一个拨开来看，天啊！看到了，居然看到了！顺崽被三个大一点的孩子压在身下，正目不转睛地盯着池子里看呢，原来那是一个养了好多小乌龟的水池子。“顺崽！”家悦一把把他拉出来，抱在怀里，“哇”一声哭了出来，引得好多人回头来看。我这才舒出一口气，才想起来家悦一直是没有哭的。小诺说：“妈呀，虚惊一场，要是丢了，我们罪过就大了，顺崽，你吓死我们啦！”家悦哭道：“要是顺崽不在了，我也不活了。”顺崽莫名其妙，他擦着妈妈的眼泪说：“妈妈，顺崽乖的，你不哭嘛。走，看虫虫！”家悦亲了亲他，看了看他，又亲了亲，才笑了：“崽，你吓死妈妈了！以后不许自己去玩，记得喊妈妈！”顺崽说：“嗯，妈妈不死，看虫虫。”反正是跟他说不清楚的。

接下来我们又点了好多吃的，服务员送了三个“奥特曼”给小朋友玩，这下更让他们开心了。我们三个女人反复说着刚才的事情和感受，仍心有余悸，后怕，也有一种劫后余生的幸福，乱七八糟交织在了一起，五味杂陈。我们做了第二件事情，仔细地看好我们的包包。

等武谦来接我们的时候，我们都不敢马上说这件事情，怕他责怪，还是顺崽提起的话题，他对他爸爸说：“爸爸，妈妈哭，有虫虫。”武谦说：“汉堡包里有虫虫啊，让他们店里赔嘛，要是顺崽丢了，妈妈就赔不起了吧。”我们都听愣了，问他怎么知道顺崽丢了的事情，他就大笑起来，直到笑够了才说：“我就知道有这个结果嘛，告诉你们，我根本就没有走远，我看到家悦慌慌张张冲出来的时候就知道出事了，但是我刚开始并没有想到是顺崽走丢了，我以为是你们被偷了，但是转念一想，家悦平时就大大咧咧的，估计钱丢了她也不知道，即使知道了她也不会这么惊慌失措的，那就是顺崽不见了，上一次顺崽拉肚子的时候她就是这个表情。你们是没有看到她魂飞魄散的样子呀，冲出来就朝左边猛跑五十米，然后掉头朝右边冲出去五十米，左顾右盼的，停下来看的是垃圾箱的背后，还看别人怀里的孩子，因为我是盯着大门的，所以知道顺崽绝对没有出来，我就看她怎么办，她又跑回了德克士，还好，过了好久你们都没有再出来，我就知道警报解除了。怎么样，我走的时候怎么跟你们交代的，娃娃！包包！女人啊，见面就像几十年没见过面一样激动，我算死你们要丢点啥的嘛，小偷就爱偷你们这样的年轻妈妈，知道了吧。”我们愧疚地看着他，家悦说：“那你咋个不喊我呢？看到我有状况也不管，你也太沉得住气了吧！”武谦说：“你的记性就要靠出点事情受点惊吓来增强，不然，哪天我真的出差不在你身边，你靠谁，要长记性。”小诺说：“我们再也不嫌你啰唆了。”我只好说：“我看不清楚，就隔一分钟喊他们一声，小然—滴滴—顺崽—在不在？”三个孩子就笑了，一起奶声奶气地答道：“在！”我们在车里笑成了一团。

哎呀，有个亲人是警察叔叔，真好。

回到家，我把这件事跟周凯说了，他也听得紧张起来，说：“以后你也少带小然出门，你眼睛不好，万一出点什么事情怎么办。”我心里就慌乱了一下，是啊，要是今天丢的是小然，我连找他的能力都没有，一到黄昏我就完蛋了。突然，我就萌生了还想去看看眼病的冲动。

我让小诺悄悄带我去看了两家大医院，结论还是一样的，我就再一次绝望了，绝望的不仅仅是治疗不了眼病，而是眼睛又有了新的问题，白天越来越昏暗了，在屋里白天我也想点灯，而且眼里还会出现一种白色的光圈，在眼里完整地转一圈就消失了，这让我很恐慌，我担心，哪一天这光圈一转我就失明了，那该如何是好啊！

一天晚上，我给小然讲完故事以后就很认真地问他：“宝，妈妈眼睛不太好了，你知道吗？”他很懂事地说：“知道！就是夹不到菜菜了，还有，老是找不到钢笔，还有，穿不了针。”我说：“对，你观察仔细，要是也把你弄丢了怎么办呢？”他说：“我就喊妈妈妈妈，我在这里我在这里！我不会像顺崽不要妈妈的。”我说：“要是妈妈丢了呢？”他说：“我就去找武叔叔，跟他说，找妈妈去，你是警察！然后我就喊妈妈，妈妈！你就能听到了，就跑回来嘛。”我的眼睛湿润了，他又说：“妈妈不会丢的，有小然在呢，我拉着你。”我就真的哭出来了。我说：“妈妈在，不会让你丢的，还有，找不到妈妈的时候不许哭，赶紧找警察叔叔，记住了！”他很认真地“嗯”着，把我的胳膊挽得紧紧的。

从那以后，小然真的拉着我走，在外面从来没有放开过我的手，即使在外面玩耍，他也不会离开我五米远，眼睛随时看着我，是不是从此以后，我的孩子就得这样牵挂着我了呢？这对我来说是幸福，还是痛苦呢？还是兼而有之呢？

有一天小然的手碰破了一点皮，他来找我，我握着他受伤的手，安慰着，吹着气，他就安静下来，还笑着说："妈妈吹了就不疼了。"我就又吹了几口，他就欢快地玩去了。

我被这个场景触动了，我内心没有我想象的那么坚强，我也想找我爸爸妈妈去了，我是他们的女儿，我也受伤了，我眼睛受了很严重的伤，需要他们的安抚和帮助呀！爸爸！妈妈！我在心里哭喊着，伤心的泪水已经漫出了眼眶，流过脸颊，我要决堤了……

7

当我很艰难地把眼睛的得病情况简单跟父母说出来以后，爸爸沉默了，一直用手支撑着头，很沉重的样子。妈妈先是默默走开，进了卧室，好半天都没有出来，我知道她背着我抹眼泪去了，她一辈子很要强，这是一个多么大的打击啊！过了好半天爸爸站起来说："丫头，想吃鱼不？我去买。"说完起身出去了，几分钟后他又回来了，说是忘记带钱包了，我分明看到他的眼圈红了。又过了好一会儿妈妈假装是睡好了午觉才起来的样子，说："我把晚饭做上，然后我先去接小然，接回来再炒菜，你不要炒啊，小心烫着。"说完就进厨房了，在厨房折腾了半天，她才说得赶紧去接小然，不然要晚了。才出门又折返了回来，说是忘记按下电饭锅的开关了。啊，因为我，他们的生活都开始乱套了。

不知道为什么告诉了他们，我的心里反而轻松了好多，就像一块大石头被突然搬开了，觉得心里豁然开朗了，也没有那么压抑和害怕了。看着他们忙碌着我反而很踏实，有人在乎我，有人替我想心事，我就不那么孤独了。这种感觉也许就是小然拿破了皮的手指给我吹的感觉吧。

其实，我并没有把最残酷的结局告诉他们，只是说会越来越严重，我不敢想象，如果我和盘托出的话，他们会是怎样悲痛欲绝，他们跟我一样，需要一个过程，一个可以逐渐接受的过程。

我用了五年接受了一些现实，他们需要多少年呢？

我的学生只用了一个学期就接受了这一切。

那天我去上课，走在长廊里，有学生喊“老师好”，也有学生快速从我旁边跑过去，吓了我一跳，我们班教室里也冲出几个孩子来，好像是有一个在后面追他们，大家在疯闹，我就迎面走了过去，只听到一声尖叫，我眼前一黑被什么东西砸中了额头，一阵剧痛，我扶住了墙壁，就有人跑过来扶住了我。他们的声音都怯生生的：“刘老师对不起，对不起，是周信用黑板擦扔我们，不小心砸到您了，对不起啊！老师您没事吧？”

我忍着剧痛走进了教室，教室里死一般的寂静。

我一脸的粉笔灰，额头上起了一个大包，有人差点笑了出来，被同桌迅速制止了。我说：“这就是你们想要看到的结果？幸好砸到的是我，如果是一个同学，咋办？他的父母会放过你吗？幸亏砸到的是脑门，不是眼睛，如果是眼睛，咋个办，你觉得谁来承担这个责任！如果砸过来的是一个铅球呢，我连教训你们的机会都没有了！这个行为有多么危险知道吗！”周信马上站起来，带着哭腔说：“老师，对不起，我不是故意的，我本来是想把粉笔灰甩出来，没有想到黑板擦脱手了，把您砸到了……”我说：“不要解释，粉笔灰就可以不用担心了吗？这是用脚趾头想也不可以做的事情，你用大脑想好了才做，还做成这个样子。好，引以为戒，我不怪谁，如果是个眼睛好的人，其实是可以躲开的，问题是我眼睛不太好，根本就没有办法躲开，所以我自己也有责任，你们以后别这样幼稚，别乱开同学玩笑就行了，这事到此为止吧。”

下课周信就跟我回了办公室，他还没完没了地道歉，他说："老师，您打我吧，我真的对不起您。"我也是疼得受不了了，满足了他的请求，在他的背上捶了一拳，对他说："这下你舒服了吧？"他就笑了，眼睛里还闪动着泪花，这孩子感情还挺丰富呢。临走他还塞了一张纸条给我，上面写道："我们其实都发现了您的眼睛不好，因为您板书的时候越写越歪了，改作业也会看错行，但是，我们已经爱上您了，放心，我们全班都是您的眼睛。还有，我再也不犯那样的错了。"这回轮到我眼睛湿润了。

过了半天，隔壁班的高倩倩就跟我有了一样的遭遇，只不过这次是一个学生拎着一个大垃圾桶下楼，手没有拿住，桶带着垃圾滚到了高老师的脚边，弄了她一鞋子的脏水，她怒目圆睁道："你瞎眼了呀你！你欠揍了吧你？这个学校怎么这么多眼睛看不见的人哟！老师看不见，学生也看不见！"说着就要甩过去一个耳光，正巧碰到海涛，他拦住说："哦，对不起啊，高老师，这是我侄儿，他真不是故意的，原谅他吧。"高倩倩马上换了一副嘴脸，妩媚地说："哎哟，海弟弟啊！看在你的面子上就算了，嘻嘻嘻……好久没有见到你了，越来越帅了呢！"

很不幸的是我也看到了这一幕，我觉得我受伤了，等海涛走下来跟我打招呼的时候，我说："你就应该等她给你侄儿一耳光，然后你也反手给她一个耳光，不行吗？"海涛愣愣地看着我，问："思楠，不会吧，你怎么会这么想呢？矛盾化解了不好吗？打人总是不对的，不管他是谁。"我坏坏地说："你没有听到她说我们学校怎么这么多眼睛不好的人呀，分明是说我嘛。"我的样子一定很生气，海涛就很奇怪地看着我说："她又没有直接说你，你也太敏感了吧，就算她说的是你，你管她呢，她那神经兮兮的鬼样子，谁都知道，不要惹她就对了，听见没有，你眼睛不好，比那些眼睛好的人心眼好多了，我就很喜欢你的性格，知道吧！"我听了心里舒服多了。我敢肯定高某说的就是我，但是我的确没有必要跟她一般见识。我对海涛做了一个鬼脸，说："要是哪天我真的看不见了，怎么办？"他说："你又想多了，看不见有看不见的活法，学校这么多老师呢。哟，你头上怎么有这么大的一个青包呀，这要是她打的，我可就要跟她讲道理去了。”我说是自己磕在门框上了，他就有了担忧的表情，但是也没说什么。

玩笑归玩笑，男人是要豁达得多的，我怎么变得这么敏感易怒了呢！

我在办公室里讲了今天的遭遇，大家就看着我的大包笑了，当然更多的是希望那只垃圾桶能扣在高倩倩的头上，那就更完美了，谁让她为人那么不善呢？啥心理呀，都跟我一样阴暗了。

正在这个时候宋爽走了进来，这个八卦新闻发言人一进来就立马关上门，我们特别喜欢她的这个动作，这就是有特大新闻的标志！我们全都看着她，她很配合地用极其神秘的声音宣布：“晓得了吗？高美女又有新欢啦！”我们就一起“哦”了一声死盯着她看，宋爽马上拉了个板凳坐正，用手指点着我们，故作严肃地说：“有些老师啊，就是这样，一谈教学改革就喊头痛，一说常规检查就说又抽风了，一说上公开课就说折磨人，一说家访就问有补助没有，一骂贪官就说‘有钱能使磨推鬼’！一说到高某，你看你们的鬼样子哟！你看看，就喜欢听小道消息，内心阴暗啊，哈哈哈！”我们恨不能把她丢出去，官翌似笑非笑地说：“有八卦没有，没有就早说，我们是要改本子、写教案的规矩老师啊！不像有些人，闲得发慌，到处散布谣言，蛊惑人心，传播消极情绪，涣散军心。”我的耳朵都支半天了，这个关子卖的。但是好饭不怕晚，根据以往的经验，宋爽绝对有大新闻。

林岚说：“你不忙说，我先说一个，你们绝对不知道的！上个星期六我没有回去，结果就看到了惊人的一幕，高倩倩从楼上冲出来，手里拿着一把菜刀，嘴里喊‘杀了你，我杀了你，你欺负我，全世界都在欺负我’，我再仔细一看，他的老公在前面光着一只脚狂奔呢！”我们就问：“那是出了什么事情呢？”林岚说：“我也想知道啊，但是他们追杀的时候又没有说出来。”我们“哦”了一声，觉得好遗憾。宋爽这个挨千刀的这时候才笑出来，她说：“我知道啊，因为她老公受不了她的古怪脾气，就找了几个玩得好的同事来家里诉苦，那天高某说好回娘家的，谁知道她半路杀回来，在门口全部都听到了，那还不点了火药库啊！所以才有了后面小林看到的一幕。你们肯定要问我是怎么知道的，我的同学就在她家里呀，还被她反锁在屋里，说是等她杀了她老公，再回来收拾他们，结果我的同学跟他们同事从楼上翻窗子逃走的，你说惨不惨？”

王蓉蓉说：“那是她老公不知道她跟霍康有一腿，不然还不知道谁砍谁呢！”宋爽说：“这还用问，肯定是她和霍康一起砍她老公嘛！”“没创意。”官翌说，“应该是他们两口子砍霍康！”我说：“不不不，应该是他们两个一起砍高倩倩！”我们又是一阵大笑，宋爽说：“我还没有说完呢，高某有新欢了，是那个乡政府的保安，就是那个骑‘弯狗车’的傻大个儿！”啊？还有新闻啊！有完没完啊，女人多的地方真是话题多啊。

我从语文组带给黄小诺的笑话她都不感兴趣，她说都是因为无聊，要都把时间合理地利用起来就不会这么家长里短的，我就笑她从前也是爱听的，还乐于帮助别人牵线搭桥当红娘呢，怎么就忘记了，她就笑说：“当红娘也比你们打听这些消息有档次嘛，那是积德行善的好事情。”我说：“是啊，女菩萨！你呀我呀不家长里短的，你怎么知道谁和谁可以百年好合呢！问句正儿八经的，现在你的保险业务做得如何了？”听到我问这个问题她的兴趣一下子就来了，说：“太有挑战了，做保险直接改变了我的世界观和人生观，甚至是爱情观。跟你讲讲吧，越有钱的人越是怕死，买得就越多；岁数越大的越怕死，买得就越多；工作不稳定的担心的多，买得就越多；越是对配偶不放心的买得就越多……老师是最难做的一群人，懂观念，有想法，没有钱，也是白搭。你看，我在学校才做了两单，还都是老公有钱才买的。这就像参加旅游团一样，他们导游说最怕带教师团，这群人有时间，没有钱，牢骚多，购买力弱，还不敢得罪他们，嘴巴一个比一个厉害，挖苦讽刺起人来，让你千疮百孔，一无是处。”简直就是谬论！才干了几天保险呀，就在这儿说我们坏话了，好像她不是当老师的。

我担心她又要给我灌输保险理念，连忙转换话题，我问她看了《白鹿原》没，她说还没，我说，那本书就是告诉你，思想决定了你的人生轨迹，看看吧，她说她在看卡耐基的《人性的弱点》，我说我在看《鹿鼎记》，她就笑我绝对的纯娱乐，没有太高的追求。我准备跟她谈谈《鹿鼎记》和《天龙八部》应该互换一下书名的问题，金庸先生一定是搞错了，她就跳起来说她约了客户谈保险，我说："怎么了，不想跟一个快要看不见的人谈娱乐八卦了？"她愣了一下说："等我有空再跟你说，在我心里，你永远都看得比别人清楚！"我就闭嘴了，不能耽误有理想的人的前程。

我问海涛："你看我现在是不是很敏感？"他想了想说："嗯，是有点，就像一个浑身长了小刺的多触角软体动物。"我说："那是个什么虫呀？"他笑了笑说："就是你这样的虫啊。"是啊，我太敏感了，因为我的眼睛视物不清，没有安全感，我要保护自己不受到伤害，尤其是不能受到恶势力的侵害。海涛加了一句："太敏感，有时候会伤害到朋友，就怕一个无心，一个有意。"

八·丁香花开

丁香花语

淡淡的忧愁，是我的表情和气质，
和你在一起是不是也带给了你同样淡淡的忧愁，
那不是我的本意，
人生有太多苦痛等着你，
离别，思念，忧伤，遗憾，甚至是摧残，
好在我们从来不肯放弃一丁点儿光亮，
因为心中有爱，有希望。

1

2002 年的春天阴冷潮湿，其实山区的春天年年都是这样的，只是过了一个夏秋冬我们就忘记了，于是又重新在春天里抱怨一遍，这就是生活的周而复始。

暮春时节天气才慢慢转暖，偶尔下一场淅淅沥沥的小雨，之后，花园里，草地上，红的更红，绿的更绿，这样的天气我才觉得眼前看得清晰一些，眼睛也要舒服得多。

周凯又出差了，我小心翼翼地对爸妈说了我眼睛的现状，当然还是避重就轻，他们安静地听着，我说只要天气好，问题就不大，眼睛也不那么干涩难受，妈妈勉强地笑了笑，没有说话，爸爸眼睛看着电视，表情很严肃，心里不知道在想什么。我最后说："嗯，你们先别告诉周凯，免得……"妈妈就说："我不讲，我不讲，知道的，他那性格，还不急得跳起来，唉！"

小然在一旁玩玩具，我一直以为他听不懂，谁知道他的小耳朵厉害着呢，玩着玩着，他突然冒出一串话："外婆会说出去的，她啥都说，她说狗狗不乖，还说昆昆臭得很，那天还说孙爷爷老不死。"我妈就很尴尬地说："没有没有，有的话不能说，我是坚决不会说的。"小然说："爸爸说要买车车，不让你说，你就对外公说了，外公就说你瞎说。"妈妈抿了抿嘴不再说话了，这孩子，我爸就揉了揉小然的脑袋笑了。所以我经常对同事说："一个四五岁的小孩子没有你想的那么聪明，但是绝对也没有你想的那么笨！"

周凯出差回来心情很不错，看来今年的奖金也很不错，对于他每个月到底能拿到多少钱，我现在是越来越不清楚了，因为，他开始不说实话了，问多了他就说：“哎呀，有你用的就行了，反正比你的多，大家有饭吃有衣服穿就行了，多也好，少也好，都是这个家的钱，有什么好问的呢？”说得我都没有话了。

那天，他又拿给我三百元买衣服，我就嘲笑道：“哟，变大方了呢，又给这么多呀，这得买几套衣服呀！”他就大眼珠子一瞪说：“不给你吧，你就说我抠门，给你了吧，你又用这样的口气说话！那要看你跟谁去买，跟温箫语就啥也买不了，跟黄小诺呢，就能买一套，要跟我去呢，能买六套，你看你跟谁去吧。”说完还摆出一副气鼓鼓的鬼样子。我就说：“我跟官翌去。”“官翌？现在你跟她好了？”他就把刚才的怒气压了压，故意调侃道：“哟，找到新欢了！”我说：“是啊，黄小诺去跑保险了，我在学校几乎见不到她，我就跟语文组的几个玩得多一点。”他问：“官翌看上去挺纯朴的，没有什么心眼吧？你就不适合跟心眼多的人玩，比如温箫语呀，黄小诺呀，心眼多，成天就想带着你乱花钱。嗯，忘了问你，官翌买衣服什么价位呀？”我说：“三百元呀，可能两套半！当家的，你可否满意？”他说：“相当满意，比黄小诺还会过日子！嗯，我是对你苛刻了点，因为我有我的打算嘛。”我看着他说：“孩儿他爸，无事献殷勤，非什么即什么来着？你还是老老实实交代了吧，还故意对我这么恶，一看就是心里有鬼，我啥时候又说你抠门了，我说的都是你勤俭节约会过日子的嘛。”他的表情马上缓和多了，说：“我周末就去买摩托车了，所以这段时间是要节约一点。”我的眼睛就睁大了，看着他，一字一顿地说：“你要买车，为什么？谁同意的？你跟谁商量好的？跟你的同事？”“早就跟你说过的，去年就说好的嘛，你忘记了。”“我忘记了？我就只剩下记性好了，啥时候说的？什么情况下说的？谁证明你跟我说了？”小然从卧室里冲出来说：“买车，说了，他跟外婆说的，我都听到了，妈妈！”说完很赞许地看着他爸爸的脸。这个帮腔的小东西，倒向他爸爸了。我就更来气了："周凯，等于说，只要你说过了的事情，就决定了，就算通过了，跟我没有任何关系了，对吧？""我说我去看车，你当时也没有说反对呀，我就以为你默认了。""当时我是要去玩，我不是以为你也只是跟同事出去玩的吗？谁知道你是来真的呀！"他调整了一下坐姿，对我说："来来来，我跟你好好说一下这个问题，搬到这里来住，不就离厂子远了吗？上班，送小然，回妈妈家吃饭，你上班，我上班，在一条线的几个点上，有了摩托车，你想啊，一口气全部解决好了，就是我多拐几个弯儿的事情，方便，你明白吧，就是方便了所有的人和事。"我听他说得也有道理，而且我知道事情走到这一步是不可能改变了，他那倔驴脾气，跟他想要达到的目标有直接关系，脾气越大目标就越高。我沉默了一会儿，他在等待我的反应，再决定今天要发多大的脾气，他也沉默着，蓄势待发。小然居然也在旁边期待着，手里拿着玩具，眼睛却看着我们俩，尤其是我。战争一触即发，我在心里掂量了一下，算了，小然在家呢，周凯发飙的时候可不管这个的，我得想好了才能说啊，我说："行呀，什么牌子的呀，可别买那种黄色的'弯狗车'，难看难骑又难坐。"我的这么一句话，让事态发生了根本性的转变，他马上露出惊喜的表情，兴奋地说："老婆，你放心，那是当然那是当然，钱江牌的，红色，相当大气，中间坐小然，你坐后面，很稳当很安全，是你没有空，我应该带你去看看的，看了你绝对喜欢！绝对的高头大马，黄小诺的那个比起来就是一头小毛驴！"说的时候甚至在摩拳擦掌了。我就知道了，这是一个男人在他还是一个男孩子的时候就有的梦想，幸亏我没有把他的梦想拍死在路上，或者是扼死在我的面前，不然今天的争吵将比哪一次都要激烈。

小然观察着这一切，他也很开心，一个母亲的妥协有时候是为了孩子有一个平静安宁的生活，放弃斗争不一定是输了，有时候是因为看懂了想通了。

小然开始又蹦又跳："车车，摩托车，我也有摩托车！"他唱着跳着，搬出了他的所有玩具车，还对他爸爸说："爸爸买个奔驰吧，那天干妈带我坐的就是干爹的奔驰。”周凯笑着说：“算了，儿子，我们先骑摩托车，那就是我们家的奔驰！他们的奔驰是银行的，又不是你干爹的。”

接下来要不要再问问价钱呢，我想了想，算了，肯定不便宜，不然他不会这么处心积虑地藏着掖着，我不知道别的男人是不是这样，但是我知道他是这样，唉，日子过好一点，就这样奢侈，小诺没有说错，男人永远不会亏待自己的。转念一想，我是不是太小气了，这车，起码是这个家的车嘛，的确也是一种需求。我这也是被他教育得节约惯了，突然一个大手笔，反而接受不了。一下子想起了电影《甜蜜蜜》里的一个镜头，黎明对张曼玉说：“我有车，送你回去吧。”张曼玉本来很开心，回头看见他推出来的居然是自行车的时候，表情惊讶极了，但是很快就幸福地坐在后座上走了……坐什么车并不重要，重要的是相爱的两个人能在一起，相互体贴，互相理解。

刚把心情调整好，电话响了，是大学同学打来的，我喜出望外：“亲爱的，有啥好事？”她呵呵地笑道：“肯定有好事嘛，同学聚会，毕业快十年了，总得见见那些喜欢的不喜欢的，记得不记得的，想见不想见的家伙了吧！”我“嗯”着，来，一定来！

心里想的第一件事情却是，我穿什么衣服去参加同学聚会呢？

温箫语说得对，买一件经典款型的衣服，可以穿好几年都不会过时，贵是贵点，比起那些便宜的穿几次就不成形的衣服来，实际上是划算的。我决定就穿她帮我买的那件白色的裙子，外面套一件黑色的风衣，这是唯一能带给我自信的打扮了，我再不讲究，也还是有虚荣心的。

那天同学们见到我时都露出惊讶的表情，还加上一句：“哟，思楠越长越漂亮了嘞！”我心里就很受用很舒服，但是转念一想，唉，我还是有自知之明的，都不知道以前读书的时候到底有多丑，以至于他们一见到我还这么在意我的相貌！记得有人说过，当年从背后看，我很像哆啦 A 梦的姐姐。

十年了，能结婚的都结了，想要孩子的都有了孩子，同学来了二十几个，实属不易了，还带来七八个大小不一的孩子，我们就笑起来，哪里钻出来的一群小人儿呀，把我们的青春都给毁了，还毁了聚会的娱乐性和纯洁性。最后大家达成一个共识，以前说的是聚会不许带配偶，除了“挖自留地”的同班同学之外，现在重新规定，以后也不许带孩子参加，因为这一次聚会完全在失控状态下结束的，完全失去了同学聚会的乐趣和意义。一会儿有尿裤子的了，一会儿要喂奶了，一会儿有两个扭打起来了，满桌子充斥着“宝儿，多吃一点嘛”“宝贝，不要用手抓螃蟹哦，呀呀，你还来抓我的衣服干啥！妈妈打手手啦”“崽，自己便便了，好乖，洗手没有？天，你咋个钻到桌子下面去啦”的话语，满世界闹哄哄的，结婚有孩子的重心全部在孩子身上了，聚会成了儿童乐园，也成了育儿经验交流会。

终于在几个小朋友要回家睡觉的嚷嚷声中，我们的聚会草草结束了，临走时，大家都来跟我拥抱道别，包括所有的男同学，我真的是受宠若惊，但是细细回味他们说的话，我就明白了。

思楠，有需要帮助的事情打个电话来，一定啊，我义不容辞！

思楠，我不仅仅是你的同学，也是你大哥，也是小然他舅舅，记住了！

思楠，以后为了你也要多办几次聚会，你可以带小然来，别看他小，小男子汉了呢！

思楠，要买衣服记得喊我，我有大把的时间可以陪你，随叫随到。

思楠，想吃啥，喊我就行了，我就住在美食城楼上，方便着呢！

思楠……

看来同学们都知道了，看出来了，而且在他们看来问题很严重。

我把眼泪流进了心里，把微笑绽放在了脸上。

“好的！”我说，“好啊！”

真正的朋友，就是知道你的痛苦，却从来不主动去触碰；转而把目光和言语幻化成叶子，你就是叶子包裹下的花儿。

2

同学聚会是一件很有意思的事情，是哪个阶段的同学，坐在一起讲的永远都是那个阶段的事情，有的故事说一百遍都有人愿意听，那场面，有人应和，有人起哄，有人嘲笑，有人点评，有人添油加醋，有人煽风点火，永远不厌其烦，乐此不疲。想到这里，我眼前又浮现出那天大学同学聚会结束时的情形，他们分明是知道了我的眼病了，也可能知道了没有治疗的办法，甚至知道了我可怕的没有光明的未来，他们以他们的方式告诉我，他们永远和我在一起，是我坚强的后盾，这就是真正的同学友谊。

讲到同学之间的情谊，我在班上做了一个主题班会，学生们要求我多讲些我读书时候的趣事，我说那就多了去了。读初中的时候，后排的男生把我同桌的辫子悄悄地绑在椅子背上，老师一喊“上课”，我们一站起来，我的同桌就疼得一声惨叫，想回头看看都扭不过去，等长大了他们俩还成了一家人，不是冤家不聚头啊！读高中的时候，我们班有个男生也有雀斑，他就对我说：“干脆以后我们俩开个夫妻店，专门卖芝麻饼，我们的脸就是活广告，生意一定好！”我就活活给气哭了，现在一见面关系还好得很，还打趣说要开店的事情呢。我讲一个他们笑一阵子，笑得前仰后合的，等到我强调他们的友谊也会纯洁、可贵和值得珍惜的时候，反应并没有我想象的那么强烈，也许还小，还没有痛彻心扉的离别，还不会辗转反侧地思念，但是我要给他们埋下一个情感的伏笔，等他们长大了，懂事了，聚会的时候就会想起我说的话了。最后我说：“孩儿们，我跟你们的缘分就只有三年，三年后你们各奔东西，就记不得我是谁喽，到时候我老了，眼睛也看不见你们了，恐怕你们在路上遇到我都不想理睬我喽，谁还记得我这个老太婆呀。”他们就眼巴巴地看着我，一定是不明白我从哪里冒出来的这许多的伤感。胡贝贝说："刘老师，您还这么年轻，会好起来的，我外婆说她五十多岁的时候看得还清楚些呢。"任忠杰说："我们和您也有友谊的，上次您说过的忘年交，您就把我当您小兄弟嘛！"大家就笑成了一团。周信说："当儿子还差不多吧，你把辈分都搞错了，没有文化啊！刘老师您装块石头在荷包里嘛，我妈妈说那样就会时来运转，管用得很。"学生们又笑开了，说他更严重，搞的是封建迷信。

我心里突然难过起来，又想去大一点的医院再看看眼病，我不甘心。不甘心是因为这么多的人担心我，关心我，为了他们的期待，再试一次。

趁着周凯出差，妈妈带着我去了广州的几家大医院看了专家门诊，得到的结论都是一样的，视网膜色素变性，后面还加了一句，想去美国诊断得准备五十万美元。每次医生都会把我妈妈支开，越是这样，妈妈就越是怀疑起来，她每次都会哀求医生再多检查一遍，然后请他们开些药，这让医生很为难，因为无药可开。我对医生抱歉地笑了笑，扶着流泪的妈妈走出医院，我一路上安慰着她，原来，妈妈已经没有我想的那么坚强了，这样的打击不是她能够承受得了的。我看着她额头上的皱纹，鬓边新生的白发，越来越佝偻的身子，突然发现她衰老了许多。那一刻，我决意断了继续看病的念头，我决定，无论怎样，我要选择独自面对和接受了。我不能在父母面前哭，这是我对自己的一点点要求。我也安慰自己，虽然模糊，还是能看得见很多东西。

回到家，我故作轻松地跟爸妈说："不要着急，医生才着急，他们不都说让我等医学的发展吗？治疗是迟早的事情。还有，我出去看病的事，你们先别告诉周凯，他是个急性子的人，让他慢慢知道，可能会好一点，反正迟早都要知道的。"他们默默地点点头。我又补充道："干脆我还是吃点中药吧，调整一下，对身体总会有好处的，你们说呢？就是有点麻烦，得买个罐子慢慢煨。"他们的眼里就燃起了希望的小火苗，妈妈马上说："好的好的，只要对你的眼睛有好处，我和你爸为你做多少事情都愿意，俗话说得好，小小方子医大病，万一正好碰到合适的药你就好了呢！"我说：

“是啊，妈，就这么办吧。”爸爸站起身来说：“丫头，我这就买个大的药罐子去！”我知道我这是自欺欺人，但是人有时候是要有点阿Q精神的，凡事把“善”字放在前面，也就不觉得自己的谎言有什么不对了。

一个打击是不会马上让一个人垮掉的，一个办法也不可能马上拯救一个落难的人。海涛说，人这一辈子，年轻的时候不把健康当回事情，积攒到中年以后啊，都带着疾病生活，想方设法地寻找健康，每个人都是一样的，在这个问题上没有谁比谁更幸运，只不过疾病来得早些晚些罢了。再说，能友好地与自己的疾病相处本身就是一种健康的心态。我崇拜地看着他，他说其实是他爸爸说过的话，他爸是中医。说得有道理，所以我要慢慢在心理上自救，我毕竟还好好活着，我是不是也要善待我的疾病呢？与它好好相处吧。

黄小诺每个礼拜都来我家玩，这也在某种程度上缓解了我的焦虑情绪。

我跟小诺带着孩子去公园里散步，湖光山色，我却像隔了一层薄雾看风景，我俩东一句西一句又聊到了我的眼病，她说：“凡事急也急不得，得有点耐心，总有一天医学上就攻克了这个难题，在你眼里安装个啥小零件呀，小芯片呀，在脑袋上顶个小雷达呀，你就看清楚这个世界了呢，呵呵，推荐你看一部片子《阿甘正传》，是讲一个人坚持做一件事情，一直做到底就成功了的故事，所以你要坚持等下去。”我说：“我得的这个病啊，得医生坚持，一直一直坚持研究下去，我就有救了，一个人想好好活着就靠两个人，一个叫阿Q，一个叫阿甘！”她微笑着说：“我觉得还是有希望的，你看嘛，好多以前的电影里的科幻内容，多不可思议啊，现在不就实现了很多吗？‘007’拔下鞋底就是电话，你看现在人手一部手机，都不用拔鞋底了，等待，就是等待，想得到的事情就能够做得到。”我说：“啊，上帝啊，生命是有限的，等得到就好了，就怕等不到了呀！跟你说嘛，最近小区里突然死了两个邻居，都很年轻呢，他们也不是不想等待，是等不到了。”一个是患了直肠癌的，才三十岁，临死的时候，他拉着妻子的手说：“我要是睡着了，你就把我喊醒，我不想这么快离开你，我真的舍不得你啊！”另一个是肝癌晚期，才四十岁，弥留之际，他拉着儿子的手说：“你快没有爸爸了，我陪不了你了，你就快没有爸爸了……”两个人的眼里流露出无限的凄凉和眷恋之情。我说：“小诺，听到这些，觉得很悲惨吧！我心里总是隐隐作痛，是因为他们太年轻了，也是因为我太熟悉他们了。当所有的人悲痛万分，泪流满面的时候，我却总哭不出来，你说这是为什么呢？”她想了想说：“可能因为你内心的恐慌比痛苦多，唉！”我想想有那么点道理，但是小诺不知道，其实现在的我，内心比她想的要强大些了。

我跟她讲起了另外一段内心感受，在武汉的一家医院里看到的一个完整的人体骨骼标本，起初的感觉是恐惧的，不敢多看一眼，后来就是好奇，忍不住要多看几眼，再后来，就有一种莫名的亲切感了，因为我发现骷髅是有表情的，是那种坦然的、释然的、无拘无束的微笑！他可能是个男人，也许很年轻，因为他的骨骼很大，牙齿排列很整齐，他笑什么呢？我猜想，笑医院里来来往往的人，看他们忙碌，看他们愁苦，看他们快乐，也微笑地看着我。我怀疑人死之后一定是快乐的，灵魂去了天堂，去追求另外一个开始，要把这个无用的躯壳留在凡尘，不再背负人世间的各种繁杂情愫，只留下一种心情：喜悦。

我跟小诺说了我的这些感悟，然后说：“小诺，他也许最想笑妇产科吧。”小诺问：“为什么呢？”我说：“他第一次见到这个世界就是在那儿呀！那里的小家伙都在哭，为令人恐惧的未知世界而哭，为也许错投了人胎而哭，为选择错了父母而哭，有的哭声高亢雄壮，有的委屈，好像很不情愿的样子。周围的人都笑着迎接这些新生命的到来，大家都忽视了生命如此短暂而苦痛，只有那个骷髅因为经历过才明白了这个道理。”

我才说完，她盯着我说：“哎呀呀，你知道你为什么有这么多的烦恼吗？就是因为你成天想得太多了，还想得这么稀奇古怪的，听来呢，倒是有点道理。这个得去跟海涛说说，那个哲人肯定还有更深层次的理解。”我接着说：“逝去的人啊，没有那么好运，不一定都能做成骨骼标本，你想啊，他们先是灰飞烟灭，然后安息于地下，看到的只是一张照片。”她说：

"除了遗体捐献的人，大家不都是这样被火化的吗？"我说："是啊，想到火化我就怕疼！"她笑道："你死都死了，疼个鬼呀。"我说："你又没有死过，怎么知道就不疼呢？"她笑了起来："是的呢，哈哈！"我说："好吧，我也会死，我希望我老一点，老得不能动了再死，然后我也把自己做成一个骨骼标本，笑着立在那个骷髅旁边，看世人哭来笑去。"小诺龇牙咧嘴地看着我说："你居然要选择跟一个不认识的骷髅在一起，你也不怕做噩梦，别人一定会以为你是他奶奶！咿咿咿呀呀呀！"她做着受到惊吓的样子向前跑去，两个孩子也欢快地跟着她跑起来，把我一个人留在了草地上，我晒着太阳，心里空空荡荡，却觉得很轻松。

好吧，最恐怖的事情莫过于死去了，我现在只是眼睛不太好，那么还是好好地做点我能做到的事情吧，这么多人关心我，为他们，我也要好好活着。

爸妈开始忙碌起来了，四处打听治疗眼睛的良方妙药，从那以后我们家经常飘着中药味儿，他们拿来我就喝，一会儿是苦的，一会儿是酸的，一会儿又是辣的，没有一种味道是好喝的，但是我都大口大口地吞咽着，说好喝好喝，他们就一脸的欣慰。小然却是一脸愁苦地看着我，我把药碗递到他的嘴边，他闻一闻摇摇头，勉强吞了吞口水，好像是替我苦着。

周末在家，周凯边翻报纸边问我："你哪里不好呀，老看你喝中药，我看你满面红光，细皮嫩肉的，哪里不舒服呀？"我迟疑了一下，说："嗯，我的眼睛有点干涩，妈妈说喝点中药就好了，上火了，眼药水滴多了对眼角膜不好，报纸上说的。"他就抬头看了我一眼，轻轻叹口气，手里的晚报翻得哗啦哗啦直响，让人听了很是烦躁不安。他翻完了晚报，对我说："是药三分毒，别有事没事就喝药，又不是老年人，贪生怕死的干啥嘛。"我不想解释，走进厨房做饭去了。我做了两菜一汤，最后往汤里放一勺猪油的时候，手一抖，那块猪油就滑了出去，我上上下下找了半天也没有找到，奇了怪了，飞到哪里去了呢？我眯缝着眼睛把灶台的每一个角落又摸了一遍，还是没有找到，算了，吃饭！我朝屋里喊了一声，周凯和小然都从各自的房间跑了出来，小然一进厨房就滑倒在地上了：“妈妈！屁屁不疼，滑滑的！”周凯一把就把他拉了起来，一看，拖鞋底下的猪油都成了一块小油饼了！啊，在这里！我们都笑了，我说：“可找到了这坨调皮的猪油，原来飞到地上了呀，看来把屋里全部装成白色的还是有缺陷。”周凯说：“还怪起我来了，老婆，不是我说你，你一直就是这样粗心大意的，那天卧室门口掉了一个衣架，你走过来跨过去都没有发现。”我一听就来气了：“是啊，掉了一个衣架在地上，那你干啥去了呢？你看见了还当作没有看见，也跟着我跨过来跨过去，你为啥不捡起来呢？不是比我还严重吗？”小然马上举起双手喊道：“安静，安静，大家都保持安静，吃饭了！外公说了，吃饭不许说话，妈妈不许说话了！”周凯听了还跟儿子相视一笑。其实我发现小然最近很向着他爸爸，回我们这里次数也多了，肯定是因为他爸有摩托车了，一上车，你看他们父子俩那状态，前面那个像匹高头大马，后面那个像个只骄傲的小公鸡。看来要形成统一战线一起对付我了。

3

端午节周凯厂里发了一张两百元沃尔玛超市的购物卡，还非得进城才能买到东西，，我们也只有周末才有空去，厂里真不嫌麻烦，发一张这么远的卡。我们嫌麻烦也得去呀，周凯就带了我和小然一起去选东西，顺便逛逛街。

两百元其实也买不了什么，尤其是在沃尔玛这样的大超市，眼睛都看花了，钱就不够花了。本来周凯想买个剃须刀的，拿起来又放下，放下了又拿起来，我们就一直看着他的一举一动，他看了看我们，想了想，又一次放了回去，我和小然就很高兴地跑到玩具柜那里买了一个卡布达玩具，我和小然相视一笑，那是一种母子之间才有的默契。

回来的时候车站人很多，毫无秩序可言，车一来，一群人像疯了一样尾随着涌过去，围堵着车门，司机一定既高兴又心烦，车门一开，三四个人就塞在车门那里不能动弹，也不知道是挤车的还是摸包的。来了几辆车我们都没有能够挤上去，没有办法，周凯说他先挤上去占个位子再说，不然，今天是回不去了，站回去一两个小时会站断了腰，还有小然一坐车就要睡觉，总得有个座位才行。

正说呢，又来了一辆中巴车，周凯随着人群冲过去，一群人就像车的一条大尾巴一样，随着车子在路上扭来扭去，怎么甩都甩不掉。我和小然跟逃难一样跟在后面追着，车停了下来，车门一开，每一个人都像被车门瞬间吞噬了一样，消失了，车里就黑压压装满了影子，我茫然地带着小然跟着跑，突然一个声音传过来："刘思楠！这里！刘思楠！这里这里！"小然说："妈妈，好像是爸爸喊我们。"我一听，果然是周凯变了调的喊声。我们就急忙朝声音传来的方向跑过去，结果还没有挤到门边，车就开动了，我只好停下来，后面又开过来一辆的士，小然紧紧地拽着我，喊道："妈妈，回去，有车车！"我只好退后了几步，让开了的士，中巴车就开得更远了，我又带着小然开始狂追，等我们大汗淋漓地跑到车门边的时候，车又往前滑行了一段路，有两个人趁势跳了上去，啊呀，我可做不了飞车这个高难度动作呀，我还带着小然呢。周凯又喊上了："这里，上来呀！刘思楠！"声音里就有了愤怒。我的心突突突地跳着，这车怎么不好好停一会儿呀，我怎么上去呀！我继续追，小然也开始喘气了，好不容易追到车门口，两只大手把我们娘俩抓了上去，我的妈呀，这是坐车还是抢人啊！原来是周凯和卖票的把我们弄上去的，周凯铁青着脸说："跑快点嘛，你怎么跟个瞎子一样，乱跑啊？都到车门口了，又往后退，你是傻了还是瞎了呀！"我紧紧地抱着小然，一言不发，我的胸口起伏着，血往脑门上涌，眼泪很不争气地流了下来。他还不解气地低声吼道："你说晚上看不见吧，我都不说你了，白天也看不到呀？慢腾腾的，我占了两个位子，谁都盯着我看，我再也不和你这种人进城了，真累！”我扭头看着他，他这才发现我在哭，欲言又止，慢慢收了火气。我说：“如果哪天，我真的瞎了呢？你就这态度？”他说：“算了，别说这个了，我刚才是着急，怕你上不了车嘛，车不等人，满了就跑。”然后我们都不再言语，各想各的心事了。

我把小然横抱在怀里，他已经睡着了，幸亏有个位子，不然最难过的是小然，我看着他安详恬静的小脸，像天使一样可爱，我舒出一口气，只要我家小然舒服我就心满意足了，其他的都不是事情了。

回到家，我默默地做了饭，大家默默地吃了，我又默默地收拾碗筷，默默地看了一会儿电视，连小然也觉得气氛不对，默默地玩着他的卡布达。

晚上睡在床上，周凯玩着他的手机游戏，我背对着他睡着，忍不住叹出了长长的一口气，他放下手机，扳过我的肩膀，问：“还在生气呀？我都不生气了，你还气啥呀？不就是吼了你两句吗？算了，好不好？”不问，我的心里就堵着一口气，问了，我的气就变成了雨，我抽抽搭搭地哭了起来，丈夫拿来干啥的呀，不就是在我遇到困难的时候安慰我，在我伤病的时候心疼我的吗？我有这么大的苦难都不敢跟你说，就怕你受不了打击，你脱口而出就骂我瞎了眼，我怎么受得了呢，我真的好想把实情说出来，大不了你说不要我了，也不至于受这个窝囊气呀！结婚那会儿怎么说的，无论贫穷富贵，疾病健康，我们都要相爱到老，骗子！我只是这么想着，没有说话。他说：“算了嘛，我道歉还不行吗？就算是你真的看不见了，我也不会不要你呀，我就多赚点钱，请个保姆在家照顾你，对吧？一家人，说话没有个轻重，总是难免的，你就是这样较真，我有时候都怕你了，怕在你面前说话，你一开口就像老师训学生一样，教训起人来不得了。”我一听就更来气了，终于忍不住回敬道：“有吗？自从结婚以来，我改变很大了，我够温柔的啦，在你的面前几乎就是没有脾气，我在学校受的委屈我都自己忍着，就是想着不给你添麻烦，我……”他就搂住了我的肩膀说：“唉，我们活着都不容易，你体谅我，我也体谅你，这就行了，我的确脾气不好，你又不是不了解我，就谅解一下吧，就这样了，睡觉吧！”

我无声地流泪，不让他知道，不让他知道我有多么痛苦，不让他知道我真实的痛苦，有些苦难自己知道了就只是一个苦难，让大家都知道了，就成了一场灾难了。

从父母知道我的眼病那一刻起，我就明白了这个道理，我不得不告诉他们，我需要爱的支撑啊，但是面对丈夫，我就不这么想了，我也说不清楚这是为什么，难道是对这段婚姻的不信任，对这个男人的太在乎，还是对我自己没有信心呢？不知道，但是我知道，幸福的家庭再多一点快乐，就像花园里多一朵花儿一样，不会改变什么，不幸的家庭往往会被一个不幸给彻底摧毁了，就像花盆里唯一的一朵花被虫子啃食了一样。

我爬起来，写下了这样一段文字：

让我一个人走

走吧
让我一个人走
不是我不需要被爱
而是不想让你无为地等候
不要轻易握了我的手
误以为有了你就有了爱的小舟
阻隔我们的还有迂回湍急的溪流
从而放慢了你的脚步
平添了你的忧愁

走吧
让我一个人走
不要怕我孤独
孤独是我必经的道旁树

树间纠满了藤蔓

这里没有花香没有雨露

那是我无法回避的痛楚

怎能让你陪我在黑暗中摸索

误了你灿烂的日出

走吧

让我一个人走

肯定有无数的跌倒匍匐

跌倒是我还在艰难地迈步

匍匐是我还倔强地活着

不要用你的目光怜悯地包裹我

一如既往只是一个安慰

安慰是虚无的承诺

承诺一直是我前进路上的迷雾

迷雾会让我痛苦

痛苦地想你在无人陪伴的深谷

写完了，读了两遍，心情就好多了，平静了下来，睡意就袭上来了，我悄悄地钻进被子，周凯伸手揽住了我的腰，给了我一个熟悉的暗示，他出气很沉重，我没有应答，他又握了握我的手，我还是不为所动，心里想，白天欺负了我，晚上还想欺负我，没门！他的手停在我的腰间十秒钟后，轻轻抽了回去，叹了一口气，翻过身去，不再要求了。我什么也不愿意多想，一会儿就进入了梦乡。

解决不了的问题，一定记得留给时间去解决。

我就像一个多触角的软体动物，海涛说过的，我也觉得越来越像了。在树叶下思考，在树叶下欢笑和哭泣，大口地咀嚼着叶子，无助地吐着丝线，然后缠裹着自己，不想让人知道我的存在，我的痛苦存在，跟自己较着劲，一会儿悲观失望，一会儿又乐观向上，像个无病呻吟的诗人。

跟我一起纠结的是我的父母，他们四处寻觅灵丹妙药，我都要吃吐了，连小然也觉得他们不对劲了。有一天小然忧心忡忡地对我说：“妈妈，婆婆像个老巫婆！”那样子相当神秘，声音很小，好像生怕被外婆听到一样。我故意问：“宝儿，出了什么事情，难道他们要用黑森林里的章鱼喂我吗？”他把声音压得更低了，神秘兮兮地说：“妈妈，你千万不要喝那个水水！很怕人的，是小强！”我“扑哧”一声笑了出来，什么小强呀，难道说的是蟑螂？我说：“你，看到什么啦？能告诉妈妈吗？”他很诚恳地、很有把握地说：“嗯！外婆喊外公抓了三只小强，烧了，成了灰灰，然后放在有水的碗里，一会儿要让你喝，我听到的！”我把嘴巴张得大大的，他捂住了我的嘴，说：“你不要喝，会死的，他们是巫婆派来的。”我真是哭笑不得，为了我的眼睛，父母真是费尽心思啊，难为他们了。

果真我妈犹豫不决地端了一碗脏脏的水让我喝，我悄悄地拿到厕所里倒掉了，我还是相信小然说的话，他从来不撒谎。

我假装喝了，问我妈是什么药，这么难喝，差点就吐了，我妈一脸的愧疚，说：“嗯，这个，那个，是听来的一个偏方，说蟑螂命大，修复能力强，想着你是眼睛视力受损，可能会有效果，我就……”说完开始哭了起来，我就不忍心责备她了。

妈妈说放暑假回一趟老家吧，我答应了。也许她也需要亲人们安慰了，我内心因此很愧疚不安。

4

要不是医生都说我的眼病治不好，我妈是不会托人打听求仙拜佛的事，如果不是为了了却她的心愿，或者是抱有一点点侥幸心理，我也绝不会去做求神拜佛的事。

回到老家，我听从了我妈的安排去见了一个叫胡书记的“老神仙”。

在乡下总有一些稀奇古怪的人，要么他表现出来的行为很古怪，要么是因为乡下人的传言太多，时间久了，就把这个人传得很古怪，一些乡下人自然而然就觉得他们有了仙气、妖气和鬼气，传播久了广了，相信这半人半仙的就多了，所以我才有机会认识了半仙胡书记。

第一次去找胡书记，是小姑婆引见的，她说胡书记特别灵，治好了许多大医院都治不好的疑难杂症，上礼拜才治好两个莫名其妙腰痛的女人，据说都是中了什么邪气。妈妈听了一阵欢喜，说马上就带我去见他，小姑婆低声地提醒：不能空手去，老神仙喜欢抽烟，买条好烟当见面礼是最好的。这对于我妈来说是再好不过了，我对请神人给我看病并不在意，但好奇之心却驱使我想见见这个神人。

他家单门独户，门口草木葱郁，大门敞开着，没见人，站在门口就能闻到屋里有很浓的中药味和烟草味。妈妈敲敲门，喊一声：“胡书记在吗？”从房里发出一阵咕噜声，然后有人大声地咳嗽，咳出了痰后大声地把它吐在堂屋里，一个响亮而苍老的声音传来：“谁呀？听声音不像熟人。”有个人从房里踱出来，妈妈连忙迎上去说：“胡书记，我带我女儿来看看病，听说你很有办法。”他干笑了两声，把我吓了一跳，他旋风一般就坐在了太师椅上，说道：“外地来的，不像本乡人，但说本地话，是党员不？二十年前我就是村支部书记，是党员你就回去吧，现在喊我书记，但我不是书记了，共产党说我这是在搞迷信呢，让人知道了就坏了你的前程喽。”妈妈赶紧答道：“胡书记可别说这种话，现在很多党员也是烧香拜佛的，你老人家行行善，帮我看看这丫头。”声音里有些哀求，小姑婆也小声帮腔道：“胡书记，她们给你带来了你最爱抽的烟！”胡书记又干咳一声，并不推辞：“哈哈，烟我就收下了，病看不好呢，你就走人，病看好了，你三千、五千、八千随便给。”妈妈说：“胡书记，只要你能治好我女儿的病，别说八千，一万两万也还是要给的。”胡书记沉默了，很长时间没有发出声响，让人觉得心里堵得慌，只有风扇在墙角拼命地“呼呼”地转着，突然胡书记把桌子一拍，喝道：“过来，丫头！”把我吓了一大跳，我感觉到扶着我的母亲也被吓得抖了一下，“干吗，胡书记？”我小声地问他，他似乎想起了我看不太清楚，猛然起身拉我到桌边坐下，他的手十分有力，似乎不像一个老人，他开始给我把脉，刚开始还轻轻的，后来手就越来越用劲儿，最后死死地扣住我的脉搏，喉咙里发出咕噜咕噜的声响，最后把我的手猛然甩开，巴掌在桌上猛一拍，转身风一般地冲到门口，在门槛那站定，若有所思，片刻后回头，用手指着我妈说：“你这女儿是被冤死的鬼魂附了身，就藏在后脑勺里，压迫了视神经，怕是有十年了，你想想有没有这样一个老太太？”我妈迅速陷入了沉思，过一会儿，恍然大悟道：“有，有，十多年前是有一个老太太，她喜欢我家丫头，想让我家丫头嫁给她儿子，后来她作古了，谁也没有再提这件事。”胡书记把手一挥，厉声道：“就是她了！她剪了齐耳短发。”听到这里，我妈开始颤抖起来，声音哆哆嗦嗦：“胡书记，那怎么办呢？”胡书记胸有成竹地朝地上吐了一口痰：“我来治！”然后从厢房里喊出一个年轻男子，小姑婆说：“那是帮着开药方的，胡书记眼睛不太好。”我听了就想笑，原来胡书记眼睛也不好呀。胡书记开始报药方：“熟地十七克，天麻十七克……药引子是千竹心。”小姑婆提示我们，胡书记开的药引子都很怪，得先问清楚，胡书记似乎听到了她的话，朗声笑道：“你们去中药房里抓药，医生也看不懂这药引子是啥，看不懂的医生肯定就会说又是那个鬼打的胡书记开的，哈哈！”妈妈赔着笑脸问这药引子是啥呢，胡书记说：“就是刷锅用的竹刷把，还得是用旧了的。”听到这里，我也想笑，原来千竹心是那脏兮兮黑乎乎的东西，想着我就不想喝那药了。

三服药吃了六天，不算难喝，只是那药引子的确可笑，每次看到它在药罐子里沉沉浮浮的，我就会恶心。小然倒是很感兴趣，神秘兮兮地说：“妈妈，那里面有个小妖怪哟！”

第二次再见胡书记，就感觉像见了老熟人一样，他轻描淡写地问了一句：“还没好？”我妈说：“还没有，胡书记，这回我们带了两条烟给你，请你再给我女儿看看。”他眼皮也没抬一下，说道：“没好，就别来了嘛，我都跟你说了，我不是书记了，我搞的是迷信，搞迷信是犯法的。”我妈连忙说：“我们信你，我们信你！”胡书记走到我面前，摸了摸我的头，说：“这老太太可够厉害的，千竹心都没把她刷出去。”我就想笑，原来竹刷子是用来刷鬼的呀！正想呢，他举起手，朝我后脑勺猛拍一下，我吓了一跳，一把抓住他的手，他反手抓住了我，三步并作两步把我推到一个板凳上坐下，他自己则转身跳上了一张椅子，手舞足蹈起来，嘴里又发出咕噜咕噜的声响，声音越来越大，越来越急促，像狼，像虎，像豹，又像猿，叫完之后，停下来大声喘息，然后猛地从椅子上跳到地上，踉踉跄跄差点栽倒，昏暗中有人去扶他，他却把他们甩开，用手指向一个柜子，嘴里因喘息说不出话来，有人提醒，他是要酒，他是要拿酒，一阵慌乱之后，有人递给了他，抓过酒瓶，他猛灌了一口，然后又一口喷在我背上，紧接着一掌击在我背上，我的心差一点被震出来，他嘴里模糊不清地喊道：“出去。”旁边就有人接话：“出去了，出去了！”不知什么时候这屋里挤了许多人，我很害臊，也很心烦，我对我妈说：“受不了了，我要走。”妈妈在阴影里安慰我：“就信这一次吧。”我安慰自己，就当体验另一种生活。胡书记一掌一掌地击在我的肩头、后背，甚至有两掌击在我的后脑勺上，生痛生痛的，我不能言语，因为当时气氛相当紧张，由于动作太大，他老人家几次几乎跌倒，有人在黑暗中小声传话：“胡书记这回是动了真功夫了，看他累得够呛，这丫头也造孽，被这个恶魔缠了头十年，幸亏是碰到胡书记了，这下可有救了！”昏暗中有人连连应声。法事做完了，老人家也是气喘吁吁，大汗淋漓了。他一把抓住我的手腕，两三步就把我扯到了门口，顿时我就陷入了阳光的烘烤中，他抬起我的下巴，问我：“看见了吗？”我点点头说看见了只是不清楚，他着急起来：“怎么会看不清楚呢？眼睛看上去好好的嘛？”妈妈这时也跟出来，安慰道：“胡书记，你别着急，再抓两服药回去试试吧。”他似乎找到了台阶下，舒一口气，转身回了屋，那年轻的后生已站在他的旁边，拿好了纸笔，胡书记又报：“熟地十七克，天麻十七克……梨一个，未熟的橘子一个，药引子是耳中子。”我暗自好笑，当时梨子正旺，而那橘子的确还没有熟。有人问他耳中子是什么，他这回笑而不答。我怀疑那指的是耳屎，但我不敢讲出来，怕相信他的人责怪我的不恭敬。胡书记照例收了烟，没为他耗尽体力多要一分钱。一群乡里人陪着我妈千恩万谢地出来，只是出来的我眼睛上贴了浸湿了水的黄表纸，在纸的外面又蒙了一块红布。走回家时沿路有人指点：菩萨保佑，又是胡书记积德呢！小然见了就拉了我的手，高兴地说：“来，妈妈，玩瞎子过河吧！”

这一回的中药并不难吃，甜甜的、辣辣的，治好了我偶感风寒惹下的咳嗽。

妈妈说吃完了药再带我去一次，我说其实我一点也不相信，只是觉得好玩。我妈说：“胡书记多好的人，看病又不要钱。”我笑了笑，不要钱更不靠谱。

过了一个礼拜，头天晚上大家就背着我神秘兮兮不知嘀咕着什么，果然第二天一大早我就被喊了起来，大家语重心长地对我说：“和胡书记约好了，今天改在庙里。”我大吃一惊：“去庙里干什么？我不去。”妈妈因为焦急都有点生气了，我想我不得不第三次去见胡书记了。

那是一个怎样的庙，除了院子稍大一点，房屋的构造大小其实和一般住房没什么区别，胡书记看见我来了，声如洪钟地招呼着：“快弄点东西给这丫头吃。”于是馒头稀饭面条就摆在我的面前，可能起得太早了，我一点都不饿，我坚持着什么也没吃，但今天我感觉来往穿梭的人特别多，人声嘈杂，脚步细碎，有人小声地招呼来的人吃早餐。

我感觉到今天气氛完全不同，他们要做什么？我很好奇，有人对胡书记说：“这丫头不肯吃东西。”胡书记重重地咳嗽了几声，把一口痰从堂屋吐到了院子里，然后扬声说道：“那就趁早开始吧！”说完，过来一把抓住我的手腕，大步向后院走去，穿过一道门廊，上了两个台阶，后院很宽敞，宽大的屋檐下立着几个泥塑的菩萨，有很浓的檀香味飘过来，很快整个人就被笼罩在庄严肃穆的氛围里了。我突然害怕起来，挽着胡书记的胳膊，轻轻地靠着他的肩膀，小声地问："你们要对我做什么？"他也许听出了我的不安，也许是对神灵的恭敬，第一次这样轻柔地回答我："别害怕，丫头，菩萨会保佑你的，我要把你的眼睛治好。"我鼻子一酸，突然很想哭，我嗅到他身上很浓的烟草味和中药味，说："我不想治了，治不好，我不会怪你的。"他变得严厉起来："你知道我多大岁数了？七十九了，我以前是书记，大家都听我的，我现在在庙里住，大家还是听我的。你是个老师，我知道你不信我，但你应该知道我这么一大把年纪了不容易，我们顺天意吧！"我默默地点点头，被他牵到一个蒲团上跪着，我能感觉到周围有很多人，但很安静，胡书记不知把什么往高处抛出去，然后又落下，有一些就砸到了我的身上才落下，一阵阵钻心的痛，我听见他朗声高喊："吉卦！"众人就应答："吉卦——"这样反复了三次，都是"吉卦"，胡书记大喜过望，压低了声音对我说："丫头，都是吉卦，你心善命大啊！"然后就有人翻书，一个人领颂，众人合颂，开始为我念经祈祷，内容大多是求菩萨保佑、赐福于我的话，我有点哭笑不得，他们居然用地方话很熟练地在念书，听起来古怪得不得了，但也抑扬顿挫，有腔有调的，都是乡里的俗家弟子，平日里也田间地头干活，有了大的法事，就都义务来帮忙，据说只有一顿斋饭招待，但他们对于菩萨的崇拜之情渗透在他们一言一行中了。做完了这一切，胡书记轻轻地把我牵起来，说："回去吧，丫头，如果治不好就只怪我的庙太小。"然后重重地叹了一口气，下台阶的时候我挽着他的胳膊说："胡书记，您小心点儿，下楼梯了。"他怔了一下，捏紧了我的手腕，缓缓地说："你也要下慢点啊，丫头！"出了小庙，妈妈已在门外候了很久了，看见我出来，一阵欢喜，说："这下可好了，这下可好了！"我不禁一阵心酸。

　　我知道我不会再来这里，因为我知道这里治不好我，从一开始我就没有抱这样的希望，所以也就没有失望。

如果有的话，只是一点点忧伤，离开的时候有一点舍不得，是因为我认识了半仙胡书记，一个很传奇的老者。

懂中医的胡书记并不被人们认为是一个医生，搞迷信的胡半仙却被人们推崇为神医，这就是胡书记的过人之处了。

这几天我就像在另外一个世界里待过一样，不是因为看病，我还真不会有这样的奇特经历。

神啊，你也帮不了我。

5

人为什么会求神拜佛，无力回天、无能为力了会去求，欲壑难平、财迷心窍、心神不宁时要拜，你说这么多的理由，这么多的难处，那庙里的香火怎么会不旺呢？中国的旅游有一部分内容就是进庙里看菩萨，也许在外国人的眼里，中国到处都缭绕着寺庙檀香的味道吧。

一开学我就跟几个人讲了这段奇特经历，温箫语说："思楠，我太佩服你了，这么小的庙你也信，没有被骗钱吧，你最好问问你妈，老年人可容易相信这些鬼话了。"黄小诺说："我也应该去看看这个神仙般的老人，我出去旅游的时候经常能遇到这样的高人！"官翌抱着隆起的大肚子笑得不行："天，还会有这样的故事！你是不是有一种不在人间凡尘的错觉呢？"我说："有！相当有啊！我遇到神仙了！其实我觉得挺好玩的，人啊，很奇怪，不是你信不信的问题，在那种氛围里，你就会莫名地被征服了，或者说是被控制了，想想怪吓人的，幸亏不是邪教组织。"官翌笑道："邪教组织也不会收你的，他们嫌麻烦！""是啊是啊，小官人，这就叫死马当活马医，医来医去还是一匹死马，哈哈哈！"

官翌想起了什么，忙说：“不说差点又忘记了，那天我要回老妈家，跟付龙在马路边等了好久的车，等得都不耐烦了，突然有辆摩托车停在我们的面前，一个男人问我们走不走，我就摇头说不走，那个人又往我们面前开了一点，我吓了一跳，正准备发火，定睛一看，是你家周凯！他戴了个头盔，都认不出来了！他就把我们送了过去，还开玩笑说，熟人就不收我们的钱了！”我们俩就笑得不行。“早就在跑车了，他不让我说，哈哈哈！他又想跑车，又担心被熟人看到，内心纠结着呢！”“其实也没啥，从事第二职业的人挺多的，老谢家老公，那么有身份地位的人也干过，觉得好玩，顺便赚点小钱，挺好挺好。”“是啊，人吧，就是图个高兴，他喜欢做的事情，就让他去做，免得跟个受气的小媳妇一样，说你限制他的自由喽，束缚他的思想喽，埋葬他的才华喽，可多啦。有时候也挺危险的呢，他说有一次载了两个人说要去一个厂子的后面，绕了几个弯都说没有到，越走越偏僻，周凯头皮发麻，后背冒凉气，到了一个比较敞亮的地方说：‘你们下来一下，我的车子有点不对劲。’等那两个人一跳下车，他一踩油门跑了，那两个男的还大声问他收不收钱啊，他说就当送朋友了，哈哈哈，回来之后好半天还心有余悸，说那里太偏僻了，怕遭打劫，想想就后怕呢！后来好几天都没敢出去，还别说，过两天真的有新闻报道说有人载客被杀死了，还抢走了车和钱，你说吓人不！”官翌打了一个寒战，说：“哎呀，看来还是干不得，幸亏我们两口子那天没有起邪念，动贼心打劫他！”我笑道：“你也是大胆，肚子这么大，都快要生了，还敢坐摩托车！其实也有被周凯吓死的，有一次，他说有个年轻人在背街的路上等车，他就骑过去问去哪儿，那个人一看当时他的打扮就吓蒙了，他戴个大口罩，只露出两只大眼睛，目光炯炯，一看像个打劫的，那人说‘我哪里也不去，你别过来！’说完，掉头就跑，结果掉进臭水沟里了，哈哈哈！”

你知道什么叫乐极生悲吗？就是你在办公室里谈笑风生的时候，有人跑来告诉你，你的好朋友要调走了。

宋爽推门进来，大声地说："刘思楠，当真是死党啊，黄小诺要调走了，你可是一点口风也没有漏啊！"我就愣了，吃惊道："她要调走？我真的不知道，什么时候的事情啊？今年暑假我回老家了，一直没有联系，不会吧，今年六月份的世界杯我可是天天跟她泡在一起，从来没有听她说过呀，难道是喝啤酒喝得昏头昏脑的时候提过的？真没有印象呀。"宋爽笑道："你们两个伪球迷！不说就不说了呗，我们又不攀她的高枝，去的还是区九中，好单位呢，起码是区重点中学嘛！我们就一辈子流落乡下，当半个泥腿子喽！"说着说着还伤感起来了，我觉得伤心的应该是我吧。官翌说："有啥稀奇的嘛，我就准备老死在这井台中学，好歹也要混成个德高望重的老前辈！"老谢也突然冲了进来，喊道："厉害嘞！我想调走都喊了几年了，还在这里鬼混，那个黄小仙儿不动声色就走了，她咋个没有把你也买一送一给弄走啊！你们俩一对神仙，走一个，留一个，她做人不厚道嘛。"看她开心得不得了，宋爽打击道："那要看你往哪里调喽，你想去国税局，想一步登天！"老谢："废话！调就要彻底调走，费了半天劲调了还是调到另外一个学校去，才出狼穴又入虎口，那不是调动是掉坑！吃多了撑着了！"我就勉强笑了一下，心里乱糟糟的，害得我接下来的两节课都没有上好。

中午回到寝室，小诺快一点了才从家里赶来，我却觉得等了好久。平时只有下午的课，她一般也是这个时候才出现。我不说话，就这么看着她美丽而自信的笑脸，心里居然平静了下来。她果真就先开口了，她说："其实，我可以不走的，你不知道，整个假期姚航都在跑这件事，他很坚决，理由很多，说这里是乡下，太偏远了，说这里不重视地理学科，说他的人生目标就是十年让我换一个好地方，他说……"我说："他就没有说，你答应过我，永远和我在一起。"她的声音低了下去："我说了的，他本事通天，连老贾都签字了，动作快得我都没有反应过来。"我突然想起来一件事，忙问："喂，是不是上次老贾在办公室里趁没人抓住了你的手，对你色眯眯地说你好漂亮好迷人，然后你就写了辞去教研组长的辞职信，砸在他的脸上，说‘你这个流氓！’你跟姚航讲了这事儿，他一生气就把你调走了？”她勉强笑了笑说：“不是的，其实我自己也想换个工作环境……”我一拍大腿说：“对了嘛，这才是你真实的想法，早点说实话不就得了，免得我瞎猜！还怪人家姚航。”我第一次看到她眼神如此闪躲，心里就好笑起来，所以并没有预期的那么伤心难过，不像家悦离开的感觉，那是怅然若失的，是一去不复返，小诺却不同。这次不是离别，好像是一次没打招呼的旅行，所以，我不难过，内心生出来的是羡慕嫉妒祝福这种复杂的纠结在一起的情愫。

她已经给了我足够的时间去接受和适应她的离开了，做保险以来我很少在学校看到她，但是周日她又都粘着我，几乎都能在一起鬼混，我们带着小然和滴滴到处玩到处吃到处逛荡，我们的情感从学校转移到了家庭中了，我们是真正的一家人了，她是小然的干妈，我是滴滴的姨妈，亲情已经悄悄地渗透进了友情，那么既然是一家人了，谁在哪里工作不都一样吗？我淡定地说：“没事儿，你走吧，反正每个礼拜都要见面的，反正我还有官翌，她长得很像你，心眼跟你一样好，想你了，我就看看她呗。”我冷静地看着她，她就红了眼圈，哭了，愧疚地说：“你别这么说嘛，就像说气话，让我……”这是她第一次在我面前落泪，我胜利了，我没有哭，我拍了拍她的肩头，故作深沉地说：“人往高处走，水往低处流，走是对的，我还在，你也还在，青山依旧在，几度夕阳红啊！”我告诉自己要哭也是晚上睡觉的时候在被子里哭吧，转念又一想，这是好事情，好朋友的好事情，我应该替她高兴才对。

她开始收拾东西，收了一会儿，她一跺脚说：“算了，都留着吧，这件牛仔衣也留给你，想带走的东西是带不走的，能带走的东西又没有带走的意义了。”我坏笑道：“喂喂，你舍得离开海涛？”她也坏坏地笑道：“留给你吧，我跟你说过的，他不肯留长他的头发，他是对的，我想多了。这几年来，我们处得很好，应该叫恰到好处，比友情多一点，比爱情少很多，最后就成了师生之间的恩情了，其实这感觉很好，他给我们的精神层面的东西，我们一辈子享受不尽，你认为呢？”我点点头，不言而喻，我们不都喊海涛“师父”的吗？看来这女菩萨是动过凡心的，幸亏没有出事。海涛啊，现实版的唐玄奘，路过女儿国，定力就是比凡人强，不然跟这个想法多多的女人有点故事，姚航不灭了你的口啊，没法收场哟！我偷笑，也许这才是她要调走的真正原因吧。

我们俩摆好棋盘，下起了五子棋，她从来就下不赢我，因为她的梦想太多了，下着下着就想别的事情去了，而我的视野太窄了，就知道死盯着棋盘看，经常看出她的破绽来。正下呢，有人敲门，推门进来，太熟悉了，肯定是海涛。

果真是海涛，我俩就侧脸对着他微笑，他看到我们的第一句话是："这个画面太美了，好美的两个人。"他点上一支烟，慢腾腾地说："嗯，你们自己看不到的，墙上有壁画，桌子上有泥罐子，大大小小的脸谱，墙角有画布呀石膏像呀，笔筒里粗粗细细的画笔，然后，在这个背景下有两个个性鲜明的女人在下棋，美吧！"我调侃道："美的是小诺吧！来了就说正题，说这么多，不是你的风格。"他有点难为情了，对着小诺说："嗯，不是说你调走了吗？还在这里下棋。"黄小诺笑了笑说："对于我来说，走与不走，有什么区别呢？还不是在一个区里，我们三家的地理位置画一个圈圈，周长不过二里路。还有，我和思楠就是一个人，我就是她，她就是我，永远不会分开。"我笑道："听出来没有，多虚伪啊，明明就是抛弃了我们，尤其是你和我！她还说这种话，你说她是不是个好人嘛！"海涛也笑："其实她说的是对的，有的人在一起几十年，没有说过一句真心话，这跟不认识有什么区别呢？有的人只说了一句有用的话，让你记得他一辈子，那就是一辈子的交情，诗里怎么说的，'海内存知己，天涯若比邻'，就是这个意思吧。"

我不怀好意地问："黄小诺对你说了什么话，你记得了？"他深吸了一口烟说："多了去了，她总让我把头发留长，我就觉得这句话好笑，我又不是唱摇滚的。再说，现在连唱摇滚的也不流行这个发型了，在学校留个长发，怎么给学生上课呀。”小诺和我就笑喷了，我说：“晓得了吧，有的人说话很有哲理，但是他并不一定懂得某些道理。”小诺若有所思地说：“他懂的，装不懂呗，这就是他的聪明之处，不，应该叫大智若愚。”海涛说：“人生难得一知己，你们俩应该算是吧。”我笑道：“哦，一得就是两个，你赚了。”他说：“不，就一个，黄小诺说了，你就是她，她就是你。”

知己，真正的知己。我一直相信，男女之间是有真正的友谊的，我们和蒋寒、铁生，现在是和海涛，在工作中结缘的情谊是持久的，是纯洁的，是高尚的，是毫无杂质的。

我忍不住酸溜溜地问一句：“海涛，你这个没良心的，我的话你一句也没有记得啊？”他笑笑说：“有啊，你最爱说的，也是我最爱听的是‘笑死我啦’，然后就有一个笑话跟在后面。”黄小诺提议：“我也来个笑死你们的，周末去我的新家看看呗，我包饭！”这让我很激动，装修了这么久，怕是要装成王宫了。她的建议直接冲淡了我们的离别之情，小诺还说了一句很贴心的话：“我的家就是你的家，有一间卧室永远是你和小然的。老公嘛，身外之物。”

果不其然，装修太有小诺的风格了，五彩斑斓，姹紫嫣红，琳琅满目，让参观的人无论站在哪个角度看，眼前都有不同的摆设，令人眼花缭乱！

我小声对海涛说：“装修我是一点都不懂，我觉得，不管怎么样都要有‘留白’，师父，你说呢？”他皱着眉头道：“对的，你的想法是对的，但是有什么办法呢，她喜欢这样呀。”我们俩就一起偷偷笑了。小诺开了灯，屋里一下子就亮堂了起来，我对着一个地方说：“小诺，你家的彩电真大呀，哟，正演海底世界呢。”他俩就笑喷了，小诺说：“思楠，那是我们家的金鱼缸，养了好多的热带鱼！”说着拉了我的手去摸了摸。

“走，我带你去看我的私密空间，海涛就别跟来了！”说完拉了我的手走进了主卧，里面有一个小卫生间，天啊，居然是大红色的墙砖，白色的马桶、浴盆和面盆！我惊诧地看着她。“这就叫性感，我想了好久，很满意这个创意，没有人会这么做的，你觉得这像一个魅力女人不？白皙的肌肤，衬着鲜红的内衣，风情万种，很有视觉上的冲击吧！”她得意地说。我点点头：“比客厅好看，简洁明快，与众不同。”

看了一圈下来，海涛最后还是感慨了一句：真有钱啊！小诺捏了捏我的手小声说：“男人的钱要想方设法花掉它，不然他就在外面花掉了。”

周凯没有钱，我还不会这么想。

6

寂寞，就是想找个人聊聊，孤独，就是想一个人独处。没有黄小诺的日子里我孤独、寂寞着。

其实我并不是一个完全能拿得起，放得下的人，刚开始的那个礼拜我还是很不习惯，一回到寝室心里空落落的。空落落的原因还有一个，官翌回家生孩子去了，怎么都赶到一块儿了呢。怪不得很多单位不招女员工，事儿多。

看着其他的老师都在勤奋着，改本子的，打印资料的，训学生的，那叫一个热火朝天，我哪里敢懈怠，赶紧忙起来，都忘了黄小诺是谁了。

正在办公室里挥汗如雨的时候，唐桃来找我。她很生气地说：“刘老师，你说金宝和喻小美嘛，全班就他们俩没有买校服，我都成追债的人啦！”我说：“不要着急，你有没有问他们原因呢？”唐桃说：“问了，肯定要问呀，一个说不买，说根本不值那么多的钱，学校想吃回扣，想赚我们学生的钱。”我笑了笑：“这是金宝说的吧！”唐桃：“那可不，班上就他怪话最多，你说啥，他都要先反对，跟你讲半天的道理，头都给讲大了！刘老师，你是没有看到，他眉毛都揪成了个疙瘩，说他三十元就能买到一套质量一模一样的，我说不赢他。”我说：“还有一个说啥了呀？”唐桃说：“喻小美呀，还不知道原因，一问她就趴在桌子上哭，我就不敢多问了。刘老师，运动会又要到了，咋办？”我笑了笑说：“嗯，让他们俩举班牌呗。”唐桃就急了：“举班牌呀！那可要长得精神的，您说过的，您都忘记了？就金宝的那身衣服和他那愁眉苦脸的鬼样子，我妈说的，他就像个挖煤的老头儿，多毁我们班的形象啊！唉！不行不行，还有广播操比赛，以后还有合唱比赛，平时天天都要做操，服装不统一多麻烦呀。”我说：“我得调查一下，你别急，谁都想为班级争光的，一定有他们的难处。”她疑惑地看着我，一脸的忧国忧民：“他们就是作怪，不为班级着想。”我揪了揪她的小胖脸说：“瞎说！”她就笑着跑了。

我先请来了金宝，他长大了一些，人也高了半头，见到我很扭捏，我说：“金宝，你看你的这身衣服，谁帮你洗的呀，都洗毁了颜色，你整个人都灰扑扑的。”他晃了晃脑袋说：“我晓得的，您就是想劝我买新校服吧，我不买，衣服够穿就行了，我不想上那个当，我不是怪您刘老师，我是觉得学校太黑了，想吃我们的钱，那套衣服顶多值三十元，却要卖给我们五十元。你想嘛，两个卖鸡蛋的，都是五块钱十个，你肯定会去挑那家鸡蛋大一点的买吧。同样的，你买一样味道的梨，你肯定会买便宜的那家，对吧？我有这五十块钱，我就买质量好的衣服，我为什么非得买校服呢？”我沉思了一下说：“有道理，也很有想法，但是这校服只有这个厂家统一销售，别的厂家就不是这样的款型了，我们学校买是批发价，如果你去喜欢的厂家买这么一套的话，更贵，还可能不会卖给你。”他皱了皱眉说：“这个道理我也懂，我老爸是卖蜂窝煤的，人家买得多，我老爸就卖得便宜一点。”我说：“你爸爸会不会一个一个卖给客人呢？”他说：“不会，除非我爸和那个人有神经病。”我就笑了：“金宝，你爸爸去批发蜂窝煤的时候多少钱一块呀？”金宝说：“四分五一块。”我问：“哦，那卖出去是几分呢？”他翻了翻眼皮说：“卖几分就亏本了，我们卖一毛四。您想啊，我爸爸要起早贪黑吧，要吃饭吧，要修车吧，总要赚点钱，不然那就是白替别人卖了。”我说：“卖校服的人也是这么想的。”他想了想，就低下了头，不再说话了。我说："对了，金宝，今年多了一科物理，我请你当物理科代表吧，同学们都说你想法多，勤思考，好不好？"他皱了皱眉点点头，算是勉强答应了。

接着我请来了喻小美，她长得清秀，穿得也干干净净，我还没有开口，她就哭了，我只好说："喻小美，这个礼拜呢，校长安排我们去家访，我可以去你家看看不？"她用袖子擦着眼泪点了点头。

我和林岚一合计就选择去了茅顶村，那里的贫困学生最多。

喻小美家坐落在一个山坳里，院子不大，倒也整洁，猪在圈里哼着，狗在门口警惕地摇着尾巴，我们往屋里喊一声，那狗就叫一声，过了好一会儿门里才出来一个男人，是摇着轮椅出来的，脸色苍白，带着歉意的笑容问："请问你们是找谁呀？""我们是喻小美的老师，请问这是她家吗？""是的是的，老师快请进来，她妈妈出去了，我是她爸爸。"我们连忙迎上去说："没关系的，我们是来问问情况的，谁在家都行。"得知是孩子没有买校服，他的脸上就满是愧疚了，他说："这不怪孩子，几年前我在矿上出了事情，瘫痪了，家里全靠她妈，我这一病，家里就有些老火了。嗯，我们是二女结扎户，还有个小的在读小学，今年她妈妈没有按照村里的安排集体种植香菇，结果自己买的番茄和苞谷种子全是假的，一点收成都没有，幸亏粮食还够吃，不然更老火，所以娃娃说不买校服就是这个原因了，其实她说要买的话，我绝对会答应的，唉，这孩子！"我就听不得这样的话，看不得这样的情形，我说："没事没事，就她一个人没有买，我送她一套吧，主要是学校搞活动，就她一个人没有服装，怕她有想法。"这个男人就很不好意思地看着我，嘴唇哆嗦着，两只手在面前揉搓着，半晌说不出话来。我笑了笑说："喻小美很可爱，也很懂事，谁都愿意帮她的，喻师傅，那我们就先走了，林老师的学生也在这个村子里，我们得去看看。"告辞出来，小林说："你这样送的话也不是个事，那天我就听说你要帮金宝给一半的校服钱，我们不是救世主，帮不了那么多的人的。"我说："一年就这一两个，也还好吧。"她说："你在班上搞募捐嘛。"我说："我也想过的，但是被帮助的孩子肯定有压力，毕竟是一个班里的小孩子嘛，难免有磕磕碰碰的时候，万一有人说，你穿的衣服还是我捐给你的嘞，你怎么怎么的，不好办。”她想了想觉得也是个问题。过了一会儿她又提议：“跟老贾讲一声，让他跟厂家商量一下，送两套免费的校服嘛，就两套，他们也不会亏本，去年霍康就多领了两套，一套自己穿，另外一套就给了高倩倩，你没有听说过吗？”我说我听说了，他是什么人，我又是什么人，我哪里敢去问呢，老贾看我的眼神都是鄙夷和讽刺的，她说：“人心都是肉长的，他也有儿有女的，你不去试怎么知道他不会同意呢？便宜点也行嘛。”想想也是的，我决定去试试。

第二天上午，我硬着头皮走到校长办公室的门口，才到门口我就犹豫了，想到从前来这里很轻松的，自从莫名得罪了他以后，就没有好好进过这个门了，正想转身，老贾正好开了门，我鼓起勇气说：“贾校长，跟您商量一下，那个，嗯，我们班有两个困难学生，买不起校服，请问可以便宜点卖两套给我吗？”我一口气说完，免得忘了词。他斜眼瞟了我一下，说：“这事情你找我干啥，我又不是卖校服的，笑话！”我就被噎住了，昏头昏脑地还傻问：“那我去找谁呀？能免费送一套不？”他在关上门之前甩了一句：“问卖衣服的呀，你自己有钱就买呗。”我心里一寒，是他对我反感呢？还是他变得冷酷无情了呢？林岚还说他也是有儿有女的，高估他了！转念一想，对啊，问他干啥呀，直接问卖衣服的去。

卖校服的人听说我是自己掏钱买校服送给学生，他们先是很诧异，然后是惊喜，最后爽快地说五十块钱卖给我两套，天！有这样的好事情啊！世上还是好人多啊好人多！我把这句话一路唱到了办公室。

我相信好事情是眷顾好心人的。

才隔了一天好事又落到好人头上了。

学校突然宣布开会评选区十佳教师，我又头脑一热喊出了邓秀兰的名字，一片响应，几乎是全票通过。散会以后，老贾把我喊到办公室去，丢了一份文件在我的面前，冷冷地说：“拿去，好好看看文件，把邓秀兰的材料写好，不是你牵头选出的她吗，那你就负责到底吧！”我的心怦怦乱跳，认真地点点头，临出门，他还在后面嘀咕：“英语组的意见大得很，有的人啊就是多事！”

不就是我多事吗？我偷笑，就多事了，我愿意。这叫公道自在人心。

一个晚上我就把邓秀兰的材料赶了出来，我太熟悉她了，因为这么多年来她有太多值得写的东西了：投身音标教学改革；免费给学生培优补差；年年英语成绩名列前茅；上一个晚自习才十元，打车回家得三十元，却从无丝毫怨言；经常给贫困生交学费；艺术节上她们班的节目总拿第一；运动会上也是获奖专业户；每个月都是文明班级……一个农村老师，这还不够优秀吗？

我就不明白了，学校有这么多像邓秀兰一样好的老师，为什么老贾这么不开心呢？

秀兰拿到她的先进材料，还没有看完就哭了，她哽咽地说：“思楠，我有这么好吗？你你你把我写得这么好……我我我很惭愧……组里的人，他们……”我说：“秀兰，全校只有两三个人没有给你投票，那你说你们组里对你的态度如何呢？同行是冤家，你要每一个人都喜欢你是不可能的，但是大部分是认可你的，那就行了呗，群众的眼睛是雪亮雪亮的。”她想了想，含泪笑了，说：“那是那是，我就知道埋头工作，人际关系这一点我本身也有问题。”“其实，组里大多数人是喜欢你的，就只有高某某，那有什么关系呢，你很在意她对你的看法吗？”她的脑袋就摇得像个拨浪鼓一样：“算了，她要喜欢上我了，喜怒无常的，我还害怕呢！思楠，我买双鞋子送给你吧，也别跟我客气，你多大的脚啊？”我说：“三十五码的，别买小了，穿小鞋的感觉可不太好哟！”我们就都笑了。

我觉得我看人还是挺准的，看秀兰就看准了，看我们班金宝也很准。

自从他当了物理科代表以后，改变也很大，尤其是穿着，干净多了，有一次我还故意问了他，他踌躇满志地说：“刘老师，您就不懂了，这个，人吧，当了干部，就要有干部的样子，身份不同了，大家要盯着我看嘛，对吧？”我还不好当着他的面笑，等他走了，我和林岚笑死了，林岚说：“刘老师，别把科代表不当干部哈，怎么样也是个中层嘛！哈哈哈！”

我们就一齐想起了霍康这个中层干部。林岚说：“好久没有说他们的事情了，你听说了没有？”我摇摇头，她马上把门关上，说：“是假期发生的，估计你是不知道，我跟你讲嘛，高某又离婚了！她说她的老公不行了，喂不饱她，工资又低，还不如一个镇政府看大门的。霍康的老婆听到了风声，整个假期都在收拾他，一分钱都不给他，也不许他出门，听说日子难过得很。”我听笑了，正准备点评一下高某的“习惯性离婚”呢，她接着说：“还有还有，你不要吵，假期门卫听到他们俩在学校吵架了，高倩倩骂霍康‘我以为有了你，背靠大树好乘凉，谁知道一点好处都没有，连个先进也没有捞到过，更不要说英语组的组长了！讨厌讨厌讨厌你’！然后，还有，那天我们党员搞活动……”她吞了吞口水，表情十分亢奋，正准备说呢，宋爽猛地推门进来，看了我们一眼，一副明察秋毫的鬼样子，说：“看你们这个架势，鬼鬼祟祟的，又在说别人坏话了吧，绝对的！”我们就一起笑了。她说：“来，讲一个最新的！前所未闻的消息！”我们就都来了兴趣。她神秘兮兮地说：“假期我们搞了一次党员生活会，这种会吧，应该是党员参加的吧，霍康借着这个机会把高某带去了，美其名曰做后勤服务，然后，高某就坐在了老贾的身边，端茶送水，老贾就把他的贼手放在了她的大腿上，关键是，她穿的是超短裙，更关键的是她嘎嘎嘎地笑着并没有反对！各位，可否明白？”说完捂着嘴嘻嘻地笑。要出事了，井台中学要出大事了，这消息让人听了怎么这么恶心呢。林岚接着说：“我正准备跟她讲这个，你就来抢了先。后来呀，大家去泡温泉，高某两次都滑倒了，都倒在了老贾的怀里，真巧吧！”“好巧好巧，那霍康不吃醋呀？”宋爽说：“我怀疑，是霍康把她送给老贾了，这个女人有点难缠，喜怒无常，又不收敛一点，要是别人吧，都怕被人知道，她是唯恐天下不知，不以为耻，反以为荣，可能霍康想脱手了。啧啧啧，老贾死定了。”林岚说：“怕是老贾快活死了吧，捡到这么一个主动送上门的大便宜！”

我想起来老谢跟我预言过的，下一个就是老贾倒霉了，果不其然，这个老谢真是神机妙算，可能她早就看出了端倪。

坐月子的官翌听到了，她瞪着大眼睛，就只会说：天！天！啧啧！付龙在一旁抱着儿子说：“各人有各人的活法，那叫不同的人生观和价值观，你们大惊小怪的，还不如好好欣赏欣赏我的儿子，长得这么像我，多帅气呀！是吧，儿子，这些姨妈呀，真无聊，不喜欢那个人，还成天讨论那个人。”才说完小家伙就“噗”一声放了个响屁，连屎带尿搞了他一手，我们就笑喷了。

7

祸兮福所倚，福兮祸所伏。

老谢说霍康是个倒霉蛋，宋爽说他是个笨蛋，张轩说，不，他只是一个蛋。

这么说是有原因的。

新生学会了广播操之后，老生做操的位置就得调整一下了，那天杨老师在主席台上指挥着大家整队，先是一班二班，挪完我们三班就是高倩倩的四班，最后是邓秀兰的五班。我们发现，谁带的班就像谁，我们班的学生话多得要死，挪个位置就像麻雀开会，半天安静不下来；高老师班的女生就像她一样，走路都要扭捏半天，两个纵队像两条大蛇，半天摆不正，台上批评他们一句吧，他们的眼睛就集体斜视台上的杨老师；邓秀兰呢，她的学生个个老实巴交的，令行禁止，整齐划一，下来做操还都抱着书和笔记本放在脚边，永远都是一副争分夺秒好好学习的样子，等杨老师让他们班再挪回去半米的时候，学生们的书就没有来得及带走，结果高倩倩班的学生一脚踏回去，还都踏在了书上。秀兰本来就看不惯四班的样子，看到这个情形着急起来："喂喂喂，你们这是慌啥，我们班的书还没有搬走呢，没有看见呀，啊？眼睛长到头顶上去了！"高倩倩哪里受得了这样的指责，估计一直没有找到机会刁难邓秀兰，这下子可就来了精神了，白多黑少的大眼睛一翻道："我们班的学生是拿来给你瞎吼的呀？啊？我还在这儿呢，打狗也得看主人吧！是杨老师让挪回去半米的，又不是我们班的小孩作怪，你凭啥吼他们，凭啥吼他们？嗯？你在哪里都想一手遮天啊！"秀兰被她一阵数落，也很不爽："你是亲眼看见的吧，你们班小孩儿专门往我们班的书上踩，也太那个了吧。""哪个哪个嘛，你们班是金书银书瓷器书，碰都碰不得，做操还带着书，装给谁看的呀，就你们班好学，成绩好，惹不得啦！""嘿，你这个人，话怎么说得，这么难听，扯哪里去了呀，你们等我们把书拿开再挪过来嘛，退一万步说，你们迈过去也好啊，不能往书上踩呀。""哟，我们是听杨老师的指令，还是听你的安排呀，你想欺负人是吧！谁都知道我护犊子，我的学生我自己都舍不得吼，更轮不到别人来管！""那你到底想干啥嘛？""哼，你得了一个破十佳了，就了不得了，在组里瞧不起我就算了，在操场上还瞧不起我的学生呀！我就看不惯！你撒泡尿照照，长得像个短萝卜矮冬瓜一样，想看清楚我得仰视吧！""我长得矮怎么也惹着你了，高倩倩，你这是故意的吧，比你高的人多了去了，是你看不见吧。"高倩倩突然丰胸往前一挺脖子一扭一下子杵到邓秀兰面前，左手叉腰右手翘着兰花指直戳到邓秀兰的鼻子上了，尖声道："我告诉你，邓秀兰，老娘我不是拿来给你欺负的，在一个组里，你把我欺负够了，今天欺负到我的学生身上了！最起码，我比你漂亮！丑鬼！"秀兰的嘴唇就哆嗦上了，这架吵的，我都听不下去了，根本没法插嘴。

风很大，估计一半的学生老师都能听到她们的争吵，学生们都朝我们这边观望，有几个班主任慢慢朝我们这里聚拢过来，霍康在人群中吼骂几个跳起来看热闹的学生。

我听到我们班周信小声说："我觉得高老师长得不好看嘛，样子又作怪，吵架也不会吵。"金宝接着说："她就是不讲道理，像个疯子。"胡贝贝说："金宝，请不要乱说话，在别人背后说坏话，会烂嘴巴的。"我快步走过去，立在他们面前压低了声音制止道："嗯，想让刘老师也被骂一遍，说我没有把你们教好是吧？"

众人七嘴八舌道：算了算了，多大的事情啊，学生看见不好，一人少说一句吧！

邓秀兰哭道："欺人太甚，你这个神经病！"

高倩倩怒喝："你们都欺负我，全世界都在欺负我！我要告诉校长去！"

风太大了，红旗啪嗒啪嗒直响，旗杆在摇晃，升旗的铁丝就啪一声崩断了，木头旗杆斜斜地倒下来，学生们惊慌失措地四处逃散，操场中间瞬间就空出来一大片，只有霍康这个倒霉蛋还站在那里，眼睛往我们这边看，他的眼里可能只有对高倩倩的怜爱和对邓秀兰的愤怒吧，有人喊他，他也没有听到。断了的旗杆不偏不倚正好砸在他的身上，他一声惨叫，左手就抱住了右胳膊，痛得蹲了下去，顿时脸色惨白。

个子高有个子高的好处，高倩倩第一个看到了倒霉的霍康，她迟疑了一下，嘴里喃喃道："怎么啦，这是怎么啦？没有事吧？"众人又潮水般地涌回来，围住了霍主任。

老贾让后勤的拆下了一块门板，抬了霍康就冲出了校门，学生们慢慢散开回了教室，大家议论纷纷。有人说胳膊可能断了，也有人说只是脱臼了，还有人说好像耳朵打掉了一只……高倩倩指着秀兰的背影说："讨厌讨厌讨厌你！你这个巫婆！扫帚星！"她那白多黑少的眼睛，好吓人啊。

"天灾人祸，这就是天灾人祸！"我听到老谢在跟几个人正点评呢，"我早就跟他们反映过了，说那个旗杆摇晃得厉害，经常能听到手指头粗的铁丝和旗杆都嘎吱嘎吱响，调皮的小孩子还喜欢吊在上面玩，应该换一个不锈钢的，霍康还告我的状，说我是想给我老公拉生意，可笑，这点事情还能在我老公那里叫‘工程’？只要学校愿意，我都说了，免费换一个，他们还不信，这下可好了，抠门吧，把自己抠疼了吧！”有人说：“亏你老谢是有头脑的家伙，你免费安了，那霍康的小舅子去哪里找这笔钱呀，肥水不流外人田！”还有人说：“没事没事，大家去医院看他，他就可以得到好多好多营养品，赚大了，哈哈！”居然没有人难过，除了心有余悸，没有人为霍主任难过。林岚说了一句实话，幸亏不是砸到学生头上，不然我们就吃不了兜着走喽。

啊，苍天有眼，幸亏砸到霍康了。

高倩倩和邓秀兰终于翻脸了，她们的争吵在学生中间造成了不好的影响，我们以为老贾会在教职工大会上进行批评，以前他也没少挖苦讽刺高倩倩，甚至用师德师风来说事，这次居然没有提，也许是霍康出事了，大家的重点转移了。接下来的事情就急转直下了，被批评的人是邓秀兰！这出乎我们的意料。

邓秀兰来到语文组，可怜巴巴地说：“老谢，你给我分析一下，我到底错在哪里了，我百思不得其解，老贾把我揪到他办公室，说我骄傲自满，还把学生教得骄傲自满，说我打击报复同事！还说我不可一世！你看这话说的，哪儿跟哪儿呀，我有这闲空吗？我有这么大的本事吗？”老谢就笑了，拍拍邓秀兰的肩头说：“你，啥也没有错，就是不小心得罪小人了，小人和小人又狼狈为奸，有人总是会被蒙在鼓里，有人呢，以为别人都蒙在了鼓里，你就是前者，有人做了后者。”邓秀兰眨巴眨巴眼睛，半信半疑地说：“听着好像你在说高某和老贾咋地啦，但是不可能呀，老贾一向都不喜欢她的嘛，有几年还扣过她的师德分呢，再说，她不是跟霍康好的吗？”老谢道：“问题是，你这么笨的人都想到了，以前不喜欢，现在喜欢上了呗，时过境迁，日久生情嘛！笨！”邓秀兰握了握老谢的手，说：“亲人啊，我终于明白了，老谢！以前我就只想好好教书，还想着在哪里教书都一样，没有想到，得罪了一个人，他不舒服，会对我有这么大的影响，我觉得很累，身心疲惫，我是不是该为自己想想了？”还没有等我们安慰她，她就落寞地走出了语文组。大家都扭头看着空荡荡的门口，这么一个好老师，兢兢业业，勤勤恳恳，每周上三个晚自习，一个晚自习补贴十元，自己打的回家得三十元，上一次晚自习亏二十元，她却毫无怨言，这领导瞎了狗眼，愣没有看见！也没有算过这笔账。

这么好的井台中学真的要败在小人手里了，大家都这么想，这么想是因为邓老师要调走了，老贾很爽快地就签了字盖了章，居然没有任何挽留、遗憾和难过。不仅如此，他还说，铁打的营盘流水的兵，谁有本事走，他坚决不会留，反正是培养一个优秀走一个优秀，井台中学就是培养人才的摇篮。

屁话！

张轩感叹道：“唉，一个是倒霉蛋，一个是糊涂蛋，都是坏蛋！”

我的心里是一种被剜了肉的痛，秀兰，这么好的老师，就被赶走了。

接下来还有更坏的消息！

老贾把邓秀兰的这个班移交给了霍康，霍康吊着断了的胳膊走马上任了，那叫一个春风得意，因为他从来没有教过英语成绩这么好的班，平均分八十一分呢！这在区里也是数得上号的。另外还有一个变动，高倩倩的班被打散了，学生们被平均分在了我们这三个班里，她有一半的工作量放在后勤处了。

大家心照不宣，她终于苦尽甘来了。老谢因为邓秀兰的调走，心里很不爽，她和邓秀兰搭了好几年的班了，这不是塌了半边天了吗？气得她一找到个机会就对着高某含沙射影，指桑骂槐几句，惹得高倩倩横竖也不爽，两个人见面一个扬下巴，一个不屑，干上了。

终于有一天，高倩倩来了一个总爆发，她要上吊寻死。

学生们正在上课，她拿了一根学生的跳绳，哭喊着朝一棵樱花树跑过去，哭诉道：“欺负我啊，全世界都在欺负我啊，我死给你们看，死了你们就消停了！啊啊啊啊啊……”她站在树下哭得花枝乱颤，几次都没能把绳子甩上不到两米高的树枝。有两个英语组的老师跟出来劝慰，有几个老师也跟了出去，脸上满是疑惑，心里生出怜悯来，窃窃私语，对一个女人来说，婚姻的不幸决定了她很多方面的不幸。老贾听到消息，旋风一样地冲下楼，抱着她柔声安慰道："倩倩，好了，别闹了，倩倩！有话好好说嘛。"英语组的老师连拉带拽把她弄回去了。看到这一幕，大家心里愕然，情节太跳跃了吧。

这事情闹得挺吓人的，再也没有人敢惹她了，蛮的怕横的，横的怕不要命的，大家都知道她不是真的想寻死，就是表明一种态度"你们不要惹我，我上面有人"！连老谢也说："算了，她又不是跟我老公好上了，犯得着我教训她吗？我气的是他们合伙赶走了小邓。"我说："老谢，你是想多了，邓秀兰调到四中，不一定就是坏事，万一那里更适合她呢？"老谢说："废话！秀兰在哪里不是块金子嘛，问题是我们井台中学少了她喽。还有，霍康这个卑鄙小人要跟我搭班，这个班的小孩子是要被废掉了，这两天哭闹的、联名告状的和要转走的学生多得很。你太年轻了，不懂啊。"我吐了吐舌头，都是不好惹的主儿。

其实，我也不年轻了，只是想问题比较简单，比如只要秀兰过得好就行了，走了就走了吧，免得在这里受窝囊气。昨天在路上遇到秀兰，她拉住我的手对我说："思楠！我是舍不得井台的，更舍不得你们和学生，你不知道，穿小鞋的感觉啊，太可怕了！我去四中找到他们校长，问可不可以来打工，他头也没有抬，问我是哪里的老师，我说是井台中学的邓秀兰，那个校长猛一抬头，眼睛发光地看着我，吓我一跳呢，我还没有解释什么，他就说：'邓秀兰？井台的邓秀兰！搞音标教学改革的邓秀兰！欢迎欢迎！请都请不来的人，自个儿就来了！'思楠，你不知道，听得我热血沸腾，有一种遇到伯乐的感觉呢！"我说："这就好了，有人赏识你了，日子就好过了。"她点点头："那可不，我要好好干出点成绩，感谢他收留了我这个落魄的人。嗯，可是，我这一走，害了我那两个班的孩子了……”说完，眼圈一红，落下泪来。我的鼻子也是一酸，说：“孩子们会记得你的好，你是个好老师。”

转身想想自己，我是不是也被穿了小鞋了呢？我落魄的时候有人会收留我吗？

我能坚持多久呢？

还有一个想法就是，井台中学要变天了。

九 · 芙蓉花开

芙蓉花语

我纯洁无瑕，你洁身自好，

我亭亭玉立，你刚正不阿，

从淤泥里生长出来却不染，

邪恶旁屹立的永远是正义。

我是花，你是叶子，

高尚的不仅仅是人品，

也是思想和行为。

1

据说社会上的人分为三种，一是给予者，二是索取者，三是介于这两者之间的观望者。我觉得秀兰就是给予者，在名利面前无欲无求，但是她有自己的人生信条和高度，很自然被人尊重和仰视；霍康高倩倩之流就是典型的索取者，见到小恩小惠，钻头觅缝都要捞上一把，为此可以做违背道德的任何事情，还为此洋洋得意，只是他们不知道被所有人不齿，也许是知道的，只是无所谓吧。

2003 年的春天，大家在办公室里边烤火边改本子边闲聊，说到最近的几件学校大小事，被人反复地提及，有的被思念和惋惜，有的则被唾弃和鄙夷。尤其在语文组，骂一个没有道德的人那是轻而易举的事情，绝对是入木三分，绝对是妙语连珠，绝对是不带脏字的嬉笑怒骂。比如说，高倩倩习惯性结婚就是为了习惯性离婚和再婚，她以这样的大无畏精神和牺牲精神破坏他人家庭并且被他人破坏婚姻，她勇于取悦于我们，然后为我们增加丰富的谈资和生活娱乐。

我们都是观望者，其实也高尚不到哪里去，见到别人得意了我们就骂一骂，见到别人倒霉了我们就笑一笑，见到别人落难了我们就帮一帮，跟个变色龙似的。

这两天我也在抱怨，高倩倩三分之一的学生分到了我们班，我就大喊头疼，作为老师，我不可能拒绝任何一个学生，但是新来的却被原来的同学所排斥，我该怎么办呢？

接下来发生的两件事情似乎让状态有了变化。

第一个礼拜就有两个女生顶风作案去烫了个大波浪头，这在我们班是绝对不允许的，金宝第一时间就来告状："刘老师，你赶紧去管管，乱套了，她们一来就让我们班乱套了，就像街上卖服装的小妹，大波浪头，大灯笼裤，你最好把她们赶走！反正我见不惯，我们班好多人都见不惯！"一听我也急了，因为在心里也是不接受她们的，所以我的表现肯定也影响了我原来的学生。走到门口我就停了下来，稳了稳情绪，把她俩喊了出来，班上就有人起哄："坏了坏了，这回是死定了，想跟刘老师斗，嫩了点！"说的啥话呀，我有这么恶毒吗？看了看这两个时髦的小姑娘，我笑着说："哟，头发挺好，发型也不错，比我洋气多了，分享一下你们的烫头感受呗。"她们就低下了头，用手去搓衣服角儿。我们就这么立着都不说话了，我知道她们内心的忐忑不安，决定还是自己先开口，我说："嗯，肯定觉得这样好看吧？"她们点点头："我们高老师也是这个发型。"我一听火气就上来了，这就是来自于老师的影响。我本来是想挖苦一下她们曾经的班主任的，但是转念一想，不行，矛盾一旦激化了就更难收场，我忍了忍才说："你们高老师是成年人，她都三十多岁了，很适合这个发型。但是你们太小，不适合，看上去很老气，而且在学校里谁都对你们指手画脚，不知道你们感觉到了没有，是不是觉得自己浑身都不自在呀？其实，我知道你们已经开始后悔了，对吧？"她们小声地"嗯"了一声，这就是我对她们的心理暗示。我接着说："好多人在背后对你们指指点点，其实你们也发现了，而且很害羞，但是两个人一起去做，就互相壮了胆，是吧？"她们把头低得更厉害了。我知道，有羞耻之心就有可救之法，我趁热打铁道："我很喜欢你们这十几个人，都很可爱，我希望你们也喜欢上我，喜欢这个集体，要你们适应我的带班风格，是要些时间的。嗯，按照我以前的风格呀，我就拉了你们去剪了，现在，我建议你们去处理好，变回原来那可爱的清纯的样子，给你们两天时间，够吧？"她们羞红了脸，点点头，进了教室。我跟着走进了教室，扫了一眼正在窃窃私语的学生们，说："乖，以后不要再分你们班我们班，都是我们班，不然我就变成一些人的后妈了，晓得了吧，后妈难当啊！”他们就笑了。我顿了顿说：“爱打扮，是很正常的事情，还得会打扮，你们看胡贝贝，一直是长头发，扎个马尾辫，多神气呀，今天红色的发带，明天蓝色的发箍，尤其是一甩辫子回头说‘还闹呀，要不要我考高中上大学呀’，全班就安静了，这就是胡贝贝的个人魅力，也是我们班的一道风景；再看唐桃，很干练的短发，眉清目秀，做事情雷厉风行，连男生都喜欢喊她桃哥，这也是魅力吧？这就是花季少女，青春无敌！”金宝马上说：“对嘛，披着卷发，像个女鬼，一回头吓死一头牛！”大家又笑了，我说：“我都没有那么专制了，以前呀，哼哼，全班的头都被我砍了一遍。”他们就一起倒吸一口凉气，表情动作相当夸张：“老师，您好狠！”我哈哈一笑：“这点幽默都没有，肯定指的是剪头发嘛，你们不知道啊，我的那些娃全像一个模子刻出来的，就是因为我喜欢，现在想想我真叫一个坏呀，所以我改了，任由你们喜欢，但是，要整洁朴素，要符合你们的学生身份，对吧？”“对！”他们一齐回答，声可震天。那两个女孩子头更低了。

两天之后，她们俩的头发就正常了。

观察了一段时间以后，我就发现了新的问题，分给我的学生，并不是高倩倩说的按照成绩的高、中、低层次搭配着三等分的，分给我的可能都是差的。我愤愤然，拿着半期考试的成绩去找她，她正在办公室里烤着火织着毛衣，线在手指间绕来绕去。当她听完我的控诉后，眼睛一眯笑了，隔空给了我一个香吻，半认真半开玩笑地说：“呵呵，你终于看出来了？跟你说实话吧，你说的是对的，第一个原因是，以前我们班的学生说黄小诺长得比我漂亮，黄小诺跟你玩得那么好，我生她的气了，也生你的气了；第二个原因是，我还在跟冯老师搭班，肯定好的学生我自己要留着，冯老师嘛，是捡了个大便宜；第三个原因是，我跟邓秀兰吵架的时候，你居然没有帮我，你十恶不赦！明白了吧？还有，你们班本来就是差班，他们那么差，放在你那里最合适，不让学生有太大的压力嘛，老贾也是这个意思。”她用白多黑少的眼睛讥讽地看着我，模样很顽皮。我眼前一黑，差一点把一口鲜血喷在了她老狐狸般的脸上，我转身出了总务处的门，和一个男人撞了个满怀。他笑道：“小思楠，是你呀？吓我一跳。”我白了他一眼，恶心的声音，恶心的霍康！随后我听到高倩倩嗲生嗲气地说：“别动！不要乱动嘛，讨厌讨厌讨厌你，不是给你织的！”恶心的声音，恶心的高倩倩。

我的班差，也没有差到要被拆散嘛！如果孩子们知道，他们被老师这么分成了三六九等，该有多伤心啊，我这么接受他们，善待他们，他们还不一定领我的情，想到这里不禁悲从中来。

眼前一黑，是我眼睛现在的常态，黑完了，就是一阵模糊，一两个小时以后我才能看清楚东西，也不是完全清晰起来，有烦人的水波纹在眼前晃动，不停地晃动，无论我怎样闭目养神也缓解不了，消散不去，只有等到晚上睡着了，才不见了。视力下滑到了一个可怕的地步，面对这个变化，我很恐慌，很绝望，再碰到这样无情的打击，我几乎要哭出来了，人啊，怎么可以这样做？人啊，怎么可以这样无耻和狠毒？幸亏她没有像老贾那样直接对我说：“因为你要瞎了，所以就拿这样的学生给你瞎教呗，没有让你下岗就是对你最大的恩赐了。”我不哭，为他们的无耻而哭，不值得。

一波未平一波又起。

新来的许超跟任忠杰疯闹的时候，不小心把任忠杰推倒，碰到水泥讲台的尖角，不知道哪里撞破了，流了一脸的血，等我赶到的时候，好几个小孩子脸吓得煞白。我拉上任忠杰就往外面跑，在楼梯那里，我差一点一脚踏空栽下去，周信一把拉住我，声音颤抖地说：“刘老师，您，您慢一点，我跟您一起去吧？”又有三四个孩子冲过来，有扶我的，也有扶任忠杰的。我们焦急万分地赶到卫生院，医生把他的脏脸洗干净了才看到是眼皮破了，皮外翻，挺吓人的，好在没有伤到眼球，医生给他缝了三针，任忠杰哭得像杀猪一样，我的心都提到嗓子眼儿了，有两个孩子还吓哭了。我付了三十五块钱的治疗费后，牵着包了纱布的任忠杰走出卫生院，我心疼地问：“还疼吗？刚才缝针的时候疼得厉害吧？”他轻轻地摇摇头，说：“其实，不太疼。”周信马上喊道：“你不疼，惨叫啥嘛，吓死我们了！”任忠杰委屈地说：“我怕回家被我爸打，还有我没有钱还刘老师。”我舒出一口气，原来如此呀，这孩子，想多了。

回到学校，许超也很惶恐不安，小脸蜡黄。我拉了他们去我的办公室解决矛盾，说：“我讲一百遍道理也抵不上你们自己痛一次，记住教训了吧，这回？”两个人都点了点头，然后，任忠杰骄傲地昂着头，许超则羞愧地低着头。我说：“事情出了，谁也不愿意，但是你们知道的，这完全可以避免！我说不许疯闹讲过多少遍了，嗯，谁听进去了？我这样安排的，医药费，我出了，谁让我在学校是你们的妈呢？还有，许超，我跟你一起送任忠杰回家，给他父母一个交代，你要诚心诚意地道歉，娃娃都是父母的心头肉，你懂的吧？换成是你，任忠杰也得这么做。还有，危险性看到没有？幸亏没有伤到眼睛，不然今天就不是说一声对不起就能了的事情！”他的眼泪就下来了，抽抽搭搭地说：“我知道错了，我一定想办法还您钱，刘老师，我可以不去吗？要是让我爸爸知道了，我会被他打死的……”任忠杰看到这里，态度马上来了个一百八十度的大转变，他诚恳地说：“刘老师，算了算了，医生都说了，又不严重，我自己也有责任，我不跟他疯打也不会出事，我就说是我自己摔的吧，真的，算了吧。”许超看到情况有了转机，立马说：“刘老师，我们俩平时关系挺好的，真的，我一来你们班，哦不，一来我们班就跟他好了，你问他嘛，我愿意当着全班同学的面赔礼道歉，下跪都可以！”我哭笑不得，好像是我在逼迫他们反目成仇一样，这还不好办，那就回班上解决呗。

回到教室里，大家都很安静，我说：“这俩兄弟讲和了，一家人也不说两家话，我只说一句：生命健康最重要！这话说给他们，也是说给全班同学的。好，该你们俩说了。”许超：“都是我的错，对不起任忠杰！”任忠杰：“没关系，这是我自作自受，其实，其实现在痛得很……”说完就哭了，可能真的是疼劲儿上来了，许超连忙拉了他的手说：“我真的对不住你……”说完也哭了，大家都低声劝慰起来，有女生还红了眼圈，这次该记住这血的教训了吧。

还别说，自从出了这件事情，大家真的没再说你们班我们班什么的了，慢慢融合了，团结了，课堂纪律也渐渐好了起来。

爱说你们学校我们学校的人反而是黄小诺，一开口就说：“跟你讲嘛，我们学校的老师可牛啦，好几个是研究生，我都属于落后分子了，不像在你们学校的时候，一串儿的大专生，我要读书去了！”我白了她一眼，忘本的家伙，没有我们井台，哪里有你的九中呀。

从那以后，她很少来找我玩，电话问她都说在看书，要参加成人高考了，我恨，我是考不了了；我恨，她咋个这么多的理想呢。

当她把她考上本科的消息告诉我的时候我一点都不诧异，考不上我才诧异呢，但是她带来的另外一个消息着实让我惊诧了。

我把它称为“奖金事件”。

2

她带来的是个好消息，她兴奋地说：“乡属中学只要考上一个我们九中的，九中就奖励班主任一百元，这个规定都好几年了，但是你们井台中学从来就没有听说谁领到过吧，要不是那天我去会计那里报销教研经费还真的不知道有这笔钱！”我把眼睛瞪得大大的，看着她，她说：“惊人的黑幕吧，会计说，井台中学的邓秀兰年年带毕业班，她的钱最多，我们跟秀兰走得这么近，你听过她得了一分钱没有？没有吧，我已经问过秀兰了，她的眼睛瞪得比你还大，这就是用事实说话，嗯，《焦点访谈》都可以来了。不过，我倒是没好意思问会计这钱有人来领了没有，也没有问如果不来领这钱还在不。”我点点头，说：“明白了，我得去问问老贾，前年我们班有六个考上你们九中的，我得去把我的钱要回来！”“对，做人不可以傲气，但是得有傲骨，去问他。”我就热血沸腾了，我要去做一件大事，赴汤蹈火地去做一件大事，为了我那些受到蒙蔽的同胞们。

我设想了一百个敲开老贾办公室门之后的情形，比如，他猛然站起来，嘴唇哆嗦道：“你，你，你是怎么知道的？”比如，他“嗯”了一声，然后转身用倒水的动作掩盖他内心的慌乱，结果手因为抖动得厉害被开水烫得连杯子带水都丢了！再比如，他怒目圆睁道：“你给我滚出去，刘思楠，我看你是想钱想疯了吧！”

当我用手按住狂跳的心走到他门口的时候，我做了三个深呼吸，平静了十秒钟才轻轻敲了敲他的门，一个声音传出来：“进来吧。”我胸膛里的血就往头上涌去，硬着头皮推门进去，站定后，看了看他，他头也没有抬，边写字边问：“有啥子事情，刘老师？”我吞了吞口水说：“嗯，贾校长，是这样的，嗯，九中的老师说，我们乡下的学校只要能考上一个九中的，他们就给班主任发一百元的奖励，我们学校每年都有几十个考上的，他们九中有没有给过钱呀。黄小诺说，如果忘了给的话，我们可以自己去要，因为乡下学校多，怕他们忘了。”我一口气说了这么多话，想想表达应该很清楚了，他后来一直是看着我说话的，等我说完，他笑了笑，说：“哦，你还挺关心我们井台中学嘛，这事情呀，我还真的不知道呢，我得派人去问问具体情况，这是学校之间的问题，你最好不要自己去问，免得产生不必要的矛盾和误会，万一人家真的忘了通知我们学校呢，那该多尴尬呀，是吧？先得谢谢你，我会处理好的，嗯，这事情学校还有谁知道啊？”我摇摇头说：“就我知道，别人呀，从来就没有听谁提起过。”他“哦”了一声，想了想又说：“领钱和发钱不是一件简单的事情，搞不好就要出乱子，你知道就行了，千万不要乱传，为钱吵架的事情还少吗？听我通知你再来吧，切记切记。”说完很谦和地看着我，笑容可掬，这久违了的温和，久违了的信任，我点点头，一颗心落了地，我就告辞走了出来。一阵凉爽的秋风吹过我的脸庞，甜甜的，爽爽的，我的心里就豁然敞亮了，原来这事他也不知道啊，我为我们井台挽回了多大的经济损失啊，我立功了吧，可以将功折罪了吧！

过了两天，老贾请我去了他的办公室，还是那么和颜悦色地对我说："小刘老师，来来来，这是你那年考上九中的六个学生的奖金，你拿好，多亏你及时发现了这个问题，你就不要声张了，自己揣着就行了。"我傻傻地说了两句改变我命运的话，准确地说，是把我自己推向厄运边缘的两句话，我说："不不不，贾校长，我会把这几百块钱跟我的任科老师平分的，大家都付出了努力，还有，邓秀兰的奖金您要回来没有呀？她还等我回话呢。"他脸色骤然大变，声音严厉起来，变了调地嚎叫："什么？你不是说就你一个人知道的吗！邓秀兰怎么知道的，啊？！"我的心狂跳起来，结结巴巴地解释："黄小诺也跟她讲了，我说说的是是是我们学校没有人知道，她不是调走了吗，跟我们学校没有关系了呀！"他一拳头砸在办公桌上，吼道："好了，到此为止，她的钱也给她，拿去，都拿去！跟她讲，你跟她讲，把钱分好，不分平均的话，矛盾闹大了，她连工作都会丢了，简直就是乱来嘛，你！"我吓坏了，太突然了吧，我又做错了什么呀？

我一下子明白了，啊，原来钱都在他这里，这么多年，小诺说的是对的，他们悄悄领走了所有的奖金！我还幼稚地相信了他也是蒙在鼓里的，我真傻，但是我这个傻瓜要傻到底了，反正傻都傻了，不在乎多傻这一回。

我通知邓秀兰来领走了钱，近三年的八千六百元呢，她真的发财了，跟她搭班的老师也发了，一个人一千多元呢。大家都很钦佩秀兰的人品，她要是自己独吞了这笔钱也没有人知道，独吞了也无可厚非，人家九中说的就是奖励给班主任的嘛，又没有说非得平均分了。

我知道我再一次惹祸了，老贾以前对我还是注意场合的，比如见到我家小然的时候还是摸摸他的头呀，拍拍他的小屁股呀，爱是不爱的，招呼还是要打的。自从我这次得罪他之后，见到我家小然也哼一声了。几十岁的人了怎么可以这样啊，小孩子也很敏感的，小然再见到他来了，也会躲起来说："妈妈，别告诉校长我来了，他好凶哦，像牛魔王。"有时候一起坐校车回家，大家抹不开，小然就怯生生喊一声"校长好"，他就故意把头扭到一边，不搭理孩子，小然等他扭回头的时候，又赶紧喊一声"校长好"，他却又很不自然地把头扭向另外一边，脸都扭得出水来了，小然就笑了："妈妈，你们校长好像一只异特龙啊，把他的小脑袋甩来甩去的，还不理我，是一只生气的异特龙。"一车的人都忍俊不禁了。我赶紧捏了捏儿子的小手说："不许没礼貌，他是校长哟。"老谢大声说："童言无忌，童言无忌啊！"大家就都笑出来了，估计老贾跳车寻死的心都有了。唉，五十多岁的人，快当爷爷姥爷了，居然这么狭隘，搞不懂。

我的学生也有感觉了，周信说："刘老师，跟您讲嘛，老贾神经兮兮的，每次来我们班的时候都板着脸，不管天有多黑，进门就关我们的灯，我们说看不清楚黑板，他就说：'用得着开灯吗，浪费！真是有什么样的老师就有什么样的学生，眼神都这么不好啊！'你说气人不？"我说："一点都不气人，气的是他自己，他前脚关，你后脚拉开不就行了呀，笨！"他狡黠地一笑："我们就是这样做的呀，有什么样的老师就有什么样的学生啊，看，我们多聪明能干！"我拍了拍他的脸，他也斗胆拍了拍我的肩膀，我说："下次，你对他说，有什么样的校长就有什么样的老师，哼哼哼！等一会儿，你刚才喊校长啥，老贾，老贾是你喊的呀，没有礼貌了吧？"他不好意思起来："我，我听到你们都这么喊的嘛，刘老师，跟您讲，只有隔壁班的高老师不这么喊，她喊的是'贾啊啊校啊啊长啊啊'，还要配合一个兰花指，这样这样，就这样。"说着还拉了我的手，比给我看，我马上板了脸说："又错了吧，这么说老师呀，那在背后还不知道怎么笑话我呢。"他马上举起双手发誓："我要是骂过您，天打五雷轰！"我白了他一眼，唉，时间长了，孩子们已经摸清我的脾气了，给鼻子上脸，没大没小的。

老师们也在背后议论开了，他那一千元的自行车也是用那黑钱买的吧，那块手表也是用贪污来的钱买的吧，那件高领毛衣也是用我们的血汗钱买的吧……马上有人纠正道：“错！毛衣不是！那是高倩倩给他织的，我亲眼看到的！”“天，那他胆子也太大了吧，色胆包天地穿出来，他老婆就没有看到？也能忍得下这口恶气？”“那有什么不能的呀，他不会说是他二姨打了寄来的呀。”“他二姨年纪大了吧，还能打毛衣呀？他们俩也太夸张了吧。”“不是夸张，是嚣张！”“据老谢说，他桌子上那张全家合影也换成了他们俩带学生搞科技活动时的合影了，你们看到过没有啊，听说两个人笑得跟菊花似的，听说还是霍康亲自照的呢！啧啧，高某那件衣服领子低得不能再低了！”“你去量过了？再低会怎么样嘛？”“会从相片里跳出来呗，哈哈哈哈！”“他们俩真的好上了？”“天，你啥眼神哟，连开会那点时间也不肯放过，开会前两个人都会相视一笑，那叫一个情深意浓啊！”“那霍康咋办呢？”“人的精力是有限的，有了老贾，霍康就被打入冷宫了呗，再说，霍康现在也是有贼心没贼胆的，他老婆以前没有工作，现在开了一个小超市，光工人就有三个，看人的时候鼻孔当眼睛用，简直就是典型的有眼无珠嘛，你没有看到霍康经常用我们的破校车去拖货呀？”

我听八卦的时候都希望官翌能在场，她的点评很到位，精、准、狠，那可是字字滴血，句句见红啊！她休完产假回学校了，搞笑的部分再也不用我重复讲给她听了。她说：“也不能说谁无耻，说谁无聊，这就是他们的生活常态，哪一天他们不这样了，你们反而不习惯，会说他们变态了呢。就像一条狗突然一天长了一张人脸，说了一句人话，你说活人不给活活吓死呀！”都是些狠人，都长了一张狠嘴，但用在坏人身上，听了就是畅快过瘾！

我说我再当这个教研组长也会变态了，因为工作关系，要跟老贾接触，看他的脸色，听他挖苦，让大家搞一次普通话比赛吧，他说我哗众取宠；要大家每个学期写一篇论文吧，他说我强人所难；要大家聚会吃顿饭吧，他说我拉帮结派……总而言之，我就是一个错。官翌叹口气说：“你看你的命吧，好不容易爬到小中层了，自甘堕落，你就不能有那种‘天降大任于斯人’的壮士情怀？最严重的后果就是断头吧，你就不能当那是风吹帽落落的洒脱？头点地的豪迈？”我拉了她的手说：“小官人，饶了我吧，我不喜欢，行不？我不配拥有这么高的级别，行不？我就想好好教我的书，还有，我的眼睛真的不适应这样的工作，一会儿交资料，一会儿要出去开会，一会儿要组织大家搞教研做总结，做不好还要受气……”她大眼睛一瞪说：“辞官回家呗，这次还不用我派人马去接你，就地免职吧。”我转身默默写好了辞职信，默默地出门，默默地走到校长办公室的门口，见到了我从来就不愿意见到，但是今天很想见到的人：高倩倩。我热情地迎过去，欢天喜地地对她说：“倩倩，我今天想见到谁吧就见到了谁，运气真好！倩倩，帮我一个小忙呗，拜托了！你知道的，我最怕见到校长了，你能帮我把这个交给他不？”她也很配合地莞尔一笑，说：“哟，我还以为你再也不理我了呢，帮什么忙啊，给我看看。”我递给了她，她一看就吃惊不小的样子：“哎呀，我要是语文组的就好了，马上接着，这么好的差事你咋个不干了呀？多可惜呀，好多人想当还当不上呢。”我勉强地笑了笑说：“帮个忙嘛，你胆子大，腿又长，他要骂你了你也比我跑得快嘛，谢谢了！”这是我发自内心的感激之情，估计高倩倩也感受到了，她笑道：“他敢骂我？讨厌。”说完就扭着腰肢去敲校长的门了，我转身就跑了。一个常年被孤立的人，得到这么一点同志的信任是幸福的，我能感觉得到，觉得她好可怜，心里不免对她生出些同情之心来。

3

当我闹辞职的时候，黄小诺却高升了。

她来讲这个笑话的时候，我发现了她的变化，短发，微微烫了一下发端，一条玫红色的丝巾，在中间打出一朵漂亮别致的花来，斜斜地围在象牙白的脖子上，在后面打了一个结，里面穿一件低领黑色蕾丝打底衫，外面套一件黑色的短大衣，紧身打底裤，脚上蹬一双黑色高筒高跟靴子，拎着一个灰色的亮皮包。我欣赏着，然后问："说吧，啥级别的小特务啊？"她款款地走过来，优雅地坐下，说："校长助理，校长是个女的。"我坏笑道："好吧，这下我和姚航都放心了。"然后我们俩一起放肆地大笑起来，偶尔装一装矜持原来这么喜剧啊！

我故意很担心地说："你这么靓丽，跟校长出去不是把风头都抢光了呀，这太不明智了吧。危险！"她调皮地说："你错了，校长就是校长，她的气质魅力是挡不住的，真的，不会有人看到你，你只是一个给她拎包的随从。她，一个四十岁的女人，好有气场，一开口说话，啧啧啧，我这点姿色在她的内涵面前算个啥呀！你没有看到那些大老板，长啥样子的都有，老的，丑的，猥琐的，身边那些保镖，个个高大威猛，英俊潇洒，但是一眼望过去，老板还是老板，保镖只能是保镖！"说得太有道理了，说明黄小诺找到参照物了，头脑很清醒，我是杞人忧天了。她补充道："你放心，思楠，我就是一个打工妹，在校长身边干活，盯着的人多了去了。我先干着，干不下去了我还是一心一意教我的地理呗。"唉，这一点跟我一样没有出息。

我转而问她做保险的事情，她说："保险，能卖上一份就好了，有职业的人还是不能做兼职，太耽误时间了，我自己要读书，还要给学生上课，帮校长打杂，太忙了，都忙不过来了！还有一个更重要的原因，做保险的人参差不齐，有的人文化低得让你跟他无法交流，还得共事，甚至还得听他派遣。还有那些客户，也是参差不齐的，你要他买一份保险就像诅咒他立马死掉一样！再说，现在中国的保险业还不成熟，让别人买的时候吧，吹得天花乱坠的，等到要赔付的时候吧，又东拉西扯，做久了总觉得自己在骗人，你不知道那种心理感受，很纠结。看别人做得好做得大，真让人羡慕。自己认识不了几个人，还要拓展业务，主动去认识陌生人，社会上啥人都有，那感觉，还是纠结。”

啊，她又有了人生的新高度了，哪像温箫语一门心思只在自己的一亩三分地刨食，竟也刨出了大好前程。好久没有见到她了，她没有主动召唤我们，我也不好打扰她，听姚航提及过，说是仕途还不错，杀败了几个同事之后，也是一个什么部门的主任了，隔行如隔山，只知道这么年轻就当上主任很不简单，情场不得意的人官场就得意，现在流行这么说。也许我们在路上碰到过，她因为近视没有看到我，我连路都看不清楚的人，哪里还能看到别人的脸呢，也许就这么错过了。

啊，每个人的生活、事业都是这样的波澜起伏。

大海里没有礁石，怎么会激起美丽的浪花，人生中没有挫折，怎么会成就高远的理想。这是海涛送给我的话，送完了他就走了，辞职去开了一家装修公司。他的离开也没有让我很难过，因为我觉得井台中学水太浅了，养不了他这条大龙，他学的专业是工艺美术，在学校里能派上用场的时候太少，上完几节课以后在学校里晃来晃去的浪费不少光阴。老贾就是这样连大材小用也不会好好用起来的人，除了霍康等人，就没有他欣赏的人了。

我觉得他就应该背着画夹到处流浪，然后在某一天回来办一个画展，让大家大吃一惊。耳边响起了小诺的那句“他不会把他的头发留长的”的话来，就明白了点什么，那么现在海涛的表现是不是有点想留长头发的意思呢？至少心里有理想在生长了吧。

海涛才送给我“挫折论”我就遇到挫折了。

那天我从学校拎着录音机回妈妈家吃饭，正准备过马路，突然眼前一黑，正前方的物体就看不清楚了，我使劲闭了闭眼，还是没有恢复正常，眼里的水波纹晃得厉害，同时还伴有旋转的光圈，蓝色的，白色的，金黄色的，视野不到五米远，还很模糊，我就惊慌起来，想赶紧回家，我竖着耳朵听了一下马路上的声响，觉得没有车子过来，我猛跑几步就到了中间的隔离带上，隔离带是一米宽的狭长花圃，挡住了一部分视线。我又侧耳听了听右边，好像也没有什么太大的动静，我跳下隔离带，才走了两步，突然一辆货车轰隆隆奔过来，我辨别不出它是从哪里冒出来的，到底离我有多远，它的距离和速度够不够我穿过马路，我犹豫不决，站在了马路中间，一个念头冒出来，还是退回到隔离带上吧，这样比较安全。我扭头跳回隔离带，我听到货车先是扑哧扑哧喘息着，然后“嘎吱”一声停在了对面，一个嘶哑的公鸭嗓子恶狠狠地吼过来：“你想干啥，你个神经病，要过就过，不过就不过，你吓唬老子干啥！”我的心就咚咚咚地狂跳起来，我知道他骂的肯定是我，他还跳下了车子，跑到我的面前来，好像要打我的架势，我胆怯地说：“对不起，我我我想过马路的，但是你的车太快快快了……”他怒气冲天道：“还是我的错喽！你想找死！我为了避开你都冲上人行道了，万一上面站个人咋办？你赔呀！你看你的样子，什么年代了，还拎着个破录音机，显摆呀，回到八十年代去了呀，神经病！”这是下班时间，陆续聚拢了几个人围观，我听到了熟悉的王婆婆的声音：“哟，这不是小然的妈妈吗？下班了呀！你们可不要冤枉她，她眼神不太好，近视得厉害，她妈妈跟我说过的，师傅，算了算了，她是个老师，你就别骂了，都站在马路上也不安全嘛，走走走，姑娘，我送你回家吧。”我羞愧得不行，对师傅说了声“对不起”，就跟着天使般的王婆婆匆匆离开了。

王婆婆的嗓门特别大，话特别多。一进小区就嚷嚷开了，惊动了好几个邻居，他们就站在那里听她绘声绘色地讲起了刚才惊险的一幕，讲了一遍又一遍，没完没了的，爸爸去接小然，回来的时候就听到了，妈妈去买了一瓶酱油，回来的时候也听到了，周凯下班回来也听到了，他们进门的时候都皱着眉头，一言不发，各做各的事情。

小然看他的动画片，爸爸侍弄他的花花草草，妈妈下厨房做饭，周凯看他的晚报，不知道是我想多了，还是他们真的各怀心事，反正气氛有点不正常。

果真不对劲，我在屋里改作业，小然悄悄走进来对我说：“妈妈，外婆哭了，你惹着她了呀？”我抬头看着他，摇摇头，他“哦”了一声，又问：

“你和爸爸吵架了？他很生气呢。”我又摇摇头，他又“哦”了一声，还接着汇报：“外公在偷偷地抽烟，要告诉婆婆不？外公不乖了。”我笑了笑，亲了亲他红扑扑的脸蛋，说：“嗯，观察好仔细哟，大家都累了呗，不想说话了呗，只有你是最幸福的，儿子，你又在看什么动画片呀？”“看我小时候看过的《天线宝宝》呗！”我笑出了声：“你以为你现在不是小时候了呀？”“嗯，不是，我是大班的小朋友了，老师说我们是大孩子了。”我捂着嘴笑道：“其实，你还是小时候！”他也学着我的样子捂着嘴偷偷笑了。笑完了他想起什么，神秘兮兮地说：“狗狗的奶奶说你坏话了，外公说她是个大嘴巴，还说不喜欢这种人，但是外婆喜欢她，还送过一个大南瓜给她，你说笑人不？”我说笑人，然后我们一起捂着嘴笑了，就听到我妈喊吃饭了。

吃饭的时候，沉闷的气氛继续保持着，妈妈终于先开口了，她说：“以后你爸爸接到小然之后就去接你，你固定在岗亭那里下车，等你爸爸来了再回来。”小然马上高兴起来：“我要和外公一起在马路边接妈妈！外公，对吧？”爸爸点点头“嗯”了一声，我妈没有再说话，周凯一直保持着沉默。

接下来的两天，我爸真的在路边带着小然等我，那感觉真好，我挽着老爸的胳膊，瞬间回到了童年，或者是少女时代，那感觉真的很温暖，很踏实，很幸福，也有点羞涩。

周凯每天晚上都要叹好几口气，有时候半夜三更坐起来，又躺下去，躺下去又坐起来，问他咋的啦，他就说没有啥，没啥就好好睡呗，我说。但是我心里想的却是，知道我的眼睛这么不好，也不说一句安慰的话，也不主动询问一下情况，不表达一下同情啊，我认为该给的他都没有给，给的却是一声声的叹息和一个漠然的后背，想着想着就难过了，默默地流泪。他也不知道，也不想让他知道，让他知道了又能怎样呢？是不是真的出了车祸他才会有感觉呢？我就开始想他的不好了，凡是他生病不舒服的时候他都是哼哼唧唧的，一会儿让你倒水喽，一会儿让你捶背喽，一会儿又让你摸摸他的额头喽，过一会儿你没空理睬他，他就大声哼哼，故意让你听到，就是不让你闲着，不让你舒服。反过来要是我病了，他顶多问一句：“怎么又不舒服了？你注意点嘛。”然后就等我自生自灭，然后就没有然后了。

我跟小诺抱怨过这些事情，她就笑了，“也只有你才这么傻地等老公来关心你，谈恋爱那会儿可以，结婚了你还这么想，就太天真幼稚了。”说完看了看我，“在他们心里我们是不会生病的，是不应该生病的，我们生病了就是撒娇，就是作怪，晓得了吧，这就是男女有别，所以我们一定要照顾好自己。”我点点头，当时那是闲聊，不觉得有啥，真的碰上心里有事了，还是很生气的。接着又想到平时家里的事情全是我一个人做，他下班回来就一句话：“我累死了，休息了！”然后除了上厕所，沙发就是他的窝点，遥控器就是他的一切，连喝水都会喊：“小然，给爸爸倒水，要温的！老婆，别挡着我啦，嗨嗨，刚才那一竿子怎么敲进去的，就是你，晃过来晃过去干啥嘛。”我干啥你没有看见呀，擦地板啊抹桌子上的灰尘啊！

女人的气有时候就是这样想出来的，越想就越生气，陈芝麻烂谷子的事情，在心里翻来覆去地折腾，鼻子像被霉味呛到似的一痒，我打了一个喷嚏，把旁边的他吓了一跳，伸手过来拍了拍我说：“没事吧？还没有睡？嗯，我把我的手机给你吧，方便联系，特别是回家不方便的时候好给家里打电话。”我一听，突然有点感动了，把刚才的怨气抛开了一大半，好歹我也有手机了，他还是关心我的，转念一想，不对头，有这好事，根据我对他的了解，风格有变，难道良心发现，知道心疼我了？我问：“手机给了我，你呢？不用了？”他深吸一口气说：“我又买了一个新的，三星的，我们也好联系嘛。”原来如此！我就知道嘛，男人什么时候会亏待自己呀，我抬头看着他，他眼神闪躲，说：“我是跑摩托车赚的钱，可不是生活费，你别想多了，给你的这个也不差嘛，摩托罗拉呢！”我懒得说他了，有用的就行，反正就是个通讯工具。不知道是不是为了补差价，他伸手过来紧紧地抱着我，给了一个安慰，同时也给了一个暗示，我就很没有出息地偃旗息鼓，甚至是投怀送抱了。

人真的会变的，只要你给他一个环境。

男人的思维方式是不是真的跟女人的很不一样呢？是不是在他们还是男孩子的时候就是这样的呢？比如金宝，他的思维就跟我们不一样，不一样到胡贝贝说她快要受不了了。这让我很好奇，因为胡贝贝很少来告谁的状，作为班长这一点也让我很欣赏，班上能解决的事情她都带着班干部解决好了才来跟我汇报，解决不了的才来讨要个法子。

这次的事情是，金宝不让他们交作业本。她一说，就跟早上物理科陈老师来反映的事情吻合了。陈老师来说："奇了怪了，你们班平时挺乖的吧，这几天就没有几个人交作业，我问金宝吧，他就摇头叹气，不肯说实情，这是要罢我课的架势啊，你帮我问问呗。"看来问题就出在金宝身上了。

金宝一口就承认了，我问："作业本呢？"他说："我给他们打回去了。""为什么呀？""他们的答案跟我不一样呗。""跟你的不一样怎么你就不帮他们交作业了呢？""这个道理很简单嘛，送上去，陈老师也就是打个叉叉发下来，还得重新做，还不如做对了再交上去。""你怎么就知道人家做错了呢？""因为他们的答案跟我的不一样。""你怎么就知道自己的一定是对的呢？""我是科代表，对的时候比他们多，群众就得听干部的。""你怎么就能保证你每次都是对的呢？""我不能保证我每次都是对的，但是我要保证他们都是对的，老师批改了我的，我的是对的，我再教他们，然后大家都是对的，跟我一样了，我才能保证陈老师改下来他们都是对的！""那万一你是错的呢？""我错了就错了呗，陈老师会批改的嘛，他们要错了，我就有了责任，说明我工作不到位，我是物理科代表。""那要是你做错了，全班跟着你都错了呢？""对呀，所以我就不让他们跟我一起交作业呀，陈老师不明白我的苦心啊！"我的妈呀，我要晕倒了！官翌、林岚和王蓉蓉直接是用书盖着脸在笑了。她们可能在想要是每个科代表都这么的负责，那当老师的可就轻松了，全班只用改几本作业就行了。

我忍住的不知道是哭还是笑，我说："金宝，我谢谢你了，作业本全部按时给陈老师送过去就行了，有同学要问你呢，你就教他们解答，他们要是不想问你呢，你就等他们错，自己错了，自己改，记得才牢固，知道不？”他很不解地看着我，想了想说：“没有关系，这个干部当不当都没有关系，但是，做人要有原则的吧，以后做错了也就不要怪我了。”等他离开了办公室，大家就笑喷了，这孩子，太有意思了，官翌说：“他适合当纪检干部，太讲原则了，虽然是自我，也是一身正气，那架势，那威风真不是盖的，人才啊人才，刘思楠可得好好培养，别把人家娃给废了，哈哈！”林岚说：“不行吧，脑袋一根筋，还不得办出多少冤假错案来啊，算了算了！”王蓉蓉说：“当个村里的会计就很不错，认真负责，尤其是他的表情，一板一眼的。”我开玩笑说：“好哇，干脆要张他的相片，挨着胡星明的贴，一个是家庭美德，一个是社会公德，少年强则国强啊，让你看了天天加倍地努力工作！”大家又笑了。笑是笑，你还别说，现在农村干部就差有这样精神品质的人呢，你看为了当村长，啥勾当想不出来做不到啊，花钱拉选票的，请黑社会来威胁村民的，欺上瞒下，鸡鸣狗盗的村干部多了去了，要是都像我们金宝这样刚正不阿，恪尽职守，这农村工作就好开展了呢，一是一,二是二。

4

宋爽又来了，来了就又关上了门，坏笑道：“你们这些闲杂人啊，讲别人坏话还把门开这么大，干脆搬到操场上开个茶话会呀宣判会呀算了！”我说：“直接讲你的八卦，快点，我马上有课。”大家都期待地看着她，她就来了精神，压低了声音说：“晓得了不，高美女又找到了婆家，还是个国家干部呢！”大家就开始议论上了，“她这么烂，怎么会有人看上她呢？”“那是因为我们了解她，外面的人谁会知道她的德行，知道她的实情呀？看的是她的漂亮外表呗，看的是她老师的身份呗。”“是啊，有谁那么无聊去告诉那个男人，说你找的老婆跟她的校长呀主任呀有一腿。”“再说，她要是通过结婚变正常了，对学校也是有好处的嘛。”“那是那是，你还别说，她东找一个西找一个的，也还好找呢。”“哎呀，女老师哪里有不好找的嘛，男人还不是会想，一个老师，上得厅堂，下得厨房，进得课堂，孝敬高堂，还在家办个免费的学堂，找一个老师，就相当于找到一个高级保姆，一举多得的事情，谁会去想这个老师可能品行有问题呀，谁都把老师往好品德上想的。”“谁知道就她是粒耗子屎呢。”“找的男人多大岁数呀？”“好像是五十多了，大她十多岁，听说他儿子都快三十了。”“哎呀，我的天，去当小妈呀！”“那怕啥呀，儿子大了懂事了不会跟后妈争宠的，她也不会打他的哈哈！”“那老贾怎么办呢？”“一个白天，一个晚上嘛，又不冲突。”“你们这些人实在太坏了，人家这次万一真的就从良了呢，总得给人家机会嘛。听说她找的这个大叔人很好。”“唉，很好就坏事了，这不明摆着害人嘛！”有意思，可惜上课铃响了。我得去跟孩子们斗法去了。

张爱玲说，一个女人告诉另外一个女人一个秘密，说千万不要讲出去哦，但是结果都会讲出去的，她分析女人真到位。高倩倩就不一样，她在学校基本上是没有朋友的，谁也不会真正跟她交心，所以她的那些破事情都是她自己讲出来的，或者是直接让大家看到了，要不然鬼才知道。最近她一见到霍康就翻白眼，甚是反感的样子，霍康总是猥琐地跟在高傲的她的后面，欣赏她扭动的腰肢，肥硕的臀部和随时翘起的兰花指，样子很是可怜。要是他有条尾巴的话，就是那种慢慢地试探性地摇着，如果哪天高倩倩回头给他一个媚笑，他那条尾巴就欢快地闪起花样来；如果哪天回头给他一脚，他就夹着尾巴嗷嗷地跑开，还回头委屈地一瞥。这是老谢说的，真形象啊，语文老师的嘴呀，语不惊人死不休！

高倩倩一个办公室一个办公室地逛荡：“哎呀，我家老王最烦啦，就喜欢带我去钓鱼，他又会钓呀，好讨厌好讨厌，吃也吃不完呢！”老谢说：“吃不完就拿来大家帮你吃嘛，搞得你有鱼吃还那么痛苦。”高倩倩听她这么说就不高兴了，转而对张轩说：“我家老王说，带我出去钓鱼是一种幸福，他说呀，要是晚上在海面上看到我呀，就我这体型，一定会以为是条美人鱼呢，你看他酸的，就像你们教语文的。”张轩疑惑：“美人鱼？”这反应太慢，老谢接上：“你家老王的意思是说，你比女鬼好看多了！”高倩倩有时候就是这点好，想缓和一下两个人的关系的时候，你说她啥都可以。她娇嗔道：“讨厌讨厌讨厌你，死老谢，我家老王是夸我头发长皮肤白身材好嘛，这你也听不出来呀，笨。”张轩“哦”了一声：“你也跟你家老王搞夜游啊。”这话一出高倩倩就不高兴了，她脸一沉，“哼”了一声走出了语文组。刚刚还兴高采烈，一个“也”字就风云突变了，邪，有妖气。我忙问：“有隐情？有故事？谁来主讲？”老谢说：“废话，当然是我喽！那是今年夏天的一个晚上，老贾不知道带她去哪个山头看月亮数星星找浪漫。回来的时候就迷路了，深一脚浅一脚地往山下走，黑灯瞎火地遇到两个路人，才开口问道，那两个人就风一样跑了。然后，他们就倒霉了，走着走着就会有个小石头子扔过来，砸在他们身上，偶尔也有西红柿和苞谷棒子，就像遇到鬼了，吓得两个人连奔带跑下了山，高倩倩还跑丢了一只鞋子，搞笑吧！”我就奇了怪了：“老谢，问题是你咋个知道得这么详细呢？”老谢说：“要说这只能怪这俩二货太霉，走夜路撞鬼都能撞上知其根底的鬼，更可悲的是这俩鬼还在我手里，你说我咋个知道的？嘿嘿嘿！”好吧，我明白了，他们俩是遇到小夜游神了，还是归属老谢的，怪不得听门卫讲，放假的时候有搞恶作剧的人把一只高跟凉鞋挂在学校大门上，原来浪漫童话故事的开头在山上，不幸的结局在学校的大门上。

林岚也被高倩倩气了个半死，那天高某闲来无事逛到我们办公室里，对正在奋笔疾书的林岚说：“嗨，小岚岚，下午坐我们家老王的宝马回家呗！”林岚说：“谢谢，不用喽，我有晚自习，哪里有你清闲哟。”高倩倩用手指在林岚的后背上弹拨了几下说：“哎呀，你没有坐宝马车的命喽。咦，你结婚这么久了，咋个还没有动静呢，不想生个小宝宝呀？我第一次结婚的时候，才结婚就有了，你不去检查一下，万一……”林岚没好气地说：

“那有啥办法喽，又不是我一个人的事情。”高倩倩马上很认真地说：“哟，不行的，早点要孩子好，身材不变形，你看我，”说完当着我们的面就拉开了衣服的拉链，露出了整个胸脯：“你看，你看，是不是比你的还大还挺！”林岚的脸就红了，她连忙去关门，高倩倩笑得嘎嘎嘎的：“你怕什么呀，怕跟我比是吧，比不过我了吧！”然后拉上拉链得意欢快地出了门。林岚在后面骂了一句“神经病”，我们连忙问她看见什么了，因为我和官翌都没有来得及看清楚。林岚说：“呸呸呸，看见了呀，里面的小衣服是世界上最土气的紫红色，把胸脯挤得像个屁股，恶心死了，看不见才好，晦气！还有一股子浓浓的汗臭味，这女人这么龌龊邋遢也有人要，真不可思议。”

我很是不解，她怎么连这个也跟人家比呀，官翌说：“其实，她就是自卑，不过以盲目自大的方式掩盖自己虚弱的内心罢了。她婚姻的不幸就是跟她这个性格有直接的关系，非得在人前显摆自己很行，其实也是一种病态。”如果是有病的话，我们就原谅她了。

她的这一行为太不可理喻了，正说笑呢，胡贝贝敲门进来，满脸通红，站在我面前支支吾吾的。我拉了她的手，说：“让我猜猜看，想要一个卫生巾？”她抽出手捂着脸说：“不是的不是的，你好烦！”“我好烦？你胆子搞大了，敢说你娘亲好烦。”“不是的，是我们班的男生好烦，他们瞎说我。”“说你啥嘛，你急死我了，快点，我还有课。”“嗯，他们说我跟周信好了。”“周信，挺好的，我也喜欢呢。”“你好烦呢，我没有，是一起学习，他们就瞎说。”“嗨，你都知道是瞎说了，还烦什么呢？”“嗯，然后，就有两个人说要跟他打架啥啥啥的，好傻呀！”“对喽，你都觉得他们傻了，他们就真的傻了，别理他们，读你的书，看我怎么收拾这些兔崽子！”“你可别说是我说的啊。”“我知道。”“还有一个现象，好多同学在书上贴明星的相片，上课就盯着看，很分神，我管他们吧，他们就说那是他们的偶像，我就不好多说了。你管管呗。”“我知道了。”

胆子搞大了，我好不容易培养出了个好苗子，想给我毁了。杀无赦。

利用班会课，我出狠手了，我说："我讲两个故事，都是真的，听得懂呢，你就是个聪明的孩子，听不懂呢，那就算了，有的事情你就别想多了！想多了我打断你的狗腿！"大家都笑了，很是期待地看着我。我接着说："我读初中的时候很崇拜我们的班长，他很优秀，尤其是书法好，经常出黑板报，为了能跟他一起出板报，我悄悄地买了好多插图书，苦学苦练，终于被老师发现了我的才华，让我跟他一起出板报，一个写一个画，结果我们配合默契，经常拿奖，我特别开心，后来我发现他的数学特别好，语文成绩却一般，我正好相反，因此我就刻苦学习语文，顺利当上了语文课代表，结果很自然地为他辅导语文，他为了回报我，就主动教我数学题，结果就是我们俩的成绩一直在班上领跑。"大家就一起"哦"了一声，周信说："原来是有目的呀！"大家就哄笑了起来。我说："什么目的呀，就是想跟他一样做一个优秀的人呗，想让别人帮助你，你自己得先优秀起来呀，这就是我的目的。我做到了！当时也有人告状，说我们俩早恋了，我还傻乎乎地说：'是啊，早恋了呀，和他一起呢，每天早上跑三圈呢！'看那时候的我们多单纯，所以，你自己没有乱想，谁也不可能乱想你。我到现在都很感谢我们班长，是他给了我优秀的机会。"

胡贝贝眼睛含笑地看着我，我对她眨了眨眼，接着说："我的同事宋爽老师，最崇拜的是金庸先生，差不多通读了他的所有作品，小时候还把新裙子剪成两截，一半穿在身上，一半挂在身上，就以为自己像黄蓉呢！她梦寐以求的就是见到金庸先生，想得到一个他的签名或者是合影，这多么艰难啊，一个是大名人，一个是才上大学的小女生，可是机会是留给有准备的人的。读大二那年，听说金庸先生要来她们大学讲课，听课的人里有很多老外，需要几个会翻译的志愿者，要求很苛刻，要读过金庸先生的大部分作品的，要英语口语流利的，要能对作品说出自己的见解的，还要是或漂亮或帅气的，宋老师一报名面试就杀出重围横扫了一大片男生！结果让她为金先生做翻译工作。她终于见到她从小崇拜的偶像了，要一个签名算什么，要一百个也要得到啊，多少同学羡慕得口水都淌到脚面上了，只求她带个签名回来，那几天宋老师就是他们学校的名人呢！”好几个男生都瞪大了眼睛嘴里啧啧作响，估计也是金庸迷。我说：“知道了吧，这就是正确的偶像观，我们班有人崇拜明星的吧，成天把表情动作拿来模仿，那不是真正的崇拜，只是喜欢而已；也有人崇拜胡贝贝吧，我也崇拜她呢，比我小时候聪明多了，要是以后她读书读成博士了，我会很骄傲地说：‘看，她是我的学生！’可是呢，我们学校某个臭小子以后也抠着鼻屎说：‘以前我还追求过胡贝贝呢，还为她跟谁谁谁打过架呢！’傻了吧！”大家都笑了。我接着说：“崇拜的偶像陪伴我们成长，他们并不神秘，也不高深，我们崇拜他们就要有崇拜他们的理由和样子，免得哪一天真的见到他们了，你会很羞愧地躲在一边，而不能很有风度地说：‘我从小就崇拜您哟！’我们还要感谢我们崇拜的偶像，为了追他们，我们努力做好自己。你们知道我崇拜谁吗？”大家一起摇头，我饱含深情地说：“他叫童安格，台湾人，词曲一肩挑，为了他，为了见到他，我一直在写歌词，万一，哪一天，我真的见到他了，我一定要唱着他写的歌，递上我写的歌词……”周信接过去调侃道：“如果我们也优秀的话，我们的偶像也很惊诧地说：‘我认识你，你就是那个会作词的周信呀！我想认识你很多年了！’哈哈，那就更好了。”白日梦，大家笑成一团。明白了多少我讲的道理，并不重要了，重要的是他们会长大的，长大了会明白的。

我想我在生活中崇拜谁呢，黄小诺，她的名字跳了出来，对，就是她，一个梦想多多的女人。也崇拜温箫语，一个活得很雅致的女人。

雅致的女人终于召唤我了。

她自己开车来的，站在白色的小车旁边，唇红齿白地看着我笑，穿一件雪白的大衣，天，美得像一只白狐，有人说车模好看，我觉得那些车模只是一个个漂亮的人形空壳、一个个路标而已，甚至还误导了参观者的方向和展览的真实意义，如果车子旁边站一个温箫语，你才知道什么是人和车共有的品牌气质。

她帮我拉开车门，说我的级别挺高的，专门有人服侍开车门。我说我的司机很漂亮，配得上给一个人民教师开车门，我们就都笑了。

看她的良好状态是走出了婚姻的阴霾，她说：“现在离婚的人可真多，满世界都是。”我说：“怎么能发出这样的感慨呢？”“因为我离婚了呀。”“哦，明白了，就像我去医院看眼睛，觉得满世界都是眼睛不好的人一样。”“所以，你不问，我也会告诉你，我不痛苦了，痛到不知道痛了就无所谓了，不过是个心理历程。”“……”“怎么不说话呀？”“不知道对你这个过来人说啥呗。”“你可以问我家圈圈好不好啊？”“你带的，能不好哇！”“那是，可是，可怜的就是孩子，你知道吗，才四岁多一点，就给他爸爸发了第一次手机短信，就两个字‘爸爸’，我都看哭了，不为婚姻的破裂，只为没有给孩子一个完整的家，可怜的就是孩子，一个被我们伤害了的小孩子，这就是我唯一的痛。”“……”我的心痛了一下。“看，你又不说话了。”

我记得小诺告诉我，温箫语很想讲话的时候，就好好地听着，听着就行了，最后我还是忍不住问了一句：“你后悔离婚吗？”她摇摇头：“我决定做的事情绝对不后悔，两个人过不下去，不是说谁对谁错，谁好谁坏，是两个人不在一个精神层面上，晓得不，因为无法交流，在一起就是悲剧，两个人一起演的悲剧，早点散场说不定剧情还有个转折。”哦，好有道理。

5

婚姻如黄小诺的状态就挺好的，美满富足，幸福的浓淡完全在她的掌控之中；离婚如温箫语的状态也挺好的，能找到自己的心灵归宿，活出自己的那份精致，无拘无束。总比那些在婚姻的泥沼里患得患失痛苦挣扎的人要好一万倍，那份感情啊，拿不起放不下，含在嘴里觉得是根骨头，吐在地上又觉得是块肥肉。

我的婚姻就是那种大众化的平淡的白开水，偶尔小吵小闹，也还过得去，不求富裕殷实，也不至于饥寒交迫，只要风平浪静就好。

二〇〇四年在两场很大规模的冻雨之后阴沉着脸来了，从元旦开始就有人张罗打麻将，理由是，天寒地冻的，除了打麻将能干啥。打就打了呗，还给自己找个理由，说是一年到头，太累了，跟学生斗了一个学期下来，身心疲惫，只有麻将可以舒缓我们紧绷的神经，只有麻将才能愉悦我们的心情，只有麻将才可以神奇地疗伤治病。只要不怕肩周炎发了，就打呗。这不都是鬼扯吗？现在整个社会都在流行打麻将，大家不能免俗罢了。

女人玩什么都是一群人一阵风，所以坐在一个桌子上的颠来倒去就总是那几个人，钱呢，这个人的荷包进，那个人的荷包出，输赢不大，也无伤大雅。烤火，吃饭，说笑话，多么轻松呀。

因为不是专业麻将师，所以我们打得都很轻松愉快，手里忙活着，嘴里也忙活着，先是骂年终奖，不发要骂，发少了也要骂，发得比镇政府的人少了更要骂，没有银行税务机关干部的多就大骂特骂，反正闲着也是闲着，骂完了就笑，没有钱还打麻将，饿鬼打穷鬼。

接下来骂各自的老公，这是很有意思的事情，如果你不骂就会被牌桌上的人骂，为了同仇敌忾必须一起骂。

以前追求我的时候呀，你就是躲到耗子洞里他都能把你掏出来，现在呀，你就是在街上碰到他了，站在他面前他都没有反应。

以前呀，你打麻将，他坐在你后头，指点江山，你嫌弃他聒噪，现在呀，听说你要去打麻将，他跑得比你还快，就怕喊他在家带孩子，所以打麻将的女人身边都有一群小孩子。

以前呀，一会儿没有见到你回家，电话就跟过来了，现在呀，你就是三天不回家，他也不会报警的，你主动打电话给他，他还奇怪地问你："你不是在打麻将吗？还有空管我。"

以前呀，他天天做早餐，现在呀，你做好了早餐喊他，他还说懒得吃，你要是哪天不做了，他就会抱怨，说现在的女人怎么都变得没有老一辈的贤惠了。

以前呀……现在呀……

别说了，到手了还有啥好说的呀！

然后是骂各自的老婆婆。

以前喊我“闺女”，现在是“喂”。

以前爱说“好的好的”，现在是头也不抬的“嗯”，但也比阴一句阳一句的好。

以前尽把好吃的往你碗里夹，现在，三个菜，听她儿子说哪个菜好吃，那盘子菜呀，恨不能直接倒进她儿子碗里。

四碗饭，有三碗是新煮的，有一碗是剩饭，那剩饭保准儿就放在你的面前，你能说啥，换给她吧，你不孝，换给她儿子吧，你不善，换给她孙子吧，你不忍，自己吃吧，心不甘，你说说，要是我们吧，一开始肯定就把剩饭留给自己了，这叫家庭美德！

以前把她儿子带失败了，现在来收拾我，还想把我儿子带失败了接着来折磨我，太坏了吧。

喂喂喂，你老了也是老婆婆呀！

我绝对跟她不一样，我要做新时代的老婆婆。

我等着看你成个神婆，不食人间烟火！

我就自觉点，不跟儿子住！

你这话敢跟你老婆婆讲？她直接从五楼跳下去了！

哈哈哈！永远别把老婆婆当亲娘，那是不可能的！

最后骂看不惯的同事，这也是一个永恒的主题，一个人，一件事，讲一百遍都有新鲜感。

我们井台中学骂的永远都是霍康和高倩倩。

就高倩倩那鬼样子，她居然有宝马坐，我呸呸呸！

她找的那个老头子的儿子才比她小五岁，天，都可以喊她姐姐了，居然还得喊她小妈！

人家愿意，有钱难买愿意！

她这是几脚恋爱呀？两脚吧！

三脚吧，别忘了，还有个挨千刀的霍康啊。

霍康呀，过期啦，你们没有看到他蔫巴得像个瘪茄子啦！

听说要调走了，调到居委会当书记吧。

哟，换个地方接着祸害别人呀！祸害的还是些老头老太太。

他教的那个英语，啧啧啧，英国人来了得带五个翻译才能听懂，哈哈哈！

然后，还有许多的八卦在这里流传。

马主任跟老贾不和了，好像是老贾想提霍康当主任，那不是明摆着想把老马架空吗？

听说学校得到一笔扶贫款，老贾在思考是修建一个食堂还是一个厕所。

哟，一个管“进口”，一个管“出口”，那就修在一起呗，这么纠结干啥，都这么重要。

傻了吧，都建起来，那老贾还怎样多捞好处呀？

听说为了掩人耳目，他和高倩倩在外面租房住，一个礼拜去一两次。

啧啧，还掩人耳目呢，你这么笨的人都知道了，还怕天下不知！

听学生说知道的人还真不少，连家长都在议论呢。

井台就这么屁大点的地方，做点坏事想要别人不知道还挺困难的。

他们心里就不害怕？

林岚的经典语录是啥来着，哦，人不要脸鬼都怕呀鬼都怕！哈哈哈！

听说老谢家发了大财了，换了奥迪车。

是啊，老谢发财吧没有人嫉恨，她人好，又耿直豪爽，招人喜欢，哪次她老公来接她，她不是装一车子人走啊。

就是就是，高倩倩家那辆破宝马来了，你看看她那个鬼样子，一步三摇地往车那里走去，恨不能天下人都看到，你要想蹭上去坐一回，那个脸板得吓死人，还翘着兰花指说：“对不起哟，我家车不去那里的。”

那也是有人不识趣，偏要坐她家车，她求我坐我也不会坐。

说完大家轮番做了一遍兰花指，捏着嗓子学她说话，要是海涛看见了一定会笑出声来说：“你们女人真有意思，明明是不喜欢的一个人，偏偏就成了你们模仿的对象了，咋个不学点好的呢！”

我时不时插个笑话，然后就不停地收钱，她们就开始骂我了。“刘思楠，你手气好嘞，左一个自抠右一个清一色，啥意思嘛，就你一个人玩算了，你这个阴险的家伙！”“还说眼睛不好，打麻将的时候眼睛雪亮雪亮的哈！”“我要是输了钱都怪你，你看你的那个“探照灯”，直逼我的眼睛，断了我的财路！”我就坏笑不语，她们不知道我的苦衷，大白天我也得点个台灯才看得清楚，眼前清楚一阵子，模糊一阵子的，时间一长眼睛就刺痛难忍，我不愿意讲出来罢了，讲了她们就一阵唏嘘，伴有各种同情和怜悯，让我心里很难受。

但是也有她们不知道的情况，自从眼睛不好以来，我的听力和记忆力渐长，加上手气还不错，逢打必赢，我只好笑着说：“你们以为我的笑话是白听的呀，要付费的，又不是你们那些不值钱的八卦，哼哼！”她们就停下来看着我说：“信不信，我们把你灭在牌桌上，让你再也听不到这么经典的八卦。”我就举手投降，让她们和了两把才平息了。

我最后一次打麻将是在林岚家里，她怀孕了，很无聊，约了我们去陪她，有吃有喝有玩有乐为什么不去呢？她家有电脑，小然也有玩的，不然小然就跟我纠缠不休，说：“妈妈，你有三个一样的小鸟，还有好多饼饼。”大家都逗他说出我的牌来，他还真听话。

林岚照例为我夹好了台灯，可是几圈以后，我的眼前一黑，无数的光圈在眼里旋转，蓝色的、银色的，我慌乱了起来，闭上眼睛休息了好一会儿都不能恢复正常，我佯装肚子不舒服，换了一个人上场。我坐在沙发上，心乱如麻，我知道我要告别麻坛了。

我无比伤感地跟小诺说这一次我真的要金盆洗手了，她安慰道：“这又不是你的命根子，有的人巴不得用麻将泡茶喝煮饭吃，你不至于是这样的人吧？”我说：“不是的。”但是这意味着我的眼睛又下到了一个低水平。知道自己一直在接受这个事实，等待一个结果，不免心惊肉跳，但是在小诺面前我勉强调侃道：“小诺，最后我还赢了她们二十四块钱呢，这算不算是我麻将生涯的完美结局啊！”她笑了笑说：“好吧，麻坛上的东方不败，你闭着眼睛都能收拾她们，多有用啊。”我们俩就笑成一团。

后来我再也没有打麻将，去了也只是陪着说说话吃吃饭，他们说我是彻底改邪归正了，我还是感觉到他们知道我眼睛越来越严重了，只是大家都不明说罢了。

我很喜欢听他们摆龙门阵，尤其是麻将桌上的龙门阵，有意思得很。他们爱说牌品即人品，优柔寡断的家伙半天打不出一张牌，能把活人急死；狂躁不安的人忙着喊你出牌，能把死人给骂活过来；心理素质差的人一晚上都在寻找他不和牌的原因，比如忘了喝一口辣椒水，比如进门的时候应该先跨左脚，比如今天遇到了恶心的高倩倩。高倩倩不在场的时候就这样被冤枉着，啥坏事都扯到她身上去了，她要知道了非吐血不可。据说她不仅很没有牌品，还很神经质，赢了就笑眯眯的，输了就往麻将桌子上砸牌，把麻将牌砸得四下蹦跳，还得有人帮着找掉在地上的，一片埋怨声。但是陪她打牌的人还是有的，有人赔着笑脸陪她玩，因为她现在是校长的红人；有人就喜欢这么捧着她，总有用得上的时候呗；有的人只是脾气好，即使心里烦闷，却不说出来；也有人真的不跟她斤斤计较，只不过是玩乐，都是同事，何必那么当真呢。其实，看她打麻将也是一种乐趣，比如，她碰牌不说碰，她要说“double”，比如，她说八条不是八条，是“对面睡”，七筒是“求下嫁”，二筒是“胸罩”，八万是“劈腿”，然后夹杂着些黄色笑话，虽然低俗但是充满了生活情趣，也还是大有听众的。尤其是听她讲家事，比如：我都不知道我是想嫁给我家老王，还是想嫁给他的宝马车；我嫁的老公一个比一个厉害，我都受不了了；这回再闹离婚我就不用把电器拖回父母那里了，因为我是净身嫁人；其实，我跟他儿子小王还更聊得来些呢，嘻嘻嘻嘻……大家都笑了。

她经常为自己在牌桌上的风趣幽默而自鸣得意，却不知道大家对她的自我爆料有多么惊奇、鄙夷。

这也是一种人生境界。

6

黄小诺说放寒假她要带滴滴去哈尔滨看冰雕，问我去不去，我说周凯肯定不会同意我们去的，算了，没有钱。她就摇摇头说："你的心里总是装着别人。"我回敬道："你的心里只有你自己。"她微笑着说："不对，我心里还有滴滴，我要让她接受我这样的生活方式，等她长大了也可以这样，等她长大了，我想去哪里她也不会拦着我的，懂了吧。"

人和人的活法就是不一样，我习惯了顺从，他们总能选择自我。

比如同样自我的温箫语告诉我她贷款在市里中心地带买了房子，三十万，两室一厅，六十平方米，也不算大，但是我还是觉得太不可思议了，一个女人，还带着一个孩子，能买三十万的房子。

我问她为什么要这么辛苦，她笑着说："我奋斗了十年才鼓起勇气买了这套房子，都是为了圈圈呀，我能靠谁呀？圈圈又能靠谁呀？以后入幼儿园，上小学、中学，不得考虑进一个好的学校呀，正好我们行在这个路段修了这栋楼，旁边就是市里最好的小学、中学！不然，你看那些为了送孩子去好学校读书的家长，多可怜，就在学校的附近租住一间房子，高学费，高房租，高生活开支，就这么成为一个新型的求学流浪集团，还不一定是高收入。想想还不如一步到位，辛苦点买套房子，即使以后圈圈去了别的城市工作生活，我把这房子倒手一卖，就不止三十万了吧，这也是一项投资呀。”

想想也有道理，搞金融的，就是比我们会算账。

这要是让我家周凯听到了还不知道怎么夸温箫语呢，最可怕的是他又得往对面的门面多看两眼，然后回头哀怨地看我一眼。我想，他们俩最近最好不要见面了。

但是周凯总会给我一些意想不到的举动，他也自我了一把。正月十五他们厂里放假，他破天荒地爬起来给我们娘俩做了一顿丰盛的早餐，然后态度温和地说他要跟同事一起进城，陪他们去看看电脑，我心里“咯噔”一下，就知道他要行动了，一个蓄谋已久的“阴谋”，我就后悔没有跟黄小诺去哈尔滨看冰雕，带着小然一起。

我不动声色地看着他起身，换衣服，换鞋子，出门，我想我说出来的绝对是反对的话，是气不打一处来的架势，转念一想，何苦呢，这就是潮流，人不都会被潮流裹挟着沉沉浮浮、走走停停的吗？买呗，我看他咋个跟我开这个口，有意思，太有意思了。

晚上回来果真一脸的亢奋，从来没有见他一口气说这么多的话，当然除了谈恋爱那会儿，我就知道买电脑是铁板钉钉的事情了。

他还给小然买了一个木鱼，父子两个敲得叮叮咚咚的，要不是看着小然欢喜得不得了，我早就把他们轰出去了。周凯早早就哄睡了小然，然后进了卧室，一下子跳到床上，席梦思把我弹了起来，唉，有毛病呀，我心想。他兴奋地说：“你别忙睡呀，我还没有跟你讲清楚呢！”我眯缝着眼睛看他模糊的笑脸，说：“想买就买呗，就买联想的，他们说品牌机还是好得多，质量有保障，返修率低。”他大感意外，激动地说：“对对对！我也是这个意思！老婆，你太爽快了，你从来都是这样爽快的一个人！你想啊，有了电脑，我们的生活就丰富多了，你们看电视的时候，我就不跟你们抢了，我去安装那种最便宜的网，一年才几百元，对了，你学过五笔的吧，从明天开始你就得教我了，帮我下个 QQ，再帮我取一个响亮的网名，快想，现在就想吧！”我笑着看他，想了想说：“周扒皮。”“哎呀，这个肯定不行，你这是在骂我嘛，那谁会找我聊天呀，再想再想，别瞎胡闹好不好。”“凯旋门？”“嗯，这个也不好，像个地名，也像香烟名。”“周而复始？”“嗯，不好，好像想把我累死，我喜欢有变化的生活。”“我心飞扬？”“哎呀，我又不是小伙子了，飞啥子扬嘛。”“厂里厂外？”“一看就是个工人！文雅一点嘛，你给同事取得那么好听，什么蝉翼随风呀，月下独酌呀，雕虫小猪呀，都挺好的嘛。”“风轻云淡吧。”“哎呀，这个不错！嗯嗯，这个真的不错，明天电脑就回来了哈！”

明天？电脑？就回来！我就知道我同不同意，其实关系都不大了，幸亏我忍住了我伶牙俐齿的恶意攻击。“老婆，你说放在哪里呢？”这个问题好像是在征求我的意见，根据我对他的了解，千万不要替他做主，我说：“家里的摆设都听你的，你说放哪里就放哪里吧。”果然，我又对了，他说：“就放在我们卧室里，放小然那里肯定不合适，放在客厅里，干扰你们看电视，放卧室里，还可以放点音乐，哎呀，多浪漫呀，你最喜欢听音乐干活喽，好不好？”“很好，完全同意。”然后，他就伸手过来搂住我，使劲亲了我几下，在想象的音乐声中我们激情四射了。

平静下来之后，我就想，一句话出口前你是它的主人，出口后它是你的主人，这话一点都没有错，我又做了一回自己恶语的主人，没有把它放出来伤人。我们以前爱吵架就是没有忍住那一时的冲动，瞬息的愤怒，忍住了真的可以风平浪静，现在生活琐碎太多了，生命苦痛也太多了，慢慢的你就没有气力争吵了，你就没有精力计较了。

也不能说这叫得过且过吧，应该是一种爱的妥协。

人生无处不妥协啊。

连黄小诺也开始妥协了，那天我在步行街碰到她带着滴滴去学琴，我就纳闷：“奥迪今天没有送？那不是姚航雷打不动的任务吗？”她也看见我了，丢过来一句话：“谁都靠不住的，姚航说有接待任务，哼，我看他是欠收拾，害得我健身操也跳不成了！”滴滴在一旁抿嘴笑，小然很失望地看着她们匆匆走远，他说：“妈妈，好久没有跟滴滴玩了呢，我也要和妹妹一起学琴。”我说：“好哇好哇，还怕你不喜欢呢，秋天你就要读书了，开心吗？”小然很开心地问：“能和滴滴在一个学校不？”我说：“当然要啊，但是她明年才读书，那个时候你都二年级喽。”他笑笑说：“我是哥哥。”我突然觉得小然长大了好多，我握了握他的小胖手，我们四目相对，快乐地笑了。

在学校我也在妥协。

明明看到我批改试卷很吃力，老贾没有任何的表示，哪怕说一声“眼睛不舒服就少改一点吧”，或者是“你可以改慢一点的”，都没有，还让霍康来巡视，特意点到我的批改速度，说是会拖大家后腿。我悲从中来，官翌和林岚几个人愤愤然对我说：“你不要担心，我们改完自己的就来帮你改，你慢慢干。”我心里一阵温暖，要换成我读大学时候的脾气，是要拍桌子的，但是现在我不敢，我甚至害怕听到老贾的声音，怕他说：“有的人，做不了就别赖在那里瞎干，想当老师的人多了去了，别占着茅厕不拉屎啊！”

其实，很多人都看出我的眼睛有问题，大不如从前了，大家都很善良，也很包容我的缺陷，为此，我也得选择妥协。一个人把自己的委屈放大了，会有两种不好的结果，一是大家会更加仇恨施暴者，二是大家会远离被害者，权衡一下，算了，人在屋檐下，就得低低头。

这个学期期末就是中考了，班上开始浮躁了起来，我的脾气也大了许多，好像跟学生妥协是唯一不可能的，因为他们在最后一个学期给我带来了太多的麻烦，比如有人逃课去上网，而且肯定是黑网吧，我的肺都要气炸了。跟我一样要气炸的是林岚，我们班的这个现象才冒头，她们班隔三岔五就有人逃课，她那小钢炮一样的性子能忍受这样的事情发生吗？我们俩约好了去抓他个现场。

周二我们打听好了学校附近的一个黑窝点，居民区里，楼道黑暗潮湿，七拐八弯的，如果不是林岚带着我来，我绝对是找不到方向的。敲开门，服务员满面春风迎了上来：“两位，两个机子？”林岚轻轻推开他，对着一排小脑袋喊了一声："井台中学的，都给我滚回学校去！"声音一落，那场面太壮观了，四分之三的小脑袋先是"哗"一下回过头来，然后"倏"地都不见了，就像我们小时候在臭水沟里看见的红色沙虫，受到了突然的惊吓，瞬间缩回了臭泥里。剩下的人回头看了我们一眼，又表情麻木地转回身去，继续玩他们的游戏。林岚放开我的手，冲了进去，左右看了看，哪里还有人，套间里有一个后门，人都从那里悄无声息地溜掉了，那门还虚掩着，像一个黑黢黢吞噬灵魂的恶魔的嘴。我们很生气，回过头来你一句我一句地质问老板："他们都是我们井台中学的吧，穿着校服呢。""你们都知道他们都是未成年人吧？""你们只要收入不要商人的良心了吧？""他们要是你自己的儿女，你舍得他们这么玩物丧志吗？""你的孩子这么天天在外面玩，你会这么开心吗？""你用赚来的钱盖房子买车子心里就不觉得有愧吗？"老板的脸色看着看着就变了，先是红色的，后来就是绿色的了，眼神也由羞愧变成了愤怒，旁边还冒出两个神色怪异的彪形大汉。我拉了拉林岚的衣摆，她马上领会了我的意思，改口说："我们是井台中学的老师，派出所的所长是我同学，他说学生是未成年人，不能进这样的场所，我们每个人都有保护他们的责任和义务，你们也有这个责任！我们还有课，先走了。走，刘老师，他们家的娃娃以后不读书，光玩游戏，那也不是我们管得了的！"老板慢条斯理地回敬了一句："老师怀孕了吧，别那么大的火气嘛，注意胎教哟，还有一个老师的眼神也不太好，下楼要小心哟。"我的心怦怦乱跳，跟着林岚就跑了出来。走到大马路上，我们俩就长长地舒出一口气，她说："妈呀，吓死我了，那老板的脸色突然好可怕呀！"我说："那可不，要吃人呢，我们两个女流之辈，搞不好被他叫人打一顿呢，开黑网吧的，绝对不是什么善类，万一是个亡命之徒呢？快走快走，幸亏你反应快。"我们拍着胸口，后怕不已，然后一股子怒气冲上了脑门，这个黑网吧就在派出所附近，他们就没有排查过？还有其他部门，什么工商局呀，镇政府呀都不知道？国税局和地税局总该知道吧，就没有法律法规监督他们，就只剩下我们学校管这事？我们还没有任何权利，连监督权都没有！发生事情就说我们没有把孩子教好，怎么教嘛，难道是我们把他们送到这里来的？是我们把他们推到这里来的？

怒火又转身烧到学生身上来了，这群兔崽子，干的好事情，差点让我们丢了小命，看我们回来怎么收拾你们。

回到学校，怒气未消，我专门用了一节课来收拾那几个去网吧的，管不了大人，我就管好孩子吧。我一拍讲台，粉笔头儿就跳得老高，我压了压怒火道："从来就没有的事情，连我们班的，据说是乖孩子，也跟着去了网吧，那是可以去的地方吗？两头骗，父母以为你们来学校了，我们又以为你们生病在家呢，是谁，自己站起来！"有三个男生就站了起来，头低着，一副等着受训的鬼样子。我接着说："还跟我玩猫抓耗子的游戏，啊，有出息了，那网吧老板是你爹还是你妈呀，他养活你一辈子，是吧？错了，他们就是要靠你们这群傻瓜养活他们一家老小呢，他们家盖的房子，开的车子就是你们这样的傻子提供的票子，他们的孩子根本就不会来井台中学读书，因为他们有钱了，都去好的学校，好的班级读书，避免碰到你们这样的傻子，怕你们把他们的孩子带成瓜娃子！"全班同学听得义愤填膺的，回头鄙视地看着这三个人，我接着说："我说的好像是气话，但是你们想想是不是这个道理嘛，你又不是他们的孩子，他们哪里会管你的死活，哪里会管你逃学旷课，但是你的父母知道了该多么着急，我知道了，该多么难过呀！你们也不怕我磕着碰着，万一有个坏人啥的……"不知道为什么，我说到"难过"，心里就真的难过起来，鼻子一酸，眼泪就滚了下来，"我带了近三年的学生，人家一喊就跟着去了网吧，我苦口婆心怎么就教不好你们呢？欺负我眼睛不好，是吧？我太没有用了，是吧……"大家都不作声，沉默了一会儿，其中一个怯生生地说："我错了，再也不去了。"好像有点效果，我趁热打铁道："好！我原谅你这次了，大家帮我监督，这次，我是得罪了网吧老板了，要是我有个三长两短，横尸街头，就是他们干的，你们要替我做证啊！"听到学生们倒吸了一口凉气，我心中不免宽慰了好多，好吧，算是吓唬住他们了。

其实，我觉得真的不能完全怪孩子们，当年我们玩小霸王学习机的时候不也是废寝忘食的吗？何况现在的游戏比我们那个年代好玩一万倍，也有老师玩得忘了上课时间的呢！还有啊，商家不能为了创造利润而误导了孩子们，教育不是学校一家的事情啊。

7

按下了葫芦又起了瓢，我只好在心里大喝一声：与人斗，其乐无穷！

有人举报我们班几个男生在厕所里抽烟，这我早有耳闻，问题是我没有抓到现场，他们死都不会承认的，关键是里面还有周信，我就气不打一处来。我把他请到办公室里，表情平静地问他："小孩儿，最近干啥坏事了，自己先说吧，免得我冤枉你。"他挠了挠头，想了想说："嗯，上英语课看小说，我错了。""还有呢？""嗯，上政治课写小说，我错了。""还有呢？""没有了。""那就好好想想吧。""嗯，上课把我写的小说传给胡贝贝看，我错了。""还有呢？""真的没有了。""你觉得我在开玩笑是吧。""嗯，嗯，嗯，我抽烟了……"声音小得像个蚊子，我心里笑了笑，小样儿，跟我斗。

我语气平和地说："周信，前面的话我都信，最后一个我不信，你千万不要屈打成招啊，知道这两天我在抓抽烟的同学，你就跟着瞎起哄是吧，有就有，没有就没有，我不会冤枉你的。"他愣了一下，低下了头，小声说："我知道我错了，我真的抽烟了。"我站起来，拍了拍他的肩膀，语重心长地说："别人我不了解，我还不了解你吗？绝对不会有你，你就是担心我去找那个造谣的人来批评，说他栽赃陷害对吧？不，我不会找他的麻烦，我相信你，你绝对不会抽烟的。”他就哭了，眼泪大滴大滴地掉下来，他哽咽道：“不怪别人，我，刘老师，我真的抽烟了，我发誓再也不会了。”我揉了揉他的头发，说：“有则改之无则加勉，反正我就是不信你会抽烟，我不相信你我还能相信谁呀？”他难为情地点点头，我心下大喜，他的羞愧就是我的成功。

响鼓不用重锤敲，好人不用多说，有的孩子他爹都发烟给他抽，习惯在家里就形成了，来学校还守规矩些，不过只要不在学校抽就是我们的胜利。我在班会课上说：“孩子们，想抽烟就抽吧，抽烟有几大好处，一是夏天熏蚊子，二是冬天为嘴唇取暖，三是蹲厕所除臭，四是半夜防贼，五是放火制造头条新闻，六是早死早投胎，下辈子投胎去个修养好的人家，做个不抽烟的好孩子。”他们就笑了，周信低下了头。

祸不单行这个词语是跟定我了，老天是不是觉得我还不够悲惨，连我的学生也跟着这么倒霉，离中考不到两个月，胡贝贝家里出事了，他的父亲在工地上出了意外事故永远离开了她，变故来得这么突然，她还这么小，怎么接受得了啊。我不免担心起来。

三天之后胡贝贝就返校读书了，这让我很意外，我拉着她的手，竟然不知道说什么好了，她反而安慰我道：“刘老师，我很好，您别担心，我知道马上就要中考了，我要考个好成绩给天上的爸爸看，您要相信我，嗯，您不是把我当自己的女儿吗？那您就应该相信女儿有这个能力，您想啊，您眼睛这么不好都能把我们教好，您在教我们克服困难呢。我想好了，将来考医科大学，学好了回来给您治眼睛，我妈妈也是这么对我说的。”看着她噙着眼泪的红肿的双眼，我流泪了，我把她单薄的身体揽进怀里，心疼不已，低声说：“我相信你，就像相信自己的女儿，以后有什么困难就跟我说，听见没？”她把脸埋在我胸口哭了，我为她的懂事孝顺而热泪长流。

接下来的几天，全班都很乖，可能他们认为只有这样才能安慰他们可怜的班长吧。

金宝却很不识相地来告状："刘老师，周信上课给胡贝贝递小纸条儿！"我只好很认真地回答他："哦，好的，我一定查查，马上就要中考了，搞什么鬼名堂！"但是我的心里却不是这么想的，我觉得这没什么大惊小怪的，同学之间总存在真诚的友谊，互相帮助关心比老师父母还管用。

我悄悄找来胡贝贝，问她是怎么回事，她就很不自然地脸红了，我故意说："金宝又造谣了？看我怎么收拾他！但是要是周信真的做了，他这是要成为公敌的架势呀，嗯，上课影响你，啊，你可是我们班最茁壮的一棵苗！干脆，我给他转个班吧。"她眼神慌乱了一下，马上解释道："没有没有，他没有，只是写了几句话鼓励我，我怕您误会才没有讲，其实真的没有什么的。"我心里想的却是：我真的很放心，只是要给同学们一个合理的交代，给大家一个公平的说法，免得他们说我厚此薄彼，学习好的就可以为所欲为。我诚恳地跟她商量："我可以先看一下那纸条吗？"她连忙点点头，转身回去拿给了我，一行清秀的字迹映入眼帘：三年磨一剑，蓄势你待发，巾帼弯弓时，英雄立马下。

我"扑哧"一声笑了出来，写得挺好的，挺有周信的风格，巾帼英雄，似有所指啊！胡贝贝看我和颜悦色，心下渐宽的样子，小心翼翼地问："刘老师，没有问题吧？"我又坏笑道："有埋伏吧，这么励志的话语，难道就没有写别的小纸条？"胡贝贝马上委屈地红了眼圈，吓得我马上更正："我的意思是肯定没有嘛，谁敢在我们胡贝贝面前胡说八道，就不怕我打断他的狗腿！胡贝贝，我还是要啰唆几句，漫漫人生路，关键就几步，希望聪明的你能处理好同学间的友谊，把这种健康的纯洁的友谊化作生活和学习的动力，咱不怕别人乱说，咱要做到自己不后悔。"说完我还了那张纸条，让她好好保存，说读大学的时候拿出来看也管用呢，她就转忧为喜了。

林岚和官翌知道之后都责怪我："你这是棒打鸳鸯啊，多么好的一对金童玉女啊，你这个老王母娘娘！”笑死，这事情要出在她们的班上，你再看她们的真实嘴脸，林岚肯定会说：“你好好照照镜子，还没有三堆牛粪高，就胡思乱想，写一千字的说明来，说你用哪堆牛粪爱她，去去去！”官翌绝对会说：“哎哟，写作文的时候你说不知道什么叫借景抒情，来来来，我帮你分析一下你这个字条上的写作手法吧，用得多到位呀，啧啧，院子里的秋海棠开了一朵，又开了一朵，粉红色的花朵像我粉红色的心情，再开一朵的话，就是要你知道‘想你了！’妙不可言啊！”火绳今天没有掉到她们的脚背上，站着说话不腰疼，我们班的胡贝贝是要考市里重点高中的苗儿啊，哪里能有半点闪失，幸亏她聪明伶俐，不然，哎呀，想都不敢想了。

但是一个班里并不都是胡贝贝呀周信呀这么聪明懂事的孩子，也有那些懵懂虫，读到初三了既不长个子也不长心眼儿。许超又跟隔壁班的男生打了一架，把左眼打成了乌眼青，把我气得半死，他放出话去，要他的两个堂哥来助战。对方也不示弱，发毒誓说，敢动他一个手指头，就喊他刚从牢里放出来的幺舅收拾他。根据我带班的经验，到了初三就会有这么一个阶段，蓄积了三年的恩怨，该有个了断了，终于到了有仇的报仇，有冤的报冤的时候了，好像过了这个村就没有这个店了，啥理论呀，但是在农村中学真的会这样。

老谢说这是社会习气对孩子们的影响，再加上男性荷尔蒙在作怪，释放出去就好了，她教了我一招，让他们跑步去，累趴下了就没有劲打架了。我说：“这不是体罚学生吗？”她笑道：“这是体训好不好，你就不会换个思维，中考有三十分呢！”想想也是。老谢还教了我另外一招，不过得暗地里操作，把这两个小兔崽子叫到一起，然后让他们签个生死合同，一家买一口棺材，准备一万块钱，再使劲打，打死了好收尸。谈的时候使劲渲染一下头破血流的惨状，生离死别的悲哀，小孩子就是小孩子，经不住吓唬的，她屡试不爽，多起暴乱都偃旗息鼓了，我就听笑了。

我没有这样的魄力，我选择了一个“朋友与知己”的主题班会，说是送给他们一篇我写的文章，算是毕业留言吧。

题目是《知己如针》。

裙子上掉了一颗扣子，我喊儿子去找了针线，儿子说："妈妈，你只有最后一根针了，但是这根针你却用了很久很久。"我笑了笑开始缝扣子，我猜想，不会有几个人相信我会做很好的针线活，那针在我手里就像长了眼睛一样，穿梭自如而精准，我又得意地笑了一下，针尖却扎了一下我的手指，渗出了一滴血。这一丁点疼让我想起了什么。

原本我是有很多根针的，用一次就随意地放一次，久而久之就所剩无几了，当只剩下最后一根的时候，我知道我不能再把它弄丢了。针线缝补的不只是衣裙上的破损，有时候它缝补的是流逝的岁月和岁月里破碎了的记忆。那针是什么呢？是朋友，是知己，是它们串联了我生命的片段，在我的懵懂童稚里，在我的青春岁月里，在我即将老去的日子里，它们把快乐、阳光、感动和遗憾缝缀在我衣裙上，让我光彩夺目，让我无比的荣耀。在我虚荣时轻轻地扎疼我，让我冷静；在我骄傲的时候又使劲地扎我一下，让我平和；在我贪婪的时候再狠狠扎我一下，让我放下一些浮躁。

朋友多么重要啊！他们是我的同学、同事和邻居。

朋友应该是阶段性的，随着年龄、环境、心境的改变，来来去去，深深浅浅，远远近近，多多少少，是一个很自然的规律，不必叹息，也不必遗憾，该来的就让它来吧，该去的就让它去吧！就在这样的人生起伏中，无论你是疾病还是健康，是贫穷还是富贵，总有人能留在你身边，像影子一样跟着你，那就是真正的朋友。

这份感情啊，再用爱的汗水和泪水来浸泡，用人生的喜悦与悲哀来锤炼，用生命中的幸福与苦难来沉淀，它就成了知己，与你同悲同喜，尤其在你心浮气躁时给你来一场警醒的"毛毛雨"，在你心灰意冷的时候给你来个阳光灿烂。

茫茫人海，知己如针，我要用怎样的慧眼才能找到他们，一一珍藏，是他们串联了我闪亮的日子，让我不感到寂寞，不感到无聊和孤单！

感谢命运让我成为一个老师，我的朋友里多了我的学生，这是别人得不到的幸福，却是我一辈子的幸运。

学生们听我的文章总是很专注，我知道这是对班主任的盲目崇拜，也是对语文老师提笔成文的羡慕。人生有两种境界，痛而不言，笑而不语。我在孩子们面前做不到沉默是金，老师就是老师，总想知无不言言无不尽，希望他们能听懂其中的一两句，能有自己的想法，我就心满意足了。

十·蔷薇花开

蔷薇花语

是婚姻终结了爱情，

还是爱情苛求了婚姻，

女人们永远在爱的思念中等待幸福。

每一个春天，

看围城的篱笆上有我顾盼的眼神，

娇羞的浅笑，

和我一起保持微笑，

感恩生活吧。

1

黄小诺风风光光的“校长助理”一职的确没有干多久就熄火了，我猜她受不了那么多的应酬，她说我猜对了；我猜她受不了有人在背后瞎嘀咕她是跟屁虫，她说我猜对了；我猜她的想法太多，老跟校长提建议，还经常提反对意见，校长烦她了，她说也猜对了。那她转身回去教她的地理就真的做对了。

我之所以能猜对是凭借我对她的了解和观察，小诺近来穿了一身很休闲的牛仔衣，换上了配套的帆布包和平跟鞋，这就是地理老师的派头嘛！她笑眯眯地说：“跟学生打交道多单纯呀，一个礼拜上十六节课我都愿意！我把那些旅游照的相片一抱去，集体崇拜我，再带一口袋化石去，天哪！爱死我了，只要我稍微认真一点，没有人把我的地理当副科，个个都学得好得很！我觉得有的老师教不好学生，或者是学生不喜欢他，责任完全在老师，你自己都不喜欢自己的专业，怎么可能让学生在课堂上感受到知识的魅力和你的个人魅力嘛，怎么会配合你嘛。”说完还狡黠地一笑补上一句：“还有，我长得这么漂亮！”这的确是事实。

不知道为什么两年前她离开我，我并不觉得难过，两年后看着她如此神清气爽我反而觉得自己孤独了，想了想，是因为我也想像她这样活着，内心自由，外在自信。而我呢，眼睛越来越看不清楚，我做不到了，我连她美丽的脸也快要看不清楚了。我一定心生嫉妒了。

我的孤独还来源于我的同事，他们真的不太清楚我的眼睛到底有多么严重，更不知道我的内心有多么痛苦和脆弱，他们不是故意伤害我的，但是他们真的不小心就伤害了我。

三八节那天，下午女老师的课都给了男老师，男老师们都欣然接受了，一年就这么一次让女老师彻底欺负，他们是心甘情愿的。我们一大群人先是去逛街，有好多聪明的商家在打折促销，其实他们不打折我们也要在这一天犒劳自己的。完了大家拎着大包小包去赴学校专门为我们设的节日晚宴，推杯换盏酒足饭饱之后大家呼朋唤友就分成了几个小团队，说是分头去谁谁谁家打麻将，我本来是不想去的，因为觉得没有伴儿，官翌是坚决不打麻将的，林岚正怀孕，也不想打，王蓉蓉参加了另外一个圈子，已经走了，我正犹豫呢，老谢就招呼我说："难得高兴一天，就一起去疯疯呗，你一个人回家干啥呀！走走走，小然丢给周凯你还不放心啊！"想想也是的，脱离了集体，是很不明智的行为，我就跟着一群人去了老谢家。

四个人迫不及待地上了牌桌，我和另外两个坐着看电视聊天，并且负责给她们倒水，剥水果，本来挺开心的，可是偏偏有一个老师换下来的时候对我说："呀，你来干啥呀，又不能打牌，多无聊啊，眼神又不好，一会儿还得派个人专门送你回家。跟你讲嘛，上了牌桌子的人呀谁都不想下来，更不愿意送你。哎，你出来玩，真的很不方便，麻烦，你麻烦，我们也麻烦。"说者无心，听者有意，我的心里凉了一大片，啊，原来同事们是这么看我的呀，她今天不说出来，我还不知道呢，我还以为大家都喜欢带我玩呢。我心一横，站起来，说："我看得见的，就是有点模糊，我先走了，反正我也不玩牌，晚了，就真的不方便了。"我拎着自己的包包就要出门，牌桌子上的人都回头看了我一眼，然后回头边理牌边问我怎么就要走了，多玩一会儿嘛，我说："免得给你们添麻烦。"她们就听出了不对劲儿，我在门口换鞋的时候，老谢追出来说："咋的啦？还有消夜呢，吃了再走嘛，你真的有事啊？"我勉强笑了笑说："是，我要回去带小然，他打电话说要我呢。"她略显尴尬，我想她一定看出了我的心思，说："行，那我送你下楼吧，送你到车站。"我本想回绝她的，但是我真的自己走不到车站了，关门的一瞬间我听到张轩小声嘀咕："坏了，她生气了，你不该把我们背后说的话讲出来嘛，你这个人真是的。""我说的是事实嘛，一会儿你送啊？她也是的，怎么变小气了，以前不是这样的嘛。"好嘛，在背后还说了我啥呢，她们都不知道我的耳朵有多好！

老谢牵了我的手直奔车站，我真的体会到有麻将打的人心里是多么惦记牌桌，我说我能自己坐车回家，她就相信了，嘱咐我要小心之后就塞给我十块钱，然后往回跑了。

我一个人站在车站，眼泪就下来了，其实什么也没有想，就是觉得很委屈。

有一个人朝我走了过来，我是这么感觉的，他走到我的面前就停了下来，跟我搭讪："嗨，等人啊？"我觉得声音很陌生，就摇了摇头，笑了笑。他又说："那就走吧。"我很奇怪他的话，看了看他，看不清楚他的五官，他又把声音压低了说："跟我走吧，到地方了再谈价钱吧。"那声音微微颤抖。我打了一个冷战，起了一身的鸡皮疙瘩，血往头上涌，怒目圆睁，厉声道："你搞错没有！我请你走开，不然我就报警了！"他讪讪地说："不是干这个的，一个人站在这里东张西望的干啥，神经病！"幸好这时候来了一辆的士，我慌忙拦下，摸索着上了车，这才发现我的心狂跳不已，我恨得牙痒痒，我长得很像那种人吗？幸亏他不知道我眼睛不好，不然把我拖到哪里去，我就完蛋了！我连忙给周凯打了电话，让他马上下楼来接我，他在电话里还一副不耐烦的口气问："今天没有人送你呀，怎么一个人回来？我正忙着呢。"我就更生气了，大声说："我遇到流氓了，你知道不！"我感觉到司机回头看了我一眼，赶紧闭嘴了，免得师傅误会我在说他呢。到了楼下，周凯已经站在那里了。我对司机说："谢谢师傅，我刚才遇到流氓了，幸亏您的车来得及时，谢谢，好人一生平安！"我掏出十块钱递给他，他看了看说："哟，是个老师吧，你这哪里是钱嘛，是学生未交作业的名单！哈哈哈！"我连忙换了一张钱给他，我的脸一定很红，我说："对不起啊，师傅，今天是三八妇女节呢。"他马上开心地说："哦，是啊，老师节日快乐！"周凯把我从车里拉出来的时候看了看我，问："你喝酒了？话这么多。"我没好气地说："我喝你个头！"他坏笑道："哟，今天妇女节，是要霸道点呢，全世界都在为你们撑腰吧，回家慢慢醒酒去！"

回到家，我接着生气，他居然在玩《石器时代》，里面那个小人杀得只剩下一条小短裤了，正傻傻地立在那里等周凯呢！他一进门就冲进了卧室继续奋战。我问："小然呢，你没有接上来？"他说："哎呀，你过节休息一下嘛，放外婆家了，今天我也很累，骑车送了两个女同事，说今天是老大，中国的女人够厉害的了，就不要变着法子过这种节来欺负我们大老爷们了吧！"我悲愤地说："我今天真的遇到流氓了，在老谢家门口的车站。"他慢慢阴沉了脸，一言不发，但是手里的鼠标并没有停下来，继续砍杀僵尸。

晚上上床之前他冒出一句："以后，再有这样的聚会你就不要去了，眼睛又不好，又没有人送。"我想了想说："人家好多女老师，眼睛好好的，无论玩多晚，老公又打电话，又是来接的，就担心老婆出点啥事，我连偶尔玩都不能玩了呀。"他说："今天你过节，我不跟你吵，你这张嘴呀，我也吵不赢，反正，我没有闲工夫到处去接你。"我本来是想回敬他几句的，他都说不想吵了，那就不吵吧，没有意义了，总而言之，他要干啥都有空，我有事的时候，他都忙着。

都开始嫌弃我麻烦了，我悲从中来。

这个三八节过得太憋屈了。

我跟黄小诺一说，她就生气了，很少看她这么生气，她说："太恶劣了，就把你放在车站？还遇到了流氓！我早就知道的，麻将桌上无情义，只看到钱进钱出，既输钱又输感情，这就是我不爱打麻将的原因之一，也没什么可难过的，以后你不要去了，写你的散文呀诗歌呀，老老实实待在家里喝点小咖啡就行了。"我笑了笑说："不走出去，哪里有那么多可写的嘛。"

我也跟官翌说了这事，她在背后责怪了大大咧咧的老谢一顿，我说不要怪人家老谢，她也是一片好心，想带我出去玩呗。她说：“玩要重要还是生命重要？她那就叫不负责任，你以后要讲出来，看不见就讲出来，我就不相信没有人管你，真是人心不古了。”

从那以后，不管去哪里玩，官翌都寸步不离我的左右，她默默承担了接送我的任务，即使她不方便，也一定要指定一个人接送我。我还发现，再也没有人敢在我面前说我麻烦了，但是同时他们生出来的小心翼翼让我很不舒服，有同情，有悲怜，还有忌惮和躲避，这在我们中间竖了一个厚障壁。更有高倩倩之流的个别人，走街串巷地说：“你们晓得了吗？刘思楠快瞎了，从外观看一点也看不出来呢，就像是装的，好搞笑啊！”听到的人出于对我的同情和对他们的厌恶，跑来告诉了我。不知道为什么，大家知道了，议论了，我的内心反而平静了好多，大家迟早要知道的，而且还会跟我一起接受这个现实，向善的人还是多些的，我感觉那厚障壁是透气的了。

不嫌弃我麻烦的人还是有的，比如我的父母，比如我家小然。

当小然会做两位数的加减法之后，我们似乎找到了一种生活的默契和乐趣。我经常把试卷带回家批改，小然就在一旁帮我加分数，加一个他就报一个：“妈妈，哈哈！这个哥哥才三十二分！就是给我买棒棒糖的那个哥哥吧！”我一看，任忠杰，正常。小然接着报：“五十九，妈妈，要多给他一分，给了就及格了。”我一看，金宝，正常，谁让他跟我玩执拗呢，活该，不给。小然又报：“妈妈，这个才二十一分！哈哈！妈妈，你会打他吗？”我一看，许超，我说：“不打，打了他考得更少，他学不会，因为他不太乖。”小然脸都笑红了，他说：“我乖，妈妈，老师说我能考一百分！”“嗯，我家小然，读学前班就会帮妈妈加分数了，以后肯定考得比他们好。”“妈妈，这里有一个八十九的，叫周信。”“啊？周信才考这么点儿，看我明天怎么收拾他。”“妈妈，这个哥哥考这么多，你还这么生气呀！”“那可不，他是聪明孩子，能考九十多分呢。”“哦，考少了，妈妈就笑，考多了，妈妈就生气。”“不是的，考少了，妈妈要鼓励他嘛，要他努力呀，不然下次考得更少。”“哦，怪不得，狗狗不会兔子跳，老师就给他贴画，我每次都会，老师就不给，要是我也不会跳就好了，就可以得到好多贴画了！”“宝贝，不是这样想问题的，努力去做了，得多少妈妈都开心，狗狗也是因为努力了，会跳了，老师才鼓励他的，我家小然是会跳的，要跟老师一起帮狗狗呀。”“哦，妈妈！有一个九十三的！九十三！成功！”我一看，胡贝贝，正常。我顺势引导一下小然：“宝，你看分数高的哥哥姐姐，他们写得多认真呀，卷子干干净净，字也漂漂亮亮的，这就是好孩子，态度好。”他想了想，翻出一张试卷给我看：“妈妈，这个也干干净净、漂漂亮亮的呢，才八分！哈哈哈哈！”我一看，唉，试卷上全是大块的空白，这是我们班上一个智障孩子的卷子，我只好说：“他是个可怜的孩子，他脑子生病了，他能天天来读书，妈妈就很开心了，我们都心疼他呢。”他若有所思：“哦，生病了呀，我知道的，我们旁边就有一个这样的学校，老师说，里面全部都是脑子生病的孩子，好可怜呢，他们吃饭也要老师喂，他们还会打他们的妈妈，不好好走路。老师不许我们笑他们，老师说笑生病的人是不礼貌的。”我亲了亲小然，揪了揪他的小鼻头，这孩子有一颗善良的心。

小然让我天天带卷子回来批改。我就笑了，那还不得把我活活累死呀，改一次就要了我的半条命，没看到我的鼻子都触到试卷上了呀。

这段时间小然爱告状：“妈妈，爸爸不让我玩电脑，他抠门得很。”我说：“爸爸也在学习，以后还可以教你，来，我们下五子棋呗！”他的兴趣被调动了起来，马上跑去拿围棋，还不忘大声对着那反锁的卧室门喊：“我要跟妈妈下五子棋喽，我们不理那些抠门的人喽！”周凯在卧室里也喊道：“好的，等一会儿我也来参加，儿子！”

虚伪！我想。

“骗子！”小然说。

2

又是一年中考季，我两个班连轴转，就冲我这么努力，两个班，要求不多，一共能结十几个果子就行了！

我们这儿一到中考就下雨，也不知道老天爷是咋个想的，要难过就等出成绩的时候再哭嘛，那时候哭，还有人陪着，可以喜极而泣，也可以悲愤交加，可以痛心疾首，也可以悔不当初。这当儿，我们当班主任的却个个心急如焚，估计雨还没有落到我们身上就蒸发了。尤其是第一场，怕这个没有带准考证，怕那个会迟到，我们比他们的父母还着急，不管怎么样，我们要善始善终，站好最后一班岗啊。

说班主任一点都不偏心，那是不可能的，胡贝贝每次走出考场，我都会迎上去，盯着她的表情看。每次她都是笑着走过来，美丽的大眼睛充满了笑意，还跟我击掌庆祝，我就像吃了定心丸一样了。老谢在一旁酸溜溜地说："哟哟哟，看你嘴巴都咧到后脑勺去了，当初让你把她送给我吧，你还不干，难怪，就等今天结个大果子好馋我们啊！"我白了她一眼："那当然，万一，你没有赶走霍康，我的这个宝贝不就成了他的啦，万一给我教毁了咋办！"她吞着口水说："是喽是喽，你教得比我好，呵呵呵！"我又白了她一眼："不是教得好，是我比你对她好。""你亲生的？""视如己出。"这个死老谢真是吃着碗里的看着锅里的，她们班全是精英，还在乎我这一个宝贝疙瘩，真是人心不足蛇吞象啊，哼哼，我修炼了一千年才得这么个宝贝。

七月发榜的时候，我乐得一蹦老高，胡贝贝考了个全校第二！

井台中学每年都有一个市实验高中的名额，按照常规给第一名，可是今年的第一名说他不去实验高中，想读区九中的状元班，天助我也，那这个名额不就顺理成章给胡贝贝了吗？事情往往不是想的那么简单，本来是很简单的事情，但是有人想让它不简单。

老谢啥也没有对我说的时候，霍康和高倩倩倒是先跳起来冲到了我的面前，霍康说："一班的第一名不要这个名额，那么一班的第二名就顺理成章得到这个名额嘛，也轮不到三班的胡贝贝呀。"我的火蹭地就上来了，顺理成章也应该是胡贝贝去呀，她可是名正言顺的全校第二呀，我们用成绩说话！我正欲反驳他的时候，高倩倩说话了："嗯嗯，刘思楠，霍康说的是对的，人家放弃了是人家的事情，这就相当于第二名是第一名喽，再说，那是好班，底子也厚，你们班胡贝贝是普通班的小孩子，去了好的学校还不一定适应呢，压力多大呀。"她不说这话还罢，这么一说，我就铁了心不干了："什么狗屁逻辑呀？谁说我的胡贝贝就低人一等了？你们又没有教过她，你们怎么就妄加评论呢？一点依据都没有。"看我不松口，她接着说："刘思楠，跟你说实话吧，一班的秦玉佩是我的干女儿，哎呀，你就行行好，把这个名额给了我们吧！我替她爸爸感谢你还不行吗？"说完还用手搂了我的脖子，嘴里的一股子大蒜味就冲了过来，呛得我直想吐。我想，这么恶心的女人，脸上的粉有墙上的瓷粉那么厚，还这么多男人喜欢，真是瞎了他们的狗眼。还有，怪不得她帮起了老谢，我正觉得奇怪呢，啥子时候就联手成同盟了。她继续摇着我的脖子说："你就送我个人情好不好，霍康也是她干爹，好不好嘛？"我怒火中烧了，一拍桌子说："不行，胡贝贝是我亲闺女，我是她亲妈呢！你们就死了这条心吧。"真不知道这对狗男女什么时候成了一家了，还干爹干妈呢，真是臭不要脸！高倩倩大眼睛一翻道："给谁不给谁，起码得校长说了算吧。"说完扭着肥臀出了语文办公室。我第一次发现老谢是如此的安静，还不知道她心里在打什么小算盘呢。

我看了她一眼，她转过身去，给了我一个后脑勺，轻声说了一句："等老贾来定夺吧，谁也做不了主，这是学校的事情，主要是名额太少了，事儿太大了。"

老贾来了，一看见他，我的心就怦怦乱跳了，咋这么没有出息呢，我定了定神，看他怎么办。他说："刘老师、谢老师，你们抓阄来决定吧。"哦，这一招，好像是很公平呢，死老头儿，矛盾下放了，谁也不得罪，也不会让我占这个便宜的。

霍康把抓的阄做好了，皮笑肉不笑地递给我们，我转身对老谢说："谢老师，您先来。"她哈哈一笑："那我就不客气了。"说完伸手抓了一个，闭上眼睛，嘴里念叨了一句才打开来看，与此同时，我也抓起了我的那个阄，我把眼睛凑到纸上仔细一看，"去"！对面的老谢已经把她的阄揉成一团扔进了垃圾桶。那三个当事人就默默地走出了语文组。

老天爷，我再也不乱骂你了，你是好人，不，是好神。

就连老贾对我哼了一声我也觉得很悦耳，他今天也是个好人。

老谢其实真的是个很大度的女人，她走到我面前，拍了拍我的肩膀说："恭喜你了！其实，真的应该是胡贝贝去，也不是我小气，班主任嘛，谁不希望自己班的孩子多考一个出去呢。一听到秦玉佩是那两个鬼人的干女儿，我就很不舒服，你看我压根儿就不知道这件事吧，说明高某一直瞒着我，从来就不敢在我面前提起，就怕我把那孩子怎么样了。嗯，现在想想，怪不得秦玉佩有点模仿高倩倩的鬼样子呢，为此我还在办公室批评过她，让她站有站相，坐有坐相呢，你有印象没有？来办公室好几次呢。早知道是他们的干女儿，我连阄也不会抓了，天意啊！她成绩也挺好的，就读九中的火箭班吧，一样的。"她这么一提起，好像是有这么个女孩子，幸亏是老谢带的，不然，还不知道被高某和霍康教成什么样子了呢。

想到胡贝贝得到了这个机会，我就很激动，想到她的语文单科考了139分，我就很得意，我通知她八月份来领推荐表的时候，她在电话那头也欢呼雀跃了。一切都这么美满，朝着我们预期的方向发展。

心情超级好的时候，也许感染到了周围的人，自己还不知道呢，这几天周凯的心情就很好，小然也很乖。

双休日周凯去买了一些零食、水果和饮料，说要骑车带我和小然去碧螺湖游泳，我和小然高兴地忙活开了，我去翻我的泳衣和他们俩的泳裤，小然使劲地吹着他的救生圈，周凯先下去给摩托车加油，说好了一会儿在楼下会师。

炎热的夏天，因为有了扑面而来的风就不觉得燥热了，爱打瞌睡的小然，因为有了对游泳的期待，一直亢奋着，我心花怒放，因为一家人多少年没有这样一起出行了，一个字：爽！

到了湖边，我们齐心协力铺好席子，摆放好一大堆零食，一家人就开吃了，吃饱喝足了，我们找了个地方换上泳衣，我拉着小然套着救生圈就下了浅水区，那叫一个爽啊，每一个毛孔都幸福地哼唱着，周凯会游泳，他在我们旁边炫耀着他的泳技，小然时不时发出羡慕的尖叫声和崇拜的欢呼声。我被湖面上的波光和眼睛里闪动的波光刺得很难受，我根本就没有看清楚周凯的动作，但是为了烘托气氛，我一直笑着，跟小然一起笑着，发自内心地笑着。

就这么一直泡在水里一两个小时后，我们上了岸，我就开始犯困了，我对周凯说：“你看着点小然，他精神好得很，我太困了，先睡一会儿。”他“嗯”了一声，坐在旁边喝水。小然拿着一根棍子玩草里的虫子，每次找到一个小虫子他就兴奋地跑过来讲给我听，刚开始我还答应着，后来我就迷迷糊糊听不清楚了。

也不知道过了多久，我突然激灵一下醒了。四周很安静，周凯枕着我的手臂睡得正酣，旁边没有小然，附近几家人也不见了踪影，可怕的是，一个蓝色的救生圈一半在岸上挂着，一半在水里浮着，我的第一反应是喊：“小然”！小然怎么不在我们身边？我马上推醒了周凯，问他小然呢，我指着岸边的救生圈，他一个鲤鱼打挺弹了起来，脸色大变，他用眼睛迅速扫了一遍周围，然后发出如狼嚎般的喊声：“小然——周小然——”那喊声太恐怖了，然而并没有预期的回答，我头皮一紧，后背发凉，也心慌意乱地跟着喊了起来，声音变了调，嗓子嘶哑，我的小然呢？小然，你可别吓唬妈妈呀！我开始责怪周凯了，声音里带着哭腔：“不是让你看着他的吗？

不是让你好好看着他的吗？”周凯并没有回答我，他朝湖边跑去，对着湖水伸出双手哭嚎：“小然！小然！”我不敢想，也不敢相信，我的小然一眨眼的工夫就没有了，水面太平静了，平静得有点可怕，有个什么东西扑腾一下也好啊！周凯冲上了一个高处，附近的草窝窝都看得见，我的小然，不要躲猫猫啦，爸爸妈妈都要急死了！在周凯呼喊的间隙我听到一个细细的声音：“我在这里呢。”是我的耳朵太好了，还是产生了幻觉，我真的好像听到了小然的回音，他就在远处，难道他被人偷走了？他顺着水漂远了？他在呼救？瞬间我心里有了一万个想法，我下意识地用手指着一个方向对周凯说：“那边！你看！”他定睛一看，撒开腿跑了起来，我的腿一软，瘫坐在席子上。

我觉得过了好久好久，周凯才抱了小然回来，小然欢快地喊我：“妈妈，妈妈！那边有个老爷爷在钓鱼，好多好多鱼呢，看他送了我三条！妈妈你看！”我一把抱住他，喜极而泣。小然奇怪地看着我，不知所措，周凯铁青着脸，瘫坐在了地上，长长地舒了一口气，然后他拉过小然，严厉地说：“谁让你自己就跑了？还跑得那么远，要是丢了咋办，要是掉进水里淹死了，咋办，嗯？下次，爸爸就要打人了，狠狠地打屁股，听见没有？”小然看了看我，又看了看他爸爸，委屈地说：“你们干啥了呀？都在说我！我看你们都想睡觉，然后，我就跟你请了假说去那边看爷爷钓鱼的，你答应了我才走的。”我看着周凯，周凯回头看了看我，尴尬地咧了咧嘴说：“哎呀，是的，他是先说了的，当时那老人家就在附近，我、我一睡着就忘记了，再加上你一惊一乍的就把我吓蒙了，哎哟哟，走了走了，我今天死了一万个细胞。”我把小然紧紧地抱在怀里，说：“妈妈错了，没有把小然带好，幸亏是虚惊一场，不然，我今天也留在这里了。”小然兴奋地说：“妈妈喜欢这里呀，我也是，爸爸，下次再带我们来玩吧。”周凯没好气地说：“玩个鬼，吓都被你吓死了，现在我连骑车的劲也没有喽！”

果然回去的时候周凯已经没有了来时的精气神了，开得很慢，小然也睡得东倒西歪的，我们就像残兵败将一样结束了这场难忘的郊游。

我又经历了一次与张家悦相似的历险，不要有下次了，我真的受不了。平平安安养大一个孩子多不容易啊！

3

我在外面请大家吃饭的时候跟她们描述了这次危险经历，官翌打了一个寒战，说："老人家说过的，近不欺山，远不欺水，要记住，经验之谈啊。"老谢说："是啊，不听老人言，到老不周全，想想就替你后怕呢。"当我把周凯那"马景涛式的咆哮"表演给大家看的时候，她们笑倒了，我记得宋爽是最喜欢那种鼻孔大大的样子的男人。她说："幸好没有出事，要不然你哪里有闲心摆这个经典龙门阵啊。"老谢在那边双手合十道："阿弥陀佛菩萨保佑！"

老谢也给我讲了一件同样可怕的事情，是关于学生考试集体作弊的事。因为我带的是中考班，没有参加学校的期末改卷，而是一个人在家改作文，所以听到点风声，消息并不完整。

原来问题出在英语组，这个老谢，魔爪都伸到别的组里去了。有的事情啊，平时大家也有议论，只是当笑话讲，比如，在学校的考试中，霍康和高倩倩带的班英语成绩总是名列前茅，拿走了不少奖金，得到老贾多次表扬，但是只要一参加中考，成绩就一落千丈，甚至是溃不成军，大家只是笑话他们带的学生心理素质实在太差，一点也不像他们的老师，大家根本就不可能往他们集体舞弊上去想。今年老谢多了一个心眼儿，还没有等到开学就让宋爽去马主任那里领来了全年级的试卷，仔细观察和分析了半天，不看不知道，一看吓一跳，果然大有蹊跷。

学生的考场座次是重新安排的，单人单座，监考相当严格，这是老贾的一贯作风；试卷是重新洗牌装订的，全部密封批改，统一在会议室里完成，因为是流水作业，所以每个老师只能批改一道题目，按理说老师也不可能作弊；登记分数由马主任专门带三个老师一起完成，忙得四脚朝天，谁有闲空帮谁作弊呢。但是，眼尖的宋爽和老谢还是发现了问题，凡是霍康和高倩倩的学生卷子的右上角都有一个三角形的小记号，不仔细看根本就看不出来，这还不是问题的关键，关键是这些卷子在宋爽的重新批改后，分数全部降下来了十分到二十分不等！有几道大题的批改错漏特别严重，这个问题是怎么出现的呢？老谢想了又想，比了又比，把试卷翻来覆去看了又看，终于在批改教师那里找到了答案，凡是霍康和高倩倩批改的做了标记的试卷那一道题几乎得的都是满分！也就是说，根本看都不用看对错，只是一直打红钩！

天，瞒天过海！谁会去这么检查别人的试卷呢？那不是吃多了撑着了吗？顶多统统分数，看加错了总分没有，都忙着改完了好放假回家，谁会去纠缠为什么这个班考好了，那个班考差了，总觉得别人有办法让学生学好考好呗！一开学试卷就会被科任老师领走，拿到班上发给学生做试卷分析，至于做不做，那就是老师自己的事情了。考差了的班级自然有校长约谈科任老师，自己觉得丢脸就骂骂学生，来年好好用功呗。

老谢抱着这堆试卷去找马主任，讲明了情况，马主任也是惊愕不已，但是他马上按住了老谢，让她不要声张，免得引起不必要的矛盾，他语重心长地说："谢老师，比如说，试卷已经被你私自拆开了，这就说不清楚了，当时又没有个领导在场，谁给你证明不是你谢老师做了手脚呀，再说霍康是要调走的人了，别节外生枝，免得他调不走，留在井台也是个祸害不是？那高倩倩是一哭二闹三上吊的女人，你去惹她干啥？算了，算了，以后，我们教务处多个心眼，专门派人监督，不让这些事情再次发生！当然，先得好好谢谢你，学校多几个你这样正直无私的老师就好了。"老谢讲到这个环节的时候就想笑，一方面呢，觉得老马谨小慎微，想问题比较周全；另外一方面呢，觉得老马老奸巨猾，谁也不得罪，姜还是老的辣呀。老谢先也没有讲出去，是宋爽讲了出去，大家都听得义愤填膺的，小范围内大家就问问老谢情况，老谢只是避开高倩倩，能说的场合她都说了一遍，这就叫好事不出门，坏事传千里。老谢说："他们都不怕丢脸，反而是我们怕揭露事实真相呀，真是撞到鬼了，他们做得，我们还说不得、笑不得、骂不得呀，哈哈哈！林岚怎么说的，人不要脸鬼都怕呀鬼都怕！"

宋爽补充道："估计马主任还是跟老贾多多少少反映了一点情况，反正开学的时候，老贾在大会上轻描淡写提了一下。"我也想起来了，老贾说："成绩还是真实一点的好，同志们，把 1 改成 4，把 7 改成 9，这叫害人害己，把学生教坏了嘛，那你能多得到个啥嘛，这样不好，起码是不利于井台中学的发展和你自身的发展嘛……"有人在下面接了一句："怎么不好，奖金就多了嘛！"老贾最讨厌在会上接他话的，迅速把矛头转向会风会纪上去了。下面的老师顿感遗憾，集体讨厌那个接嘴的人了，本来还可以多看看老贾是怎么收场的，好喽，还没有说清楚舞弊的手段和处理方案，草草就转了话题，真没有意思。在单位就是这么搞笑，出面讲理的人不多，看热闹的人却不少。

下面的老师就悄悄议论开了，我们井台的老师就是单纯，知道有人搞鬼，也知道不公平，但是都忍了，心照不宣呗，谁不知道谁呀。谁会傻傻地喊出来：是那两个家伙！低头不见抬头见的，按照老贾说的：不利于团结的话不能说，不利于团结的事不要做。算了吧，老贾才最不团结人！想想只是个别人的个别行为，大部分人是正常的就行了。想想就好笑，正派的人想都不会去想的事情，却有人厚颜无耻心安理得地做了。饿死胆小的，撑死胆大的，反正都是一个死，下次大家改试卷的时候多个心眼就好了，专门派人盯着他们俩，盯死这对狗男女！

官翌叹了一口气说："道德品质有问题的人，心理上一定有缺陷。他们以为背靠大树好乘凉啊，纸包不住火，看吧，差点就烧到老贾了吧，看他信任的人、重用的人哟，没给他脸上擦上粉，倒给他抹了一脸灰。哼，一群鼠辈！"

估计老马对这两个小人也是不爽的，有时候我们去教务处调课表，他就捧杯茶过来，慢条斯理冒出几句怪话，什么“要出事的，迟早要出事的”“了解了，清楚了，明白了，何必要说破呢”，什么“傲慢是愚蠢的表现，自己愚蠢还以为别人也蠢，呵呵”，什么“人啊，多做点善事，多积德”，反正听了就好笑，像个怨妇。难道，有人要夺了老马的主任一职，取而代之？那可不行，我们觉得马主任挺好的。

快开学的时候，胡贝贝突然来找我，眼睛红肿着，一见到我就扑进我的怀里哭了，我连忙问她：“哟哟哟，这是怎么啦，才几天没有见到我就想成这样了，实验高中有人欺负你了吗？怎么回来了？想我了？”她抬头看着我，泣不成声。我拍了拍她的后背，等她平静下来，过了好久她才慢慢说出来：“刘老师，我没有地方读书了，呜呜呜……我去实验高中，他们说根本就没有我的名字，我明明是填了你给我的表格，还去乡里盖了章，证明我是独生子女，呜呜呜……是哪里弄错了？”没有啊！怎么会变成这样的？她抽抽搭搭地说：“我在实验高中的门口碰到秦玉佩了，她说她也是来报名的，已经报上了，正准备去军训呢，我连军训也要错过了。”我明白了，傻瓜都会明白是怎么回事了。我让她别着急，这么好的成绩会没有学校要！首先想到的是去问老贾，很快我自己就否定了这个想法，他们都是一伙的，问不好还被骂回来，事情都惹出来了，说不定就是他出的主意呢，算了，求人不如求己。

我先打电话问了实验高中的教务处，他们答复我的是，井台中学只有一个名额，报上来的是一个叫秦玉佩的，是由学校领导亲自送来的推荐表。我问他们还有多的名额没有，他们说没有了。我悲愤交加，哪个流氓跟我玩了一出“狸猫换太子”啊！太不要脸了吧，天诛地灭！

征求了胡贝贝的意见，我连忙联系了黄小诺，把胡贝贝送到了她们学校，高一的年级部长接待了我们，我拿出了胡贝贝的中考成绩，他看了看，态度倒是谦和，但是面带难色，说：“这个，嗯，这个，是这样的，火箭班是进不去了，人满了，只能在平行班了，这个你也懂的，你们报名报晚了，要进火箭班得多缴费，一分钱也不能少哟。”胡贝贝眼泪汪汪地看着我，我又生气了，这么好的成绩，这么乖的孩子，你们就看得见钱，看不见人呀，都瞎眼了！我带着胡贝贝扭身就走。小诺跟出来，问：“怎么不读了？还没有谈好呢！”我气愤地看着她说：“你们也太势利眼了吧，看我们是农村的，怕没有钱是吧，的确没有钱，有钱也不送给你们学校，哼！”小诺脸一红：“哎呀，我在学校也说不上话的，我就是一个小老师，我们年级部长才有实权。你等等，我再去求求他少收点钱吧。”我第一次看到小诺这么不自信，我就心软了，不能给她惹麻烦。我说不必了，然后带着胡贝贝大踏步走出九中。我把她带到了我的母校，一个厂矿子弟学校。我说：“这是我读了六年书的地方，这里有很多好老师，也考出了很多清华北大的呢，宝，目前就是要找个地方读书，嗯，你会嫌弃这里破旧吗？”她看了看我，又看了看校大门，坚定地回答：“只要有书读，您说在哪里就在哪里。”我笑了笑，牵着她走进了校长办公室。

“校长，我把井台中学最好的学生送来了，请您收下她吧。”“哦？怎么想到来我们学校，还来得这么晚，我们已经开始分班军训了。”“因为我们原来是要去实验高中的，被人偷梁换柱了，所以就来投奔您了，您不会介意吧？”“当然不会，我看看她的成绩，哟，差几分就六百分了，很不错呢，那就来吧，根据她的成绩可以读A班，你们看可以吗？”“王书记，校长不认识我，您还记得我吗？我叫刘思楠，文科班的。”“哦，有点印象，以前挺活泼的，校广播站的吧！”“您记性真好，以前您是学校的团支部书记，专门管我们的！这是我的学生胡贝贝，她很聪明，她的学费我来承担，因为，她没有爸爸了。”“怎么，她家里有困难呀，王书记，我们今年对贫困生的减免政策有变动没有？”“没有，像这样的成绩，我们只收教材费和资料费。”“校长，书记，她的一切费用我来承担，因为我是她的初中班主任。”“呀，是这样啊，嗯，我决定了，这样的孩子很难得，费用全免了吧！”“校长……”我说不下去了，他居然答应我收下这个孩子了，还减免了所有的学费，世上还是好人多啊。我哭了，我从来不求人的，为了我的孩子有个好去处，我求了。

一天当中，我觉得我走过了人生的春夏秋冬，冷暖无常。好在最后迎接我们的是春天。

第二天胡贝贝就参加军训去了。

第三天这个恶劣事件就在学校传开了，所有的老师都为胡贝贝愤愤不平，对某些人的行为嗤之以鼻，只有霍康是一副若无其事的鬼样子，高倩倩看到谁还是那副傲慢劲儿。不以为耻，反以为荣的两个家伙。

事情就是这样搞笑，好像真的有一只看不见的大手在背后翻云覆雨似的，胡贝贝才军训完，她就又接到了实验高中的报名表，说她被重新录取了，让她赶紧去报到。突然的改变让我们措手不及，我让她自己选择，她也很为难，一边是恩情，一边是梦想，想了两天，还是决定去实验高中，那是她梦寐以求的地方啊，有个很现实的问题是她可以住校，不用每天往来奔波十多里山路。我尊重孩子的选择，毕竟读书是她自己的事情，有所取舍总比无路可走要好一万倍吧。

两周后，胡贝贝去了实验高中，重新开启了她的生命航程。

可是，我又如何面对我的母校呢，希望他们能理解并原谅我，自古忠孝不能两全啊。

4

我只是听说过有人厚颜无耻，还真没有见过有这么厚颜无耻的人。

听说胡贝贝去了实验高中，高倩倩就跑来找我，眼神迷离，语气谄媚：“小思思小楠楠，你是不是在实验高中有认识的人啊，是谁呀？”我愣了一下，想了想，坏笑道：“是啊，可是我为什么要告诉你呀，我认识的人多了去了，几大银行的行长我都认识，他们还让属下凑钱为我买房子呢，要介绍给你不？”她马上笑得花枝乱颤，开心地说：“呀呀，你真有本事，我知道你是逗我玩的，他们要瞧得上我就好喽！来，我送你一条粉色的小丝巾，看，很配你的皮肤的，粉嘟嘟的就像你的肤色，来嘛，我帮你打一个花结，妩媚得很呢。”我推开了她翘起的兰花指，说：“谢谢了，我的丝巾都是黄小诺提供的，很多，也很有品位。”她悻悻地说：“哎哟，还瞧不起我送的呀，我轻易不送人东西的。”我笑道：“对，你只送给妖怪。”她就攥紧了拳头轻轻打我的后背：“讨厌讨厌讨厌你！”官翌终于看不下去了，插嘴道：“高美女，刘思楠很不适合这个颜色，有点装嫩，算了，她本来就长得丑，别毁了你的丝巾，也围不出你那种高贵的气质，真的，我说的是真话，她不像你围啥都那么好看，围根草绳都像T台模特儿。”高倩倩听了很开心：“还是小官官会说话，我就爱听，小思楠，我跟你讲句实话嘛，我真的是来求你办事的，我有个干儿子明年中考，你能不能帮我找找这个熟人，花多少钱都可以，只要能进去就行，实验高中是个大熔炉，破铜烂铁进去都能炼成好钢，嗯？好不好嘛，帮个忙嘛，小乖乖，小思楠！”我的鸡皮疙瘩掉了一地，我看了看官翌，向她发出了求救的信号，她心领神会，突然想起了什么似的喊道：“坏了坏了，思楠，你改的裤子，讲好的三点钟去拿的，走走走，一会儿怕是要收摊了，我带你去。”说完，拉了我的手就往外面走，边走边说：“高美女，帮我们拉上门，我们赶时间。”

暂时逃过一劫，怎么会有这么恬不知耻的人，我和官翌坐在一个炸土豆的摊子前面边吃边聊，唉，搞得我们有家不能回呀。官翌不怀好意地说：“喂，你说，她跟那干儿子的爹不知道有没有一腿？”我说：“那就说不清楚喽，你去问问她嘛，她特别喜欢有人问她这些事情，就苦于从来没有人问呢。”官翌笑了笑：“这个事情就派宋爽去，她是个包打听，八卦婆，嘿嘿，她肯定愿意。”我说：“现在怕是也不敢喽，不是她把这对狗男女的舞弊事件抓出来的吗？哪里还敢造次呀。”“那是老谢做的，要真是宋爽牵头做的，那高女人还不得跳到房顶上去，把天捅个大洞呀，幸亏是老谢做的，也真怪啊，老谢就是她的克星。”“废话，谁不怕老谢呀，她那大炮筒子，惹了她，她啥都敢炸出来，再说她知道的又多，哈哈！”“一物降一物呗。”“你说她跟这个一腿，跟那个一腿的，得长成蜈蚣腿才够用呢……”“亏你想得出来！”

正聊着呢，一个新调来的老师朝我们走了过来，是新上任的工会主席，一个男的，个儿高高的，叫齐贤。他热情地跟我们打着招呼，我们很不好意思，觉得上班时间被人看到在街边吃零嘴，总是不太好的，我们一起喊：“齐主席！”他大大方方走过来，对我们说：“哟，吃下午茶点呀，我可以沾点光吗？”“当然可以！”我们俩一下子轻松了好多。他对着我说：“刘老师，开学忙到现在，还没有来得及跟你讲，你的那个学生胡贝贝去了实验高中还适应吧，嗯，他们校长是我大学同学，放假聚会的时候我跟她提了一下这个孩子，没有想到她很有心，一直惦记着，后来就补了一张录取通知单，你看，天遂人愿了吧。”啊，神仙哥哥在这里呀，我突然就茅塞顿开了，我说呢，这件事怎么就发生了逆转呢，关键人物在这里潜伏着呀，我的感激之情油然而生，一时却不知道说什么好。官翌说：“是啊，吉人自有天相，好事多磨吧，胡贝贝是遇到贵人您了呀，你不说，我们还不知道呢！”我的眼眶就湿润了，想到那一天之内的大起大落，大悲大喜，不知道死了我多少脑细胞呢，居然不知道有人暗中相助，我真诚地伸出手去，跟他握了握，紧紧地握了握。他却说：“千万不要跟我提感谢的话，井台中学要感谢你们这些老师，能送出去一个学生，不仅是这个孩子的幸运，也是我们井台的光荣啊。”官翌道：“来来来，土豆好了，一家人不说两家话，都在一个锅里找饭吃。”我们都笑了，齐主席后来拿了一张纸条，留了一个胡贝贝高中班主任的电话给我，让我跟她联系一下，也好照顾一下这个孩子。我心里真的很温暖，哪怕穿着一双小鞋子，我也要踮脚把路走好。

今年我又接了一个班的班主任工作，同时教两个班的语文，由于胡贝贝他们这一届学生中考考得好，我再也没有听到对我的负面评价了，听到的更多是，人家刘思楠真的挺不容易的。老贾没有表扬过我，但是也没有再对我冷嘲热讽了，只是还不怎么理睬我，那又有什么关系呢，我想，做好自己就行了，问心无愧就好了。

霍康终于调走了，井台中学的老师大都很开心，奔走相告：知道了没？知道了没？祸害滚蛋了！这个坏蛋终于滚了！这个蛋终于滚了！

有三个人却很不开心，一个是老贾，一天都像丢了魂魄一样，学校在进行厨房改造，估计他不知道怎么吃这笔回扣了；一个是高倩倩，霍康在跟前的时候吧，不待见人家，等人家走了吧，她又像个失魂落魄的小寡妇似的，左叹口气右叹口气，甚是可怜；还有一个是学校的会计，因为霍康从他这里预支的钱还没有还上，走的时候又顺走了几样东西，还不知道怎么跟老贾交代，想去问问呢，又怕被老贾一顿数落，不去问呢，账务又对不上，左右为难。这些都是老谢连想带猜的。

俗话说，想要的得不到，得到的不想要。我就遭遇了这样的尴尬，我正乐得老贾不理睬我，耳朵根子得个清净的时候，他偏偏来找我了。他正襟危坐，道貌岸然地看着我，我现在就是这么狭隘地形容他，我面无表情地听他说："刘老师，我们学校要搞几节德育课，你跟这五个老师沟通一下，帮他们完成这几件事情，一是学生主持人的培训，帮他们写好串台词；二是情景设计里面要有相声段子和小品片段，三句半也行，这些都是你去写；三是帮老师们写出课堂实录和课后反思。你眼睛不太好，幻灯片呢，你说想法，他们自己去做就行了，嗯？你在听吗？"我点点头，说："所有的文案部分我来做，上课是那几个老师的事情，跟我没有关系，我听懂了。"他停顿了一下说："你怎么是这个态度呢？一个学校的事情，不是哪一个人的事情，是大家齐心协力去做的事情，井台中学的发展，少了谁都不行。来，拿去，这是几个老师的课堂设计，看了心里有个数，两个礼拜之内就要拿出东西来。你要是做好了呢，说不定就能得到个区先进呢，好好做吧。"我点点头，转身想出去，差一点就撞在半掩的门上了，我一个踉跄，他起身抓住我的胳膊，拉开了门，把我送了出去。我分明听到他在我的背后轻轻叹了一口气。我心里不免一阵难过，这么多年了，我没有功劳总有苦劳吧，可是，这声叹息表达了什么意思呢？关心，同情，还是嫌弃？唉，一个兄长怎么可以这么欺负一个小妹，一个男人怎么可以这么欺负一个女人，一个党员怎么可以这么欺负一个群众，一个领导怎么可以这么欺负一个下属，这么多年，除了让你干活的时候跟你说几句话，从来就没有一个好脸色，何苦呢，这是何苦呢！我要的不是荣誉，是正常的工作环境和一个最基本的尊重。

不是说男人的胸怀比天空、海洋都要宽广的吗？这句话一定是用来欺骗女人的。

我跟周凯说这些的时候他就说我瞎说，除了老贾这种男人小气，又恰巧不幸被我这个倒霉蛋碰到了之外，其他的男人还好吧。

有一天他问我："好久没有见你跟温箫语那一帮人玩了，翻脸了？散伙了？女人就是天生的小气，哪里有我们男人心胸宽广嘛。"我说："没有啊，都生儿育女去了，养家糊口去了，现在的女人压力大呀，在单位混差了，老公说你不上进，在单位混好了，男人又会胡乱猜疑你啥啥啥的，混得相当强大了呢，就说那么强干啥，简直没有了女人的样子，不男不女的算啥嘛！"周凯哈哈大笑，笑完了说："有道理，女人不能比她的男人强，否则男人会有压力，但是也不能太差，不然带不出去嘛。"

我懒得跟他扯了，想想温箫语她们几个是很少见了，都跟人间蒸发了一样。我主动联系了温箫语，她说帮我约一次高中同学，大家聚一聚，也该聚一聚了。

箫语亲自开车来接我，当我挽着她的胳膊走进饭店的时候，好几个人都主动站起来跟箫语打招呼，也顺带喊了我的名字，我看不清楚，就问箫语有谁在场，她就小声告诉了我，我记住了他们的名字。

文科班的女生多，而且话也多，加上好久不见面了，好像有说不完的事情要相互告知，你一言我一语，就像打排球似的，那场面相当热闹。有几个是会计，她们问的都是："嗨，你现在在哪里做假账？哈哈！""你的那些问题猪肉脱手没有呢？”啥年代了呀，怎么都黑上了。

箫语细心地照顾着我，给我夹菜，倒饮料，其实，我的心里已经开始纳闷了，以前关系挺好的人，今天怎么都在回避我呀？尤其是我接了她们的话茬，她们就马上改说别的话题，我主动说个啥吧，除了箫语就没有人搭理。到了后半场，大家互相敬酒的时候，她们对我也不是很热情，我再傻，这种氛围是能够感觉到的呀，我吃得越来越憋闷了。我开始沉默了，埋头吃自己碗里的东西，默默听他们抢着话题，心里想，是不是自己太敏感了。有人突然冒出了一句：“刘思楠，你好骄傲啊，吃饭还要人伺候着呀，人家温箫语都没有吃到啥。”马上就有人接上了一句：“拽呗，在学校混好了呗。”“好像听说提教务主任了是吧，那可是中层里的重中之重呢。”语气里带着讥讽带着刺儿，我茫然道：“没有啊，谁说的呀？我在教务处打过杂，啥也不是。”有人说：“别谦虚了哈，那个谁考上注册会计师也说给老板打杂，你们都啥意思嘛。”大家就笑了，这是谁呀？这是我的同学吗？我扭头看着箫语，更加迷茫了。

温箫语又给我夹了一筷子菜，顿了顿才说：“我想代表思楠说几句话，我一直不敢提这件事情，原因很多，主要是因为，我担心思楠自己不愿意大家知道，可是，这两年吧，我总是听到你们在背后埋怨她，见面少，是一个原因，不了解是另外一个原因。她的眼睛得病了，这个病我也说不清楚，反正就是，我坐在她旁边，她几乎看不清楚我的脸了，更不要说你们还隔着桌子，灯光还这么暗，你们可能只记得她有夜盲症，只记得有灯光就好了，不知道她现在的状态，她已经不能自己上街，不会自己过马路了，你们看到的，她进来的时候是牵着我的，吃饭得有人夹菜。”饭桌上非常安静，这样显得温箫语的声音很清晰，她一直哽咽着，略显语无伦次，没有她平日里的风格。我看不清楚大家的表情，我想可能很复杂吧。她接着说：“其实，我很担心思楠的心理承受能力，但是我单独见过她几回后，发现她比我想象的要好，她很坚强，她还在坚持上班，因为眼睛不好，她的校长对她很不好，我们不能这样误会下去，毕竟是同学，这就是我今天约大家来的原因。”说完看了看我，握住了我的手说：“我说这些还没有征求思楠的意见，嗯，你不会介意吧。”我摇摇头，眼泪就下来了，一直活在自己的小世界里，活在自己的痛苦里，根本就没有想过同学们会误会我这么久这么深。这回改换大家沉默了，片刻之后素素主动站起来，端着酒杯说：“误会，真的是误会，我罚酒一杯！其实吧，就是在路上，我们看到思楠的时候，对她笑，跟她打招呼，她不理会我们，我们就多心了。今后我们先对她笑，然后喊她一声‘嗨，思楠，猜猜我是谁’。”一席话气氛被重新调动了起来，大家又谈笑风生。箫语说：“你们看嘛，思楠的眼睛一点也不像有问题的样子，比谁的都亮，不说谁知道嘛，不误会才怪。”大家都说：“是的，是的。”很快我成了全场的主角，后来并没有人再提起我的眼病，每一句话却都饱含歉意和鼓励，大家一起回忆高中时代的美好时光，他们的心情我懂的。

5

聚会回来，我的内心很复杂，有失望，有沮丧，有安慰，也有感伤，更多的是感动和释然，五味杂陈，说不清道不明，反正，从此以后，大家都知道我得了奇怪的眼病，要么对我另眼相待，要么对我心生同情，要么会和我一起接受这个残酷的现实。

我还知道了一点，在某些场合，我必须告诉大家，我的眼睛很不好，请大家理解我。这是我的自我保护吧。

接下来，我全力以赴投入到那份必须要做好的工作中了，思考方案，提出建议，写文案，培训学生，我的眼睛太遭罪了，别说用钢笔写字，就是用电脑打字，我也快要看不见了，我只好请信息站的老师帮我打，我说一句他们打一句，每天下了课我就往机房里跑。张轩就笑话我：

“思楠，赶潮流呢，又上网聊天去呀，小心点哦，QQ 上面的流氓多得很哟，小心老贾抓你不务正业！”老谢却持不同意见：“小思楠，别听她的，网络是个好东西，其实你多接触一点，对你教学是有帮助的，对生活也是有好处的。上个礼拜我就在 QQ 里找到了我一个小学同学，你说巧不巧！人海茫茫我居然就找到了她！”我看其他老师都在边干活边聊天，QQ 成天嘀嘀嘀响个不停，我就问张轩怎么登 QQ 聊天呀，她就笑了：“妈呀，你连个 QQ 号都没有呀，传说你还帮别人取了好多的网名，来来来，我帮你申请一个吧。”我莫名地激动了起来，呀，我也要有自己的 QQ 号了。

周凯听说我也有 QQ 号了，很是不安，他说 QQ 里无聊得很，没有几个正经人，那他成天聊个鬼呀。骗子，肯定是好玩的。

周凯解释说：“你呀，我太了解你啦，特别容易相信别人，所以吃亏呀，上当呀，受骗呀都是为你这样的女人准备的，不小心把自己卖了，还帮别人数钱！我劝你还是别搞这些名堂。”听了就让人气不打一处来，他说对了，嫁给他就是我容易吃亏上当受骗最好的证明啊！

其实他说这些不就是担心我占用了他宝贵的电脑，让他玩不成心爱的游戏了嘛。

他再三强调：“你呢，就多出去走走，憋闷久了，在家里就跟我过不去，横竖看我不顺眼，现在谁不在家里玩电脑嘛，跑摩的你说不安全，逛街又不是我的爱好，不做这个，你让我干啥呢？还有啊，你只能和官翌、林岚这样的老实人玩，黄小诺和温箫语都不是好东西，要少跟她们玩，除了教你乱花钱乱攀比，对你没有任何的帮助。”我就回敬他：“总比你那些朋友好吧，你跟他们玩一次就让我们家彻底破产一次，手机喽，摩托车喽，电脑喽，见一次，我们家就败一次！我看你下一次咋个败家。”他就哈哈大笑，说我挖苦讽刺人真有一套，还说自己的确又有了一个败家的计划。我一个枕头飞过去，他接住了，说：“我同意你买五套衣服，可以了吧？”我恶狠狠地说：“到底是什么计划，说！”他底气不足地回答：“学驾驶。”我压低了声音问："你到底想干啥？"他回答："按照老婆大人的吩咐，败家。""败家的程度？""一千八。""你可以出家了。"

于是我的QQ名字是：灭夫师太！

官翌说我还不如直接叫李莫愁！

半个月以后，那五节德育课就新鲜出炉了。最后我还帮他们完成了一篇论文。我起码掉了一万根头发才完成的，但是从头到尾都没有得到任何人的认可，就是一次常规工作而已。

他们上的公开课得了大奖，那篇论文也获得了国家级的一等奖，论文的署名是"贾仁哉"了，然后老贾就带着高倩倩去杭州领奖了。

然后，我就没有然后了。

"我的视力不好，出门在外多不方便呀。"这是我对大家不断打听、不断打抱不平时的虚荣的回答。问的人多了，我的心里就有了落差，就有了愤懑，还有了嫉妒和遗憾。慢慢的我在黄小诺和官翌的面前开始这样抱怨：他凭什么这么欺负我？凭什么这么卑鄙无耻下流？凭什么我就要低人一等？凭什么我就要替他人做嫁衣？凭什么剽窃了我的论文还肆无忌惮地署上了他的狗名？凭什么他们吃肉而我连喝汤的资格都没有？凭什么……凭什么……

小诺说，凭他们是领导呗。

官翌说，凭他们的厚颜无耻呗。

老谢也说，凭人不要脸鬼都怕呀鬼都怕……

我又很伤心地跟爸妈讲了一遍，我妈说："这个没有良心的贾校长，事情帮他做了还没有落个好，以后别做了，把学生教好，把小然带好就行了。"我爸说："这不值得怄气吧，荣誉看淡点，人就轻松点，你眼睛不好，别跟他们争这些。"妈妈反驳道："他们这叫欺负人，你知道吧，你年轻的时候就是啥也不争取，结果人家住新楼房多少年了我们还住在瓦房里接雨。""那最后不也住上了福利房？我这不是在劝丫头要想开点嘛？"都快要吵起来了。我不能跟他们诉苦了，我找同事评理去，他们还不知道这个黑色内幕呢，还不知道我们的老大有多么卑鄙无耻下流，我就是他们的前车之鉴。

然后我就变成了一只愤怒的刺猬，别人一问我这事儿，我就前因后果跟他说一遍，后来，别人还没有问啥，我就主动跟人家把来龙去脉说一遍，再后来我坐在那里听别人翻来覆去替我说一遍又一遍。愤怒被放大，膨胀、爆炸，各种不好的情绪逐渐蔓延开了。

时间一长官翌终于听不下去了，说："思楠，你不要再抱怨了，当初事情是你愿意去做的，荣誉是你一直嗤之以鼻的，何必拿不起放不下，耿耿于怀呢？跟你说吧，你像祥林嫂了。"

我还察觉到小诺的态度，她先是静静地听我诉苦，听我尖酸刻薄地讥讽着老贾的卑劣行径，然后等我唾沫四溅把一干人等都数落了一遍之后，她就摇摇头说："愤青，怨妇，我不在你身边两年看你变得，让我看看，大脸还是那张大脸，雀斑还是那么多雀斑，心情咋就变成这个样子了呢？走走走，马上去逛街，你的世界里就只剩下讨厌的老贾了，不是你在骂他，是他左右了你的情绪，知道吗？不要拿别人的错误来惩罚自己，你自己也这么劝慰别人的呀！哟哟，你照照镜子，看看你的脸，都气绿了，斑点都明显了好多，真的，肝火太旺，内分泌失调了吧。"我幽怨地说："我咽不下这口恶气。"小诺回敬道："心中有佛，你就是佛，心中有魔，你就是魔。你每抱怨一次，其实就等于你又被老贾欺负了一次，你就又被伤害了一次，一次一次你就疯了，那些坏蛋又不知道你在生气，即使知道了他们会很开心，谁都知道他们是小人，懂了吗？"我听懂了，就是一时停不下来了。

连好久都没有见面的海涛也来劝慰我："思楠，跟你说句实话吧，我都听这件事三遍了，从不同的人那里听到的，他们说是你告诉他们的，那个大度的豪爽的思楠去了哪里了呀？算了，我觉得吧，得饶人处且饶人，我更喜欢以前的那个思楠。我专门找到一句话安慰你，一个人的价值，应该看他贡献了什么，不是看他取得了什么。我们都觉得你比那些鸡鸣狗盗的人有价值，你乐于与他们相提并论吗？”我一惊，头皮上一个炸雷，脸就烫了起来，啊，原来我成这样的一个人了！老天，不说我还不知道呢。海涛看着我，小心翼翼地问：“我，是不是说话太直了，话是不是说得太重了？思楠，我们是朋友，我才这么说的。你换个角度去想这个问题，德育课，谁是最大的受益者？是学生，谁是第二受益者？是老师自己，这就是一个当老师的终极目标，那些小人顺便得到一些好处就让他们得去吧，荣誉这个东西，生不带来，死不带去的，放下吧。”我拍了拍他的肩膀，说：“你说的是对的，说得也很好，别人来说，我还不一定接受，正因为是你说的，我就接受了，我是得好好想想了，其实我也是凡人一个。”见我豁然开朗了，他马上又说：“我还带来了另外一句话，很多时候让我们很不开心的是那些芝麻大点儿的小事，就像我们能很好地躲过一头大象，却躲不开一直讨厌的小苍蝇蚊子，有道理吧？我们刘思楠老师就是一个勇敢地躲开了大象却被小虫子咬了一口的人，跟文科生说话就得这么文绉绉的，找到这句话可费了我不少气力呢。”我又一阵大笑，难为他了，这么惦记我和我的情绪，我就想起了我的那篇文章《知己如针》，我一定记得送给海涛看看，他的一席话扎疼了我，也扎醒了我，我就用这篇文章来表达我的羞愧之意和感激之情吧。

宋爽提醒了我另外一件事：“刘，不能再说了，那几个上公开课的人在背后埋怨你了，说他们也是为学校做事情，荣誉也没有得到多少，倒被你搭进去，跟着被大伙儿骂了个狗血喷头，心里很不是滋味呢，算了，事情都过了，你也不是那种小气人，何必树敌太多呢，别得理不饶人的。”这句话彻底让我安静了下来。

我沉默了好几天，再也不提德育课的事情了。

坏情绪也会影响周围的人，我放下了抱怨，心情一下子轻松了好多。

小然读一年级了，我把一部分精力转移到了他的身上，这几天他总是记不住家庭作业，我已经收拾他好几次，我想也许就是我这段时间的坏心情和坏脾气让我对他的错误很没有耐心吧。我赶紧调整好自己，不再批评他，另外给他买了一个可爱的卡通小记事本，专门教他如何记作业，果然情况好多了。

新的这一届学生也让我很不如意，就像张轩说的，这井台的小孩，一代不如一代了，从前是又聪明又勤奋，后来是不聪明但是勤奋，再后来是不勤奋但是聪明，接下来是不聪明也不勤奋但是老实，妈呀，现在是不勤奋不聪明还不老实！有那么严重啊，听了这话谁还敢来井台教书呀。

我认真观察了一下我的学生，还好，都还老实，但是很快就有科任老师来反映了：你们班那叫一个笨啊，啧啧啧，不是一个，是一拨儿！不是一般的笨，是笨得不一般！我的心就凉了一截，慢慢来嘛，刚组成的一个班级，孩子们不也像刚下水游泳的人吗？搞不清楚水深水浅，正在试探着呢，反应慢一点也是正常的。

我做了一份班级调查，结果让我很揪心，留守儿童占百分之五十，其中单亲家庭又占了近百分之三十多，妈呀，这班怎么带？我的头皮就发了麻，凭我以往的带班经验，以后问题会层出不穷。我尽量调整好自己的心态，试探性地跟他们相处，走一步算一步吧。

接下来的日子里，寂寞孤独也好，无聊空虚也好，随大流凑热闹也好，我在工作之余终于也上网聊大了，那里没有人知道我的困境，但是他们很乐于倾听我的烦恼忧愁，他们知道的是我爱唱歌，他们就让我唱给他们听，我就唱我最爱唱的《两只蝴蝶》：亲爱的，你慢慢飞，小心前面带刺的玫瑰……我和你缠缠绵绵翩翩飞，飞过那红尘永相随，等到秋风起，秋叶落成堆，能和你一起枯萎，也无悔。对面一个叫“大漠孤烟”的安静地听着，然后说：“亲爱的师太，我流泪了，谢谢你，多少年没有人这么唱歌给我听了。”QQ 里有的人也是很单纯的啊，也很善良啊，轻而易举就可以走进对方的心里，抚慰了彼此受伤的心灵，我想的是你以什么样的心态加的朋友，那么你得到的也就是一个什么样的人。我们不了解对方的过去，也无需知道他们的未来，愉快地交流着，简单而快乐。

一物生，一物灭，我在学校上网聊得昏天黑地之后，回到家里就没有什么话想说了，“喂”一声就表达了所有的要求和提醒，“嗯”一声就表明知道了同意了，多一句话都是浪费。周凯去学车，早出晚归，比他上班还忙碌，说的梦话也变成了：左左左，右右！打盘子打盘子……踩刹车嘛，笨蛋！那是油门！

好像我们各得其所，也各得其乐。虽然一个床上睡，一个锅里吃，不询问，不交流，表面看是互不干扰，心里却觉得两个人走在了两条不同的路上。

6

张轩真是个好人，有空就陪我去机房，帮我完成那些大家觉得简单得不得了的而我却无能为力的事情，挂 QQ，加好友，开视频，插耳麦，掉线重挂，我就开聊了，走进了我的另外一个世界，那里有很多有趣无趣的人在等我。不知道是我占用了他们的时间，还是他们丰富了我的生活，反正 QQ 聊天之后我找到了属于自己的自信，知道了很多人的很多故事，触碰到了很多真真假假的灵魂，就像一些文章里说的，我翻开了人生新的一页。

有一段时间学生要找我都不是去语文办公室，而是直接来机房，他们说：“刘老师在学校‘网吧’里，她很忙。”听他们这么一说，我的头皮又一阵阵发麻，千万不能给学生这么一个错误的信号啊，官翌也拿大眼睛翻我了：“玩物丧志啊，不晓得天天对着一个方脑袋又说又笑又唱的想干啥，唉，神经兮兮的，有的人，不知道是抽哪股子歪风，家也不回，作业本也懒得改了吧，学生也找不到你了吧。”听得我一阵心虚。

我赶紧拿来我在电脑上打的文章给学生看，并且说："看，就算是当了老师也不能偷懒，学校的教师机房就是让我们在那里用功读书的，你们可别以为我是去聊天玩游戏的哈，我保证，每个礼拜写一篇文章送给你们。"他们就"哇"一声惊呼起来："一个礼拜写一篇呀！老师你好能干啊！"我得意道："那当然喽，我要做一个勤奋的好老师呢！还有你们别背着我去那些黑网吧玩游戏，还取个网名叫'小狗屎'啥啥啥的，让我抓到了打断你们的小狗腿，嘿嘿嘿！"他们就一脸天真地笑了。

国庆节快要到了，学校组织我们去秋游，在森林公园烧烤，还可以带孩子一起去。老贾第一次这么慷慨大方，这太出人意料了，我跟小然一讲他就乐得一跳老高，不停地问："妈妈，可以烤什么呢？鸡翅有吗？牛肉洋葱有吗？臭豆腐有吗？"问的时候嘴里明显包着口水了。我马上说："有有有！都有！还有烤全羊呢！"他激动得眼睛都发亮了，我揪了揪他的小鼻头，说："小馋猫，就怕你肚子小了装不下！"我们都很期待，其实当妈妈的人玩什么并不重要，重要的是孩子玩得开心就好了。

秋高气爽，我们的烧烤炭炉在枯黄的草地上一字排开，大人们有的在烧烤，有的在打麻将，有的在散步闲聊，孩子们在疯跑，只有小然跟官翌一起做事情，刷烧烤油，放牛肉、蔬菜，忙得不亦乐乎。宋爽说："小朋友，你怎么不去玩呢？这里烟熏火燎的，多呛人啊，等一会儿烤好了我们会喊你的，快去快去，我把这片最大的牛肉留给你！"小然站在炭炉前有模有样地翻着牛肉，说："不，我妈妈眼睛不好，我要烤给她吃，等妈妈吃饱了，我也吃饱了我再去玩。"说的时候眼睛一直没有离开过烤牛肉，嘴里还包着口水。几句话让宋爽感慨不已，只一会儿全校的老师都知道了小然的善言孝行，大家不断地过来夸赞他，他干活的劲头就更足了，有的同事拉了自己的孩子过来围观，然后说："你看人家小然多懂事，妈妈眼睛不好，他小小的年纪就会照顾妈妈了，你看你就知道玩就知道吃！"于是很多孩子被大人押过来一起烧烤，结果哭的喊的闹成一团。他们忽视了这是我家小然在生活中养成的照顾妈妈的习惯，所谓穷人的孩子早当家。面对夸赞我心里不免一阵酸楚，不过，想想还是幸福多于酸楚。

全世界都很开心的时候，只有一个人很不开心，她就是高倩倩。她先去打麻将，由于打了四圈一把都没有和，她就把麻将砸在了牌桌上，结果有三张牌飞进了草丛里，怎么也找不到了，大家就泄了气，说不想打了。老板闻讯过来说牌不齐就不能退押金，高倩倩就跟人家吵了起来，说：“你们这个破牌，颜色跟这草地差不多，黄不黄绿不绿的，等我们走了你们再慢慢找嘛！押金五十块，能买到几副破麻将呢，我看你们是想钱想疯了！”把老板气个半死，讥讽道：“打麻将不是请你砸麻将！嫌麻将长得丑就不打嘛，我也不要你的押金，你把我的麻将找回来退给我就行了，还是老师呢，说话这么难听。”高倩倩正准备用兰花指戳到老板的脸上的时候，老贾一把拉住了她的手，低声说：“小倩，算了。”示意旁边的人把她带走了，老贾从兜里摸了二十块钱塞给了老板，老板嘟嘟囔囔地走开了。

很多老师都在摇头，可是谁会去责怪她呢，不是不愿意得罪，是给她留张脸。官翌把一块烤得很到位的牛肉喂进了我的嘴里，对我说：“丢人，你是看不清楚，太丢人了，真是业界耻辱啊！”我笑道：“你烦不烦啊，怎么像在说我一样呢，喂完了就开骂呀。”她咬牙切齿道：“你懂我在说啥的！也是我们学校的老师善良，高倩倩这种德行的人，在别的单位是混不下去的。”“那不一定，别的单位也有这么一个领导，也这么喜欢她呢？”“呸呸呸”，官翌对着空中做了这么一个幼稚的动作。

高倩倩见到老贾帮她摆平了纠纷，很得意，也参与烧烤去了，结果不到几分钟又把一个小朋友气哭了，小朋友跺着脚说那块牛肉是他早就定好了的，结果高倩倩非得说是她的，两个人就用筷子抢夺那块牛肉，结果肉很不争气地掉进了火里烧成糊炭了，小朋友当时就“哇”一声哭出来了，高倩倩把筷子一丢说：“哭哭哭，哭你个头啊，看你们咋教的孩子呀，这么没有礼貌，哼！”小朋友也不服输，跳着脚喊：“你是个大坏蛋，白骨精！嗯嗯，铁扇公主！”小然听见了解释道：“白骨精吃活人，不吃烤肉，铁扇公主可能会吃。”高倩倩白了小然一眼，踩着十厘米高的高跟鞋深一脚浅一脚地走远了，一个人坐在树底下生闷气，也不知道生给谁看。

老谢说："看见没，有人心情不好呀，不在状态呢，知道出什么事情了吗？"大家就笑着说连你老谢都不知道的事情，我们从何说起呀。估计光天化日之下老贾不方便过去怜爱她，这就让她的病情加重了呗。大家嘻嘻地笑着，心照不宣。

树下，高倩倩坐在那里看着手机，发呆。正在这个时候，远处开来了一辆熟悉的宝马车，不远不近地停下了，开车的是老王家的小王。高倩倩见了马上从地上弹了起来，拍了拍身上的灰土，拢了拢散乱的头发，体态轻盈地扭向车子，两个人嘀咕了几句，小王就下了车跟着她走向了我们。

这时候大部分人吃完了第一轮，打麻将的打麻将，带孩子的带孩子，只有老残孕的几个还坐在那里慢慢烤着蔬菜，聊着天。高倩倩领着小王走了过来，大家就跟他打了招呼，客气地请小王一起吃，他腼腆地拿着一只碗远远地坐了下来，高倩倩在一旁动作优雅地给他夹菜，时不时问他烤的肉好不好吃，还时不时咯咯地笑几声，甚是欢愉。宋爽低声说："嘿，老贾可没有说可以带家属啊，早知道可以这样，我就带老公来了。"老谢说："老贾说的是可以带孩子来吃，人家也没有违规呀，再大也是个孩子嘛！不信你去问问她认不认这个儿子，他认不认这个妈，不认的话，怕是要天理难容哟。"老谢和宋爽几个人就爆发出了高亢的笑声，笑得松树都往下掉松针了，好多人都回过头来看，不知道又有什么好笑的事情被她们碰到了。

高倩倩也娇羞地问："死老谢，你笑什么呢，讨厌死了，也不讲给我听，你不是最喜欢讲笑话给我听的吗？"老谢说："算了，这个笑话呀儿童不宜。"高倩倩："讨厌，你就是这样的，又讲黄色笑话了吧，我就最讨厌听这个啦，老不正经的，从教师队伍里开除你了！"老谢说："开除开除，把我开到国税局去吧，让你们家老王帮帮忙。"高倩倩突然就显出不高兴的样子，变脸比翻书还快。宋爽接上："高美女，我觉得你越来越年轻了呢，咋个搞的哟，不会是吃到什么灵丹妙药了吧？"高倩倩又开心起来："讨厌呀你，我本来就很年轻嘛，我去美容院，人家说我的皮肤只有二十五岁呢，嘻嘻！”官翌说：“那是，有人是会越活越年龄的。”小然跑回来，冷不丁冒出一句：“对，那是妖怪。”大家又是一阵哄笑。

吃好了，高倩倩站起身来，挑了挑眉毛，眯了眯大眼，嘟了嘟红唇，扯了扯短得遮不住肚脐的上衣，从兜里扯了个皱巴巴的塑料袋，把另外两个烧烤炉子上的牛肉和鸡皮什么的装了半袋子，还撒了些辣椒面儿在里面，拉着她的大儿子小王走向了车子，拉开车门，两人一左一右上了车，悄无声息地走了。

大家急忙去看老贾的脸色，老贾若无其事地吃着一根火腿肠，此时此刻他不若无其事还能做什么呢？我想，大白天的，这么多的熟人。

晚餐是烤全羊，大家推杯换盏，其乐融融。

老谢用胳膊捅了捅左右的人，让他们看老贾在干啥，大家悄悄地传播着这个口令，都看到了同样的一幕：老贾一直在看手机，回短信，满面愁容，茶饭不思，一下子老了好几岁，憔悴了一大截儿，别说那样子还挺让人揪心的。这么一大把年纪了，居然这么沉不住气，怎么跟失恋的小后生一样了。老谢说：“失恋的可能不止一个老头儿，可能是两个老头子啊！”大家顿悟，大笑开了。官翌一直没有说话，她今天牙疼，怎么能够没有精彩点评呢？我不怀好意地看着她，她捂着腮帮子咬牙切齿地说：“老嫩通吃吧，就像烧烤一样，烤焦了的，烤嫩点的，各有各的吃法。”太坏了，怪不得牙疼，牙疼也挡不住她的嘴上功夫。

本来还有篝火晚会的，老贾大喊一声：“今天就到这里了，晚了，不安全，这么多的小孩子，闹哄哄的！”我们就都极不情愿地起身，眼神的相互交流中都明白老贾的突然决定，心情不好，殃及池鱼了！

每个人多多少少都有欲望，其实也无可厚非，可是尊严和欲望有时会成反比，当你特别想得到一个东西的时候就会变得低三下四，当你对一个东西毫无挂念的时候，尊严就会拔地而起了。老贾的尊严坍塌的时候就是他去借车，每次去借下属的宝马车，点头哈腰，笑容可掬，不知道为什么，让人看了很不忍。

那天是周末补课，说好跟官翌一路回家的，她带我去车站坐车，还没有出校门她的电话就来了，付龙让她就在学校等着，找她有点急事，官翌只好让我先走，但是又不放心我一个人走，正纠结呢，宝马车就开了过来，官翌欢喜道："小娘子，你运气真好，宝马来接你了！"我说："那还不得看人家跟不跟我同路呀，别给人家添麻烦。""同不同路，让他送你一程总是可以的，都是同事嘛。"官翌伸出手臂拦下了宝马，拉开车门就把我塞了进去，说："拜托你了哈，送她回家！""啪"一声车门就被她关上了，司机没有马上说话，我想他一定抿嘴微笑，在笑我们霸道吧。车子慢慢滑出了校门，我系好安全带，侧脸对他一笑："嗨！帅哥，又抓住你了，送我回我妈妈家吧。"他说："哼，你要洋气点，是吧。"这一声让我的脑门上响了一个炸雷，眼前一黑，脊背上凉气直冒！妈呀！是老贾！这个死官翌，跟我混久了咋的，眼神也不好了，只看车不看人啊！

我大气也不敢出了，坐正了身子，看着窗外并不清楚的风景，那个别扭啊，那个难堪啊，跳车的心都有了。

车一拐弯，就有一个人招手让他停车，宝马轻悄悄地从这个穿橘色风衣的女人旁边滑过去了，那个女人张牙舞爪地直跺脚，我猜可能是高倩倩，只是感觉很像，并没有看清楚。

我们各自想着心事，他想什么我肯定不知道，我猜他是在想一会儿怎么跟高倩倩解释吧。我想的是，同事说这车是土地赔款买的，农村到处都在占地，我们把这称为"圈地运动"，一是规模大，二是赔款多，三是耕地被占后只是被圈起来，并没有马上建厂，还在等着招商引资，我们不关心这些，只知道大面积的耕地被闲置和荒废了，很多人家又偷偷地在里面种起了菜，所以是一种很奇怪的圈地现象。官翌曾经痛心疾首地说："可惜啊可惜！土地才是永远的财富啊，说征地就征走了，不是农民就不会心疼土地！"说得眼泪都快要流出来了，我心里也很不是滋味。

我跟老贾一路无语，幸亏路不远，到了路口，他来了一个急刹车，我还没有反应过来，他不耐烦地大喝一声："下去！没有看见到了呀？"我吓得手忙脚乱地拉开车门，却怎么也站不起来，这才发现安全带还没有解开呢，我听到他在喘粗气了，完全可以想象他那张愤怒而扭曲的臭脸，才关上门，车就调头开走了。我的眼泪下来了，怎么这么不争气呢，委屈个啥嘛，我坐的是同事的车，又不是他的车，想想我就释然了，擦干眼泪笑了笑，心想：开别人的车还这么显摆，太滑稽了吧。官翌呀官翌，让我受到如此这般的惊吓，请我吃满汉全席也不为过！

周一我还没有来得及跟官翌好好分享我周六的遭遇，宋爽就来八卦新闻了。据可靠消息，高倩倩真的跟老王家的小王好上了，小王的父亲老王的高血压上去就下不来了，因为他在家看见了一出吕布戏貂蝉的好戏，只不过这个貂蝉不够仁义。据可靠消息，高倩倩有了身孕，如果是小王的，按照政策还可以生下来，如果是老王的就不能要了，因为夫妻双方都有孩子了。

林子大了什么鸟儿都有，世界大了什么事情都有可能发生。我很同情她，一个可怜而可悲的女人。

7

霍康也很不幸，他才去办事处，就碰到了旧城改造，有很多棚户区要拆迁，他听说这是个肥缺，就主动请缨，领导想他曾经是个老师，口才好，能做群众的思想工作，结果他在拆迁中出了很多馊主意，被人暗地里用铁锹把头皮掀开了一大块，缝了三十几针。

他出的馊主意是：组织了一个民间拆迁队，趁人家刚睡下，在外面敲锣打鼓谎称发大火了，把人骗出来，一晚上搞几次，这家人就疯掉了。还有一次是先把人家的水和电给停了，然后趁着黑夜把人家门口的必经之路给挖断了，害得这家人出门得拆下一块门板架在沟上当桥过！

这个祸害，估计只有患了老年痴呆之后才不会害人。

老贾心情也很不好，表现出来的状态也是很不同于以往，没有找我们的茬，也没有揪谁的小辫子，也没有在升旗台上大声宣讲人生哲理，大多时候一个人猫在办公室，不知道在想什么，在做什么。

大家觉得没有人管的日子轻松了许多，但是一种不好的现象潜滋暗长了，慢慢的有人松懈下来，开始在办公室里烤红薯吃了，这在以前老贾是绝对不允许的。

十年河东，十年河西，老贾和我们一起在井台待了十几年了，他以前的正直呀勤奋呀，锐意改革呀，如今被自私呀狭隘呀，甚至是消极懈怠占领了。有谁说过，一个领导在一个位置上不能待十年以上，否则就变成家长作风了，一言堂了。可是校长这份职业又有它的特殊性，没有这么长的时间，又怎么渗透他的教育理念，形成他的管理风格呢？所以，支撑这一切的是领导的人品，没有道德品质，没有职业节操一切只能免谈。

据说他也上网聊天了，据说他的网名叫“对了错了”，难道他开始反省他的十年？开始反思他的所作所为？开始盘点他的成败得失？如果真是那样，就好了，井台中学继续充满希望地走下去，我们也就有了新的希望。

老谢这回是真的要调走了，去城管大队，我们觉得这个单位很适合发挥她的特长，我们甚至开始想象她在路上执法时英姿飒爽的样子了。

回来收拾东西的时候她却抽抽搭搭地哭了，没有她平日里的风格，我们本来是想笑话她的，可是看到她这个样子，大家心里都不是滋味，我的鼻子就酸酸的，不知道说啥好了。隔着厚重的棉衣，她抱了抱我，说：“小思楠，你眼睛不好，但是你自己要坚强起来，哲学家说过这个世界不会同情弱者的，莫斯科也不相信眼泪。”我只好吸着鼻子说：“我一时半会儿不会死的，我等着，等他们把你这个恶婆娘赶回井台来。”她含泪“扑哧”

一声笑了出来，骂道："你个死鬼，人家走了就不回来了嘛，回来多丢脸呀！讨厌讨厌讨厌你！"张轩马上冲过来，很配合地翘起兰花指伸到老谢的面前，大家就含泪笑了。

老谢最后叹口气说："井台中学是我看着修建起来的，搬进新教学楼也有十五年了，在的时候吧，天天跟学生斗智斗勇，跟个别领导闹情绪，你说这要离开了吧，还真的舍不得，说了你们会笑我老谢矫情，真不是矫情。唉，还有老贾，败在小人手里了，小人啊，女人啊，英雄难过这两种人的关啊，可惜可惜，其实他刚来井台的时候我蛮看好他的呢，这些年井台中学一直在走上坡路，他还是功不可没的。好想发个网贴：领导找小蜜的时候其实也应该考察一下，品德不高的，心态不好的，情绪不稳定的，性格不完整的，人际关系不对劲的，家庭不美满的，长得太漂亮的人不能当小蜜。"大家一起说："老谢，别走了，干脆你跟老贾好算了，这些条件你都符合！那我们井台中学该有多太平啊！"

临走老谢还不忘记说："要是高某生了，你们一定记得告诉我哟，这是我唯一的牵挂和遗憾了，不能跟你们在同一时间见证那个历史时刻了。"

忧国忧民的老谢，真的要走了，我们的心里空了一大片。

二〇〇五年是不是非得有这么多的离别才算开始呢！

该走的没有走，不该走的陆陆续续走了。

马主任要调到一所机械学校当副书记，据说这就退居二线了，但是最后一次教职工大会上他却一改平日里的温和，慷慨陈词：人在做，天在看，多行不义必自毙！最后一句话铿锵有力，掷地有声，同时还把桌子拍得震天响，让很多人吃了一惊，吓了一跳，心里开始犯嘀咕，这是在暗示谁呀。老贾面无表情，带头鼓起了掌，于是掌声响成了一片，掌声中马主任离开主席台，昂首挺胸走出了会议室。

马主任真的是个正直的好人，大家都这么说。

我有这么个毛病，只要井台中学有好老师调走，心里就空落落地难受，连上网聊天的心情也快没有了。

我很想找个人倾诉，不想找温箫语，隔行；不想找小诺，隔得远，最近她又做产品推销去了。那就只剩下官翌了，因为我的脆弱她看得到，听得懂，想得通。

官翌，自从我眼睛不好之后，我总觉得有人想欺负我，你觉得呢？

思楠，我觉得不是，是你想多了。首先应该是你的心态变了，敏感脆弱，这也正常，你没有安全感；其次是你以前的好朋友都调走了，这对你也很有影响。

那官翌，你觉不觉得我浑身长满了硬刺，像个刺猬，常常伤害了别人也弄疼了自己呢？

嗯，是这样，你觉得被欺负了，是因为你内心不够强大，不过他们也挺害怕你的，你嘴巴太厉害了。但是有些话我们听起来也是很过瘾的。

小官人，你何尝不也是这样针针见血，也不是个省油的灯。

是吗？也对，要不然我们俩咋个玩得这么好呢，简直就是一丘之貉嘛。

但是，官翌，这绝对不是我想要的生活状态，是现实把我塑造成了这副模样。

思楠，这也没什么不好。要怎么想呢，这就是你的个性吧。命运之神好像不太眷顾你，给你带来了眼病，其实命运之神也挺眷顾你的，你看你有很多好朋友，在不在你身边，都对你挺好的。不远不近，不多不少，他们就是你永远的精神支柱！

你说得很对，我老是去看不好的一面，忽略了好的一面，钻牛角尖了，狭隘了。

其实，思楠，每个人都是一样的，我们是凡人，就有凡人的烦恼。

话说了出来，我的心情就好多了，好像把一些不好的情绪打发出了远门，让我清静了许多。

不久黄小诺给了我一个建议：幸福就是过你想过的生活，思楠，去看看大海吧，这是你一直想做却没有做的事情，有些事情要趁早。

春节过后，顶住了来自父母和周凯的压力，我带着小然去了三亚，看大海，趁我还看得见。

蓝天，大海，浪花，沙滩，我们尽情地享受春日暖阳，享受着海风的吹拂，享受着逃离现实的片刻自由，享受并不算奢侈的快乐。这是我和小然最幸福的几天，我想他也跟我一样快乐得找不到北了。

他说的最多的一句话是：妈妈！你看你看！你快看！

我想的最多的是，面对大海，我们的所谓痛苦悲哀是多么的渺小和不值一提啊。

放不下的东西就是纠缠你一辈子，让你痛苦一辈子的东西，人生往往如此。

其实，我还知道什么是乐极生悲。

我们一回来，周凯就宣布他要调到另外一个城市去工作了，三月份就走，这个消息太过于突然，我的心猛地往下一沉，一时转不过弯来，疑惑地问："你不在家，那我跟小然怎么办？"他眼神闪躲，声音满是愧疚："嗯，还有外公外婆嘛，我出去几年，多赚点钱回来，为我们的以后着想，你知道的，厂里工资这么低，我决定了的事情，你也不要反对了。一个男人嘛，总有自己的理想，希望你能理解我。"我看着他的眼睛："周凯，这是早就决定了的事情吧？只是通知我是吧？我的，我的眼睛越来越不好了，你不会是有意逃离吧？"他把我紧紧地搂在怀里，仰起头说："不是的不是的不是的！就是因为你眼睛不好，我想出去多赚点钱，真的！"然后把我搂得更紧了，很久很久，我们都不再说话，然后我心里就慢慢平静了下来，什么也不想说了，好的，理解你，支持你，我放你飞吧。纳西族的一句话是这么说的：对女人就像放风筝，无论飞多远，那绳子永远在男人手里拽着；对男人，要像放鸽子，要放他出去，优秀的鸽子飞出去再远再久也会飞回来的。

我又要陷入到另外一种生活状态里去了，有一种不祥的感觉袭上心头。

我好像还能站着，没有扑倒在床上哭得泣不成声，也没有拉了他的手说：你不要走不要离开我！

我的花，绽放十年了，我突然醒悟，我心里的花忘了季节，忘了寂寞，忘了歇歇脚了。

我要做的就是等待季节的更替，重新开放自己。

小然牵了我的手，笑着说，妈妈，你还有我。

附录一

我是谁

眼睛是向外看的，耳朵是向外听的，手也是向外指的，那么自己是谁，很多人总是向外寻求答案，大多时候在乎的是别人嘴里的自己，而且是被褒奖的自己，从而失去了自剖灵魂的胆量，失去了直视内心的勇气，在乎别人的评价，让自己患得患失。

我是谁？让我狠狠地剖析一次，然后告诉你一个相对真实的我：有阳光的一面，也有阴暗的一角。

美貌与我有关

我对自己的相貌没有信心，甚至是自卑的，源于路人的一个惊诧表情，她说：“哟，谁家的孩子呀，戴着风雪帽，又黑又胖，快丑哭了！”那年我七岁；源于母亲跟邻居的对话：“哎呀，我那女儿丑得没办法，脸大得像块砧板。”那年我十岁；源于老师不经意的安排：“刘芳，你就走方阵，让那些长得漂亮的去打腰鼓跳舞吧。”这是小学五年的痛，痛遍每个“六一”儿童节。

我一直相信“女大十八变”，可是，“七十二变”后，闺密定睛看了我很久，说：“你长得真的丑，但是丑得自然。呵呵，自然就是美，看习惯就好了。”

我在看得见时总是纠结自己的长相，解决的方法就是画美人——嫦娥奔月，天女散花，聪明伶俐的翁美玲，清新脱俗的林青霞……我以为，看多了自己就跟着美了。

失明之后，我终于放下了这块心病，却有很多人说：“你越长越好看了。”

我深深理解他们对我的无限同情。但时间一长，说的人多了，就像真的了。也许是积极的暗示起了效果，也许是相由心生，我因可爱而美丽。我懂得了，因内心坦然真诚而表达出来的你最美。如果我真的变好看了，那是因为我爱笑，整个人看上去很喜庆。

微笑是世界上最美的表情，跟相貌无关，却跟心态相连。谁笑起来都是美丽的，尤其是一个盲人。盲人的微笑会让周围的人首先很惊诧，然后很宽慰，最后很温暖。每次我一笑之后，都真切地感受到他们长出一口气的释然与轻松。

真正让我相信这个事实的，是我的学生们。他们经常说：“老师，你看不见，但是你真的很美，你的雀斑也很美。”

我享受孤独，也很合群

我是一个不多见的“七零后”独生子女。在同龄人看来我是幸运的，我自己却觉得悲哀，像一个形单影只的小怪物，为什么我就没有兄弟姐妹呢？

他们羡慕我好吃的自己吃，好看的自己穿，拥有自己的独立房间，得到父母全部的爱。但是，我更喜欢家里有三五个孩子的氛围：不好吃的东西，大家抢着吃，都变得好吃了；能有哥姐的衣服可以捡，那是幸运，能把衣服剩给弟妹穿，那是慷慨；姊妹几个挤在一张大床上疯打一阵才横七竖八睡去，那才像一个完美和谐的家……

我在大家的羡慕中孤独着，害怕被人看出我的孤独，鄙视我的无助。为了掩饰这种尴尬，我尽力与人为善，助人为乐，甚至见义勇为，慢慢习惯了就成了性格的一部分。

直到我失明，这样的双重性格恰恰拯救了我的灵魂。黑暗里的人不得不接受孤独，而我在黑暗中从不惧怕独自静默。灯光宠坏了黑夜，黑夜变得烦躁不安，黑夜里的人们也烦躁不安，我却能在黑暗中静下心来。

黑暗中的我更需要朋友陪伴，不得不承认，很多时候真的是寸步难行。但我不想做一个苟延残喘的人，更不能苟且偷生，我想做一个正常的残疾人，一个看上去尽量正常的人。力所能及的事，我尽量做好，不给大家添麻烦。能帮到别人时，我努力帮。在能力和情感上达到一种对等，他们帮我时不觉得是施舍，而我帮他们时感觉依然有存在的价值。活在人群里，就不会被抛弃。

我最怕听到的就是“你眼睛看不见了，干脆病退了吧”之类的话，那是要了我的命，会把我推向更加黑暗的深渊，而大家好像都是为了我好。人们啊，如果真的为了我好，请让我和你们永远在一起吧！

只有一类人不会给我这样的感觉，那就是我的学生。他们单纯而善良地说：“你很好玩，喜欢你！”这，就是我勇敢地留在三尺讲台上最好的理由。

爱好，是我生命的支点

我的爱好很多，却没有一样是能学精的，这是我的短板。学到皮毛就拿来炫耀，这就是我的可笑之处了。而炫耀，是为了掩盖我的丑陋和孤独。

小时候在家属区，我订的报纸杂志最多，所以在精神贫乏的年代我就成了小伙伴的故事大王。我家是第一个买录音机的“土豪”，所以我会唱很多跑调的戏曲歌剧的片段，后来一直是学校的文艺骨干。为了一个心仪的男生，我苦练书法绘画，没想到在日后的教学中起了很大的辅助作用。

爱写作，是因为我经常独处，写下喜怒哀乐能缓解忧闷。

后来，随着视力不断下降，我的爱好一个一个被放弃了。从光明走进黑暗那最艰难的十年里，它们逐渐离我而去。阅读，变成了听读；绘画，只剩下对色彩的模糊记忆；音乐，只能哼哼残缺的调子……五彩的生活随风而去，唯一留下来的只有写作。

我不停地写，写生活，写工作，写我所有的情绪，写我认识的人和听到的故事。人们读到了，反应不一，有欣赏的，有好奇的，也有嘲讽的。让我心安的是，我看不见却记住了，有的人看见了却忘了那是风景。

我做过一个公益广告《读书明理》，把对阅读的钟爱、理解和收获传递给学生。我告诉他们，很多小说里的主人公面对困境时都那么勇敢，我学到了，希望他们也能学到。

爱好，填补了我生活的寂寞，排遣了疾病带来的愁苦，成为我生命的支点。如果有一天这些支点消失了，我还能笔直地站着，那就说明我更加勇敢了。

伶牙俐齿和尖酸刻薄

有人说我伶牙俐齿，有人说我尖酸刻薄，我曾为这样的评价耿耿于怀，但不得不承认，我的确是一个爱憎分明、开口无情的人。

我曾对一个领导说：只有社会分工的不同，没有高低贵贱之分，不要以为你是干部就以势压人。我曾对一个同事说：你总是说些黄段子，有没有觉得你很渴望成为段子里的主人公啊？我还对一个我认为不称职的党员说：你能混进这个队伍，得套几层羊皮呀？

冷嘲热讽，针针见血，好不痛快！人家送我外号——小鲁迅，我也因此得罪了不少人。

眼睛得病之后，尤其是快要走进黑暗那几年，我就像一只刺猬，经常竖起尖刺对着别人，哪怕是那些无意伤害我的人。我用尖酸刻薄来伪装和保护自己，就像小时候战战兢兢地骗别人：你别想欺负我，我家有五个哥哥！

随着时间推移，我收起了尖酸刻薄。换个角度一想，要感谢那些折磨我的人，是他们给了我一个逆境和无数险滩，让我充满斗志；要感谢那些质疑我的人，是他们让我对工作投入更大的激情和智慧；要感谢那些担心我的人，是他们让我努力思考怎样才能继续跟他们并肩前行，弥补生理缺陷，给自己一个完整的人格。

还有什么比互相尊重更让人舒心坦然呢？

完全失明之后，我反而走出了阴霾，心里豁然开朗。大家发现，我还是伶牙俐齿，只不过配上发自内心的微笑，更诙谐幽默、更风趣可爱了。我的朋友更多了，从不喜欢的人身上，我也发现了可亲可爱的一面。

最包容我的永远是学生。他们没有嫌弃一个看不见的老师，我为什么要嫌弃自己呢？是包容之心，教会了我重新寻找生活的态度。

情感危机与爱的化解

我并没有别人想的那么坚强，只是以自己的方式活着，也为别人活着。

我失明之前，父母以我为荣，说一个乖巧孝顺的我顶别人家几个孩子。我失明之后，他们的天塌了，长长的叹息声经常刺痛我的心。我不说我的病情，不说我的苦痛，努力微笑，唱着歌儿进门，假装不理会他们的愁苦，假装满不在乎。可是，我会摔倒，会受伤，会站在原地不知所措……后来，父亲的突然离世，让我的天也塌了半边。母亲的哭泣和叹息能把我的心撕成碎片。我告诉自己：不能跟着哭。

丈夫也没有我想的那么坚强。当我想靠在他肩膀上休息一会儿的时候，他选择了逃避。如果争吵是为了更好地解决家庭矛盾，那么沉默是要表达什么呢？我说得最多的是："我成全你。君子有成人之美，让我做个好女人吧。"他沉默了几年才对我说："我不会离开这个家的，我不能，等我赚到钱就回来。”

两地分居给了我足够的自由，我有空做比思念、争吵和埋怨更重要的事——上班，带孩子，写书，做家务，去旅游。

我的家一直存在着，与其说是我坚守和忍让，还不如说可爱的儿子给了我足够的信心和勇气。我有责任为他保持这个家的完整，也有义务做好这一切，以言传身教告诉他，有些苦难其实并没有看上去那么严重。有时，我跳舞，他唱歌；我朗诵、他吹葫芦丝；我听小说、他写作业，我们母子俩快乐得没有闲心去郁闷和忧愁。

我只做我能做到的。我看不见别人的表情，但是大家看得到我的行动，这就够了。

如今，年迈的母亲还健康，丈夫给了一家人新的希望，儿子读大学去了——我们各得其所，不也乐哉！

当然，总还有难受的时候，我就会找一个没人的地方，号啕大哭一场，哭得肝肠寸断，地动山摇。哭过，问自己：“你还好吧？”然后自答：“还好，走，干活去！”

我曾在一首小诗里写过这样几句：

看得见的苦难不叫苦难
跨过它
装得下的苦难不叫苦难
包容它
留下的是珍珠
冲走的是细沙

附录二

你给我的

我说，
我想要一片绿叶，
你却给了我一片森林，
还有浓浓的绿意。

我说，
我想要一滴水，
你却给了我一条小溪，
还有浅浅的笑意。

我说，
我想要一缕阳光，
你却给了我一个灿烂的太阳，
还有融融的暖意。

我说，
我想要你一个亲吻，

你却把我揉进了你的心里，
还有纯纯的爱意。

你说，
你还要什么？
你还要什么？
我说，我想要三天光明，
只是为了能看见你。